**Canan Tan** Ankara'da doğdu. Ankara Üniversitesi Eczacılık Fakültesi'ni bitirdi. *Yeni Asır* gazetesinde, *Milliyet Pazar*'da köşe yazarlığı yaptı. Öykü, roman, mizah ve çocuk edebiyatı çerçevesinde çok sayıda kitabı ve senaryosu vardır. 2003'te çok satanlar listesinden uzun süre inmeyen *Piraye* adlı romanını yayımladı. Yazarın diğer eserleri arasında *Çikolata Kaplı Hüzünler, Yüreğim Seni Çok Sevdi, Eroinle Dans, En Son Yürekler Ölür, Aşkın Sanal Halleri, Söylenmemiş Şarkılar, İz, Issız Erkekler Korosu* sayılabilir.

# Hasret

**HASRET**

**Yazan:** Canan Tan



**1. baskı** / Mart 2013 / ISBN 978-605-09-1314-9
**Sertifika No:** 11940

**Kapak tasarımı:** *Yavuz Korkut*
**Baskı:** Ayhan Matbaa Basım Sanayi ve Tic. Ltd. Şti.
Mahmutbey Mah. Deve Kaldırım Cad. Gelincik Sok.
No: 6 Kat: 3-4 / Bağcılar - İSTANBUL
Tel. (212) 445 32 38
Sertifika no: 22728

**Doğan Egmont Yayıncılık ve Yapımcılık Tic. A.Ş.**
19 Mayıs Cad. Golden Plaza No. 1 Kat 10, 34360 Şişli - İSTANBUL
Tel. (212) 373 77 00 / Faks (212) 355 83 16
**www.dogankitap.com.tr / editor@dogankitap.com.tr / satis@dogankitap.com.tr**

# Hasret

Canan Tan

DK DOĞAN KİTAP

Aile hikâyesini benimle paylaşan ve bu romanı yazmam için beni yüreklendiren Sayın Olcay Köksal'a teşekkürlerimle...

HASRET mi, ÖLÜM mü deseler
Ölümü seçerdi
Tereddütsüz
Hiç gözünü kırpmadan

Ama ona soran olmadı ki...

# Adım adım...
# Anadolu'nun bağrına

*Okuyacağınız, izleri Kurtuluş Savaşı ve Cumhuriyet öncesi dönemine dayanan, gerçek yaşamdan alınmış, ağıt gibi bir hasret öyküsü. Kırşehir-Keskin'de başlıyor. Öykümüzü dillendirmeden önce kahramanlarımızın köklerini kısaca irdelemenin yararlı olacağını düşünüyorum.*

13.-14. yüzyıllarda Orta Asya'dan Anadolu'ya göç eden Oğuzların Beydili Boyu'nun Cerid Aşireti, önce Musul, Kerkük civarına yerleşir. Ancak iklim ve çetin doğa şartlarından dolayı Adana, Maraş, Antep vilayetlerini içine alan geniş araziye yerleşmeyi istemektedirler. Yerleşik düzendeki bölge halkının engelleme çabaları yüzünden uzun ve zorlu mücadeleler vermek zorunda kalırlar.

Bu arada, Cerid Aşireti Beyi Mustafa Bey, IV. Murad komutasındaki kuvvetlerle beraber Revan (İran) Seferi'ne (1635-1638) katılır. Cerid Aşireti büyük yararlılık gösterir ve padişahın memnuniyetine mazhar olur.

Ancak yerli halkın şikâyetleri üzerine Beydili Boyu ve Cerid Aşireti Rakka'ya sürülür ve Türkiye'nin Urfa, Suriye'nin Rakka, Irak'ın Ramadi bölgelerine yayılırlar (1690-1691). Şartlar son derece elverişsizdir. Verimsiz topraklar, kavurucu çöl sıcağı, susuzluk... Yanı sıra Rakka bölgesindeki yağmacı Tay ve Urban Araplarına karşı mücadele etmek zorunda kalırlar. Oysa onlar Anadolu'nun serin yaylalarında yaşamayı düşlemektedirler. Devletin aldığı tedbirlere rağmen, aynı yıl içinde yeniden Anadolu'ya göçerler.

1696'da ikinci kez Rakka'ya sürgün edilen Türkmenler, Suriye çöllerinin sıcağına ve sivrisineğine dayanamayarak yeniden Anadolu'ya kaçarlar. Savaşlar, isyanlar, çekişmeler uzun yıllar boyunca sürer gider.

Rakka'dan Toroslar'a, oradan da Kırşehir'e doğru yola çıkan Silsüpüroğlu Aşireti'nin mensup olduğu Ceridler, önlerine çıkan Urban Araplarını ve Avşarları yenerek yollarına devam ederler. Bir süre Orta Anadolu'da kaldıktan sonra, bu kez de Toroslar'a sürülerek Adana Ceyhan yöresine yerleşirler. Ne var ki akılları hâlâ Kırşehir yöresindedir.

Padişah II. Mahmud zamanında Cerid Aşireti Beyi Silsüpüroğlu Ali Bey, Şam'da çıkan isyanı bastırmakla görevlendirilir. Padişahın fermanını alır almaz yola koyulan Ali Bey komutasındaki kuvvetler isyanı bastırırlar. Padişah bu durumdan çok memnun kalır ve Cerid Aşireti'ne istedikleri toprakları hediye eder. Kırşehir yöresindeki serin ve ormanlık bir yayla olan Hamit bölgesine gelerek on yedi köyü içine alan topraklara yerleşirler.

Sonunda, Hamit köyü merkez olmak üzere, Keskin ve civarını mesken tutmayı başarmışlardır. II. Mahmud, 1834'te beylik mührünü, Ali Bey'in oğlu olan, aşiretin o zamanki beyi Osman Bey'e verir.

Romanımızın ilk bölümünün geçtiği yıllarda Keskin'de sosyal yaşam son derece canlıdır. Keskin, Hamit ve civarındaki Türklerle azınlıklar ve aileleri arasında hiçbir sorun yaşanmamaktadır. Komşuluk ilişkileri çok iyidir.

# Birinci bölüm

# Keskin'de bir akşam vakti

Güneş yorgun bedenini Keskin'in üzerinden sıyırıp dinlenmeye çekilirken, gecenin diri soluğu arnavutkaldırımlı sokakların üzerine perde perde inmekteydi. Gün boyu tarlalarda, bahçelerde, zeytinliklerde, üzüm bağlarında ter dökmüş toprak işçileri, ırgatlar, ameleler bir an önce evlerine varmanın telaşı içindeydiler. Ticaretle uğraşan tüccar ve esnaf kesimi ise, bir işgününü daha tamamlamış olmanın huzuruyla dükkânlarının kepenklerini indirip aceleci adımlarla evlerinin yolunu tutuyorlardı.

Gündüzün cıvıltısı, gecenin sükûnetine devrediyordu nöbeti. Ak karaya, aydınlık karanlığa doğru doludizgin yol alırken, saygın ve itibarlı ailelerin yüksek duvarlarla çevrili evlerinin önünde akşam namazında yakılıp sabah namazına kadar yanık bırakılacak kandiller, kimi güçlü kimi ölgün ışıklarıyla, karınca kararınca yollarını aydınlatıyordu gelip geçenlerin. Bu kandillerden belki de en büyük ve en gösterişli olanı, Cerid Aşiret Beyi Hacı Ali Bey'in iki katlı görkemli evini ve geniş bir araziye yayılmış cennet misali bahçesini dış âlemden soyutlayan demir kapının üzerinde duruyordu.

Geniş bir aileye sahipti Hacı Ali Bey, tam on çocuğu vardı. Beşi ilk karısı Ümüş Hatun'dan (Göğüş Bey, Mahir Bey, Esat Bey, Osman Bey, Abdullah Bey), beşi de Ümüş Hatun'un üstüne kuma gelen ikinci karısı Fatiş Hatun'dandı (Münir Bey, Yahya Bey, Şaziye Hatun, Zahide Hatun, Tacettin Bey). Tacettin Bey dışında hepsi evlenmiş, ev bark sahibi olmuş, çoluk çocuğa karışmışlardı.

Bey ailesinin bütün fertleri aşiret içinde ve Keskin'de saygı gören, ayrıcalıklı insanlardı. Aileye mensup küçük çocuklar bile köylüler tarafından özel bir saygı görmekteydi. Bey soyundan gelen erkek evlatlar, yaşları ne olursa olsun, "bey" unvanı alıyor ve kendilerine öyle hitap ediliyordu. Kız evlatların adlarının sonuna ise mutlaka "hatun" ibaresi getiriliyordu.

Fatiş Hatun, 1834'te beylik mührünü II. Mahmud'un elinden alan Osman Bey'in ikinci kuşak torunu ve kocasının kıymetlisiydi. Beline kadar uzanan kuzguni siyah saçları, rastık çekerek daha da belirginleştirdiği kömür karası gözleri, o kadar çocuğu doğuran kendisi değilmiş gibi, attığı her adımda ahenkle salınan endamıyla Hacı Ali Bey'in hayatına ikinci bir bahar esintisi getirmişti.

İki karısına da aynı derecede düşkündü Hacı Ali Bey, ancak Ümüş Hatun'a derin bir saygı duyarken, gönlünün tüm muhabbetini Fatiş Hatun'un önüne sermekten kendini alamıyordu. Fatiş Hatun'un aile fertleri üzerindeki hükümran tavrı, zaman zaman hırçınlığa varan dediğim dedik yaklaşımları da büyük bir ihtimalle buradan kaynak buluyordu.

Fatiş Hatun akşam yemeği telaşındaydı. Mutfaktaki hazırlıklara nezaret ediyor, emirler yağdırıyordu çalışanlara. Her şey mükemmel olmalıydı. Öyle ki, sofraya oturan hiç kimse ağzına atacağı tek bir lokmada bile en ufacık bir kusur bulamamalıydı. Özel bir geceydi bu. Birazdan bütün aile; oğullar, kızlar, gelinler, damatlar ve torunlar bir araya gelecek, bin bir çeşit ağız tadıyla günün yorgunluğunu sofrada bırakacaklardı.

Bir kişi hariç! İşten az önce dönen Tacettin, bu akşam ailesiyle beraber olamayacaktı. Arkadaşlarıyla buluşmaya hazırlanıyordu.

Öfke içindeydi Fatiş Hatun. Oğluna söz geçirememenin kızgınlığıyla, hırsını Hacı Ali Bey'den alıyordu. Bekliyordu ki kocası bir adım öne geçsin, baba olarak tavrını koysun, yola getirsin oğlunu... Ne gezer! *Bey* kimliğiyle herkese olduğu gibi küçük oğluna da aynı sakinlik ve hoşgörüyle yaklaşmasına akıl erdiremiyordu Fatiş Hatun. Üstelik söz konusu, haytalık etmeye meyyal bir erkek evlatken!

Evin en küçüğüydü Tacettin. Belki de bu yüzden gerek babası, gerekse aralarında epey yaş farkı bulunan ağabeyleri tarafından çok seviliyor ve şımartılıyordu.

Zaman zaman, "Keşke bu kadar okutmasa mıydık bu oğlanı?" diye hayıflandığı oluyordu Fatiş Hatun'un. Hem oğulları, hem kızları bey ailesinin imkânlarıyla günün en iyi eğitim kurumlarında, en iyi şekilde yetiştirilmişlerdi. Ancak Tacettin bir adım öne geçmiş, ağabeyleri Kırşehir Rüştiyesi'ni bitirmekle yetinip çiftçilik ya da ticaretle uğraşırlarken, Tacettin mektebi idadiyi (lise) bitirerek, "tahsildar" olarak devlet dairesine girmeyi başarmıştı.

Bu akşam da, bir araya geldiklerinde güçlü bir sacayağı oluşturdukları iki arkadaşıyla buluşup devlet memuriyetine kabulünü kutlamaya hazırlanıyordu...

# Omorfia'nın tavernası

Aris elindeki sokak fenerini, demir kapının önünde durmuş arkadaşlarını bekleyen Tacettin'in üzerine tutup uzunca bir ıslıkla, bakışlarından dökülen beğeniyi dile getirdi.

"Bu ne yakışıklılık vre Tacettin? Yakacaksın şu Keskin'in kızlarını. Senin yanında gezmek bize haram."

Bir adım gerisinde duran Artin, "Ne de olsa kalem efendisi!" diye söze karıştı. "Senin, benim gibi rasgele çıkacak değil ya sokağa..."

Gerçekten de bir başka yakışıklı, bir başka şıktı o akşam Tacettin. İyi bir terzinin elinden çıktığı ilk bakışta anlaşılan siyah poturu,[1] beyaz gömleği, çuha cepkeni, siyah meşinden gıcır gıcır kunduraları, gömleğinin üzerine sağdan sola doğru çaprazlamasına taktığı gümüş köstekli saatiyle yalnız genç kızların değil, her yaştan kadın ve erkeğin beğenisine mazhar olacak mükemmel bir görünüm sergiliyordu.

Uzun boyu, duru beyaz teni, düzgün yüz hatları, kömür karası gözleri, her baş hareketinde sağa sola savrularak harelenen simsiyah gür saçlarının yanı sıra, taşıdığı meziyetleri benliğinde saklı tutup yeri geldiğinde gün yüzüne çıkarmasıyla, kimi zaman sıcakkanlı, esprili, çapkın bir delifişek oluyor, kimi zaman da ağırbaşlı, bilgece tavırlarıyla genç kızların hayallerini süslemeyi fazlasıyla hak ediyordu Tacettin.

1. Arka tarafı kırmalı, kalçadan dize kadar geniş inen, dizden aşağısı baldıra yapışacak tarzda dar bir pantolon türü.

Aris'le Artin de boylu boslu, yakışıklı gençlerdi, ama yaptıkları işler, giyimlerine Tacettin kadar özen göstermelerini gerektirmiyordu. Aris'in ailesi çiftçilikle uğraşıyordu. Halleri vakitleri yerindeydi. Tarlalar, bağlar bahçeler... Keskin'in içindeki evlerinden başka bir de çiftlik evleri vardı.

Artin'se genç yaşına rağmen tam bir ticaret erbabıydı. Babası ve ağabeyiyle beraber çarşı içinde büyük bir manifatura dükkânı işletiyorlardı. Yünlü, pamuklu, basma, pazen, ipek, atlas... Tüm kumaşların en iyileri onların dükkânındaydı. Sık sık İstanbul'a mal almaya giderdi Artin. Hacı Ali Bey de müşterileri arasındaydı ve Artin'in babası Sarkis Efendi ile yakın dostlardı.

Gece gezmelerinde gidilecek yere karışmazdı Tacettin. Zaten muhabbet edip eğlenilecek kaç mekân vardı ki şu Keskin'de? Hepsini de gayrimüslimler işletiyordu. Bu konuda söz sahibi biri Rum, diğeri Ermeni iki arkadaşı dururken Tacettin'e söz düşmezdi, olsa olsa tercihini söyleyebilirdi.

"Nereye gidelim?" diye usulen sordu Aris. "Omorfia'nın tavernasına ne dersiniz?"

Artin'in yanıtını beklemeden, "Tamam" dedi Tacettin.

Onun aklından ve gönlünden geçen de buydu. İlk kez bir hafta önce gitmişler, muhabbeti ve eğlencesi bol bir gece geçirmişlerdi tavernada. Seviyeli ve kaliteli bir mekândı. Gayrimüslim müşterilerin yanında, Keskin eşrafından hali vakti yerinde tüccarlar, çiftçiler de Omorfia'nın tavernasına konuk olabiliyorlar ve izzetle, ikramla ağırlanıyorlardı.

İçeriye girdiklerinde, köşelere yerleştirilmiş, çiçek ve kuş motifleriyle bezeli üç ayaklı kandiller ve masaların üzerindeki taba renkli tek mumluk toprak şamdanların içindeki ince beyaz mumlarla, bu tür eğlence yerlerine has hafif loşluğu muhafaza edecek derecede aydınlatılmış salon yeni yeni dolmaya başlıyordu.

Kapının ağzında beliren yeni misafirleri görmesiyle dikilip

durduğu yerden ok gibi fırlaması bir oldu Omorfia'nın.

"Hoş gelmişsiniz, hoş gelmişsiniz! Şeref vermişsiniz tavernamıza" diyerek yüreğinden taşan sevinci gizlemeye gerek duymadan, kare şeklindeki ahşap masalardan en öndekine buyur etti misafirlerini. Oturma yerleri hasır örgülü sandalyeleri çekerek, gerçek bir ev sahibi sevecenliğiyle oturmalarına nezaret etti.

Gecenin bu en itibarlı misafirlerine hizmet etmek zevkti Omorfia için. Onlara, üçüne birden itibar kazandıran ise, Tacettin Bey'in varlığıydı kuşkusuz. Koskoca Cerid Beyi'nin oğlu, iki hafta üst üste gelmekle büyük şeref bahşetmişti, hem Omorfia'ya, hem de bu mütevazı eğlence mekânına.

Hemen mutfağa seğirtti Omorfia.

"Acele edesiniz" dedi telaşla. "Ağır misafirlerimiz var. Büyük tepsiyi donatasınız. Hadi Yorgo, Sofia... Siz de sallanmayasınız kızlar. Anastasia, Patricia... Meyve dilimleyesiniz tabağa."

Kapı aralığından salona şöyle bir göz attı Yorgo.

"Bey oğlu gelmiş ha..." diye güldü ağzının içinde. "Ne içecek beyzadeler?"

Telaştan sormayı akıl edememişti Omorfia. Ama bir önceki gelişlerinden edindiği tecrübeyle, "Rakı" dedi. "Gene de sorasın kendilerine. Şarabımız ev yapımı diyesin."

Şarabı da, rakıyı da üzüm bağlarından gelen taze misket üzümleriyle kendileri imal ediyorlardı. Peynirini bile kendisi mayalardı Omorfia, kendi elleriyle kırardı zeytinlerini. Salatalara, yemeklere konulan sebzeler bostandan gelir, mezelerin hepsi taze malzemeyle hazırlanırdı.

Rakıyı karafakiye doldurdu Yorgo, rakı bardaklarıyla beraber yuvarlak bir tepsiye yerleştirdi, salona geçti. Küçük ahşap masalardan bir tanesi Omorfia'nın ikramlarına yetecek gibi görünmüyordu. Elindeki tepsiyi Tacettin, Aris ve Artin'in oturduğu masanın üzerine koydu. Hemen yanındaki boş masayı çekip sofra alanını genişletti öncelikle.

"Mezeler de hemen geliyor" diyerek mutfağa döndü.

Sofia, doldurduğu küçük meze tabaklarını yayvan bir tepsiye sıralamakla meşguldü. Üzerine zeytinyağı gezdirilip kekik dökülmüş beyazpeynir, taş kırma zeytin, tahinli köz biber, yaprak sarma, pilaki, cacık, patlıcan-biber kızartma, bol zeytinyağlı salata...

Tepsidekileri dikkatle inceledi Omorfia. Bir kâse de sarı leblebi koydu aralarına.

"Hadi Vasili" dedi. "Düşesin önüme. Sen taşıyacaksın, ama servisi ben yapacağım."

Neredeyse tamamıyla dolmuştu salon. Yeniliyor, içiliyor, bol bol muhabbet ediliyordu. Tabaklar, bardaklar boşaldıkça keyifler artıyor, sohbetler kahkahalarla sarmalanıyordu. Mutfağın yükü azalmıştı.

"Hadi Yorgo" dedi Omorfia. "Zamanıdır artık. Sen de Vasili. Bundan sonraki ikramımız kulaklaradır, gönülleredir."

Sedirin üstündeki udunu kutusundan çıkardı Yorgo. Darbukasını kaptı Vasili de. Masaların önündeki boşluğa çektikleri sandalyelere yerleştiler.

Salonun uğultusu arasında kaynayıp giden birkaç nağmenin ardından, kulaklara dolan ahenkli müziğin sesiyle kucaklaşmak istercesine suspus oluverdi insanlar. İçli bir hasret şarkısıydı Yorgo'nun ilk söylediği. Gözleri yarı kapalı, yaralı bir yüreğin isyan dolu seslenişine aracılık ediyor gibiydi.

Üzerine iliştiği sandalyede büzüşüp kalmıştı Omorfia. Sımsıkı kapadı gözlerini. Uçsuz bucaksız, mutlak bir karanlığın içine yuvarlanıvermeyi düşledi. Keşke mümkün olabilseydi! Üç ayaklı kandillerin, masaların üzerine serpiştirilmiş mumların hepsini bir nefeste söndürebilseydi keşke.

"Ah Dimitri, ah!" diye mırıldandı.

*"Kandillerin sürekliliği yaşam, sönmesi ise ölümdür!"* derdi Dimitri. Onu ölümün acımasız ellerine teslim ederken,

kendi hayatındaki bütün kandilleri de beraberinde söndürmüştü Omorfia.

Tam iki yıl önce bugün!

Birbirlerine sevdalandıklarında Omorfia on altı, Dimitri yirmi iki yaşındaydı. Hop oturup hop kalkmıştı Omorfia'nın babası, "Kızımı çalgıcı parçasına, hele o meyhanecinin oğluna asla vermem!" diye.

Annesiz büyümüştü Omorfia, Keskin'in en büyük ekmek fırınını işleten babasının bir tanesiydi. Çok da güzeldi. Görenlerin dönüp dönüp baktığı güzellikte...

Dimitri de, her ne kadar Omorfia'nın babasının gözünde *çalgıcı parçası* olsa da, has delikanlıydı. Yakışıklıydı da. İlk görüşte vurulmuşlardı birbirlerine. Babasına karşı çıkarak Dimitri'ye kaçarken, gözünü bile kırpmamıştı Omorfia.

Şimdilerde "Omorfia'nın tavernası" diye anılan mekân, Dimitri'nin babası Petros'un işlettiği sazlı sözlü bir meyhaneydi önceleri. Bağlama çalardı burada Dimitri, davudi sesiyle yüreklere işleyen şarkılar söylerdi.

Evlendikten sonra evde oturacak gelinlerden değildi Omorfia da. İlk zamanlar meyhanenin mutfak bölümüne arada bir uğrarken, hazırladığı mezeler, değişik ağız tatlarına hitap eden yiyecekler beğeni toplayınca günlerinin tamamını burada geçirmeye başlamıştı. İşe yaramanın memnuniyeti bir yana, Dimitri'sine yakın olmanın keyfini de sürüyordu bu sayede.

Taşlar yerine oturmuş gibi görünüyordu. Ailelerinin birbirine düşman kesilmesi dışında! Açıktan açığa dile getiremeseler de içlerini kemiren, mutluluklarının üzerine düşmüş koskoca bir gölgeydi bu husumet.

Patricia'nın doğumundan sonra işler düzelir gibi oldu. İki taraf da bebeğin hatırına, sırf torunlarını kucaklayabilmek için evlerinin kapılarını evlatlarına açmak zorunda kaldılar. Ama ilişkileri hiçbir zaman arzu edilen kıvama ulaşamadı.

Dimitri'nin babası Petros genç sayılabilecek bir yaşta maltahummasından ölüverince, tavernanın idaresi Dimitri'yle Omorfia'nın üzerine kaldı. O sıkıntılı günlerde Yorgo ve Sofia vardı yanlarında. Dimitri'nin en yakın arkadaşıydı Yorgo. Karısı Sofia mutfakta Omorfia'nın en büyük yardımcısı oldu. Yorgo da gündüzleri mutfakta çalışıyor, geceleri ise en az Dimitri'ninki kadar güzel ve etkileyici sesiyle şarkılar söylüyor, yerine göre ut, yerine göre bağlama çalıyordu. Oğulları Vasili ile kızları Anastasia, Patricia ile beraber büyüyorlardı.

Fazla yolundaydı her şey. Tıkır tıkır saat gibi işleyen kurulu düzenin bir yerlere takılıp tökezlemesinden ürküntü duyuyordu Omorfia. Bir öncekinden daha mutlu, daha cıvıltılı geçen her gün garip, sızılı bir korkuya dönüşüyordu içinde. Keşke içgüdüleri onu yanıltıyor olsaydı, keşke...

Ve o uğursuz gün! Neşeyle kucaklamışlardı sabahı. Dimitri bostandan topladığı taze sebzeleri tezgâhın üzerine bırakırken yorgun görünüyordu. Bir ara sendeler gibi oldu. Sapsarıydı yüzü. Birden yıkılıverdi olduğu yere.

"Yetişin!" diye tiz bir çığlık attı Omorfia. Gerisi kâbus gibi, kapkara bir lekeydi Omorfia'nın beynine kazınan. Uzanıp son bir gayretle karısının elini tuttu Dimitri. Sıktı, sıktı...

"Omorfia..." dedi güçlükle. "Kızımıza... Patricia'ma iyi bakasın."

Derince bir soluk aldı.

"Omorfia'm benim..." derken, fısıltıya dönüştü sesi.

Ve kandil sönüverdi! Dimitri'nin son sözleriydi bunlar...

Hayatının biricik ışığını yitirmişti Omorfia. Tesellisi mümkün olmayan kahredici bir acı yumağının ortasında umarsızca debelenip duruyordu. El ele çıktıkları yolda sonuna kadar beraberce yürüyeceklerini umarken, bir anda çekip gidivermişti Dimitri. Bundan sonrasında yaşamanın ne anlamı vardı? Ot gibi, yosun gibi, yalnızca soluk alıp vermek için bu dünyada kalacağına...

Ne delilikler geçmişti o günlerde aklından! Dimitri'nin son sözleri olmasaydı...

"... Patricia'ma iyi bakasın!"

Kocasının emanetiydi Patricia. Hiçbir şey için değilse bile kızı için yaşamak zorundaydı Omorfia.

Her sabah erkenden kalkıp mezarlığa gidiyordu. Saatlerce Dimitri'yle konuşuyor, bırakıp gittiği için sitemler ediyor, ağlıyor, haykırıyor; kaderine, yaşadıklarına isyan ediyordu. İçi daraldığı bazı zamanlar, gün ortasıymış, akşam vaktiymiş, umurunda olmadan Dimitri'yle dertleşmeye koşuyordu.

Gene böyle mezarlıktan döndüğü bir akşamüstü Yorgo'yla Sofia eve, ziyaretine geldiler. Dar günlerinde kendisini hiç yalnız bırakmayan bu iki vefalı dosta minnet borçluydu Omorfia. Onların verdiği desteği ne kocasının ailesinden görmüştü, ne de kendi ailesinden.

Ancak bu sefer garip bir tutukluk vardı sanki üstlerinde. Söze nereden başlayacağını bilemiyor gibiydi Yorgo. Tam bir şeyler söylemek için ağzını açmışken vazgeçip susuveriyordu.

"Bir ay oldu!" diyebildi sonunda.

Soran bakışlarını Yorgo'nun yüzüne dikti Omorfia. Devamını getirmesini bekledi.

Gözleri yerde, "Gelen giden oluyor" dedi Yorgo. "Talipleri var dükkânın. Çarşının içindeki çorbacı lokantaya çevirmeye niyetlenmiş. Başkaları da var sırada."

"Leş kargaları!" diye söylendi Sofia. Dilinden dökülüverenleri geri çevirmek ister gibi, eliyle ağzını kapadı hemen.

Karısının söylediğini duymazdan geldi Yorgo.

"Sen ne yapmayı istersin?" diye sordu Omorfia'ya. "Kapatalım mı, birilerine mi verelim?"

Gözleri uzaklara daldı Omorfia'nın... Gelin gitmişti o dükkâna. Ne çok emek vermişlerdi Dimitri'yle! Omuz omuza, sırt sırta, dişleriyle tırnaklarıyla çalışıp bugünlere getirmişlerdi. Sıradan bir dükkân değildi orası. Yaşadıkları mutlulukları onlara bahşeden evdi, yuvaydı, ocaktı...

"Demek lokanta yapmak istiyorlar Dimitri'nin ocağını, ha..." diye mırıldandı dişlerinin arasından.

"Lokanta ya da başka bir iş. Sana demedim üzüntünün arasında, ama çok ısrar ediyorlar. Sefercilerin Necip haber bekliyor. Yarına kadar cevap vermezsek gelip bizzat seninle görüşecekmiş."

"Zahmet etmesin" dedi Omorfia. "Dimitri'nin ocağı sönmeyecek. Onun zamanında nasılsa öyle devam edeceğiz. Dimitri'yi bir kere daha öldürmeye niyetim yok benim..."

Anılarından sıyrılmak ister gibi, sımsıkı kapadığı gözlerini hafifçe araladı Omorfia. Ne var ki o gözler cismani varlıkları görüp algılamasına yardımcı olacağına, beynini tümüyle ele geçirmiş hayali karelerle oyalıyordu sahibini. Salondan, salonu dolduran insanların varlığından uzakta yüreğine gömülmüş, kendi iç dünyasına kapanarak inzivaya çekilmişti adeta. Orada tek başına değildi ama. Dimitri vardı karşısında. Yorgo'nun hüzünlü şarkısına eşlik ederken, sevgi dolu sıcacık bakışlarıyla sarıp sarmalıyordu Omorfia'sını.

İkisi için de çok özel bir gündü bugün. Sabah erkenden kalkıp saçlarını zeytinyağlı sabunlarla yıkamış, sık dişli şimşir tarağıyla uzun uzun taramıştı Omorfia. Karısını, omuzlarına dalga dalga dökülen ipeksi saçlarını tararken seyretmeyi pek severdi Dimitri. Elini uzatıp uçuşan buklelere dokunamasa da, kocasının onu en mükemmel haliyle görüp kucaklamasını istiyordu Omorfia. Özenle hazırlanmıştı. Dimitri'nin ona pek yakıştırdığı bordo kadife kaftanını giymiş, kenarları iğne oyası işlemeli bürümcük ipekten başörtüsüyle başını bağlamış ve mezarlığa koşmuştu...

Saatlerce sohbet etmişti Dimitri'yle. Ağlamış, gülmüş, kimselerle paylaşamadıklarını anlatmıştı uzun uzun. Patricia'yı, kendisini... Geçmişte kalmış, ama ikisi için capcanlı duran eski günleri yâd etmişlerdi doyasıya.

Bu gece de Dimitri'ye hazırlamıştı kendini. İki yıl önce Sepetçilerin kızına diktirdiği, ancak üzerine geçirmeye fırsat bulamadığı kendinden simli, mor üzerine çiçek desenli entarisini, başındaki, saçlarının yarısını örten leylak renkli ipek şalı kocasının beğeneceğinden emindi. Hep böyle görmek isterdi Dimitri karısını. Bakımlı, giyimine kuşamına itina gösteren, kendinden emin, her daim başını dik tutmayı başaran güçlü bir kadın olarak...

Kimse umurunda değildi. Salondaki misafirlerin yüzleri ve kimlikleri silinmiş, hepsi tek tornadan çıkmış gibi birbirinin aynı heykelciklere dönüşmüşlerdi. Kulağı Yorgo'nun nağmelerinde, yüreği Dimitri'nin yüreğindeydi o an.

Sızılıydı Yorgo'nun şarkıları, hüzün kokuyordu buram buram. Oysa Dimitri, elinde udu ya da bağlaması, hüzünden çok neşeye açardı kucağını. Hayat doluydu, içi kan ağlasa da gülümsemeyi eksik etmezdi yüzünden. Saz ondaysa, ağır makamlı giriş şarkılarını kısa tutar, coşkulu nağmelere geçiş yaparak hareket getirirdi salona. Yorgo'yu kendi isteği doğrultusunda yönlendirmeyi de pek iyi becerirdi.

Baktı ki arkadaşı musiki sunumunda ağır aksak ilerliyor, bir el hareketiyle, "Hadi, patlat bir Keskin halayı!" diyerek canlılık katardı ortama.

Çok güzel oynardı Dimitri, seyredenleri hayran bırakırdı kendine. Halay, zeybek, karşılama, çiftetelli... Kaşık havasını onun kadar iyi oynayan ikinci bir kişi yoktu Keskin'de. Zarif ve ölçülü ayak hareketleriyle, ellerini kollarını usulünce kaldırıp indirerek, müziğin ritmiyle bütünleşmiş yakışıklı bedeniyle gerçek bir seyir ziyafeti çekerdi izleyenlerine. Karşısına geçip ona eşlik etmek yürek isterdi. Ama o, oturdukları sandalyeye yapışıp kalmış misafirlerini ellerinden tutup kaldırarak oyuna ve coşkuya katılmalarını sağlamayı da ihmal etmezdi.

Kimi zaman dost meclislerinde, tavernanın nispeten tenha gecelerinde, yaşanacakları dedikodu ve fitne vesilesi yapmayacaklarından emin olduğu bildik kişiler arasında, Omorfia'yı kolundan tutup karşısına geçer, onu da kendisine eşlik etmeye yüreklendirirdi. İkisi beraber öyle bir çiftetelli gösterisi yaparlardı ki, hayran kalmamak mümkün değildi.

Evet, eğer burada olsaydı, hüznün bu kadar koyusuna dayanamazdı Dimitri. Birden oturduğu yerden fırlayıverdi Omorfia.

"Hadi Yorgo" dedi. "Zamanıdır artık."

Bunun ne anlama geldiğini çok iyi biliyordu Yorgo. Ancak, her daim Dimitri'den gelen davetin adres değiştirip Omorfia'nın ağzından çıkmasına alışık değildi. Hoşgörüyle karşıladı, o da biliyordu bu gecenin özel olduğunu. İlk şaşkınlığını atar atmaz udunun tellerinde nazlı nazlı gezinen mızrabı özgürlüğüne kavuşturmakta gecikmedi. Kıvrak, kıpır kıpır bir çiftetelli dökülüverdi biraz önceki ağır havanın üzerine.

İşte o an hiç umulmadık bir şey oldu. Omorfia ağır adımlarla masaların arasından süzülüp Yorgo'nun önüne kadar geldi, kollarını kaldırıp oynamaya başladı. Bedenini müziğin gitgide hızlanan ritmine teslim ederek, gözleri uzakta bir noktaya dikili, kâh mahzun ve ağır tempoda, kâh coşkulu, kendinden geçercesine; üzerine dikilen bakışlardaki şaşkınlığa, hayranlığa aldırmadan ayaklarını garip bir hırs ve isyanla meydan okurcasına yere vurarak, ne zamandır içinde küçücük bir hücreye kapatıp üzerine kilitler vurduğu duygularını özgür bırakmanın sızılı keyfiyle... Ve yanaklarından süzülüp boynuna, göğsüne inen, değdiği yeri yakıp kavuran gözyaşlarıyla.

Başındaki ipek örtü saçlarının üzerinden kayıp omuzlarına düşmüştü. Aldırmadı. Sonsuzluğa uzanan uçsuz bucaksız bir düzlükte Dimitri'yle karşılıklı çiftetelli oynuyorlardı. Kim ne karışabilirdi? Dimitri'yi görmeyen gözlerle olmayacak yorumlar yapmak, kimsenin haddi değildi.

Kocasının öldüğü gün yemin etmişti, gözü bir başka erkeğin gözüne, eli bir başka erkeğin eline asla değmeyecekti. Cinsiyetini, dişiliğini onunla beraber toprağın altına gömmüştü Omorfia. *Erkek gibi kadın*'dı Keskinlilerin gözünde. Öyle olmak zorundaydı. Bedenini görünmez kılması mümkün değildi ama, o bedene uzanacak elleri kırabilecek güce ve kararlılığa sahipti.

Salonda soluklar tutulmuş, ilk başta mahcubiyetle hedefinden kaçırılan, ama asla kınama ve aşağılama içermeyen çekingen bakışlar, tümüyle Omorfia'nın üzerinde yoğunlaşmış; merakla, hayretle ancak tartışılmaz bir hayranlıkla bu beklenmedik dans şölenini izliyordu. Suspus olmuştu herkes. Udun ahenkle titreyen tellerinden, darbukanın, o titreyişlere uyumla eşlik eden dımbırtısından ve Omorfia'nın üstten bağcıklı siyah kunduralarını yere vururken çıkardığı topuk seslerinden başka ses çıkmıyordu salondan.

Omorfia'nın üzerinden alamadığı bakışlarını Tacettin'e çevirdiğinde, garip bir ürküntü duydu Aris. Evet, orada bulunan herkes fazlasıyla etkilenmişti Omorfia'nın dansından. Ama Tacettin'in bakışları diğerlerininkinden çok daha farklı şeyler söylüyordu Aris'e. İyi tanırdı arkadaşını. Bu bakışlar hayra alamet değildi.

"Ne bakarsın öyle vre Tacettin? Kadının içine düşecekmiş gibi..." demekten kendini alamadı. "Sanki ilk kez görüyorsun Omorfia'yı!"

Gözlerini Omorfia'nın üzerinden ayırmadan, "Bu halini ilk defa görüyorum" diye güldü Tacettin.

Eyvah, eyvah! Sakın tutulup kalmasındı bu kadına Tacettin.

"Ne var halinde? Oynayan kadın görmedin mi sen hiç?"

"Oynarken ağlayan kadın hiç görmedim be Aris. Demir gibi kuvvetli, ama bir o kadar da nahif ve hissiyatlı."

Soluk kandil ışığında, Omorfia'nın yanaklarında parlayan inci misali gözyaşlarını ancak o zaman fark edebildi Aris. Büyük bir ihtimalle orada bulunan hiç kimse de fark etmemişti. İşveyle, cilveyle çiftetellinin hakkını veren etine dolgun, güzeller güzeli bir kadının bedeni dururken yüzüne bakmak kimin aklına gelirdi Tacettin'den başka?

"Hepsi bu mu yani?" diyerek üsteledi Aris.

"Daha ne olsun?" diye güldü Artin. "Belli ki ağlayan kadına dayanamıyor Tacettin Beyimiz."

Dalgın bakışları Omorfia'nın üzerinde, "Bir de..." diye fısıldadı Tacettin, "birine benzettim galiba."

"Kimselere benzemez Omorfia!" der demez, arkadaşını daha da heveslendirip şevke getirecek bu sözleri ettiğine pişman oldu Aris.

Kısılmış gözlerinin arasından, "O kadar da emin olma" diye gülümsedi Tacettin. "İnsan insana benzer."

Hayır, kesinlikle arkadaşını atlatmak, dikkatini başka yöne çekmek istiyordu Tacettin. Keskin sınırları dahilinde Omorfia'ya benzeyen hiç kimseyi tanımıyordu Aris...

## Büyük sır

Gözüne uyku girmemişti Fatiş Hatun'un. Misafirlerini yolcu ettikten sonra, evdekiler de yataklarına çekilince bahçeye bakan pencerenin önündeki sedire oturmuş, Tacettin'in yolunu beklemişti. Avludaki ayak seslerini duyar duymaz da kalkıp usulca odasına geçmişti.

Hayır, yüz göz olmayacaktı oğluyla. Ama mademki ev ahalisinden hiç kimse, özellikle de babası ve ağabeyleri bu gidişata son vermek için kıllarını kıpırdatmıyorlardı, Tacettin'i doğru yola çekmek Fatiş Hatun'a düşüyordu. Gecenin bir yarısında karşısına dikilip hesap sormak yakışık almazdı. Hele bir sabah olsundu, ne diyeceğini biliyordu. Yaptıklarını yüzlemeden, tatlı tatlı yola getirecekti oğlunu.

Birkaç saatlik huzursuz bir uykunun ardından, erkenden kalkıp doğruca mutfağa geçti Fatiş Hatun. Hacer sabah çorbasını hazırlamış, sofraya götürmek için emir bekliyordu hanımından. Buram buram, mis gibi kokuyordu dumanı üstünde tarhana çorbası.

Kalabalık sofralara alışık olan bey evi, peş peşe evlenerek yuvadan uçan evlatların ardından iyiden iyiye ıssızlaşmıştı. Bir Tacettin kalmıştı evlenmeyen. Hacı Ali Bey'le Ümüş ve Fatiş Hatunlar, evin biricik oğlunun gözünün içine bakıyorlardı.

Gecikmişti Tacettin. Hacı Ali Bey'le Ümüş Hatun çorbalarını içmeye koyuldular. Fatiş Hatun ise, kaşığına el sürmeden sabırla bekledi oğlunu.

Ümüş Hatun yaşça kumasından epey büyüktü, anası yerindeydi neredeyse. Belki de bu yüzden, onun zaman zaman aşırıya vardırdığı hırçınlıklarını hoş karşılıyor, yaptığı hataları gençliğine veriyor, yüzünden eksik etmediği bilgece gülümsemesiyle evin içinde cereyan eden en karmaşık meselelere bile çözüm getirebiliyordu.

Fatiş Hatun da kocasının ilk göz ağrısına saygıda kusur etmiyordu doğrusu. Kavga gürültü, çekişme yoktu aralarında. Yalnız ikisinin değil, evlatlarının arasında da kıskançlığın, hasedin, art niyetin zerresi yaşanmamıştı o güne dek. Üvey nedir bilmezdi hiçbiri, iki ayrı anadan doğduklarını unutmuş gibiydiler. Bu hassas dengenin devamını sağlayan, Hacı Ali Bey'den ziyade Ümüş Hatun'du kuşkusuz.

Fatiş Hatun'un son zamanlarda Tacettin'e fazlaca karışmasını da uzaktan uzağa, iyi ya da kötü tek söz etmeden sessizce izliyordu Ümüş Hatun. Ancak, herkesi memnun edecek bir hal çaresi bulunması için dua etmekten başka bir şey gelmiyordu elinden.

Sonunda gelebildi Tacettin. Gözlerinin etrafı halkalanmış, beti benzi sapsarı, gecenin yorgunluğunu üstünden atamamış bir halde.

Fatiş Hatun, sesini elinden geldiğince yumuşatmaya çalışarak, "Çorban hazır" dedi.

"Hiç içesim yok be anacığım" diyerek kaytarmaya çalıştı Tacettin.

"Tabii ya, feneri sabaha karşı söndürürsen..." diye başlayacaktı ki, hemen toparlandı Fatiş Hatun.

"Olmaz öyle şey! Aç acına işe gidilmez" diyerek kolundan tutup zorla sofraya oturttu oğlunu.

Çaresiz, sofraya çöküverdi Tacettin.

"Sen de otur Fatiş" dedi Ümüş Hatun. "Bizlere yedirdin

ama, tek lokma koymadın ağzına."

Söz dinleyen uysal bir çocuk edasıyla oğlunun yanına oturdu Fatiş Hatun. Kaşığını çorbaya çaldı. Bir yandan da havadan sudan konuşur gibi, gece boyunca kafasında tasarladıklarını dillendirmeye başladı.

"Şükürler olsun ki evlatlarımız evlerini barklarını kurdular, torun torba sahibi yaptılar bizi. Darısı Tacettin'imin başına. Bir de onun mürüvvetini görseydik..."

"Başlama gene anacığım" diye güldü Tacettin.

"Gülme!" dedi sertçe Fatiş Hatun. "Başını bağlamanın zamanı geldi de geçiyor bile. Şu bizim Abdullah Emmi'nin baldızının küçük kızı var ya... Sıdıka! Mehmet Efendilerin düğününde gördüm, bayıldım. Güzel mi güzel. Pek de hamarat maşallah. Düğün boyunca oradan oraya koşturup durdu. Okumuş da. Kız mektebine göndermişler. Taş Mektep'e. Görgülü, saygılı... Ailesi de bize ayar."

Sustu. Tacettin'in ilgisiz haline kızmıştı.

"Tacettin!" dedi sertçe. "Dinliyor musun sen beni?"

Sesini yumuşatarak devam etti:

"Şu kızı uzaktan uzağa bir görsen diyorum. Beğeneceğinden eminim. He de, hemen gidip isteyelim."

Bu kaçıncı kızdı göstermek istedikleri... Aynı teraneleri dinlemekten bıkıp usanmıştı Tacettin.

"Hiç zahmet çekme anacığım" diyerek içini çekti. "Münasip gördüğüm birisi olursa, sana haber ederim."

"Yetti be oğlum!" diye sızlanmaya başladı Fatiş Hatun. "Evlen, evini barkını bil, torunlar ver kucağımıza."

"Bilmeyen de torun hasreti çektiğinizi sanır. Ağabeylerim, ablalarım kaç torun koklattı size. Yetmedi mi? Benimki de eksik kalsın."

"O nasıl söz! Ağzından yel alsın. Herkesin yeri ayrı. Neden senin de oğulların, kızların olmasın? Meyvesiz ağaç olur mu hiç?"

Baştan beri hiç ses etmeden ana oğlun atışmalarını dinleyen Hacı Ali Bey araya girme gereği hissetti.

Her zamanki olgun ve uzlaştırıcı tavrıyla, "Endişe etme hanım" dedi. "İşe yeni başladı, hele bir alışsın, evlenmeye de sıra gelecek elbet."

Ümüş Hatun da ağır ağır başını sallayarak Hacı Ali Bey'i onayladı. Onlardan aldığı güçle doğrulup kalktı Tacettin. Gönlünü almak ister gibi sıkıca sarıldı annesine, asılmış yüzünü defalarca öptü.

Gecenin yorgunluğunu üstünden atamamıştı ama, keyfi yerindeydi bugün. Kim ne derse desin, karşısına hangi can sıkıcı teklifler ve engeller konulursa konulsun, bu keyfi bozmamaya kararlıydı.

* * *

Neye yoracağını bilemiyordu Aris. Bir haller olmuştu Tacettin'e. Yüzünde dalgın bir ifade, dudaklarında eskisinden farklı aydınlık bir gülümsemeyle bulutların üzerinde yürüyordu sanki. Üstelik bu gözle görülür değişim konusunda tek söz etmiyor, Aris ya da Artin sıkıştırmaya kalktığında kaçamak cevaplarla geçiştirmeye çalışıyordu.

Aris'le Artin aralarında konuşmuşlar ama işin içinden çıkamamışlardı. İlk kez böyle görüyorlardı arkadaşlarını. Büyük bir ihtimalle gönül meselesiydi. Daha önce de pek çok kez benzer durumlarla karşılaşmışlar, ama Tacettin'in bu seferki inatçı ve ketum duruşuna hiç tanık olmamışlardı. Ayrıları gayrıları yoktu oysa, o güne kadar ne yaşamışlarsa birbirleriyle paylaşmışlardı. Tacettin'in en yakın arkadaşlarıyla, özellikle de içtiği su ayrı gitmeyen Aris'le paylaşamadığı sır ne olabilirdi?

Tedirgindi Aris. Her şey o gece başlamıştı... Omorfia'nın üstünde düğümleniyordu şüpheleri. Kondurmak istemiyordu ama, arkadaşının olmayacak bir sevdaya tutulmasından delice korkuyordu.

Hiç ağzına almamıştı, tek soru sormamıştı o geceye dair. Bekleyecekti. Tacettin'in önünde sonunda gelip ona, biricik sırdaşına içini dökeceğinden emindi.

O akşam Tacettin'le Aris baş başa gideceklerdi eğlenmeye. Artin, manifatura dükkânına mal almak için İstanbul'a gitmişti.

Sokağın başında buluştular.

Aris'in ağzını açmasına fırsat vermeden, "Tavernaya gidiyoruz!" diyerek kestirip attı Tacettin.

Heyecanlıydı, sabırsızdı, hareketlerindeki acelecilik fark edilmeyecek gibi değildi.

Neyeydi bu özlem, kimeydi, niyeydi?.. İçinde bir his, bu gece kafasındaki bütün soruların cevabını öğreneceğini söylüyordu Aris'e.

Salonun sağ tarafında, mutfak bölümüne yakın bir masa seçmişti Tacettin. Sırtı salona dönük konumdaki sandalyeye yerleşip derin bir soluk alarak tüm içtenliğiyle gülümsedi Aris'e.

Omorfia ortalarda yoktu. Vasili'nin tepsi içinde getirdiği meze tabaklarını masaya yerleştirmesini sessizce izlediler. Tam rakılarını yudumlamaya başlamışlardı ki, Omorfia belirdi karşılarında. Telaşlı görünüyordu.

"Hoş gelmişsiniz" dedi. "Geç kaldım bu akşam. Kusura bakmayasınız."

Nereden gelmişti, niçin geç kalmıştı belli değildi, önemi de yoktu. Tacettin de, Aris de farklı bakış açılarıyla, ama ikisi de dikkatle izliyorlardı kadını. Bir önceki gördüklerinden çok daha sade bir elbise vardı Omorfia'nın üzerinde. O geceki kadar süslü püslü de değildi. Gene de güzeldi, hoştu, çekiciydi. Ama Aris'in düşündüğü tarzda baştan çıkarıcı, fettan bir hali yoktu doğrusu.

Gene de tetikteydi Aris. Omorfia konuşurken hem onu,

hem de Tacettin'i göz hapsine almıştı. Öyle ki, yüzlerindeki tek bir ifade değişimini kaçırmamak için elinden gelse gözlerini kırpmayacaktı.

Bir hafta önceki gecenin tekrarını yaşıyor gibiydiler. Yemek ve içki faslının kıvamını bulması, Yorgo'nun udu eşliğinde terennüm ettiği şarkılar... Ama bu kez Omorfia'nın o unutulmaz dansından mahrum kalacaklardı galiba. Masaların arasında şöyle bir dolanıp misafirlerine hoş geldiniz dedikten sonra, mutfak bölümüne geçip ortadan kayboluvermişti Omorfia. Geri dönmeye, salondakilerin beklentilerine cevap vermeye niyeti yoktu anlaşılan.

Aris de ortada endişe duyulacak bir durum olmadığını görerek, bir haftalık gerginliğinden sıyrılmak üzereydi ki, umulmadık bir gelişmeyle oturduğu yerde dondu kaldı. Mutfağı salona bağlayan çift kanatlı kapının önünde beliren gencecik bir kız, ağır adımlarla yürüyerek Tacettin'le Aris'in yanına yaklaştı, elindeki meyve tabağını masanın üzerine bıraktı.

Çekicilikte, salkımların üstündeki, çeperleri buğulanmış üzüm taneleriyle yarışan iri, kömür karası gözleri bir Tacettin'in üzerinde, bir yerde, mahcup bir tavırla, "Akşamüstü bağdan topladık" diye mırıldandı. "Sizin için getirdim."

Bukleler halinde omuzlarından aşağılara dökülen kumral, hareli saçları, gül tomurcuğu misali kıvrılmış pespembe dudakları ve narin endamıyla kırılıverecekmiş gibi duran bu afet-i devran da kimdi? Meraklı bakışlarını kızın üzerinden Tacettin'e çevirdiğinde arkadaşının, bu beklenmedik misafirin hiç de yabancısı olmadığını kavrayıverdi Aris. Öylesine tanıdık, öylesine sıcak bakıyorlardı ki birbirlerine...

Şaşkınlık içindeydi Aris. Nereden çıkmıştı bu kız? Kimdi? Daha önce bir yerlerde görmüş gibiydi ama, nerede gördüğünü çıkaramıyordu bir türlü.

Arkadaşını daha fazla merakta bırakmadı Tacettin.

"Patricia" dedi. "Omorfia'nın kızı."

İşte o an hatırladı Aris. O çarpıcı dansını kendinden geçercesine seyrederken, Omorfia'yı birine benzettiğini söylemişti Tacettin. Gerçekten de annesinin on beş-yirmi yaş genç haliyle karşılarında duruyor gibiydi Patricia.

Demek Tacettin'in büyük sırrı buydu. Ve biricik sırdaşına açıklamak için bu geceyi beklemişti.

Patricia'nın geldiği gibi sessizce yanlarından uzaklaşıp mutfak kapısının gerisinde gözden kaybolmasını farklı duygular içinde izlediler. Tutku vardı Tacettin'in gözlerinde, sevda pırıltıları vardı. Aris'inkinde ise şaşkınlık, merak, biraz da ürküntü.

Anlattı Tacettin... Omorfia'nın tavernasına geldikleri ilk gün tek katlı binanın yan tarafındaki, mutfak ve kiler bölümünün dışarı bakan kapısının önünde görmüştü Patricia'yı. Nasıl olmuştu bilemiyordu, bir anda kilitlenivermişti bakışları. İlk kez başına geliyordu böylesi. Gelir geçer bir yürek hoplaması sanmıştı önce. Ama değildi. Patricia'nın başrolde olduğu hayaller kuruyordu geceler boyu. Aynı hayallerle uykularından uyanmaya başlayınca anlamıştı işin ciddiyetini.

Günlerce tavernanın etrafında dolanmış, adını bile bilmediği Patricia'nın yolunu gözlemişti. Sonunda, aynı yaşlarda bir kızla tavernadan çıkarken peşlerine düşmüş, arkadaşı olduğunu tahmin ettiği diğer kız bir köşe başında yanından ayrılınca da yanına gidip konuşmayı denemişti.

Çok korkmuştu Patricia, kocaman açtığı kömür gözlerinde ürküntü vardı. Kaçıp uzaklaşmak istediğinde bileğinden tutup durdurmuştu onu Tacettin.

"Korkma" demişti. "Benden sana zarar gelmez. Sadece tanımak istiyorum seni."

Adının Patricia olduğunu da, Omorfia'nın kızı olduğunu da o gün öğrenmişti.

Tacettin'in coşkuyla, heyecanla anlattıkları karşısında dumura uğramış gibiydi Aris. Evet, arkadaşının Omorfia'ya sevdalanmamış olması sevindirici bir durumdu gerçi ama, Omorfia'nın kızına âşık olması ve henüz tanışma aşamasında da olsa bir ilişkiye başlamış olmaları, yeterince belalı bir durumdu. Tacettin'in mensup olduğu *bey ailesi* bu durumdan haberdar olunca kopacak kıyameti düşünmek bile istemiyordu Aris.

Ehvenişer denilen, *kötünün iyisi* bir durumdu yaşadıkları. Omorfia'ya beraberlik ihtimali şerdi, kötüydü; ama Patricia'nın sevdası da en kötünün bir gömlek iyi haliydi yalnızca. Ve Aris arkadaşı için çok, ama çok endişeleniyordu...

# Bağ evi buluşması

Dünya umurunda değildi Tacettin'in, varsa yoksa Patricia'ydı. Onu bir iki dakikalığına görmek için saatlerce yolunu beklemeyi, tavernanın çevresinde nafile turlar atmayı seve seve göze alıyor; Patricia'nın yanında biri varsa, ki çoğu zaman öyle oluyordu, uzaktan uzağa kaçamak bir bakışta buluşmak, tek başına yakaladığı nadir zamanlarda yanına yaklaşıp üç beş kelimelik yarenliği paylaşmak dünyaları bahşediyordu Tacettin'e. Geceleri düşlerinin, gündüzleri hayallerinin biricik sahibi olmuştu Patricia. Kalbinin her atışı, aldığı her soluk onun varlığında vücut buluyordu.

Aris'le Artin dışında aralarındaki ilişkiyi bilen biri daha vardı: Omorfia! Kızının halindeki tavrındaki değişikliği ilk günden fark etmişti. Uzun uzadıya sorgulamaya gerek yoktu, her şey apaçık ortadaydı. Kızı, Dimitri'nin emaneti, biricik Patricia'sı ilk kez âşık oluyordu. Hem de tam kendisinin ilk aşkı yaşadığı yaşta! On altı yaşında yüreği kanatlanmış, hülyalı bakışları bir Türk beyinin gözbebeklerine çakılıp kalmıştı Patricia'nın.

Ne yapacağını, nasıl davranacağını bilemedi önce. Engellemeye kalksa başarabilirdi belki. Öylesine uysal, söz dinleyen bir kızdı Patricia. Ama gönlü razı olmadı. Saf, tertemiz, pırıl pırıl bir aşkın önüne set çekmek Omorfia gibi aşka âşık, ölüp gitmiş sevdiceğinin ardından hâlâ hasretini çeken, duyguları her daim mantığının önünde koşturmuş bir kadın için imkânsızdı.

Yapamadı, kıyamadı gözlerinin önünde filizlenen bu nahif aşka. Oluruna bıraktı. Gün gelip kızının acı çekebileceğini bilse de. Önüne dikilecek, "Bey ailesidir, ne yapar eder ayırırlar âşıkları" gerçeğine rağmen.

Engel olmak bir yana, elinden gelen desteği vermekten de geri durmadı üstelik. Duvar diplerinde, kapı aralarında birbirlerini görmek için çırpınan âşıkların ilk gerçek buluşmasının da mimarı oldu. Hataların en büyüğüydü belki, ama en az Patricia kadar o da Tacettin Bey'i yakından tanımayı arzu ediyordu ve bu fırsatı yaratmak da ona düşüyordu.

Patricia'nın şaşkınlıktan fal taşı gibi açılmış gözlerine aldırmadan, "Söyle, bağ evine gelsin" dedi. "Beyimizi taverna köşeleri yerine evimizde, sofaccording ağırlayalım."

Omorfia'nın beklenmedik teklifi en az Patricia kadar Tacettin'i de şaşırtmıştı. Kulaklarına inanamadı duyduğunda. Daha Patricia'yla karşı karşıya gelip doğru dürüst iki laf etmemişken... Ne anlama geliyordu bu davet?

Münasip bir lisanla, Tacettin'den davranışlarına çekidüzen vermesini mi talep edecekti Omorfia? Eğer öyleyse, kendi evinde sofralar kurmasına ne gerek vardı?

Dışardan bakıldığında iyi niyetli, tanışma amaçlı bir buluşma gibi görünse de, aba altından sopa göstermek gibi, üstü örtülü, farklı bir amaca hizmet ettiğini sezinliyordu Tacettin. Her ne olursa olsun, böyle bir teklifi geri çeviremezdi. Ama uzun uzadıya hazırlanmış ziyafet sofralarına da gerek yoktu.

"Yarın ikindi vakti gelir bir çayınızı içerim" dedi Patricia'ya.

Omorfia'nın bağ evi Keskin'in dış mahallelerinden birinde, geniş bir arazinin üzerindeki bağların, bahçelerin, bostanların ortasında yer alıyordu. Tavernanın mutfağını besleyen ürünlerin ana kucağıydı burası. Terütaze sebzelerin, kavun karpuzun yetiştiği bostan; beyaz, pembe, kara, çekirdekli, çekirdeksiz, envai çeşit üzümün yer aldığı bağlar; elma, armut, ayva, kayısı, kiraz, vişne, erik ağaçları...

Omorfia ile Patricia demir parmaklıklı bahçe kapısının önünde karşıladılar Tacettin'i. Sıra sıra dizilmiş asma fidanlarının arasından yürümeye başlarken, Patricia ile Tacettin mahcubiyet perdesinin gerisinde kaçamak bir bakışta buluşup gözlerini yere indirdiler. Omorfia, ikisinin tedirgin ve ürkek tavırlarına inat, ayağını bastığı yerden adeta ses getiriyor, attığı her adımın nereye varacağını bilen güvenli edasıyla yol gösteriyordu Tacettin'e.

Tacettin, bedenine yayılan sarhoşluğa özdeş baygınlık hissinin, dört bir yanı saran yediveren güllerin rayihasından mı, içinde bulunduğu karmaşık ruh halinden mi kaynaklandığını kestiremeden, Omorfia'nın peşi sıra yürüyordu. İki yanda kenarları beyaz taşlarla döşenmiş iki ince su yolunu takip ederek, ortasında bağ evinin olduğu düzlüğe ulaştılar. Gene aynı beyaz taşlarla çevrili fıskiyeli havuz, hemen arkasındaki iki katlı, beyaz badanalı evin bir parçasıymış gibi manzarayı bütünlüyordu.

Omorfia, havuzun kenarına yerleştirilmiş dikdörtgen şeklinde uzunca bir masaya kurulmuş, ilk bakışta mütevazı, ancak dikkatle bakıldığında özenle hazırlandığı belli olan sofraya buyur etti misafirini.

"Şöyle buyurun Tacettin Bey" diyerek masanın başköşesini gösterirken son derece saygılı bir tavır sergiliyordu. Kendisi Tacettin'in sağ yanına geçerken, Patricia'ya da, oturması için karşısındaki sandalyeyi işaret etti.

Beyaz masa örtüsünün üzerine dizilmiş küçük tabakların içinde neler yoktu ki? Üzerine kekik serpilmiş, zeytinyağı gezdirilmiş peynirler, kırma zeytinler, bostandan toplanıp dilimlenmiş kıpkırmızı domatesler, salatalık ve biberler; maydanoz, dereotu, nane kümeleri, tereyağında çevrilmiş bastırma, Omorfia'nın can yoldaşı ve baş yardımcısı Eleni'nin sacda pişirdiği sıcacık bazlamalar, bin bir çeşit meyveyle hazırlanmış reçeller, kaymak, yoğurt... Hepsi de ev yapımı, hepsi taptaze.

Tavernada misafirlere sunulan rakı ve şarapların ev yapımı olduğunu gururla vurgulayan Omorfia, sofradaki yiyeceklerin de kendi emeklerinin ürünleri olduğunu söylemeden geçemedi.

"Elimizin değmediği tek lokmayı soframa koymam ben!"

Biraz abartılı mı konuşmuştu ne? Özellikle böyle konuştuğunu düşündü Tacettin. Bir yanda rakı ve şarap, meyhane ve taverna masaları... Diğer yanda ev sıcaklığında sunulan el emeği ağız tatları. Ve gerçek bir aile sofrası samimiyeti.

"Onu da yaparım, bunu da, hem de en mükemmelinden!" demeye getiriyordu sanki Omorfia. Ya da Tacettin'e öyle gelmişti.

Bir adım sonrasında, çaylar içilip sofranın hakkının verilişinin ardından, tahminlerinde yanılmadığını gördü Tacettin. Eleni tabakları toplayıp bahçe ürünü envai çeşit meyveyi masanın üzerine sıralarken, konuşulacak en önemli konu oymuş gibi üzümlerin, eriklerin, kirazların yetiştirilme hikâyelerini dillendirmeye başladı Omorfia.

Patricia bir adım geride, başrolü ve konuşma hakkını annesinin ellerine teslim etmiş gibi sessiz, kaçamak bakışlarla Tacettin'i süzüyordu. Siyah ve iri taneli, buğusu üstünde üzümlerin üzerinde birleşiverdi gözleri. Tavernadaki o geceyi yeniden yaşıyorlardı sanki. Patricia'nın, elindeki üzüm tabağını usulca masanın üzerine bıraktığı o anı.

Ne var ki Omorfia araya girmekte gecikmedi.

"O gece" diye başladı, "üzüm tabağını Vasili yerine Patricia'nın getirmesine ben izin verdim. Böylesinin, ikinizi de memnun edeceğini düşündüğüm için."

İşte Omorfia! Ne anlatmak istediği öylesine açıktı ki...

"Ben istemesem o üzüm Patricia'nın eliyle konmazdı o sofraya. Ben istemesem, bugün burada olamazdınız Tacettin Bey! Her şey benim kontrolüm altında. Bu hep böyle olacak, bilmiş olun!"

İzzet ikram arasında sunulan ve hafif tertip tehdit kokan tatlı sert uyarılar... Patricia'nın farkında bile olmadığı, Tacettin'in ise her biri beynine işleyen, her an zehir akıtabileceğinden kuşku duyduğu, sivri uçlu savaş okları...

Omorfia'ya hak veriyordu aslında Tacettin. Patricia her şeyiydi onun, gözünün bebeğiydi. Hem anne, hem baba sorumluluğuyla, kurda kuşa yem edecek değildi ya biricik kızını. Ama Tacettin de ne ürküntü veren bir kurttu, ne de yırtıcı bir kuş. Koskoca bir bey oğluydu! Biraz da buna güveniyordu galiba Omorfia. Yoksa evine davet edip aynı masaya oturur muydu elin adamıyla?

Bu güveni boşa çıkarmayacaktı Tacettin. Asla incitmeyecekti Patricia'yı, kararlıydı. İçi titriyordu ona bakarken, eli ayağı dolaşıyordu birbirine. Nasıl kıyardı ona?

Bey ailesine ve Tacettin Bey adına yaraşır biçimde davranmak boynunun borcuydu. Omorfia da görecekti Tacettin'in ne kadar sözünün eri ve dürüst bir adam olduğunu... Ve onları bir araya getirdiği için asla pişman olmayacaktı.

* * *

Aile içinde ilk, Şaziye Ablasına açıldı Tacettin. Dokuz kardeşi içinde en çok onu sever, kendini en çok ona yakın hissederdi.

Ayntab (Antep) eşrafının önde gelen ailelerinden birine gelin gitmişti Şaziye Hatun. Aile halen Ayntab'da yaşıyordu. Kocası Rıza Bey askerlik dolayısıyla Yahşihan'a gelip Şaziye'yle evlenmiş ve bir çiftlik satın alarak Keskin'e yerleşmişti. Hali vakti yerindeydi, karısını hoş tutuyordu. Biri kız, ikisi oğlan üç çocukları olmuştu. Keskin'in yukarı mahallelerinden birinde bağlık bahçelik geniş bir arazinin ortasındaki kâşane gibi görkemli bir evde oturuyorlardı. Şaziye haftada bir gün baba evine gidip hasret gideriyordu ailesiyle. Halinden şikâyetçi değildi. Kocası cuma günleri öğle vakti, namazdan sonra Şaziye'yi baba evine bırakır, akşamüzeri çiftlik dönüşü gelir, beraberce akşam yemeğini yedikten sonra karısını, çocuklarını alır, evlerine dönerlerdi.

O cuma sabırsızlıkla ablasının yolunu gözledi Tacettin. Fatiş ve Ümüş Hatunlar torunlarıyla hasret giderip oynamaya dalmışlarken, usulca bir kenara çekti ablasını. Söze nereden başlayacağını bilemiyordu.

"Biri var" diye başladı. "Sevdalandım galiba ben abla" diyerek devam etti.

Gözlerinin içi güldü Şaziye'nin.

"E, söyle bakalım kimlerdenmiş bu kız?"

Duymazdan geldi Tacettin. En son söyleyeceğini en başta dile getirip havayı bozmanın âlemi yoktu.

"İlk görüşte kanım kaynadı" dedi heyecanla. "Öyle narin, öyle kırılgan, öyle güzel ki..."

"Anlaşıldı" diye güldü Şaziye. "İyicene tutulmuşsun sen. Neyse... Anamın istediği de bu değil mi? Seni bir an önce baş göz etmek için deli oluyor. Söyle de gidip isteyelim, bitsin bu mesele. Kimin kızı bu gelin namzedi?"

Kendi kendine konuşur gibi, "Adı Patricia" diye mırıldandı Tacettin. "Omorfia'nın kızı."

Yaz ortasında ansızın bastırıveren beklenmedik bir ayaz, önünde durulması imkânsız bir fırtınaydı ablasının bakışları.

"Deli misin sen oğlum?" diye kükredi Şaziye. "Anam duysa parçalar seni. Ya babam? Yüreğine indireceksin koskoca Hacı Ali Bey'in. Aklını başına devşir! Duymamış olayım bu dediklerini. Ne sen söyledin, ne ben duydum!"

Yanlış limana sığınmaya kalkmıştı galiba Tacettin. O güne kadar sakin, uysal, ılımlı tavırlarıyla gönlünün tahtına oturttuğu ablasının, "Omorfia'nın kızı" lafını duyar duymaz pamuklu, yumuşacık fistanının altından tırnaklarını çıkarıp bir anda aslan kesilivereceğini hiç aklına getirmemişti doğrusu.

Ağzını açıp tek söz edecek hali kalmamıştı. Ablasına laf yetiştirmekte yetersiz kalacağından değil, sonrasında, haberin yayılmasıyla başına gelecekleri peşinen gördüğü için. Ailenin sessiz, mahcup, kendi halinde kızı böyle davranırsa diğerleri neler yapardı kim bilir?

Şaziye'nin afur küfür konuşmalarını sessizce izledi bir süre. Sonra toparlanıp kendinden emin bir tavırla başını dikleştirdi.

"Evleneceğim onunla!" dedi. "Kimse vazgeçiremez beni bu kararımdan."

Şaziye'nin şaşkınlıkla, öfkeyle, isyanla dolu bakışlarını arkasına alarak hızla çıktı odadan. Aceleci adımlarla sofayı geçti, sokağa attı kendini. Amaçsızca yürümeye başladı.

"Evleneceğim onunla!" diye tavır koyması, en az ablası kadar Tacettin'in kendisini de şaşırtmıştı. Öncesinde, üzerinde uzun uzun düşünerek verdiği bir karar değildi bu. Nasıl olup da ağzından çıkıvermişti, bilemiyordu. Ama demek ki içten içe arzuladığı, gelinebilecek son noktayı dile getirivermişti ilk fırsatta.

Evet, duyguları bir yana, sakin kafayla düşündükçe en doğrusunun bu olduğunu görebiliyordu. Madem seviyordu Patricia'yı, hem de deliler gibi, daha öncesinde benzerini hiç yaşamamışçasına; onu oyalamak, Keskin gibi dar bir çevrede dillere düşürmek yakışmazdı bey oğluna.

Hem gönlünden geçeni, hem de kendine yakışanı yapacaktı Tacettin. Kim ne derse desin, ne pahasına olursa olsun evlenecekti Patricia'yla. Ailesinin şiddetle karşı koyması, kasaba ahalisinin en insafsız dedikodularla kazan kaynatacak olması umurunda bile değildi.

# Patricia'nın gözleri

*Kandillerin ışığı siyaha yürüdüğünde*
*Gözlerini bana bırak*
*Işığım olsunlar...*

Şaziye, Tacettin'in arkasından doğruca Fatiş ve Ümüş Hatunların yanına gitmiş, olanı biteni en ince ayrıntısına kadar anlatarak, kendince üstüne düşeni fazlasıyla yapmıştı. Kocası gelir gelmez de yemeğe falan kalmadan, çocuklarını toparlayıp kaçarcasına ayrılmıştı evden.

Ümüş Hatun, sedirin üzerinde fenalıklar geçiren Fatiş Hatun'u yatıştırmaya çalışırken, "Ne zaman akıllanacak bu deli oğlan?" diye söyleniyordu içinden. Tacettin'in yaptıklarını o da tasvip etmiyordu elbette, ama ateşe körükle gideceğine sessiz kalmayı tercih ediyordu.

Fatiş Hatun, Hacı Ali Bey eve gelir gelmez, olanların tek sorumlusu oymuş gibi feryat figan üzerine atılıverdi adamcağızın. Tacettin'e bu kadar yüz veren, şımartan oydu. Baba olup da zamanında dur demeyi bilseydi, bu kadar tepelerine çıkmazdı bu oğlan.

"Gözün aydın!" dedi kocasına çemkirir gibi. "Omorfia'nın kızıyla evlenmek istiyor oğlun. Nasıl temizleyeceksin bu pisliği, görelim bakalım."

Duydukları Hacı Ali Bey'i de yeterince sarsmıştı. Gene de her zamanki uzlaştırıcı ve hoşgörülü tavrıyla teselli etmeye çalıştı karısını.

"Dur bakalım" dedi. "Karşımıza alır konuşuruz. Derdi neymiş öğreniriz."

Onun sakinliği karşısında iyice delilendi Fatiş Hatun.

"Konuşacak dert mi kaldı bey!" diye gürledi. "Seni bilmem, ama ben o orospunun kızını gelin diye alıp şu eşikten içeri adımını attırmam."

"Lafını bil de konuş Fatiş Hatun!" diyerek belki de ilk kez diklendi karısına Hacı Ali Bey. "Ayıptır, günahtır. Dimitri'nin bize emanetidir Omorfia. Bacımızdır. Ne kötülüğünü gördün bugüne kadar? Edebiyle namusuyla ekmek parasını kazanıyor kadıncağız. Tamam, kızını almaya razı gelmeyebilirsin, ama hakaret etmeye hakkın yok. Hem, bunca yılın hukuku var. Bugüne kadar Ermeni olsun, Rum olsun hangi komşundan şikâyetin oldu? Koşa koşa ziyaretlerine giden, onları evine kabul edip izzetle ikramla ağırlayan sen değil misin?"

"O başka, bu başka. Doğrudur, hepsini dostumuz, kardeşimiz belledik. Ama bu kadarı fazla!"

"Boş yere helak etme kendini, elbet bir hal çaresi bulunur. Gençlik işte... Neyin nereye varacağını idrak edemiyor çocuk."

"Çocuk dediğin kazık kadar herif! Gönül eylemesine, oynaşmasına ses etmedik diye, şu yaptığına bak hele. Yok efendim kararlıymış, Omorfia'nın o süprüntü kızıyla evlenecekmiş..."

Eli ayağı zangır zangır titriyordu Fatiş Hatun'un. Sinir krizine girmişti. Gözleri kan çanağına dönmüş, hıçkırıyor, bağırıp çağırıyor, ne var ki hezeyan içinde sayıp döktüğü sözlerin hiçbiri anlaşılmıyordu.

Ümüş Hatun elindeki ıslak tülbentle alnını, bileklerini ovalıyor, "Tasalanma sen, geçecek, bu da geçecek" diyerek güç vermeye çalışıyordu kumasına.

Oturduğu yerden doğrulup kalktı Hacı Ali Bey.

"Ağabeylerine söylerim, konuşurlar Tacettin'le" dedi.

Belli ki oğluna muhatap olmak, onunla yüz göz olmak istemiyordu.

Az önce sinir krizleri geçiren kendisi değilmiş gibi, fırlayıverdi sedirden Fatiş Hatun.

"Kaç bakalım, kaç!" diye haykırdı kocasına. "Hani kendin konuşacaktın? Tamam, sen yoksun ortalıkta, ama ben varım. Görün bakalım, ben de Fatiş Hatun'sam, o kızı oğluma yâr etmem! Böyle biline..."

Gücünün son zerresini harcamış cansız bir beden gibi yığılıp kaldı olduğu yere. Bayılmıştı.

Ağabeyleri kâh tek tek, kâh ikili üçlü gruplar halinde Tacettin'i karşılarına alıp konuşmuşlar, bu işin olamayacağı konusunda ikna etmeye çalışmışlar, uzun uzun nasihat etmişlerdi. Babası tek söz söylememişti ama, Tacettin çok iyi biliyordu ki bu görüşmeleri planlayan bizzat Hacı Ali Bey'di. Ağabeylerini temsilci tayin ederek dolaylı yoldan ona ulaşmayı tercih etmişti.

Fatiş Hatun ise bir karış suratla ortalıkta geziniyor, yüzüne bile bakmıyordu oğlunun. Küsmüştü. Ümüş Hatun da hep kumasının yanında durarak onu desteklediğini gösteriyordu kendince. Ablaları Şaziye ve Zahide Hatunlar, annelerininkine benzer bir tavır içinde, küskünlüklerini vurgular tarzda, bir zamanlar yere göğe sığdıramadıkları kıymetlileri, gözbebekleri, biricik Tacettin'leriyle konuşmuyorlardı.

Konulan tavırlardan, söylenen sözlerden, verilen öğütlerden, küskünlüklerden haliyle etkileniyordu Tacettin. Ama her seferinde daha sıkı sarılıyordu kararına. Her ne pahasına olursa olsun evlenecekti Patricia'yla!

Hepsi bir yana, onu en çok etkileyen Aris ve Artin'le yaptığı konuşma oldu.

"Bu iş olmaz vre Tacettin" dedi Aris bakışlarını kaçırarak.

Gözleri yerde, "Bu iş olmaz" diye tekrarladı Artin de.

"Nedenmiş o?" diye diklendi Tacettin. "Ben istedikten sonra..."

"Senin isteğinle olsa keşke" diye söylendi Aris. "Sen hiç Müslüman olmayan bir kızla ya da kadınla evlenmiş Müslüman bir erkek gördün mü şu Keskin'de?"

"Görmedim. İlk evlenen ben olurum. Ne var bunda?"

"O kadar kolay değil be Tacettin" dedi Artin.

"Neden? Bunca yıldır kardeş gibi yaşayıp gitmedik mi? Bayramlarımızı, seyranlarımızı beraberce yaşamadık mı?"

"Doğru" dedi Aris. "Kurban bayramlarında kesilen etleri dağıtırken en önce bize getiren sendin. Paskalya çöreklerimizi koşa koşa size taşıyan da Artin'le ben. Ama farklı dinden biriyle evlenmeye kalkmak meşakkatli iş be arkadaşım."

Durakladı Aris.

"Üstelik hacca gitmiş, hacı olmuş bir babanın oğlusun sen" diye devam etti. "Hem de bir bey oğlu! Bu kadar müşkül bir durumun altından kalkman zor vre Tacettin."

"Yani siz, bu işten vazgeç mi diyorsunuz bana?"

"Aynen öyle. Yol yakınken vazgeç. Unutursun be Tacettin. Sana kız mı kalmadı Keskin'de? Hepsi de yolunu gözlüyor senin."

Söylenenler bir kulağından girip diğerinden çıkıyordu Tacettin'in. Derdini kimselerle paylaşamamanın sıkıntısıyla içine kapanmış, çevresine kalın bir koza örmüş, o kozanın içinde yaşadığı olumsuzluklara inat, her geçen gün daha da güçlenen duygularıyla baş başa, kısılıp kaldığı tek kişilik hücreden çıkış yolu arıyordu.

Soluksuz kalmıştı. Onu yaşama bağlayan, ayakta durma gücü veren tek avuntu, Patricia'nın gözlerinde yakaladığı sevgi kıvılcımlarıydı. O gözlerde eriyip yok olmak yolunda karşı konulmaz bir arzuyla kavruluyor, Patricia'nın yalnızca elini tutmak için bile her şeyini seve seve feda edebileceğini hissediyordu.

Yalnızdı, kimsesizdi, en yakınları tarafından bile dışlandığını düşünerek kahroluyordu. Ne evde huzuru vardı, ne dışarıda. Tek sığınağı maliye dairesindeki, şahsına ayrılmış odaydı. Kimseler hesap sormuyordu hiç değilse orada; suçlayıcı bakışlarını üzerine diken, aşağılayan, ayıplayan yoktu.

O gün amiri Sıtkı Bey tarafından makamına çağrılınca, ister istemez telaşlandı. Yoksa o da ortalıkta dolaşan söylentileri duymuş, neler olup bittiğini Tacettin'in ağzından mı öğrenmek istemişti?

Neyse, korktuğu başına gelmedi. Kırşehir'de birkaç günlük bir tahkikat işi vardı. Dairedeki elemanlardan hangisini göndereceğine karar veremiyordu amiri. Daha önce de buna benzer görüşmeleri olmuştu. Tacettin'in bilgisine, görgüsüne güvenirdi Sıtkı Bey, görüşlerine önem verir, kararsız kaldığı konularda fikrini alırdı.

Hemen işe talip oldu Tacettin. Tebdili mekânda fayda vardı. Birkaç günlüğüne Keskin'den uzaklaşmak yıpranmış ruhuna, yorgun düşmüş bedenine iyi gelecekti.

# En güçlü yemin

*Bütün günahlarımdan arındım o gözlerde*
*O gözlerde en masum günahları tattım...*

Araya giren mesafeler, saman alevi misali gelgeç sevdaları silip götürürken, kor ateşe özdeş aşkları daha da harlandırır ya... Tacettin de Keskin'in uzağında duygularıyla ve yüreğiyle baş başa kalınca ne menem bir sevdaya tutulmuş olduğunu daha iyi anladı. Deliler gibi özlemişti Patricia'yı. Onsuz bir hayatı düşünemiyordu. İyiden iyiye pekişmişti kararı. Asla vazgeçmeyecekti Patricia'dan. Ölmeye bile razıydı bu uğurda.

Beş günlük işi üç günde tamamlayıp amirine sunacağı raporu hazırladı, Keskin'e döndü. Ve hemen ertesi gün tavernaya koştu. Yolun karşı tarafındaki duvarın dibinde beklemeye başladı. Er ya da geç Patricia'nın kapının önüne, bahçeye çıkacağını umuyordu.

Olmadı, birkaç tur attı tek katlı binanın çevresinde. Tam umudunu kesiyordu ki, bahçe kapısının aralığında bir genç kız silueti belirdi. Ne var ki Patricia değil, Anastasia'ydı karşısındaki. Hemen yanına seğirtti Tacettin.

"Patricia..." dedi sabırsızlıkla. "Patricia'yı görecektim."

Ürkek bakışlarıyla Tacettin'i süzdü Anastasia. Birilerinin duymasından endişelenir gibi, "Patricia hasta" dedi. "Evde yatıyor."

"Nedir hastalığı?"

Sesini daha da alçalttı Anastasia.

"Sizin Kırşehir'e gittiğinizi duyunca kahretti kendine. Bağ

evininin bahçesinde saatlerce yağmur altında kalmış. Çok kötü üşütmüş."

Daha fazlasını duymak istemedi Tacettin. Anastasia'nın aralık bıraktığı kapıdan bahçeye dalıverdi. Selamsız sabahsız doğruca mutfağa girdi.

Omorfia ile Sofia dikdörtgen şeklindeki masanın iki başına oturmuş, sebze ayıklıyorlardı. Tacettin'i görünce elindeki işi bırakıp kalktı Omorfia. Sorgulayıcı bakışlarını Tacettin'in üzerine dikti.

Teklifsizce içeriye dalmış olmanın ezikliğiyle, "Patricia..." diye mırıldandı Tacettin. "Hastaymış, öyle mi? Nesi var? Mühim bir rahatsızlık mı? Nerede şimdi?"

"Yavaş olasın vre Tacettin Bey!" diyerek kesti Omorfia. "Tek tek sorasın sorularını... Yağmurda ıslanmış yavrimu. Ateşlendi. Dün gece bayağı kötüydü. Alev alev yandı garibim. Kâfuruyla ovaladım bileklerini. Sirkeli tülbentler koydum alnına. Sabahı sabah ettim başında. Neyse ki düşmüştür ateşi. Ama takatsizdir."

"Görebilir miyim onu?"

Nasıl olmuş da bu cesareti kendinde bulabilmişti, bilemiyordu Tacettin. Ama içinden geçen buydu, mutlaka görmeliydi Patricia'yı.

Omorfia kuşkulu bakışlarla, hiç tanımadığı birine bakıyormuş gibi, tepeden tırnağa süzdü Tacettin'i.

"Görüp de ne olacak?" dedi dişlerinin arasından. "Neye yarayacak kızımı görmen?"

Kurulmuş zembereğin aniden boşalması gibi, dur durak bilmeden, nefes almamacasına hızla konuşmaya başladı Tacettin.

"Evleneceğim onunla! Niyetim ciddi... Kararım kesin... Göreceksiniz. İtimat edin bana lütfen."

Omorfia, Sofia ve Anastasia tek nefes olmuş, şaşkınlık içinde dinliyorlardı Tacettin'i. O ise üzerinde toplanmış bakışlara aldırmadan, "Müsaade edin lütfen" dedi. "Gidip onu göreyim."

Sofia ile Anastasia merak içinde, Omorfia'nın vereceği cevabı bekliyorlardı. Hepsi de etkilenmişti Tacettin'in konuşmasından. Gözleri dolu dolu olmuştu Anastasia'nın, ağlayacaktı neredeyse. Omorfia da yeterince etkilenmiş olmalı ki, konuşurken sesinin titremesine engel olamadı.

"Tamam" dedi. "Gidesin. Ama çok kalmayasın. Hastadır yavrimu."

Ardından da eklemeyi ihmal etmedi.

"Eleni vardır yanında. Kapıyı açar sana."

Anlatmak istediği açıktı: Seni kızımın yanına gönderiyorum ama, evde yalnız değil. Git, gör, konuş... ama fazlasını hayal etme!

Katı kuralları olan, disiplinli, prensiplerinden ödün vermeyen bir anneydi Omorfia. Nasıl olmuştu da Tacettin'e bu özel izni verebilmişti?

Çünkü... Tacettin'in yokluğunda kızının ne hale gelebileceğini görmüştü. O narin bedeninde nice tutkulu bir aşk yaşattığını... Saatlerce yağmur altında, ayazda kalıp gözyaşlarını yağmur damlalarıyla yarıştıran Patricia'nın, Tacettin'i karşısında görünce nasıl da sevineceğini tahmin edebiliyordu. Sırf bunun için, Patricia'nın yüzünde aydınlık bir tebessüm yaratabileceği için bile o izni vermesine değerdi.

Garipti, söyledikleri hakikatlerle taban tabana zıt görünse de, inanıyordu bu delikanlıya. İnanmak istiyordu belki de. Geride kâbus gibi duran *bey ailesi* gölgesini aklına getirmemeye çalışıyordu.

Evet, masal misali, gerçekleşmesi zor bir hayaldi Patricia ile Tacettin'in evlenmeleri. Ama neden olmasındı? Kendi babası da Dimitri'yle evlenmelerine şiddetle karşı çıkmamış mıydı? Sonuç olarak evlenmişlerdi işte. Hem, "İtimat edin bana" dememiş miydi Tacettin? İtimadının sağlam zemine basıp basmadığını görmek için tecrübe etmekten başka çaresi var mıydı Omorfia'nın?

Akşamüstüydü. Gün kavuşmak üzereydi. Koşarcasına yürüyordu Tacettin. Kan ter içinde kalmıştı. Bağ evine ulaştığında durdu, soluklandı bir an. Geniş bir gülümseme yayıldı yüzüne. Az sonra görebilecekti onu. Heyecanla titredi yüreği.

Bahçe kapısı aralıktı, şöyle bir iteleyince açıldı. İçeri girip iki yanı beyaz taşlarla döşeli yolu hızla geçti, fıskiyeli havuzun etrafından dolandı. Evin kapısını usulca tıklatarak beklemeye koyuldu. Yumruk yaptığı elinin sırtıyla bir kez daha vurdu kapıya. Ne gelen vardı, ne giden... Kibarlığı bırakıp sabırsızlıkla yumruklamaya başladı kapıyı.

Neden sonra cılız ayak sesleri duyuldu içeriden. Kapı aralandı. Ve yorgun bedeni, sapsarı benziyle Patricia belirdi eşikte. Birkaç gün içinde nasıl da zayıflamıştı! Kömür karası gözleri Tacettin'in yüzünde dondu kaldı. Çok şaşırmıştı belli ki. Karşısında duranın Tacettin olduğundan emin olmak ister gibi kuşkuyla bakarken, bir yandan da çiçekli basma geceliğinin açıkta bıraktığı bembeyaz kollarını, göğsünü, gerdanını kapatmaya çalışıyordu.

"Patricia..." diye fısıldadı Tacettin. "Görmeye geldim seni."

İnanamıyordu Patricia. Geçirdiği ateşli hastalığın yaptığı bir oyun olmalıydı bu. Ama kabul etmeliydi ki, düşlerin en güzeliydi. Garip bir titreme aldı her yanını. Örselenmiş bedeni yaşadığı heyecana daha fazla dayanamadı. Başı döndü, sendelemeye başladı. Duvara tutunmaya çabaladı, beceremedi. Tacettin tutmasa yere yuvarlanacaktı.

"İçeri almayacak mısın beni?"

Ancak o zaman akıl edebildi Patricia. Bir adım geri çekilerek ardına kadar açtı kapıyı. Elini uzattı Tacettin'e. Sofayı adımlayıp iç odaya geçtiler beraberce. Hasta yatağının serili olduğu odaya...

İncitmekten korkar gibi, yumuşak hareketlerle Patricia'nın yürümesine yardım etti Tacettin. Yatağa yatırmak istedi, karşı çıktı Patricia. Şu birkaç dakika içinde yüzüne renk, bedenine güç gelmişti sanki. Yan yana, yatağın kenarına oturdular.

"Eleni yok" dedi Patricia, günah çıkarır gibi. "Üzüm toplamaya gitti. Akşam olmadan toplanması lazım üzümlerin. Birazdan gelir."

Anlamıştı anlayacağını Tacettin.

"Seni görmek için annenden izin aldım" dedi. "Seninle evleneceğimi söyledim ona."

Duydukları sihirli bir etki yaratmış gibi, Tacettin'in boynuna sarılıverdi Patricia. Ağlamaya başladı. Önce usul usul, ardından hıçkırıklara boğularak.

"Beni bırakıp gittin diye öyle korktum ki" diye fısıldadı. "Ölmek istedim."

Çarpık bir gülümseme gelip oturdu dudaklarına.

"İyi ki ölmemişim!"

"Delisin sen! Vazgeçebilir miyim hiç senden?"

Bir yandan şefkatle saçlarını okşuyordu Tacettin, bir yandan da yanaklarından süzülen yaşları siliyordu Patricia'nın.

"Senden ayrılırsam ölürüm ben!" derken ciddileşivermişti Patricia. Kollarını boynuna doladı Tacettin'in. Bırakırsa kaçıverecekmiş gibi. Alev alev yanıyordu incecik geceliğinin altındaki narin bedeni. Hastalık ateşi mi, yaşadığı heyecandan mı, orasını kestiremedi Tacettin.

Sanki kendisinin ondan eksik kalır yanı vardı... Her tarafı ateşe kesmişti Tacettin'in de. Yüzünü Patricia'nın lavanta kokulu ipeksi saçlarına gömdü. Bu kez dudaklarıyla toplamaya başladı Patricia'nın gözyaşlarını.

Onun ateşten kurumuş dudaklarıyla buluştuğunda şimşekler çaktı tüm hücrelerinde. Sımsıkı sarıldı Patricia'ya. Solukları birbirine karışıyordu. Yatağa uzandı Patricia. Tacettin'i kendine çekti. Biraz önce görmesin diye sakındığı kollarını, göğüslerini kapatmaya çalışmıyordu artık. Tam tersine, cömertçe sunuyordu kendini Tacettin'ine. Ama öylesine saf, öylesine içten, öylesine temizdi ki... İçi titredi Tacettin'in. Benzerini daha önce hiç yaşamamıştı.

Böyle bir aşk, böyle bir tutku ömür boyu ancak bir defa yaşanırdı, bunu hissedebiliyordu. Birleşen yalnız bedenleri değil, ruhlarıydı da, yürekleriydi. Sözlerle ifade edilemeyecek derecede güçlü bir yemindi birleşmeleri. Ve artık ikisi de eminlerdi. Bu aşkı hiç kimse ve hiçbir güç yıkamayacaktı...

# Memleketin ahvali

Tacettin'e kalsa hemen o gün harekete geçerdi. Anasıyla, analığıyla, hatta babası ve ağabeyleriyle yüz yüze gelip kararını açıklamaktan zerrece yüksünmüyordu. Ne var ki memleketin ahvali kötüye gitmekteydi. Kritik günlerdi yaşadıkları.

15 Mayıs 1919'da Yunan askeri İzmir'i işgal etmişti. Haber ulaştığında yer yerinden oynadı.Keskin halkı duyarlılığını göstermek adına, 16 Mayıs 1919'da İstanbul Hükümeti'ne telgraf çekerek tepkisini bildirdi.

*İzmir ve çevresinin Yunanistan tarafından, topraklarına katılmak amacıyla işgal edilmeye başlandığına dair haberler, burada herkes üzerinde büyük etki yaratmıştır. Bu etki ile hemen toplanan halk, işgal hareketini hukuklara ve mülki hislere karşı yapılmış bir tecavüz olarak anlamıştır ve tüm hisleriyle tepki vermeye hazırdır. İşgale karşı ulusal onura yakışan bir şekilde karşı çıkmasını devletten talep ve temenni eder, bu konuda her türlü maddi manevi fedakârlığa hazır olduğumuzu bildiririz.*

Milliyetçiliğin had safhaya ulaştığı bu dönemde, "Ben bir Rum'un, Omorfia'nın kızıyla evleniyorum" demek, yangına körükle gitmekle eşdeğerdi. Bekleyecekti Tacettin. Hele etraf biraz yatışsın, şu dar ve karanlık günler aydınlığa kavuşsun, sözünü söyleyecekti elbet. Ama kendine tanıdığı süre içinde

Patricia'yı da ihmal etmeyecekti tabii ki.

Tacettin'le Patricia, kulakları her gün gelen yeni haberlerde, gelişmeleri takip ederek buluşmalarını sürdürdüler. Omorfia'nın bağ evi aşk yuvaları olmuştu. Doyamıyorlardı birbirlerine, kanamıyorlardı.

Başlangıçta olanların farkında değildi Omorfia. Öğrenince de değişen bir şey olmadı. Karşı koymayı göze alamadı açıkçası. Öyle ya da böyle, bir yola girilmişti... Bundan sonrasında ne yapabilirdi Omorfia? Kilit mi vuracaktı kızının üzerine? Bağ evini yasaklasa, başka bir yerde buluşacaklardı. Bey oğlu için mekân mı yoktu?

Tacettin'e de, kızına da acıyordu aslında. Başlarında yeterince dert vardı zaten. Bari onlara destek veren biri olsaydı yanlarında. Kendisi de zamanında yaşamamış mıydı benzeri sıkıntıları? Dimitri'yle evlenmeden önce böyle güçlü bir desteğe nasıl da ihtiyaç duymuşlardı. Birbirlerini sevmekten başka hiçbir günahları olmayan bu iki gencin arkasında durmakla, bir bakıma, kendi kapanmamış yaralarını da sarıyordu Omorfia...

* * *

Ne yazık ki gelen haberler birbirinden kötüydü, sular kolay kolay durulacağa benzemiyordu. Ama her ne olursa olsun, devletler ve hükümetler hangi çarpık politikaların peşinden koşarlarsa koşsunlar, Türk ve Yunan halklarının birbirine düşman olabileceğine inanmıyordu Tacettin. Hep dış güçlerin kışkırtmasıydı son gelişmeler.

Başta İngiltere olmak üzere, İtilaf Devletleri önce İtalyanların İzmir'i işgal etmesini öngörmüşlerdi. Ama politik nedenlerle karar değiştirip Yunan ordusuna vermişlerdi görevi. Bunca yıldır iç içe yaşamış iki ulusu birbirine kırdırmak, kardeşi kardeşe düşman etmek için.

Emindi ama Tacettin. Türkler de, Rumlar da bu oyuna gelmeyeceklerdi. Her şeyleri ortak, yaşadıkları her şey aynıydı o güne kadar. Tek farkları bir kesimin camiye, diğerinin kiliseye gitmesiydi.

Ortodoks halk Müslüman komşularının mevlidi şeriflerine, Kuranıkerim mukabelelerine iştirak eder, Müslümanlar da yortularda komşularının yanında olurlardı. Müslüman çocuklar Paskalya bayramlarını iple çekerlerdi, şekerli çörekler, kırmızıya boyanmış yumurtalar gelsin diye. Kurban bayramlarında ise gayrimüslim komşulara kavurma ikram edilirdi.

Bir Müslüman bir Rum'un evine ziyarete gitmişse ve o sırada ezan okunuyorsa ev sahibi misafirinin aptes alabilmesi için su dolu ibrikle ortasında sabun bulunan, "ilistir" denilen delikli metal kap ve havlu getirirdi. Seccadesi kıbleye dönük serilir, hazır edilirdi.

Yollar ortak, sarnıç ortak, çarşı ortak, ibadet yerleri dışında neredeyse her şeyleri ortaktı. Kurban kavurmalarının, paskalya çöreklerinin tadı kaçacak mıydı bundan sonrasında? Kırmızıya boyanmış yumurtalar renklerini mi yitirecekti? Beraberliğin, dostluğun, paylaşımın yerini husumet mi alacaktı?

Hayır! Böyle bir şeyi aklına bile getirmek istemiyordu Tacettin. Ama yaşanan ufak tefek gerginlikleri de görmezden gelemiyordu.

Cuma namazı çıkışında Keskin'in yerlilerinden yaşlıca bir bey, –ki kendisinden asla böyle bir davranış beklenmezdi– yoldan geçen bir Rum gencine, "Ne yüzle dolaşıyorsun aramızda!" diyerek çıkışmış, "Hepiniz cehennem olup gitseniz de kurtulsak!" diye avaz avaz bağırmıştı. Rum genci sesini çıkarmadan yoluna devam ederken, çevredekiler koşup yaşlı adamı yatıştırmışlardı.

Olacaktı bunlar, kaçınılmazdı. Komşu komşuya hiç yoktan gücenip darılabiliyorsa, memleketi işgale kalkışanlarla aynı kandan geldikleri varsayılan günahsız insanlara da işte böyle hücum edilebilirdi.

Ne suçu vardı Aris'in, Patricia'nın, Omorfia'nın? Ve diğerlerinin... Onlar mı işgal etmişlerdi vatanı? Onlar mı istemişlerdi böyle olmasını?

O güne kadar omuz omuza çarpışmamışlar mıydı düşmana karşı? Aris'in küçük dayısı Balkan Harbi'nde düşmana karşı savaşırken ölmüştü. Omorfia da, Patricia da gözlerini Keskin'de açmış, Keskin'in suyunu içmiş, ekmeğini yemişlerdi.

Neyse ki ufak tefek tepkiler yayılma eğilimi göstermeden savuşturuluyordu. Komşuluk ilişkileri eskisi gibi sürüyordu şimdilik. Ancak tedirgin bir bekleyiş içindeydi herkes. Müslümanlar bunca yıldır beraber yaşadıkları gayrimüslimlere haksız yere yüklenmekten kaçınıyor, ancak başta İzmir olmak üzere memleketin çeşitli yerlerinden gelen işgal ve çatışma haberlerini de içlerine sindiremiyorlardı.

Gayrimüslimler ise yarınlarından endişeli, bazı kesimlerce üzerlerine giydirilmeye çalışılan suçluluk gömleğine isyan halinde, sessizliklerini korumaya çalışarak, huzursuz günler geçiriyorlardı.

Keskin'in, Mustafa Kemal'in başlattığı kurtuluş mücadelesinde önemli görevler ifa edeceği baştan belliydi. Birinci Dünya Savaşı'ndan sonra işgale uğrayan Türk topraklarını kurtarmak, vatanın bütünlüğü ve bağımsızlığıyla ilgili kararlar almak üzere toplanan Erzurum ve Sivas Kongrelerinden sonra Ankara'ya geçmek isteyen Mustafa Kemal'e Ankara yolunu açan da bizzat Keskin olmuştu.

Padişah yanlısı olan Ankara valisi ve Çorum mutasarrıfı, 17 Eylül 1919'da Keskin'e gelmişti. Ankara'ya geçmekte olan vali, Elmadağ-Yahşihan arasındaki Kılıçlar Beli'nde Rıza Bey komutasındaki Keskin Kuva-yı Milliyesi tarafından yakalanarak Keskin'e getirilmiş, oradan da Sivas'a gönderilmişti. Böylece Mustafa Kemal'e Ankara yolu açılmıştı.

Bu kadarla da kalmadı. Mustafa Kemal, yakın silah arkadaşı Ali Fuat Cebesoy ve davaya gönül vermiş diğer arkadaşlarıyla beraber Ankara'ya gitmek üzere, 25 Aralık'ta Sivas'tan hareketle Kayseri ve Keskin yoluyla Kaman'a geldi. Geceyi köy odasında geçirdi ve Keskin'in ileri gelenlerini Kaman'a davet etti. Beraberce Ankara'ya geçiş planını ve yol güzergâhını tespit ettiler. 26 Aralık Cuma günü Rıza Bey ve Keskinlilerin koruma ve gözetiminde Balâ'ya geçtiler. 27 Aralık 1919'da da Dikmen sırtlarından Ankara'ya girildi. Böylelikle Keskin, milli mücadele harekâtının içinde fiilen yer almış oldu.

Hal böyleyken, ister istemez eli kolu bağlı kalakalmıştı Tacettin. Mustafa Kemal'in girişimlerini, cansiperane çalışmalarını tüm kalbiyle destekliyordu. Tek kurtuluş yolunun milli mücadele olduğuna sonuna kadar inanıyordu. Harekâtın başarılı olmasına duacıydı. Hatta herkesten çok istiyordu barışın ve sükûnun bir an önce sağlanmasını. Herkesle beraber, onun da, Patricia'nın da kurtuluşu olacaktı bu sonuç. Ancak o zaman konuşabilecekti göğsünü gere gere. O vakte kadar suskun kalmaktan başka çaresi yoktu.

Sustu. Ev halkının, özellikle de Fatiş Hatun'un ileri geri konuşmalarını duymazdan geldi.

"Koynumuzda yılan besliyoruz" diyordu Fatiş Hatun. "Sadece cephedekileri değil, bizi de keser bunlar."

Yıllar yılı etle tırnak gibi kardeşçe yaşadıkları, iyinin güzelin yanında acıyı da beraberce paylaştıkları insanlar ne zaman yılan oluvermişlerdi?

Sormadı Tacettin. Soramadı. Gölge gibi girip çıkıyordu artık eve. "Sabır!" diyordu. "Sabır... Bu günler de aydınlığa çıkacak elbet."

* * *

Milli mücadele harekâtı önceleri Kuva-yı Milliye adı verilen milis kuvvetleriyle yürütülüyordu. Ancak başarılı bir mücadele için düzenli ordu şarttı. 23 Nisan 1920'de açılan Türkiye Büyük Millet Meclisi düzenli bir ordunun kurulması için ilk adımı attı ve Kuva-yı Milliye ile düzenli ordunun bütünleşmesini sağlayarak yoluna devam etti.

Ve Sevr Antlaşması! 10 Ağustos 1920...

Gecikmiş bir antlaşmaydı aslında. Birinci Dünya Savaşı'nı kazanan İtilaf Devletleri yenilgiye uğrattıkları Almanya, Avusturya-Macaristan ve Bulgaristan'la derhal barış antlaşması imzaladıkları halde, Osmanlı Devleti ile yapacakları antlaşmayı, Osmanlı'nın nasıl parçalanacağı konusunda kendi aralarında çıkan anlaşmazlıklar nedeniyle geciktirmişlerdi.

Sunulan şartlar, Osmanlı yönünden tam anlamıyla bir idam fermanıydı. Antlaşmanın bir an önce imzalanması için İngiliz destekli Yunan kuvvetleri 22 Haziran 1920'de Balıkesir, Bursa, Uşak ve Nazilli'yi, Trakya'da da Tekirdağ'a kadar olan toprakları işgal edince İstanbul Hükümeti antlaşmayı kabul etmeye karar verdi. Ret oyu veren Rıza Paşa dışında, Saltanat Şûrası üyelerinin hepsi antlaşmayı imzaladılar.

Bütün dünya devletleri karşılarına dikilmişti sanki. Antlaşmaya imza atan devletler arasında kimler yoktu ki: İngiltere, Fransa, İtalya, Japonya, Belçika, Ermenistan, Yunanistan, Polonya, Hicaz Krallığı, Romanya, Sırp-Hırvat-Sloven Devleti, Çekoslovakya. Ve Osmanlı Devleti...

Çok ağırdı maddeler. Tek cümlede özetlemek gerekirse, eğer antlaşma maddeleri uygulanırsa Anadolu, Türklerin olmaktan çıkacaktı artık.

Tam da o günlerde, Anadolu'nun her karış toprağı gibi Keskin'in de depremlerin en şiddetlisine maruz kalmışçasına çalkalandığı bir sırada, insanlar "Vatan elden gidiyor!" korkusuyla nefeslerini tutmuşlarken, buruk bir müjde verdi Patricia Tacettin'e...

Sıcak bir yaz günüydü. Gün batmaya meylederken güneşin kavurucu etkisi hâlâ hükmünü sürdürüyordu. Duvar diplerinden, ağaç gölgelerinden serinlik alarak hızlı hızlı bağ evine doğru yürüyordu Tacettin. Patricia'ya duyduğu yakıcı özlemle adımlarını sıklaştırdı. Köşeyi döndü, taş duvarların önüne gelince bir an durup soluklandı. Bahçe kapısını aralayıp içeriye daldı.

Evin kapısına yönelmişken birden durakladı. Patricia, fıskiyeli havuzun arka tarafındaki çardağın altında oturmuş, onu bekliyordu. Geldiğini görünce mahzun bakışlarla süzdü Tacettin'i. Ne bir kıpırtı, ne de her karşılaşmalarında gözlerinden taşan sevinç pırıltıları... Garip bir tutukluk vardı üzerinde. Tek söz etmeden yerinden kalktı, Tacettin'e sarıldı, başını omzuna gömdü.

"Çok özledim seni" dedi gücünü yitirmiş sesiyle.

Hasır örgülü kürsülerden birini çekip Patricia'nın karşısına geçti Tacettin. "Nedir bu halin?" diye sormaya fırsat bulamadan da Eleni'yle göz göze geldi.

"Hoş gelmişsiniz" dedi Eleni bakışlarını kaçırarak. "Şurup hazırlamıştım sizin için, hemen getiririm. İçinizi serinletir."

Arkasını dönüp bahçeye açılan kapının ardında kayboluverdi. Birkaç dakika geçti geçmedi, gümüş tepsinin içinde, bardaklara konulmuş gül şurubuyla geri döndü.

İkramını yapıp, ayak altında dolaşmayı istemezmiş gibi, "Bostana gidiyorum ben" diyerek aceleyle uzaklaştı yanlarından.

Her zaman yaşananlardı aslında. Tacettin ile Patricia'yı yalnız bırakmaya şartlamıştı kendini Eleni. İş mi yoktu bahane edilecek? Üzüm bağları, meyve bahçeleri, bostanlar onu bekliyordu.

Eleni'nin ardından üzerlerine çöken sessizliği bozmak Tacettin'e düştü.

"Neyin var senin Patricia'm?" diye sordu.

Böyle tuhaf davranmasının mutlaka bir sebebi vardı. El

ele tutuşup içeri geçeceklerini, sabırsızlıkla birbirlerinin kollarına atılacaklarını, ayrı geçirdikleri şu birkaç günün acısını çıkaracaklarını hayal ederken... Tacettin'in kollarına atılmak için hiç de hevesli görünmüyordu Patricia.

"Seni incitecek bir şey mi yaptım?" diye üsteledi Tacettin. "Bir hatam olduysa tamir etmek boynumun borcu. Asılan yüzünü güldürmek için canımı istesen vereceğimi bilmez misin?"

Elini Tacettin'in elinin üzerine koydu Patricia; yabancı birilerinin duymasından korkar gibi, "Hamileyim ben" diye fısıldadı. Bunları söylerken inci gibi yaşlar dökülüyordu gözlerinden.

Dondu kaldı Tacettin. Kış ayazında karların, buzların ortasına atılmışçasına garip bir titreme aldı her yanını. Şaşkınlık, heyecan, sevinç... bir anda beynine üşüşüveren karabasan misali kaygılar, kuşkular, acabalar...

Tacettin'in tereddütlü halini kötüye yordu Patricia.

"Annem diyor ki..." diye başladı.

Gerisini getiremedi. Yüreğini mengene gibi sıkan endişelerin ortasında tıkanıp kalmıştı.

Evet, Patricia önce annesine söylemişti hamile olduğunu. Deliye dönmüştü Omorfia.

"Bir bu eksikti!" diye haykırmış, "El âlemin gözüne diken olup battığımız şu dar günlerde, bir de piç mi doğuracaksın başımıza?" diye bağırıp çağırmış, sonra da geçerli bir hal çaresi bulmuş gibi, "Bizim Ebe İrini halleder bu işi!" demişti. "Korkma, eli hafiftir. Gerçi sen kendin bile yapabilirsin. Kaz tüyünü şöyle bir dokundurdun mu, sökülür gider."

İçi bulanmıştı Patricia'nın, tüyleri diken diken olmuştu. Annesiyle konuştuklarının hepsini anlatmadı Tacettin'e.

"Ebe İrini..." dedi sesi titreyerek. "O halledebilirmiş."

"Olmaz öyle şey!" diye bağırdı Tacettin. "O çocuk ikimizin. Ve doğacak! Kim ne derse desin, doğacak o çocuk..."

İlk şaşkınlığını atmıştı Tacettin. Duyduğu sevinç ve heyecan, diğer bütün olumsuz duygularını, kuşkularını, endişelerini geri iterek her geçen saniye daha da büyüyüp çığlaşan bir coşkuya dönüşmekteydi.

Patricia'nın heyecandan tir tir titreyen ellerini tuttu, bembeyaz parmaklarının ucunu öptü.

"Göreceksin bak" dedi, "uğur getirecek bu bebek bize. Bundan sonrasında her şey daha farklı olacak."

Güçlü kollarıyla sımsıkı sarıldı Patricia'ya.

"Hem kendine, hem de bebeğimize iyi bak" dedi.

Geldiği gibi, ama bu kez farklı heyecan, farklı düşünce ve duygularla dopdolu; kararlı adımlarla yürüdü gitti. Acilen halletmesi gereken çok önemli bir işi vardı...

# Umut

*Açan her bir çiçek umuttur*
*Kuşlar kanatlarında taşırlar umudu*

Eve doğru yürürken, "Taş olsa insafa gelir" diye söyleniyordu Tacettin. "Henüz doğmamış bir sabi o... Ne günahı var ki?"

Doğrudan babasıyla konuşacak kadar güçlü hissediyordu kendini. Ama bu işler babayla konuşulmazdı. Anneye söylenir, ondan yardım dilenirdi. Âdet böyleydi. Ne var ki Fatiş Hatun, kocasından çok daha sert ve uzlaşılmazdı. Hele böyle can alıcı ve hassas bir konuda ilk onunla konuşmaya kalkmak hata olurdu. En iyisi önce Ümüş Hatun'a açılmaktı.

Evin en ılımlı, en hoşgörülü, en anlayışlı insanıydı analığı. Kendi anasından yakındı çoğu zaman, bugüne kadar nice dertlerine deva bulmuştu Tacettin'in. Buna mı bulamayacaktı? Umutluydu Tacettin. Kuşun kanadındaki müjdeyle yeşermişti umutları. Çiçeğe duracaktı o umutlar. İnanıyordu...

Fatiş Hatun evde değildi. Yeni doğum yapmış komşularından birine hayırlı olsuna gitmişti. Bu iyiydi işte... Tazecik bir bebeğin yüzüne bakıp onun o kendine özgü mis kokusunu içine çekenin kalbi, çelikten olsa yumuşardı. Bakalım komşunun bebeğini şefkatle okşayan Fatiş Hatun, kendi torunu olacağını öğrendiğinde nasıl bir tepki verecekti?

Sihirli bir el değmiş de kilitli kapıları açmış, Tacettin'in önündeki aşılmaz görünen engelleri tek dokunuşta kaldırıvermişti sanki. Eve geldiğinde karşısına ilk çıkan kişinin Ümüş Hatun olması da bunu göstermiyor muydu?

Büyük odanın ortasına seccadesini sermiş, namaz kılıyordu Ümüş Hatun. Namazın bitmesini bekledi Tacettin. İçi içine sığmıyordu. Ümüş Hatun orada tek başınaymış gibi hiç istifini bozmadan namazını tamamladı, ellerini açıp uzun uzun dua etti, odanın dört bir köşesine, bu arada Tacettin'in de üzerine okudu, üfledi. Doğrulup kalktı.

"Hoş gelmişsin oğul" dedi. "Bu saatte... Hayırdır inşallah!"

"Hayırdır Ümüş Hatun, hayırdır..."

"De bakalım diyeceğini. Belli ki yüreğin doludur."

"Anamsın!" diyerek Ümüş Hatun'un ellerine sarıldı Tacettin. "Her müşkülümü çözensin, olursa senden olur" dedi.

"Çıkar dilinin altındakini. Mümkünü varsa hallederiz."

"Patricia..." dedi, sustu Tacettin. Kırılıvermişti cesareti.

"Ee...?" diye yol açmaya çalıştı Ümüş Hatun.

"Patricia hamile Ümüş Ana!" deyiverdi Tacettin. Başını öne eğdi.

"Aman Allah'ım!" diye haykırmasıyla tülbendini başından sıyırıp sedirin üzerine yığılıp kalması bir oldu Ümüş Hatun'un.

Yanına oturdu Tacettin. Elini elinin üzerine koydu, kendine gelmesini bekledi analığının.

"Nedir bu başımıza gelenler?" diye geveledi Ümüş Hatun. "Ne olacak şimdi?"

"Olacağı belli" dedi Tacettin. "Doğacak çocuğumu sahipsiz bırakacak değilim ya! Evleneceğim Patricia'yla. Ama istiyorum ki, ailemin rızasıyla olsun bu iş."

Kendine gelir gibi olmuştu Ümüş Hatun.

"Çok zor be evladım" dedi. "Baban... ağabeylerin... Fatiş Hatun... Düğün dernek kurup telli duvaklı gelin ederler mi hiç Rum kızını? Ya Keskin ahalisi..."

"Düğün dernek falan istemiyorum ben Ümüş Ana. Çocuğumu, çocuğumun anasını boynu bükük koymamayım yeter. Nikâhıma alayım Patricia'yı. Gider küçük bir ev tutarız kendimize. Sen sağ, ben selamet."

"Ne diye bana geldin ki? Ananla, atanla konuşsaydın ya..."

"Sen konuşacaksın onlarla. Hal böyleyken böyle diyeceksin. Sonrası Allah kerim!"

"Ziyadesiyle müşkül bir vaziyet! Ananı, babanı tanımaz mısın sen? Hele ki Fatiş Hatun! Gâvurun kızını gelin eder mi hiç kendine?"

"Ben istesem bugün Müslüman olur Patricia. Ama istemem."

"Nedenmiş o? Müslüman olsa da anangil için fark etmez ya... Sen neden kabul buyurmuyorsun bu ikramı, onu deyiver."

"O istese ben Hıristiyan olur muyum? Hayır! Herkesin dini kendine. Ha... Ben istedim diye, sırf benimle evlenmek için değil de inanarak, iman ederek Müslüman olursa başım gözüm üstüne, kabulümdür."

"Doğru söylersin söylemesine de... Patricia dininden dönse bile, Omorfia'nın kızı diye istemez bizimkiler. Ona da razı olsalar, memleketin ahvali derler. Ah Tacettin, ah! Büyük dert açtın başına. Seni nasıl sevdiğimi bilirsin. Keşke bir faydam olsa..."

Analığının elini sıkıca tuttu Tacettin, öptü, başına koydu.

"Ya medet anacığım!" dedi. "Elinden geleni yap. O tatlı dilinle halimi ahvalimi anlat hepsine. Tek ümidim sensin."

Hemen harekete geçti Ümüş Hatun. Hacı Ali Bey'in oğullarının hepsine; Münir, Yahya, Göğüş, Mahir, Esat, Osman ve Abdullah Beylere haber gönderdi. Yalnız gelmeleri hususunda tembihledi habercileri. Karıları, çocukları olmayacaktı bu davette. Kız evlatların gelmesi de lüzumsuzdu Ümüş Hatun'a göre. Şaziye Hatun ile Zahide Hatun, âdet olduğu üzere haftada bir gün, bazen ikisi beraber, bazen ayrı günlerde baba evine gelerek kocalarıyla ve çocuklarıyla birlikte ziyaretlerini yapıp evlerine dönerlerdi. Bu hassas meselede bir de damatları işin işine katmak doğru olmayacaktı.

Aile meclisi toplandı o gece. Hacı Ali Bey, Fatiş Hatun, Ümüş

Hatun ve oğulları. Bir Tacettin yoktu aralarında. Kimse yadırgamadı yokluğunu, nicedir ortalarda göründüğü yoktu zaten.

Yemek yenildi önce. Öyle çok yiyecek hazırlatmıştı ki Ümüş Hatun, öyle mükellef bir sofra kurdurmuştu ki, orada bulunan herkes sırf bu ziyafet için davet edildiklerini düşünür olmuşlardı. Komşu ziyaretinden dönen Fatiş Hatun bile ne olup bittiğinin farkında olmadan, komutayı bu kez Ümüş Hatun'a kaptırmanın huzursuzluğuyla oturmuştu sofraya.

Yemek bitip de çaylar içilirken, "Sizlere bir diyeceğim var" dedi Ümüş Hatun. "Tacettin'le ilgili."

Hepsi suspus olup Ümüş Hatun'un ağzından dökülecekleri beklemeye koyuldu.

"Evlenmek istiyor Tacettin" dedi Ümüş Hatun.

"Ne var bunda?" diye sinirli bir edayla kumasının sözünü kesti Fatiş Hatun. "Yaşı geldi, evlenecek elbet."

"Kararını vermiş" diye devam etti Ümüş Hatun. "Tacettin, Patricia ile evlenmek istiyor!"

Üzerlerine ölü toprağı serpilmiş gibi, donup kaldılar bir anda. Aralarındaki konuşmalar, mırıltılar, hatta soluk alıp vermeler bile sessizliğe teslim oldu. Yüzlerde şaşkınlık, yüreklerde ürküntü... Tacettin'in, tasvip görmeyen ilişkisini yarı gizli, yarı aşikâr, nicedir sürdürdüğünü biliyorlardı gerçi. Ama böyle açıktan açığa, hepsi bir aradayken hiç dile getirilmemişti öncesinde.

Kimse cesaret edip de tek söz edemiyor, bakışlarını birbirlerinden kaçırıyorlardı. Sessizliği bozan Fatiş Hatun oldu.

"Sen ne dediğinin farkında mısın Ümüş Hatun?" diye gürledi adeta. "O mesele çoktan görüşülüp cevabı verilmedi mi? Utanmıyor musun evlatlarımızı toplayıp tekrardan o uğursuz kızın adını anmaya? Son sözümüzü söylemedik mi biz? Aha gene söylüyorum, o Rum yosmasıyla zinhar evlenemez Tacettin! Benim de, babasının da mezarını çiğner, ancak o vakit evlenebilir."

Hacı Ali Bey, karısının *soluklanmasını fırsat* bilip Ümüş Hatun'a döndü.

"Meseleyi tazelemek nerden icap etti Ümüş Hatun?" diye nazikçe sordu.

"Patricia hamile beyim" diyerek başını öne eğdi Ümüş Hatun.

"Hamile ha!" diye haykırdı Fatiş Hatun. "Bey evine kapılanmak için kolayını buldular. Ama şunu iyi bellesinler ki, altın perçemli yedi oğlan doğursa, şu eşikten içeri adımını atamaz o yosma!"

Kimsede konuşacak hal kalmamıştı. Fatiş Hatun'a cevap vermek Ümüş Hatun'a düştü haliyle. Ama ne cevap! Lafını zerrece esirgemeden...

"Bu eşikten içeri girmek isteyen yok! Tacettin de Patricia'yı alıp başka eve çıkmaya niyetleniyor zaten. Sizin rızanız olursa..."

"Rızamız falan olmaz bizim!" diye bağırırken, sinirden eli ayağı titremeye başlamıştı Fatiş Hatun'un. "Sen de bir şeyler söylesene Allah aşkına bey..." diye inledi.

"Bir de ben konuşayım Tacettin'le" dedi Hacı Ali Bey. Yaşananları yadsırcasına sakindi sesi.

"Sen dur hele baba" diyerek araya girdi Mahir Bey. "Senin konuşman münasip olmaz. Yarın dükkâna çağırırım Tacettin'i, konuşuruz."

Diğerleri de onayladılar Mahir Bey'i. Kendilerinin de Tacettin'i karşılarına alıp konuşabileceklerini ifade ettiler.

Bu çabaların sonuç vermeyeceğini çok iyi bilen Ümüş Hatun araya girmekte gecikmedi.

"Her ne olursa olsun, doğacak çocuğumu boynu bükük bırakmam ben, diyor Tacettin."

Uğultulu konuşmalar bıçak değmiş gibi kesiliverdi.

"O piçi peydahlarken düşünseydi o aşüfte!" diye haykırdı Fatiş Hatun.

"Öyle deme hanım!" diyerek karısını susturdu Hacı Ali Bey. "Sen ne kadar kabul etmek istemesen de o çocuğun babası belli. Bizim oğlumuz! Ve o çocuk bizim de kanımızı taşıyor. Hakikat bu."

"Ya, öyle mi?" diye sinirle güldü Fatiş Hatun. "Madem kanımızı taşıyor, reddedemeyiz değil mi? Kabul... Ama evlilik yok! Gâvur kızını alıp da kendime gelin edemem ben! Hele bizden habersiz nikâh kıymaya kalkışsın... Bir daha evladım diye bağrıma basmam o Tacettin'i, yüzüne bakmam. Tamam, doğunca alıp getirsin çocuğu baba evine. Bakarız! Bizim dinimizde, bizim âdetlerimizle büyür gider..."

Bu söylediklerinde ne derece samimiydi, kestiremedi kimse. Oğlanları evlerine yolcu ederlerken, Fatiş Hatun'un, "Gelsin bakalım... Yarısı *yavrumun yavrusu, yarısı yılanın yavrusu*" diye hışımla söylendiğini bir tek Ümüş Hatun duydu.

El ayak çekilince arka bahçeye seğirtti Ümüş Hatun. Biliyordu ki Tacettin orada kendisini bekliyor...

Analığını görür görmez saatlerdir oturduğu ahşap kerevetin üzerinden kalktı Tacettin, ellerine sarıldı Ümüş Hatun'un.

"De hele anacığım, neler oldu, neler bitti?"

Derin bir soluk aldı Ümüş Hatun.

"Bir arpa boyu yol derler ya, ziyadesini bekleme oğul" dedi. "Sen de maalmemnuniye, 'Getir kızı, kıyalım nikâhı' demelerini beklemiyordun herhal. Dün nasılsa vaziyet, bugün de aynı. Patricia'nın yüklü olduğunu öğrendiler fazladan, hepsi o. Uzun lafın kısası, nikâha müsaade yok! Ama çocuk doğunca bakarım diyor anan. Bakar, bakmaz; sen getirir de çocuğunu ellerine teslim edersin, etmezsin... Bilemem gayrı. Ha... Bizden habersiz bir iş tutar da nikâh falan kıyarsa yüzüne bakmam Tacettin'in, dedi anan. Haberin olsun."

Daha fazla konuşmak, Tacettin'in sızılı yüreğinden yüzüne yansıyan umutsuzluğu, acıyı, isyanı görmek istemiyordu

Ümüş Hatun. Arkasını döndü, yürüdü gitti.

Tacettin, omuzları düşmüş, biraz önceki, umut kıpırtılarıyla parıldayan gözlerinin feri sönmüş, öylece oturuyordu. Demek annesi yüzüne bakmayacaktı ha! Vazgeçebilecekti oğlundan... Bu kadar kolay mıydı? Hangi ana vazgeçebilirdi evladından?

Ya Patricia? Doğuracağı bebeğini başkalarının eline teslim edip yüzüne hasret kalmayı göze alabilir miydi? Hiç zannetmiyordu Tacettin. Böyle bir haksızlığa asla müsaade etmeyecekti. Anne şefkatinden, anne sıcağından mahrum bırakmayacaktı çocuğunu. Onları birbirinden ayırmamak için elinden geleni yapmaya kararlıydı.

## Yolumuza ışık olacak oğlumuz

*Dünyaya yeni gelen her bebek bir umuttur*
*Bebekler avuçlarında taşırlar umudu*

Ateş topuna dönmüştü memleket. Barut ve kan kokusu sarmıştı dört bir yanı. Bir bakıma şanslıydı Keskinliler, işgale uğramamış bir vatan toprağının üzerinde yaşıyorlardı. Anadolu'nun her köşesinde, özellikle de Ege Bölgesi ve İzmir'de kopan kasırganın ancak esintisi ulaşıyordu Keskin'e. Ancak, bizzat savaşın içinde yer almamaları, milli mücadeleye destek olmalarını engellemiyordu.

Batı Cephesi'nin silah ve cephane imalatı ile silah değiştirilmesi işlemleri Eskişehir, Ankara ve Keskin'de yapılmaktaydı. Keskin'deki Fişek Fabrikası'nda[2] her yaştan kadın ve erkek günde elli-altmış bin fişeği onarmak ve değiştirmek suretiyle cephe gerisi görev ifa ediyordu.

Cephelerden gelen yüz güldürücü haberler sevinçle karşılanıyordu. 29 Eylül 1920'de Sarıkamış, 30 Ekim'de Kars, 7 Kasım'daysa Gümrü düşman işgalinden kurtarılmıştı. Ama yetmiyordu.

Huzursuzdu insanlar. Türk'ü, Rum'u, Ermeni'si, tüm Keskinli umutsuzdu, öfkeliydi, kırılgandı. Eski güzel günler geride kalmış gibiydi. Kuşkuyla, endişeyle bakıyorlardı birbirlerine. Türkler, memleketi işgal edenlerle aynı kanı taşıdıkları için azınlıklara kinleniyor, İzmir'de Türk tabiiyetindeki bazı Rum gençlerinin Yunan ordusuna katıldığı haberlerine isyan ediyorlardı.

**2.** Fişek Fabrikası 1948'den itibaren Keskin Ortaokulu olarak kullanıldı. Şimdi ise Keskin İmam Hatip Lisesi olarak faaliyet göstermektedir.

Rumlar ise, Birinci Dünya Savaşı sırasında kurulan amele taburlarının yeniden faaliyete geçtiğini duydukça soydaşları için endişeleniyorlardı. Amele taburlarında silah altına alınan askerler, ellerine silah verilmeden, en ağır şartlarda ve demiryolu inşası, kayaların delinip yol açılması gibi en güç işlerde çalıştırılıyordu. Bu taburlardaki çok sayıda askerin öldüğü haberleri duyuldukça, zaten gergin olan bağlar kopma noktasına geliyordu.

Aklıselim sahibi sayılı kişiler dışında, içten içe palazlanan, ama şimdilik kaydıyla saklı tutulan sinsi bir düşmanlık gelişmekteydi.

O sayılı kişilerden biri de Tacettin'di. Rum Aris ve Ermeni Artin'le olan dostluğunu eskisi gibi sürdürüyor, topluluk içinde ileri geri konuşanlara, "Onlar da bu topraklarda doğdu, bizim dilimizi konuştu, en güzel günlerimizi bizlerle paylaştılar. Neden düşmanımız olsunlar ki?" diyerek karşı çıkıyordu.

Bu tutumu patlamaya hazır kesimleri tahrik ediyor, okların üzerine çevrilmesine yol açıyordu. Arkasından verip veriştiriyordu insanlar, ama yüz yüze gelindiğinde, *bey oğlu* sıfatının hatırına seslerini yükseltmiyorlardı.

Bunca karmaşa arasında, Patricia ile olan ilişkisi şiddetle kınanıyor, ancak kadınlar arasında kazanlar kaynatılsa da, erkekler tarafından dillendirilip dedikodu yapılmaya değer görülmüyordu. Onların gözünde, bu elim şartlarda bile Rum'la, Ermeni'yle dost olabilen bir bey oğluydu işte Tacettin! Rum kızından dost tutmakta da mahzur görmemişti besbelli.

Çetin geçiyordu kış. 1920'nin Aralık ayında başlayan kar erimeye fırsat bulamadan üstüne yenilerinin yağmasıyla, beyaz bir kaput gibi çökmüştü Keskin'in üzerine. İliklere işliyordu soğuk. Sokaklar tenhalaşmış, dışarıda işi olmayanlar, özellikle de kadınlar evlerine kapanmışlardı.

Omorfia bile günlerinin çoğunu evde geçiriyordu. Tavernaya pek gelen giden olmuyordu nasılsa. Havaların kötü gitmesine bağlayarak avutuyordu kendini. Oysa hepsi farkındaydı, Omorfia da, Yorgo da, Sofia da; aylar öncesinden kesilmişti Keskinlilerin ayağı. Sadece azınlıklar gelir olmuştu tavernaya. Onlar için de haftada iki gece yetiyordu. Çalgı, saz, söz, eğlence yoktu artık. Efkâr dağıtmaya geliyor, yiyip içip dertleşiyor, efkârlarına efkâr katarak ayrılıyorlardı mekândan.

Patricia'nın sokağa çıkmasını yasaklamıştı Tacettin. Karda buzda kayıp düşer, bir tarafına bir şey olur diye. O da kapı dışarı çıkmak istemiyordu zaten. Arada bir Anastasia'nın uğraması yetiyordu Patricia'ya. İyice beliren karnıyla meraklı gözlere dedikodu malzemesi olacağına, evinde oturmayı tercih ediyordu.

Sakin geçiyordu hamileliği. Ne aşermesi vardı, ne de bulantısı. "Onu isterim, şunu canım çekiyor" dememişti hiç. Nazlanmayı, kapris yapmayı kendinde hak görmüyor gibiydi. Kilo alacağına daha da zayıflamıştı sanki. Öne doğru sivrilmiş bir karın, her geçen gün gitgide sıskalaşan kollar ve bacaklar, limon sarısı bir beniz, gözlerinin altında oluşmuş mor halkalar... Hamileliğin Patricia'ya getirileriydi.

Her gün uğruyordu Tacettin. Omorfia'nın mutfağının ne kadar zengin olduğunu bilmezmiş gibi, çeşit çeşit yiyeceklerle elleri kolları dolu geliyordu her seferinde.

Dertli bir ifade yerleşmişti Patricia'nın yüzüne. Az konuşur olmuştu. Gülüşüne hasret kalmıştı Tacettin. Neredeydi o bir söyleyip beş gülen Patricia? İçine kapanıp kalmıştı. Kendini kabahatli mi hissediyordu ne?

"Hamilelikte huy değiştirir insanlar" diyerek geçiştirmeye çalışıyordu Omorfia.

Ama o da çok iyi biliyordu ki, ruhsal yönden yaralıydı kızı. Manevi yarası bedenini de sararak bütün dengesini altüst etmişti. İştahı artacağına azalmış, hatta tümden kesilmişti. Boğazından lokma inmiyordu sanki. Sabahları bir bardak sütü zorla içiriyordu Omorfia. Güç versin diye tahin pekmezler hazırlıyor, yoğurdun kaymağını balla karıştırıp kaşık kaşık, bebek besler gibi kızının ağzına döküyordu.

"Sen bir tane doğurasın diye, ben dokuz doğuruyorum yavrimu" diyerek Patricia'ya takılıyor, hiç yüksünmeden, sabırla bakıyordu kızına.

Ağır kış şartları şehir, kasaba ve köylerde yaşayan halkı evlerine kapatsa da, cephelerdeki hareketlilik sürüyordu. Son gelen haberler Türkler yönünden umut vericiydi.

Türk ordusu Çerkes Ethem isyanıyla uğraşırken, 6 Ocak 1921'de üç koldan taarruza geçen Yunanlılar mağlup edilmiş ve 11 Ocak 1921 itibariyle geri çekilmeye mecbur kalmışlardı. Tarihe Birinci İnönü Savaşı olarak geçecek bu zafer Türk halkına büyük bir moral güç ve umut vermişti.

Baharın yüzünü göstermesiyle yeniden hareketlendi cepheler. Yunan ordusu Bursa'dan İnönü'ye doğru ilerleyerek yeniden taarruza geçti. Ancak hiç beklemedikleri bir dirençle karşılaşınca ağır kayıplar vererek geri çekilmek zorunda kaldılar. 23 Mart-1 Nisan tarihleri arasında gerçekleşen İkinci İnönü Savaşı'nda kazanılan zafer, küçük bir dönüm noktasıydı Türkler için.

İtilaf Devletleri'nin Türk ordusuna bakış açısı değişmişti. Fransa ve İtalya, İngiltere'den ayrı bir yol izleme eğilimine girmişler, işgal ettikleri topraklardan çekilmeye hazırlanıyorlardı. Fransa, Türkiye Büyük Millet Meclisi Hükümeti'yle görüşmeye başladı. İngiltere bile tutum değiştirmiş, İngiliz General Harrington, Mustafa Kemal Paşa'yla görüşme girişiminde bulunmuştu.

Evet, barış adına umut verici adımlar atılıyordu. Ama suların durulması için daha çok zaman ve yaşanması gereken çok şey vardı.

* * *

Nisan ayı ortalarıydı. Tabiat uyanmış, kış boyu hükmünü sürdüren kar beyazının yerini yaprakların, çimenlerin yeşili, çiçeklerin sarısı, alı, pembesi almıştı. Mis gibi bahar kokuyordu hava.

İyice ağırlaşmıştı Patricia. Her gün Tacettin'le beraber bağ evinin bahçesinde küçük yürüyüşler yapıyorlardı. Çırpı gibi güçsüz bacaklarının taşıyamadığı karnına elleriyle destek vererek, zorlukla yürüyordu Patricia.

"Senden bir şey isteyeceğim" dedi bir keresinde Tacettin'e. "Doğuracak kuvvetim olacak mı, bilemiyorum. Eğer ölürsem, çocuğumuza iyi bakasın. Senden yegâne arzum budur."

"Sus, konuşma!" diyerek eliyle Patricia'nın ağzını kapattı Tacettin. "Aslanlar gibi doğuracaksın! Ve biz beraberce bakıp büyüteceğiz çocuğumuzu."

Bu konuşmanın üzerinden bir hafta geçti, geçmedi, Patricia'nın sancılandığı haberini getirdi Eleni.

Haberi aldığında maliye dairesindeki işinin başındaydı Tacettin. Eleni'yi görünce nasıl fırladığını bilemedi. Patricia'yla yaptıkları o tatsız konuşmanın etkisindeydi hâlâ.

"Patricia'ya bir şey mi oldu?" diye acıyla haykırdı.

"Yok beyim" dedi Eleni. "Doğum sancısı tutmuştur kızımızın. Ebe İrini başındadır. Tacettin Bey'e bildiresin dedi Omorfia."

Dar sokakların arasında telaşla yürüyorlardı. Koşuyordu adeta Tacettin. Eleni onun hızına ayak uyduramamış, epey gerilerde kalmıştı.

Bahçeden içeriye soluksuz daldı Tacettin. Sokak kapısı aralıktı. İtti, sofayı iki adımda geçti, kapalı oda kapısının önünde kalakaldı. Açıp içeriye girse... münasip olmazdı herhalde. Sabırsızlıkla hızlı hızlı vurdu kapıya.

İkinci vuruşunda aralandı kapı. Omorfia başını dışarı uzattı.

"Patricia iyi mi?" diye haykırdı Tacettin.

"Ne bağırırsın vre Tacettin Bey?" dedi Omorfia. "İyidir Patricia, Ebe İrini'nin şefkatli ellerine emanettir. Tasalanmayasın vre..."

İyi değildi oysa Patricia. Çok acı çekiyordu. Güçlü devinimlerle kasılıp gevşeyen karnının içinde ateşe sokulmuş demir bir mengene vardı sanki. İçi oyuluyor, göbeğinin altından başlayan dayanılmaz sancı kasıklarına doğru inerken, geçtiği her noktayı paramparça ediyordu.

"Ha gayret!" diyordu Ebe İrini. "Ikın biraz. Hadi, hadi... Biraz daha. Tamam, dinlen şimdi. Derin nefes al... Hadi! Tekrar... Az kaldı..."

Yapamayacaktı. Dokuz aydır karnında taşıdığı bebeğini doğuracak takati kalmamıştı Patricia'nın. Doğururken öleceğine öylesine inandırmıştı ki kendini... Artık vakit tamam diye düşünüyordu. Ama bebeği yaşamalıydı!

"Kızımın ya da oğlumun yüzünü göreyim, kokusunu içime çekeyim, alacaksan ondan sonra al canımı Tanrı'm!" diye dualar ediyordu içinden.

Ölümü kabullenmişti, tek endişesi kendisiyle beraber bebeğinin de ölüp gitmesiydi. Hayır, onu yaşatmak için bir şeyler yapmalıydı. Diğer kadınlar pıtır pıtır her sene bir çocuk doğururken, bir taneyi doğurmayı beceremediği için, canından can, kanından kan verdiği o eşsiz varlığı da beraberinde götürmemeliydi. Yaşamalıydı o! Nasıl bir dünyaya, hangi elverişsiz şartlara doğacak olursa olsun, doğmalı ve yaşamalıydı bebeği.

Son bir gayretle sıktı kendini. Yay gibi gerildi bedeni. Boyun damarları patlayacak gibi şişmiş, vücudunun bütün adaleleri kaskatı kesilmişti.

Elleriyle Patricia'nın karnına bastırırken, "Ha gayret, geliyor!" diye haykırdı Ebe İrini.

Bir anda içinin boşalıverdiğini hissetti Patricia. Ebe İrini'nin, ayak bileklerinden tutup baş aşağı salladığı bebeği hayal meyal seçiyordu gözleri. Bebeğinin hayata merhaba çığlığını güçlükle duydu.

"Nur topu gibi bir oğlun oldu!"

Ebe İrini'nin sesi uzaklardan gelen coşkulu bir şarkının nağmeleri gibi çınladı kulaklarında. Başarmıştı demek... Doğurabilmişti! Oğlu olmuştu Patricia'nın. Ölmemişti üstelik, yaşıyordu. Bunca heyecana daha fazla dayanamadı bedeni. İçi geçti, bayılıverdi.

•

Cebinde ne kadar para varsa, müjdelik niyetine Ebe İrini'nin avucuna boşalttı Tacettin. Evin içi bir anda bayram yerine dönmüştü. Sofia, Anastasia, kapının dışında Tacettin'le beraber bekleyen Yorgo ve Vasili... Gülüyordu yüzler. Işık olup, bir anda hepsinin içine nüfuz etmişti el kadar bebe. Bu ışık hep daim olsun dilekleri taşıyordu yüreklerden.

Sızılıydı Tacettin'in sevinci. Kendi yakınlarından tek kişi yoktu bu sevinci paylaşan.

Yavaş yavaş kendine geliyordu Patricia. Tacettin, terden sırılsıklam olmuş, yanaklarına, boynuna yapışmış saçlarını şefkatle okşadı Patricia'nın.

"Gönlümün sultanı bir idi, iki oldu" dedi. "Göreceksin, yolumuza ışık olacak oğlumuz."

Halsizdi Patricia, ama güçlü hissediyordu kendini. Zoru başarmıştı. İnanıyordu Tacettin'e. Madem Tanrı bu çocuğu onlara bahşetmişti, yolunu da açacak, aydınlatacaktı elbet.

Omorfia'nın, kucağına verdiği bebeği, nicedir hasreti çekilen bir sevgiliye kavuşuyormuş gibi sevgiyle sardı, kokusunu içine çekti.

"Ölsem de gam yemem artık!" dedi.

"Ölmekten bahsetmek yok bundan sonra!" diye çıkıştı Tacettin. "Yaşayacak ve yaşatacaksın. Hem beni, hem de oğlumuzu."

Omorfia sarı bir tülbent örttü bebeğin beşiğinin başucuna.

"Sarılık olmasın diye. Âdettendir."

Kırmızı atlas bir örtüyü de Patricia'nın yatağının üzerine serdi, "Loğusayı al basmasın!" diyerek.

Buruk bir gülümseme yayıldı Tacettin'in yüzüne. Bu bebek kendi baba evinde dünyaya gelmiş olsaydı anası, analığı, ablaları, yengeleri de aynı şeyleri yapacaklardı. Daha önceki torunlara yaptıkları gibi.

Âdetler aynıydı, inanışlar ortaktı. Her türlü husumetin üstüne çıkacak kadar ortak...

## Ali... Ali... Ali...

Doğumun üçüncü günüydü. Bebeğe isim konulmamıştı henüz. Ne Omorfia ağzını açıyordu bu konuda, ne de Patricia. Belliydi ki bu hassas meselenin çözümünü Tacettin'e bırakıyorlardı.

Günlerden sonra, nasıl karşılanacağını bilememenin sıkıntısı ve tedirginliği içinde, baba evine gitti Tacettin. Anası, Ümüş Hatun ve Hacı Ali Bey büyük salonda oturmuş kahve içiyorlardı. Hiç ummadıkları bir anda Tacettin'i karşılarında görünce irkildiler, gülüp konuşurken suspus oluverdiler.

"Hoş gelmişsin oğul" diyerek sessizliği bozdu Hacı Ali Bey. "Gel otur, kahve getirsinler sana da."

Sedirin kenarına iğreti yerleşti Tacettin. Birkaç dakika geçti geçmedi, aniden kalkıp babasının eline yapıştı.

"Bir oğlum oldu baba!" dedi.

Karşı koymasına fırsat vermeden elini öpüp başına koydu.

Biraz öncekinden de beter, koyu bir sessizlik çöktü üzerlerine.

Neden sonra, ifadesiz bir ses tonuyla, "Hayırlı olsun evlat!" diyebildi Hacı Ali Bey.

Gözleri Fatiş Hatun'un üzerindeydi Tacettin'in. Cansız, ruhsuz, taştan bir heykelden farkı yoktu anasının. Gözlerini halının üzerine dikmiş, başörtüsünün kenarındaki oyaları sinirle didikliyordu.

Çaresiz, Ümüş Hatun'a döndü Tacettin. Tacettin'in yinelemesine gerek kalmadan elini uzatıverdi Ümüş Hatun.

"Hayırlı uğurlu olsun oğlum!"

Uzatılan eli minnetle öptü Tacettin. Cesaretlenmişti. Ah bir de anasının gönlünü alabilseydi!

Ümüş Hatun kalktı, "Bekle beni" dedi Tacettin'e. "Ben gelmeden sakın bir yere gitmeyesin."

Kahve getirmişlerdi Tacettin'e. İçinin acısını katarak içmeye koyuldu. Ne anasından ses çıkıyordu, ne de babasından. Hacı Ali Bey karısının tepkisinden, olmayacak bir laf edip gerilen ipleri kopma noktasına getirmesinden korkuyor gibiydi. Bey olan oydu ama ev içinde, aile meselelerinde komuta Fatiş Hatun'un ellerindeydi.

Fincanını sehpanın üzerine koyup doğruldu Tacettin. Tam bir şeyler diyecekti ki, Ümüş Hatun kapıda göründü. Yürüyüp geldi, Tacettin'in karşısında durdu. Sımsıkı yumduğu parmaklarını açtı. Avucunun ortasında kenarları incilerle çevrili altın bir maşallah duruyordu.

"Bunu tak oğluna" diyerek Tacettin'e uzattı. "Benim hediyemdir. Sen doğduğunda kundağına iliştirmiştim. Çocuğun olunca ona takmak üzere sandığımda saklıyordum. Kısmet bugüneymiş."

İncili maşallahı dünya üzerindeki en değerli mücevhermiş gibi, sevinçle aldı Tacettin. Bir kez daha öptü Ümüş Hatun'un elini. Bu davranışıyla ona dünyaları bahşettiğini tahmin edebiliyor muydu acaba analığı?

Orada daha fazla kalmasının gereksiz olacağını düşünmüş gibi, "Mutfakta biraz işim var, sağlıcakla kalın" diyerek odadan çıktı Ümüş Hatun. Belli ki anayla babayı evlatlarıyla baş başa bırakmak istemişti.

Elindeki maşallahı özenle ceketinin iç cebine yerleştirdi Tacettin. Biraz da ondan aldığı güçle annesine döndü.

"Sen de hayırlı olsun demeyecek misin anacığım?" dedi.

Fatiş Hatun'ın asık suratı daha da ekşidi. Zehir gibi bir

bakış fırlattı Tacettin'e, başını hışımla ters yöne çevirdi. Yılmadı Tacettin, anasının elini tutmak için ani bir hamle yaptı. Fatiş Hatun ateşe değmiş gibi, sertçe geri çekti elini.

"Günahsız bir sabi o" dedi Tacettin. "Senin torunun!" Ağlamaklıydı sesi.

Tacettin'in yüzüne bile bakmadan, "Doğrudur" dedi Fatiş Hatun. "Hasbelkader torunum oldu. Evet, günahsız ve henüz tertemiz bir sabi. Söyleyeceğim odur ki, gâvurların elinde daha fazla kirlenmeden ya onu buraya getirirsin..."

Durdu, soluklandı bir an.

"Ya da" diye devam etti, "benim Tacettin adında bir evladım yok der, bağrıma taş basarım."

Lafını bitirir bitirmez ayağını sertçe yere vurarak kalktı, acelesi varmış gibi hızlı adımlarla odayı terk etti.

Baba oğul baş başa kalmışlardı. Tacettin'in istediği, biraz da buydu zaten. Buraya geliş nedenlerinden biri de, babasıyla bir diğer meseleyi konuşmaktı.

"Henüz oğlumun ismini koymadık baba" diye başladı. Hacı Ali Bey'in merak dolu bakışlarını, ateşe kesmiş gözlerinin içine hapsederek. "Oğlumun ismi Ali olsun istiyorum" diye devam etti. "Dedesinin adıyla anılsın... Müsaaden var mıdır?"

Hacı Ali Bey'in yüzü mutlulukla aydınlandı bir an. Böyle bir ikramı beklemediği belliydi.

"Müsaade senin evlat" dedi. "İstediğin ismi koyabilirsin oğluna."

Memnuniyetle gülümsedi Tacettin. Buraya kadar tamamdı, ama asıl söyleyeceğini sona saklamıştı.

"Bebeğe isim konulurken ehlidin, ilim irfan sahibi, ruhani yönü yüksek birilerinden rica edilir ya... Bu hasletleri taşıyan, senden başka kimsem yok benim. Dedesinin adını taşıyacak oğlum için dedesinden daha münasip birini düşünemiyorum. Eğer kabul edersen bahtiyar olacağım."

Duyduklarından etkilenmişti Hacı Ali Bey, sıcacıktı bakışları. Cevap vermeden önce uzun uzun düşündü. Sonra ders veren, yol yordam gösteren bir hoca gibi konuşmaya başladı.

"Doğumu müteakip yedinci gün isim koymak en münasibidir. İsmi koyacak olan, aptesli olarak kıbleye döner, ayakta durur. Bebeğin sağ kulağına ezan, sol kulağına kamet[3] okur. Sonra da konulacak ismi çocuğun kulağına üç kere tekrarlar."

"Tamam işte, ne lazım geliyorsa yaparsın."

"Bunu benden isteme oğul. Fatiş Hatun'u iyice dellendirmeyelim."

Koskoca Hacı Ali Bey karısından çekiniyordu ve ilk defa Tacettin'in karşısında dile getiriyordu bunu. Baba oğul arasında dertleşme ve paylaşım anlamında ılıman bir hava oluşmuştu. Haklıydı Hacı Ali Bey; Tacettin'in isteği, kendine tanıdığı sınırları zorlayacak cinstendi.

"Ne yapacağım peki ben?" diye sızlandı Tacettin. "Bu meseleyi halletmesini başka kimden isteyebilirim?"

"Kendin yapabilirsin!"

"Nasıl? Ben mi? Ne ezan okumasını bilirim, ne kamet!"

"Şimdi beni iyi dinle. Ezanı senin okuman şart değil. Ezan okunurken çocuğu kucağına alır, üç kere adını ünlersin kulağına. Hayırlı ve salih bir evlat olması için dua edersin. Tamamdır. Ha... bir de *akika* kurbanı kesmelisin."

"O da ne demek?"

"Verdiği çocuk nimetine karşılık Allah'a şükretmek için kesilen kurban. Çocuğu belalardan, musibetlerden, hastalıklardan korur."

Babasına minnetle baktı Tacettin. Fatiş Hatun gibi, evladı olmaktan mahrum bırakmadığı, şartlar ne olursa olsun yanında durduğunu hissettirdiği ve şu an gözlerinden dökülen şefkat yüklü sıcacık bakışları için. Uzandı, bir kez daha öptü babasının elini. Arkasında her zaman baba desteğini duyabileceğinin güvencesiyle ayrıldı evden.

3. Farz namazlarından önce okunan ezan sözleri.

Hacı Ali Bey de öncesine göre hayli huzurluydu. Oğlu, torununa dedesinin adını koymak için onun iznini almış, dini usulleri göz ardı etmeden, yol yordam sorarak izleyeceği yolu belirlemişti.

Allah yollarını açık etsindi, güle güle büyütsünlerdi torununu. Minik Ali hayırlı bir evlat olsundu Tacettin için. Daha ne isterdi Hacı Ali Bey?

Birden içinde, göğsünün tam ortasında sıcacık bir kıpırdanma hissetti. "Keşke görebilseydim torunumu!" diyen hasret kokulu bir ses yükseldi yüreğinden.

Belki bir gün... Dede Ali'yle torun Ali'nin karşılaşması... mümkün olabilir miydi?

"Kısmet!" diye içini çekti Hacı Ali Bey. Yüzünde buruk ama mutlu bir ifade vardı.

* * *

Doğumun yedinci günü sabah erkenden kalkıp aptes aldı Tacettin. Minik oğlunu yumuşacık bir yastığın üzerine yatırdı. Yastıkla beraber kucakladı. Sabah ezanı okunurken üç defa seslendi kulağına:

"Ali... Ali... Ali..."

Dedesinin adıyla yaşasındı oğlu.

# Sapla samanı ayırmak

İşten artakalan zamanının çoğunu Omorfia'nın bağ evinde Ali'yle ve Patricia'yla geçiriyordu Tacettin. Onlardan ayrı olduğu her saniye azap gibi geliyordu. Bazı geceler orada kalıp misafir odasına serilen yatakta yatıyor, bazı geceler de vakit geç olsa da baba evinin kapısını çalıyordu.

Kimsenin itirazı yoktu bu duruma. Omorfia ve Patricia memnuniyetle, Hacı Ali Bey ve ailesi ise kerhen de olsa kabullenmişlerdi yeni düzeni. Ama Tacettin huzursuzdu. Omorfia'nın evinde sığıntı gibi kalmayı yediremiyordu kendine.

"Böyle olmayacak" dedi Patricia'ya. "Biz de bir aile olduk artık. Seni ve Ali'yi alıp ayrı eve çıkmak istiyorum ben. Küçük bir ev tutarım, bizim diyebileceğimiz bir yuvamız olur hiç değilse. Hazırlığını yap, Ali'nin kırkı çıksın, gideceğiz bu evden."

Ses etmedi Patricia. Ama Tacettin'in niyetini hemen o gün Omorfia'ya ulaştırmaktan da geri durmadı. Hâlâ annesinin küçük kızı gibi hissediyordu kendini. Böyle önemli bir karar üzerine laf etmenin üstüne vazife olmadığını düşünüyordu. Annesiyle kocası neye karar verirse ona uyardı Patricia.

O akşam yemekten sonra Tacettin'le Patricia'yı karşısına alıp konuştu Omorfia.

"Haklısın" dedi Tacettin'e. "Misafir odalarında, sert şiltelerin üzerinde yatmak bey oğluna yakışmaz. Ne zamandır söyleyecektim ben de... Bu ev beni de, seni de, Patricia'yla çocuğunu da barındıracak büyüklükte. Eğer olur dersen, üst katı elden geçiririz. Büyük odayı hazırlarız size. Alt katta da Eleni'yle ben kalırız. Yanlış anlamayasın sakın. Her gece burada yatasın demiyorum. Gönlün nereyi isterse... İster burada kalırsın, ister babangilde."

Tacettin'in kararsız halini görünce, "Bey evi gibi değildir ama, seni rahat ettirmek için elimizden geleni yaparız" dedi gücenmiş gibi. "Asıl mühim olan" diye ekledi, "bebeğin bakımı da elbirliğiyle hallolur burada."

Bu son sözlerin üzerine gözleri ışıldayıvermişti Patricia'nın. Belli ki onun gönlünde yatan da buydu. Gene de hemen olur demedi Tacettin. Kafasında ölçtü, tarttı... Kararını verdi sonunda. *Şimdilik* kaydıyla, Patricia ve Ali'yle beraber bu evde kalmayı kabul ediyordu.

* * *

Hızla büyüyordu Ali. Öyle ki Tacettin sabah işe gidip akşamüzeri döndüğünde bile ince farklılıklar yakalayabiliyordu oğlunda.

Birkaç gündür hummalı bir faaliyet vardı bağ evinde. Evin kadınları Ali'nin kırkını çıkarmaya hazırlanıyorlardı. Omorfia'yla Eleni, yılların verdiği tecrübeyle neler yapılacağını çok iyi biliyorlardı, ama Patricia bu konuda pek acemiydi.

Bebeğin banyo suyu hazırlandı önce. Kırk küçük çakıl taşını tülbende sarıp bir altın lirayla beraber suyun içine attılar. Bebek taş gibi sağlam olsun, altın gibi bereketli ömür sürsün diyerek. Ali'yi leğene koyup tas tas su döktüler başından aşağı. Sıcak sularla yıkandı Patricia da. Temiz pak giydirdi çocuğunu, temiz pak giyindi kendisi de. Kırk uçurmaya çıktılar.

Âdetti, kırkı çıkan anne ve bebek gezmeye götürülürdü. Nereye, kime gideceklerdi? Sofia'dan başka çalacak kapıları mı kalmıştı şu Keskin'de?

Sofia ile Anastasia sevinçle karşıladılar misafirlerini, izzetle ikramla ağırladılar. Yediler, içtiler, söyleştiler. Sokak kapısından çıkarlarken, oyalı tülbende sardığı bir yumurta, bir tutam pamuk ve şekeri bebeğin kundağının içine koydu Sofia. Yumurta gibi tok ve sağlam olsun, şeker gibi tatlı bir ömür sürsün, pamuk gibi apak olsun saçları, diyerek.

Gülümsemekten kendini alamadı Omorfia. Bu topraklarda yüzyıllardan beri süregelen âdetlerdi bunlar. Müslümanlar da bebelerinin kırkını aynen böyle çıkarır, kırk gezmesi yaparlar, ilk ziyaret edilen evde yumurtalar, pamuklar, şekerler konurdu bebeğin kundağına.

Bu âdet senindi, benimdi diye tartışmayı akıllarına bile getirmemişlerdi bunca yıldır. Şimdi neyi paylaşamıyorlardı, işte ona akıl erdiremiyordu Omorfia...

* * *

Ne zaman barışa uzanacaktı silah tutan eller? Belli değildi. Gelen haberler son derece kötüydü üstelik. 1 Nisan 1921'de kazanılan İkinci İnönü Zaferi'nin üzerine kar yağıyordu sanki. Hem de temmuz sıcağında!

Türk ordusu İnönü'de ikinci kez galip gelmesine rağmen, dağılmış durumdaki Yunan ordusunu etkili bir şekilde takip edememişti. Türk askerinin yeterli güce ulaşamadığına inanan Yunan generalleri, daha kuvvetli bir ordu hazırlayarak Ankara'yı bile işgal edebileceklerine inanmışlardı.

Yunanlılar 10 Temmuz 1921'de, Türk ordusunun kendini toparlamasına fırsat vermeden, asker ve silah yönünden ulaşabilecekleri en büyük gücü toplayarak taarruza geçtiler. Afyon, Eskişehir, Kütahya Yunanlıların eline geçti. Türk ordusu, 14 Temmuz'da Sakarya'nın doğusuna çekilmek zorunda kaldı.

Milli mücadele içindeki ilk yenilgiydi bu. Düzenli ordunun varlığı tartışılmaya başlanmıştı. Kuva-yı Milliye'nin yeniden kurulmasını isteyenler vardı. Türkiye Büyük Millet Meclisi'nin Ankara'dan Kayseri'ye taşınması bile gündemdeydi.

Cepheden gelen her olumsuz haberin, dilden dile dolaşan söylentilerin etkisi katlanıp büyüyerek halk arasında paniğe yol açıyordu. Olanların bir numaralı sorumlusu onlarmış gibi, Keskin'deki Rumlar da gitgide çığlaşan bu öfkeden paylarını fazlasıyla alıyorlardı.

Tabii ki Tacettin de kahrolmuştu son yenilginin ardından. Ankara'ya bile göz diken Yunan ordusuna öfke kusuyordu. İşgal kuvvetlerine karşı seve seve savaşabilirdi. Ancak Keskin'deki Rum dostlarına da asla toz konduramıyordu. Sapla samanı ayırmak gerekti! Olanlar yüzünden Aris'i, Yorgo'yu, Artin'i ve diğerlerini suçlamak, Tacettin'e göre büyük haksızlıktı. Patricia ile aralarındaki ilişkinin hiçbir ilgisi yoktu bu görüşünde. Patricia'yı, Omorfia'yı ve diğer Rum dostlarını hiç tanımasa da aynı düşüncelere sahip olacağından emindi.

Üstelik bir de zihinleri karıştıran *Papa Eftim* olayı yaşanıyordu Keskin'de. Asıl adı Pavli Karahisaritis olan Eftim, 1884'te Yozgat'ın Akdağmadeni'nde doğmuş, rüştiyeden sonra kilise eğitimi almıştı. 1912'de diyakoz[4], 1915'te papaz, 1918'de Keskin metropolit[5] yardımcısı olmuştu.

O dönemde İstanbul'daki Fener Rum Patrikhanesi'ne bağlı olarak çalışıyordu. Patrikhanenin Anadolu'da bir Pontus Rum Devleti kurma çabaları ve kışkırtmalarına karşı çıkarak Fener patriğini tanımadığını ilan etmişti.

İlginç bir yol izleyerek, *Türk dostu değil, Türk oğlu Türk* olduğunu iddia ediyordu. Ona göre Anadolu'daki Hıristiyanların çoğu Türk'tü. Orta Asya'dan Anadolu'ya gelmiş, ama Hıristiyanlığı tercih etmişlerdi.

Mustafa Kemal Paşa'yla tanışmıştı Papa Eftim. 23 Nisan

4. Papaz yardımcısı.
5. Başpiskopos ile piskopos arasında bir unvan.

1920'de Türkiye Büyük Millet Meclisi'nin açılışında dua okuyan din adamlarının arasında o da vardı. Kuva-yı Milliyeci olduğunu söylüyordu. Çok sayıda Ortodoks'un milli mücadelede "Umum Anadolu Türk Ortodoksları Cemaatleri" olarak yer almalarını sağlamıştı.

Tacettin, Papa Eftim böyle söylüyor diye, diğer Ortodoksların da aynı tarzda düşünmelerinden yana değildi. Önemli olan, o insanların kendilerini nasıl gördükleri, nereye ait olduklarını hissettikleriydi. Din, dil, köken gibi değerler, kimseye zorla kabul ettirilemezdi.

## Savaşın çirkin yüzü

Ne kadar talihsiz olduklarını düşünüyordu Tacettin. Bir yandan ailesiyle halledemediği meseleler, bir yandan memleketin içinde bulunduğu durum, üstlerine üstlerine geliyordu olumsuzluklar. Rahatça nefes almalarına imkân ve ihtimal yoktu.

Bu karmaşa arasında Tacettin'in tek tesellisi Ali'nin yüzündeki masumiyet, etrafına cömertçe saçtığı bebek gülüşleriydi. Dört aylık olmuştu Ali. Gözlerinden taşan sıcacık ışıltıyla, çıkardığı anlamlı anlamsız seslerle en olmayacak zamanlarda, asılmış suratlara cılız neşeler bahşediyordu.

Hacı Ali Bey'le Ümüş Hatun, Tacettin'in eve uğradığı zamanlarda Ali'yle ilgili gelişmeleri onun ağzından dinleyerek, torunlarını uzaktan uzağa takip ediyor, içlerinde gizli tutmaya çabaladıkları özlemi istemeden de olsa davranışlarıyla ele veriyorlardı.

Fatiş Hatun ise oğluyla hiç konuşmuyor, o eve geldiğinde odasına ya da uzak bir köşeye çekilerek, verdiği mücadeleyi sonuna kadar sürdüreceğini ima ediyordu.

Ancak, bunların üzerinde durulacak, dert edinilecek gün değildi. Memleketin durumu yanında ailevi meseleler geri planda kalmaya mahkûmdu. Belki de en sancılı dönemdi yaşadıkları. Ordunun aldığı son mağlubiyetin ardından herkes kulak kesilmiş, cephelerden, meclisten gelecek haberlere yoğunlaşmıştı.

Yunan Genelkurmayı galibiyetle çıktıkları Kütahya-Eskişehir muharebelerinden sonra Sakarya'nın doğusuna çekilen Türk ordusuna son darbeyi indirmek amacıyla harekete geçmeye hazırlanıyordu. Hedef Ankara'ydı! Savaşı Yunan tarafı kazanırsa Türkiye Büyük Millet Meclisi, Sevr Antlaşması'nı kabul etmek ve yürürlüğe koymak zorunda kalacaktı.

23 Ağustos 1921'de birkaç koldan taarruza geçti Yunanlılar. Ancak kuşatma harekâtında başarılı olamadılar. Mustafa Kemal Paşa, "Hattı müdafaa yoktur, sathı müdafaa vardır. O satıh bütün vatandır. Yurdun her karış toprağı yurttaşların kanıyla ıslanmadıkça düşmana terk edilemez!" diyerek ateşlemişti orduyu.

Yirmi iki gün, yirmi iki gece aralıksız devam eden Sakarya Muharebesi, o güne kadar yaşananların en kanlısı oldu.[6] Tam bir ölüm kalım mücadelesiydi. İki taraf da ağır kayıplar veriyordu.

Türk ordusu 10 Eylül'de başlattığı karşı taarruzla, Polatlı yakınlarına kadar ilerleyen Yunan askerini durdurmayı başardı. Yunan ordusu çekilmek zorunda kalmıştı. Öyle ki, 13 Eylül'e kadar Sakarya Nehri'nin doğusunda tek bir Yunan askeri kalmadı. Yunanlılar Ankara'nın elli kilometre kadar yakınına gelmişken amaçlarına ulaşamamışlardı.

Anadolu'da düğün vardı, şenlik vardı. Onca insan kaybına, yakılıp yıkılmalara, ölümlere rağmen bayram havası içinde süren zafer kutlamaları Keskin'e de sirayet etmişti. Ancak azınlıklar, bu son zaferden sonra daha da içlerine kapanmışlardı. Yunan askeri cephede ne yaptıysa, hesabı onlardan soruluyor, işlenen günahların faturası onlara çıkarılıyordu çünkü.

Tacettin kazanılan zaferlere delicesine seviniyor, ancak çevresindeki Rumların, özellikle de Patricia ve Aris'in çaresiz çırpınışlarına da aynı derecede üzülüyordu.

6. Mustafa Kemal bu savaş için "Melhame-i Kübra" (büyük kan seli) demişti.

Patricia Yunan askeri için, "Yerimizi dar ettiler" diyor, "Buralardan sürülmemiz yakındır" diye korkularını dile getiriyordu.

"Kimseler yüzümüze bakmıyor vre Tacettin" diye sızlanıyordu Aris de. "Bu gidişle seninle de yollarımızı ayırmak zorunda kalacağız."

İkisini de dili döndüğünce teselli etmeye çalışıyordu Tacettin. "Az kaldı" diyordu. "Göreceksiniz, savaş bitince eski halimize döneceğiz."

Kendi de inanmıyordu bu söylediklerine. İçten içe palazlanıp öfke yumağı halinde gün yüzüne çıkan ölçüsüz tepkiler, görmezden gelinecek gibi değildi artık.

* * *

Sakarya Savaşı Türklere büyük saygınlık kazandırmıştı. Türk milletinin, genel savaşın kazanılacağına dair inancı yerine gelmişti. Yeniden harekete geçilmesi ve düşmanın tümüyle temizlenmesi isteniyordu. Ancak ordunun da derlenip toparlanmaya, yaralarını sarmaya, eksiklerini gidermeye ihtiyacı vardı.

Bir yıl sürdü hazırlıklar. 1921 Ağustosu'ndan 1922 Ağustosu'na kadar. Yurt çapında seferberlik ilan edilmişti. Anadolu'nun değişik yerlerinde derme çatma silah ve cephane üreten atölyeler kurulmuştu. Kapanan Doğu ve Güney Cephesi'ndeki birlikler batıya kaydırılmıştı.

26 Ağustos sabahı Mustafa Kemal Paşa'nın başkomutanlığında Büyük Taarruz başladı. 30 Ağustos günü Başkumandanlık Meydan Savaşı'nda Yunan ordusunun ana kuvvetleri yok edildi. Yunan askeri adım adım geri çekilmeye başladı.

9 Eylül sabahı Türk ordusu İzmir'deydi. Yunanlıların Küçük Asya (Minor Asia) seferi hezimetle sonuçlanmıştı. (Sonradan *Küçük Asya Felaketi* olarak anılacaktı bu hezimet.) Zafer Türklerindi, ancak savaşın acı ve çirkin yüzü, muzaffer olan kendisiymiş gibi, yarattığı trajik sahnelerle ortalığı tarumar ediyordu.

Günler öncesinden, Türk askeri henüz İzmir'e ulaşmadan, Anadolu'dan gelen, yerlerinden yurtlarından kopmuş mülteciler istila etmişti İzmir'i. Kaçıyorlardı. Ama nereye? Bu sorunun yanıtını akıllarına bile getirmeden, canlarını kurtarmak için, ne toparlayabildilerse çuvallara, denklere doldurmuş, sığınacak bir çatı altı bulma ümidiyle yollara düşmüşlerdi. Çoluk çocuk, kadın erkek, genç ihtiyar... Perişandılar. Kiliseler, okullar, fabrikalar ve açık alanlar mültecilerle dolmuştu.

"Donanma gidiyor!" diye haykırdı birileri.

"Yunan donanması!"

Her şey bitmişti demek. Akın akın rıhtıma koştu insanlar. Terk edilmişliğin acısını iliklerine kadar hissederek seyrettiler savaş gemilerinin gidişini.

Daha da acı olanı, Fransız zırhlısı Waldeck-Rousseau, Yunan milli marşını çalmaya koyuldu. Alay etmek gibi bir niyetleri yoktu tabii... Müttefikler, protokole uygun olarak, Yunan amiral gemisini selamlıyorlardı.

Bir İngiliz devriye gemisi ise kadınlı erkekli binlerce insanı mavnalara doldurup gemilerinin yanına çekiyordu. İtişe kakışa, birbirlerinin önüne geçmeye çalışanlardan yer bulabilenler şanslıydı. Yarınlarını yitirmiş insanların can pazarıydı yaşananlar. Bütün umutlarını o ana bağlamış gibiydiler.

Canını kurtardın, kurtardın... Aksi halde... Sabaha güvenme! Güneşin kimler için doğacağını bugünden kestiremezsin...

At kişnemeleriyle uyandılar yeni güne. Türk ordusunun atlıları İzmir sokaklarındaydı. Rıhtımdaki Türk evlerinin balkonlarından alkış sesleri yükseliyordu.

Acı bir çığlıkla sarsıldı ortalık.

"Yangın!"

Alev alev yanıyordu İzmir. Evlerden, sinip bekledikleri köşelerden fırlayan binlerce insan rıhtıma doğru koşuyordu.

Oysa deniz onlar için kurtuluş değil, ölümdü. Neden koştuklarını, nereye sığınacaklarını düşünmeden denize atlıyorlardı. Denizin üstü boğulanların cesetleriyle dolmuştu. Sokaklar boyunca sel gibi akan kalabalık birbirini eziyor, orada can vermediyse denizde boğuluyordu.

O güne kadar Yunan ordusunun, sözüm ona arkasında duran İtilaf Devletleri'nin temsilcileri gemilerinin güvertelerine kamera yerleştirmiş, yaşananları filme alıyorlardı. Marşlar çaldırıyorlardı bandolarına. Yükselen acı çığlıklar kulaklarını tırmalamasın diye... Kardeşi kardeşe kırdırmanın keyfini sürüyorlardı besbelli.

# İlk çözülüş

Büyük Taarruz'un ardından Türkiye'yi İsmet Paşa'nın temsil ettiği, İngiltere, Fransa ve İtalya delegeleriyle bir hafta boyunca çetin mücadelelere sahne olan Mudanya Mütarekesi ile Türk ve Yunan kuvvetleri arasındaki silahlı çatışma sona erdiriliyordu. Yunanlılar dört yıla yakın bir süredir işgal altında bulundurdukları Doğu Trakya'yı on beş gün içinde boşaltacaklardı. Boğazların durumu barış antlaşmasıyla açıklığa kavuşacak, kalıcı bir antlaşma yapılıncaya kadar İtilaf Devletleri'nin kuvvetleri İstanbul'da kalacaklardı.

Henüz mütareke imzalanmadan, Doğu Trakya'daki Ortodoks nüfus Meriç Nehri'ni geçerek Yunanistan'a göç etmeye başlamıştı bile. İntikamdan çekinerek tam bir çözülüş içine girip yollara düşen Rumlar tren istasyonlarına doluşuyor, gidip gelen katarlar Tekirdağ-Selanik güzergâhında hiç durmamacasına göçmen taşıyordu. Yaylı at arabaları ya da kağnılarla gidenler de vardı. Anadolu'nun diğer bölgelerinden göç edenler de eklenince, 1922 yılının sonuna kadar Türkiye'den ayrılarak Yunanistan'a ve Yunan adalarına giden Rum sayısı bir milyonu bulmuştu.

Keskin'de böyle bir göç paniği yaşanmıyordu henüz. Belki de bulundukları bölge işgale maruz kalmadığı, Polatlı yakınlarına kadar sokulan, ancak o noktadan geri çekilmek zorunda kalan Yunan askeriyle yüz yüze gelmedikleri için. Üstelik Batı Anadolu'daki Rumlar, Patrikhane ve Yunanistan'ın kışkırtmalarıyla isyan edip çeteler oluşturarak Türk köylerine saldırırken, Keskin'deki Rumlar bu tür faaliyetlerin içinde olmamışlardı.

Ama ilerleyen günlerin ne getireceğini bilemiyorlardı. Bir gün sonrasının bile garantisi yoktu o karmaşa içinde...

İlk çözülüş haberi hiç umulmadık bir yerden, Artin ve ailesinden geldi. İstanbul'a göç etmeye hazırlanıyordu aile.

"Burada ekmek kalmadı bize artık" diyordu Artin. "En eski müşterilerimiz bile kapımızı çalmaz oldular. Tası tarağı toplayıp gitmekten başka çaremiz kalmadı."

Artin'in sık sık İstanbul'a gidip manifatura dükkânı için mal aldığı Agop Amcası, itibarlı ve büyük bir tüccardı. "Burada ortak iş yaparız" diyerek İstanbul'a çağırmıştı Artinleri. Artin, babası ve ağabeyi manifatura dükkânını eşraftan Sait Efendi'nin oğluna devretmiş, gerektiğinde İstanbul'dan mal gönderme hususunda söz vermişlerdi.

Büyük şehirdi İstanbul, başlı başına bir memleketti. Keskin'deki gibi göze batmazdı orada varlıkları. Öyle düşünüyor, öyle umuyor, hesaplarını ona göre yapıyorlardı.

Tacettin, Aris ve Artin, son buluşma gecelerini sabahın ilk ışıklarına kadar konuşarak, eskileri yâd edip, kalın bir sis perdesinin arkasında belirsizliğini koruyan geleceğe umutlar yükleyerek geçirdiler. Üç kadim dost son kez kadeh kaldırdılar belirsizliklerinin üzerine.

"Siz bizi buralardan sürmeden kendimiz gidelim dedik be Tacettin" diyordu Artin.

"Sürmek ne kelime!" diye itiraz etti Tacettin. "Kendi rızanızla gidiyorsunuz siz. Kimse mecbur etmedi ki."

"Mecbur kalacağımız günleri görmeden gitmek daha evla değil mi?"

İçlerinde en durgun olanı Aris'ti o gece. Konuşmalara pek katılmıyor, dipsiz bir kuyuya düşmüş de kurtuluşunu kaderin ellerine teslim etmiş gibi derin düşüncelere dalmış, yüzünde acılı bir ifadeyle öylece oturuyordu. Konuşacak öyle çok şey vardı ki oysa.

"Bizim de sonumuz yakındır" demek geçiyordu içinden. "Aynı yollardan geçeceğiz biz de. Ne zaman olur bilinmez ama, bizleri bekleyen netice de üç aşağı beş yukarı aynıdır vre Artin..."

Söylemedi hiçbirini, söyleyemedi. Kederden kaskatı kesilmiş, yüreği karalar bağlamış Tacettin'i daha fazla üzmek istemiyordu.

Gitti Artin! Artin ve ailesi...

Geride bıraktıkları boşluğu fark eden ve bundan üzüntü duyan kişilerin sayısı bir elin beş parmağını geçmiyordu maalesef. Tacettin de, Aris de çarşının içinden geçerlerken Artinlerin eski dükkânına bakmamaya çalışıyorlardı. İçleri kan ağlıyordu ikisinin de.

Aris eskisinden de ürkek, karamsar, kendisinin ve ailesinin başına gelebilecekleri peşinen yaşamış gibi umutsuzdu. Tacettin ise Artinlerin boşuna gittiklerini düşünüyordu. Kalıcı bir barış antlaşmasının imzalanmasına ne kalmıştı ki şurada? Bekleselerdi ya biraz... Lozan'da barış görüşmeleri başlamıştı bile.

Tacettin'in hesapları tutmadı ne yazık ki. Kış aylarının ortasında, 30 Ocak 1923 tarihinde, henüz barış antlaşması imzalanmadan *Türk-Rum Nüfus Mübadelesi Sözleşmesi*, diğer bir deyişle zorunlu göç antlaşması imzalanıverdi.

## Mübadele ya da andalayı[7] gerçeği

*MADDE 1- Türk topraklarında yerleşmiş Rum Ortodoks dininden Türk uyruklarıyla Yunan topraklarında yerleşmiş Müslüman dininden Yunan uyruklarının, 1 Mayıs 1923 tarihinden başlayarak, zorunlu mübadelesine (Exchange obligatoire) girişilecektir.*

*Bu kimselerden hiçbiri, Türk Hükümeti'nin izni olmadıkça Türkiye'ye ya da Yunan Hükümeti'nin izni olmadan Yunanistan'a dönerek orada yerleşemeyecektir.*

Neydi bu! Tacettin'in idam fermanı mı?

Duyduklarına inanamadı, inandığına isyan etti.

Patricia, Aris, Omorfia, Yorgo, Sofia, Anastasia, Vasili ve onca yılı bu topraklarda huzur içinde geçirdikleri diğerleri... Dostları, sırdaşları, birlikte askere gittikleri, düğünlerde beraberce halay çektikleri, aynı masada kadeh tokuşturdukları, ayrı ayrı bayramları ortak sevinçle paylaştıkları o insanlar... tanımadıkları, bilmedikleri, havasını soluyup suyunu içmedikleri yabancı diyarlara sürülüp orada ikamete zorlanacaklardı demek!

Artin'in arkasından kara yaslar tutan Tacettin, canında can bildiği üç değerli varlığı; Ali'yi, Patricia'yı ve Aris'i gurbete, hem de ebediyen kaydıyla gönderebilir miydi?

Hayır, olamazdı! Mutlaka bir hal çaresi vardı. Olmalıydı...

7. Rumlar mübadeleye "andalayı" diyorlardı.

Mübadele Sözleşmesi'nin ikinci maddesine göre, öngörülen mübadele İstanbul'da oturan Rumları ve Batı Trakya'da oturan Müslümanları zorunlu göçten muaf tutuyordu. Buna göre, Anadolu'da yaşayan Ortodoks Rumların hepsi mübadele kapsamına giriyordu. Kimsenin gözünün yaşına bakılmayacağı aşikârdı.

Çevre illerden ve ilçelerden Rumların, verilen talimatla bir gecede evlerini barklarını terk ederek perperişan yollara düştüğü haberleri gelmeye başlamıştı, ama Keskin'de yaprak kımıldamıyordu henüz.

Merak içindeydi herkes, merak edilen konulardan biri de Bakanlar Kurulu kararıyla ve Mustafa Kemal'in emriyle 1922'de Kayseri'de kurulan Müstakil Rum Patrikhanesi'nin başında bulunan Papa Eftim'in de mübadele fırtınasından payını alıp almayacağıydı.

Keskinli Ortodoks Rumların gitmelerini gereksiz bulan bir kısım Keskinlilerin, zayıf da olsa dört elle sarıldıkları bir ihtimal vardı: Savaşta işgale uğramamışlar, azınlıkların haince davranışlarına muhatap olmamışlardı. Bu sayede Keskinli Ortodokslara ve Papa Eftim'e özel bir ayrıcalık tanınabilir miydi?

Ancak, 3 Ağustos 1924'te çıkarılan özel kanunla Müstakil Rum Patrikhanesi lağvedilince, bütün umutlar söndü. Sadece Papa Eftim ve ailesi mübadeleden muaf tutulmuştu. Geride kalan Anadolu Ortodoksları, hiçbir ayrıma mahal bırakılmadan nüfus mübadelesine tabi olacaklardı.

Sancılı bekleyiş ilk acı meyvesini vermekte gecikmedi. Haberi Aris'ten aldı Tacettin.

Suratı allak bullak, gözleri kan çanağı, eli ayağı amansız titremelerle, "Gidiyorlar!" diye haykırıyordu Aris.

Bulaşıcı bir illet gibi Tacettin'i de sardı titremeler. Kimdi giden? Kimlerdi?

"Mübadele Komisyonu'ndan telgraf gelmiş" diye devam etti Aris. "İlk kafile yarın sabah yola çıkıyor. Yorgo ve ailesi de gidecek olanların içinde..."

Ateş düşmüştü Yorgo'nun ocağına. Yorgo, Sofia, Anastasia ve Vasili... Bir yandan haneden ölü çıkmış gibi ağıtlar yakıyor, bir yandan da toparlanmaya çalışıyorlardı. Yangın yerinden farksızdı ev.

Tacettin'le Aris kapının eşiğinde bir an duraklayıp içeriye daldılar.

"Olacağı buydu!" diye çaresizlikle söylendi Yorgo. "Beklemiyor muyduk zaten?"

Sofia eşya topluyordu güya. Eline aldığı her parçayı yere bırakıp daha işe yarar gördüğünü büyük bir hurcun içine atıyordu. Omorfia ile birkaç komşu kadın da yardım ediyorlardı ona.

Gözlerinden inen yaşları elinin tersiyle silerek, beyhude teselliler arar gibi, "Bir senelik eşyamızı alacakmışız" diye mırıldandı Sofia. "Bir sene sonra dönme ihtimali var mıdır acep?"

"Yoktur!" diye öfkeyle kestirip attı Omorfia. "Ne götürebiliyorsan toparla sen."

İçlerinde en sakin görünen oydu. Serinkanlılıkla Sofia'ya yardım ederken, onun panik halinde düşünemediklerini dile getirip yol gösteriyordu.

"Çulu çaputu boş veresiniz. Altın, para, ne varsa koynunuza koyasınız."

O hengâme arasında, hallaç pamuğu gibi atılmış odanın köşesine büzüşmüş oturan Patricia'ya kaydı Tacettin'in gözü. Korkudan benzi solmuş, birisi gelip kapıverecekmiş gibi, kollarını Ali'nin minik bedenine dolamış, fal taşı misali açılmış gözleriyle Tacettin'e bakıyordu Patricia. Yanaklarından sicim gibi inen yaşların farkında bile değildi.

Eğildi Tacettin, Ali'yi kucaklayarak bu badireden hiç değilse onu uzak tutmak ister gibi, sımsıkı sarmalayıp göğsüne bastırdı.

Perişanlıktan payını almayan yoktu. Vasili sesini soluğunu kesmiş, tekdüze hareketlerle babasına yardım ediyordu, ama Anastasia ruh gibiydi. Patricia'nın yanına sokulmuş, ondan medet umuyordu.

Mübadele Sözleşmesi'ne göre göçmenler her türlü taşınır mallarını yanlarında götürmekte serbesttiler. Ama elverişsiz şartlarda yapılacak meşakkatli bir yolculuk için ne kadar eşya alabilirlerdi ki yanlarına? Birkaç ince şilte, yorgan, yastık, biraz kap kacak, yolculuk boyunca yeteceğini umdukları miktarda yiyecek... Gözü kapalı çıkmaya mecbur bırakıldıkları bir maceranın eşiğinde, bıraktıkları onca şeyin yanında götürülecek eşyalar teferruat sayılırdı.

Tacettin, Aris, Omorfia ve Patricia... Hiçbiri evine gitmedi o gece. Ağladılar, söylediler, söylendiler...

Okunan sabah ezanı, bitişin yanı sıra meçhul bir başlangıcın da habercisi gibiydi. Yorgo'nun tuttuğu at arabasına yüklediler eşyaları. Sıra vedalaşmaya gelmişti.

Hıçkırıklar, feryatlar, isyan dolu haykırışlar göklere yükseliyor, veda sözleri gözyaşlarına karışıyordu.

Hayrettir, Omorfia'nın gözünden tek damla yaş inmemişti. İnanılmayacak bir metanet gösteriyordu doğrusu. Tek tek kucakladı hepsini. Arabanın başında burnunu çeke çeke ağlayan Vasili'den başladı. Kollarını Yorgo'ya açtı ardından.

"Dimitri'nin emanetiydin sen!" diye hıçkırdı Yorgo. "Yarı yolda bıraktım o emaneti..."

Birbirlerine dolanmış kolları güçlükle ayrılabildi, ama Sofia'yla kucaklaşırken de sakin görünüyordu Omorfia. Anastasia ise Patricia'dan kopmamak için sıkı sıkıya sarılmıştı biricik arkadaşına.

Tekrar tekrar kucaklaşıp vedalaştılar. Bir bilinmeze doğru

uzanan zorunlu yolculuk başlayabilirdi artık...

Arabanın arkasından bir kova su döktü Omorfia. Gözden kayboluncaya kadar arkalarından baktı. Tam dönüp iki adım atmıştı ki... oracığa yığılıverdi.

Sular çarptılar yüzüne, bileklerini ovuşturdular. Neden sonra kendine gelebildi. Ama nasıl?

Hıçkıra hıçkıra, katıla katıla ağlayarak. Akşamdan beri içinde biriktirdiği zehri kusarcasına...

"Dimitri'den sonra, benim için en büyük acı!" dedi birbirine kenetlenmiş dişlerinin arasından, güçlükle. "Keşke biz de onlarla beraber gidebilseydik."

Kucağında tuttuğu Ali'ye daha bir sıkı sarıldı Tacettin.

"Nedenmiş o?" diyemedi. "Gitmeyeceksiniz siz, burada kalacaksınız!" diyerek yüreğinden geçen, ancak geçerliliğini yitirmeye yüz tutmuş dileklerini sözlere dökmeye gücü yetmedi.

Gerçek ortadaydı. Mübadele gerçeği...

* * *

Omorfia yol hazırlıklarına başlamıştı bile. Öncelikle tavernayı elden çıkardı. Çarşının içindeki çorbacıya devretti dükkânı. Resmi satışla değil, aralarındaki gizli anlaşmayla. Değerinin çok altında bir paraya gitmişti ama olsundu, ne kadar akçe toplayabilirse kârdı.

Daha önce gidenler belki bir gün döneriz umuduyla paralarını, altınlarını evlerinin gizli köşelerine saklamış, ağaç altlarına, duvar diplerine gömmüşlerdi. Öyle bir beklentisi yoktu Omorfia'nın.

"Bu gidişin dönüşü yoktur, bilesin!" diyordu Patricia'ya. "Dönün deseler de asla dönmem ben."

Patricia ise toplanan döşekleri, götürülmek üzere ortaya dökülen, Omorfia'nın en gerekli gördüğü eşyaları, kap kacağı, yazlık kışlık giysi yığınlarını yabancı birilerine aitlermiş gibi sahiplenmeden izliyordu.

O gece çardağın altında oturuyorlardı Tacettin'le. İkisinin de gözleri neşeli çığlıklarla oradan oraya koşturan Ali'nin üzerindeydi. Üç yaşını doldurmuştu Ali. Babasının minik bir kopyasıydı sanki, o derece benziyordu Tacettin'e. Cana yakın, şirin bir çocuktu. Sevimli halleri, yarım yamalak konuşmalarıyla çevresindekilerin neşe kaynağıydı.

"Babam!" diye sımsıkı sarılıyordu Tacettin'e. Onun kucağından sıyrılıp annesinin kollarına atıyordu kendini.

Eleni Ali'yi uyutmaya götürünce Patricia ile Tacettin baş başa kaldılar. Patricia, bir şeyler söylemek istiyor da nereden başlayacağını bilemiyormuş gibi uzun uzun baktı Tacettin'e.

"Sakın bırakmayasın bizi!" dedi. "Ali'yle beni! Sıkı tutasın ellerimizden."

Asıl söyleyeceğini sona bırakmıştı. Tacettin'in elini avuçlarının arasına aldı.

"Müslüman olurum!" diye devam etti. "Gitmem. Oğlum, sen ve ben... Ne istersen yapmaya razıyım."

Şefkatle kucakladı Patricia'yı Tacettin.

"Elimden geleni yapacağım" dedi kararlılıkla. "Sizi burada tutmak için ne lazımsa..."

Tacettin de biliyordu, Türklerle evli olan yabancılar mübadele kapsamı dışındaydı. Konuşacaktı ailesiyle. *Rum kızı* gözüyle bakmasınlardı artık Patricia'ya. Torunlarının anasıydı o. Müslüman olmayı da kabul ediyordu işte! Büyüklük göstermek yaraşırdı bey ailesine. Tek çözümün bu olduğunu görmelilerdi artık...

Hacı Ali Bey'in evi çok çetin tartışmalara sahne oldu o gün. İşi zordu Tacettin'in. Ama başarmaya mecburdu. Gözünü kararttı, anasının, babasının, analığının karşısına geçti.

"Mübadele başladı" dedi. "Omorfia ile Patricia'ya da *gidin* talimatı gelmesi yakındır."

Fatiş Hatun'un yüzünde memnuniyetini gizlemeyen bir

gülümseme dolandı. Nicedir beklediği bu değil miydi?

"Onların, Patricia ile Ali'nin gitmesine razı olamam" diye devam etti Tacettin. "Müslüman olacak Patricia. Nikâhıma alacağım onu. Bu sayede burada kalabilecekler."

Sözlerinin yarattığı etkiyi ölçmek ister gibi sustu, insaf dilenen bakışlarını annesine çevirdi.

Yüzünün bütün hatları gerilmişti Fatiş Hatun'un, bakışlarından ateş çıkıyordu adeta.

"Sözümü baştan söyledim ben! Konuşacak bir şey yoktur" diyerek başını öte yana çevirdi.

"Ama bu sefer durum farklı" diye üsteledi Tacettin. "Onlarla beraber oğlum da gidecek! Beni evladımdan ayırmaya vicdanınız elverir mi?"

"Sen de oğluna sahip çık!" dedi Fatiş Hatun. "Önceden de demiştim ya... Getir oğlunu buraya. Beyler, paşalar gibi büyütelim. Hiçbir şeyini eksik koymayız evelallah. Ama daha fazlasını aklına bile getirme."

Son bir umutla Hacı Ali Bey'e döndü Tacettin. Babasının, Ali'ye isim koyarken gösterdiği ılımlı ve sıcak tavırları düştü aklına...

"Ya sen baba? Sen de anam gibi mi düşünüyorsun? Torununun anasını *gelinim* deyip kabul etme âlicenaplığını gösteremez misin?"

Üzgün görünüyordu Hacı Ali Bey. Fatiş Hatun biraz yumuşak davransa, razı olabilirdi belki. Ama bu evde Fatiş Hatun'un istemediği hiçbir şey gerçekleşemezdi.

Ne "olur" dedi Hacı Ali Bey, ne de "olmaz". Başını kararsızca iki yana salladı.

"Biliyorum, sizden istediğim büyük bir fedakârlık" dedi Tacettin. "Ama bırakın Patricia'yı, söz konusu olan benim hayatım. Oğlunuz değil, evladından ayrılmamak için çırpınan bir baba var karşınızda."

"Ya sen anam?" diyerek Ümüş Hatun'a döndü Tacettin.

"Sen de mi bu gidişe dur demeyi zül sayıyorsun?"

Gözlerini yere indirdi Ümüş Hatun. Hacı Ali Bey'le Fatiş Hatun'un bulunduğu yerde ona laf düşer miydi?

"Ananla baban ne münasip görürse o olur" dedi üzüntüyle.

"Son sözünüz bu mudur?" diyerek ayağa kalktı Tacettin. Babasından gelecek sese çevirdi kulağını.

"Oğluna her daim kapımız açıktır" dedi Hacı Ali Bey. "Ama daha ziyadesini bizden isteme oğul."

Yıkılmıştı Tacettin. Hızla çıktı salondan. Sokağa vurdu kendini. Yürüdü, yürüdü, yürüdü... Amaçsızca, nereye gittiğini bilmeden.

Ne yapacaktı şimdi? Patricia'nın peşine takılıp gitmesi imkânsızdı. Nikâh kıymadan onu ve oğlunu burada tutamazdı. Nikâh kıyıp evini, anasını, atasını bir kenara atıp yeni bir ev kurmaya kalksa... Keskin sınırları içinde, bu şartlarda yaşamaları mümkün değildi.

Anasının dediği gibi, yalnız Ali'yi burada alıkoymaya yeltense...

Hayır, bir çocuğu, hem de kendi çocuğunu annesinden ayırmayı asla vicdanına sığdıramazdı Tacettin!

# Evsiz barksız kimsesiz

Ağustos sıcağı, Keskin'in üzerine perde perde inen alacakaranlıkla kucaklaşırken, okşarcasına esen rüzgâra teslim olmuş, gündüzün boğucu kavurganlığıyla çelişen upuzun, serin ve ferah bir geceye bırakıyordu yerini.

Adımlarını sıklaştırdı Tacettin. Ayağını bastığı her bir arnavutkaldırımı ateş olup tabanlarına yapışıyor, şaşılacak bir hızla ayaklarından yukarılara yükselen sıcaklık tüm bedenini yakıp kavurmaya ahdetmiş gibi her yanını sarıyor, neredeyse soluk almasına bile şans tanımıyordu. Boğulacağını sandı bir an.

Bağ evinin önüne geldiğinde durdu, soluklandı, güç topladı kendince. Omuzları düşmüş, başı eğik, sarsak adımlarla içeriye girdi.

Omorfia bağdaş kurup yer minderinin üzerine oturmuş, önüne döktüğü eski fotoğrafları kendince belirlediği bir sıraya göre tasnif edip kutulara dolduruyordu. Patricia ise sedirin köşesine ilişmiş, annesini izler görünse de, tüm varlığını kopkoyu bir umutsuzluğun pençesine teslim ederek kendi çocuk âlemine dalıp gitmişti.

Kapının eşiğinde beliren Tacettin'i ilk fark eden Ali oldu. "Babam!" diye koşarak sıçradı Tacettin'in kucağına.

Patricia da doğrulup kalktı yerinden, Tacettin'e doğru iki adım attı.

"Otur yerine!" diye sertçe azarladı Omorfia. "Önce dinleyelim bakalım, Tacettin Beyimizde ne haberler varmış?"

Söz dinleyen çaresiz bir çocuk gibi yerine döndü Patricia.

Sedirin diğer ucuna çökercesine oturdu Tacettin. Başı önünde, büyük cürüm işlemiş bir suçlu gibi, ne diyeceğini, nereden başlayacağını bilmez bir halde, kucağında bin bir oyunla ilgisini çekmeye çabalayan Ali'yle oyalanarak zaman kazanmaya çalıştı bir süre.

Öylesine dalmıştı ki, Eleni'nin, "Hoş gelmişsiniz beyim" diyen sesiyle irkildi. Her zamanki gülen yüzü kararıvermişti onun da. Hizmette kusur etmedi gene de.

"Çay getireyim size" diyerek kapının gerisinde kayboldu.

Yağlı kandilin soluk ışığı yüzleri yalıyor, ne var ki kararmış bakışları aydınlatacağına, bir harlanıp bir sönerek, gözlere düşmüş gölgeleri daha da koyulaştırıyordu. Sessizlik, kâbus gibi çökmüştü üzerlerine. Ağızlarını açıp tek söz edecek mecalleri kalmamış gibiydi.

Çayları getirdi Eleni. Sonra da o an orada bulunmaması gerektiğini düşünmüş gibi, "Geç oldu, Ali'yi yatırayım ben" diyerek çocuğu kaptığı gibi aceleyle odadan çıkıp gitti.

Korkunun ecele faydası yoktu. Daha fazla uzatmadan söze girdi Tacettin.

"Evden geliyorum" dedi. "Bizimkilerle konuştum."

"E, de bakalım" diye alaycı bir gülüşle doğruldu Omorfia. "Ne demiş sizinkiler?"

Duymazdan gelerek devam etti Tacettin.

"Onları yumuşatamadım maalesef!"

Patricia'nın gırtlağından küçük, küçücük, acılı bir çığlık koptu, kandilin isli alevlerinin arasında kaybolup gitti.

Kıyametler kopuyordu içinde, amansız depremlerle sarsılıyordu narin bedeni. Ama sustu, olmayacak bir söz çıkar korkusuyla ağzını kapattı eliyle, soluğunu tuttu. Boğazında düğümlenen hıçkırıklara, gözpınarlarında göllenen yaşlara dur dedi.

Farkındaydı Omorfia, kızının hali hal değildi.

"Kendine gelesin Patricia!" diyerek sertçe çıkıştı. "Ben sana dememiş miydim böyle olacağını? Hay benim aptal kızım! Ne bekliyordun? Koskoca Hacı Ali Bey'in kollarını açıp senin gibi gariban bir Rum kızına gelinim diyeceğini, biçare oğlunu torunum diye bağrına basacağını mı? Geçmiş ola yavrimu!"

Tacettin araya girmeseydi, daha çok şey sayıp dökecekti Omorfia.

Çekingen ve ürkek bir tavırla, "Ali'yi kabul ediyorlar" dedi Tacettin. "Getir buraya, en iyi şekilde bakar büyütürüz diyorlar."

Öfkeyle yerinden fırladı Omorfia. Kucağındaki sararmış fotoğraflar yerlere saçıldı.

Gözleri çakmak çakmak, "Ali'yi kabul ediyorlar ha!" diye haykırdı. "Lütfetmişler! Şunu bilin ki, hiç kimsenin gücü Ali'yi bizden koparmaya yetmez Tacettin Efendi! Toprak dediğin nedir ki? Bir doğduğun yer, bir de mezarın. İkisinin arasında bastığın, ha burası olmuş, ha Urum illeri. Fark etmez. Gideriz! Ama başımızı eğmeden..."

Kendinden geçmiş gibiydi, kıpkırmızı olmuştu suratı. Öylesine bağırıyordu ki, şahdamarları şişmiş, patlamak üzereydi sanki. Yumruk halinde sıktığı elleriyle boşluğu dövüyor, gırtlağının var gücüyle haykırarak ağzına ne gelirse Tacettin'in üzerine savuruyordu.

Biraz sakinleşir gibi oldu.

"Son sözleri bu demek!" diye sinirle güldü. "Ama benim de söyleyeceklerim var..."

Yeniden yükseltti sesini, biraz öncekinden de tiz ve yüksek perdeden, "Omorfia'yı yabana atmayasınız!" dedi hışımla. "Kızıma koca, torunuma baba bulurum ben! Bu da benim son sözüm. Gidip aynen anlatasın onlara..."

Durdu, ateş saçan gözlerini Tacettin'in üzerine dikti.

"Bu evdeki misafirliğin bitmiştir Tacettin Efendi!" dedi.

"Hiçbir münasebet kalmamıştır aramızda. Rahat bırakasın artık bizi."

O an orada eriyip yok olmayı istedi Tacettin. Ne biçim bir kaderdi bu, ne acımasız bir yazgı! Ne çaresiz bir illetti yakalarına yapışan... Birden kızıverdi kendine. Bütün suçu kaderin omuzlarına yüklemeye çalışması, âcizliğinin ifadesi değil miydi?

Eksik bıraktıklarının, yapması gerekip de yapamadıklarının utancı içinde, tek söz etmeden, edemeden doğruldu kalktı. Ne Omorfia'nın yüzüne bakabildi, ne de Patricia'nın. Geldiğinden de beter bir yılgınlığın ve perişanlığın girdabında, süklüm püklüm kapıya doğru yürüdü, sokakların sırdaş kuytuluğuna attı kendini.

Issızdı gece, kimsesizdi. Bomboştu ıssız gecenin sokakları. Tıpkı bir anda yapayalnız kalakalmış Tacettin gibi. Gecenin çilesi sabaha kadardı, Tacettin'inki ise sonsuzluğa dikmişti gözlerini.

Evsizdi, barksızdı, gidecek yeri, sığınacak kimsesi yoktu. İtilip kakılan yersiz yurtsuz bir sokak serserisinden, duvar dibinde sızıp kalmış bir ayyaştan farksız hissediyordu kendini.

Kimin umurundaydı Tacettin'in sancılı kıvranışları, çektiği onca acı, çözümsüzlükleri, herkesi memnun etmek için göze aldığı fedakârlıklar, bu uğurda verdiği cansiperane mücadele?..

Sokakta kalmıştı resmen. Ne baba evinde yeri vardı, ne de uzun zamandır evi sandığı, yuva bellediği el kapısında.

Tek bir kapı kalmıştı çalabileceği. Ekşi yüz görmeden hoş karşılanacağından emin olduğu, sıcacık bir yuva...

Despina açtı kapıyı. Elindeki feneri beklenmedik misafirinin yüzüne tuttu.

"Vre Tacettin!" dedi şaşkınlıkla "Ne işin vardır bu saatte buralarda?"

"Müsaaden var mı Despina Ana?" diye ağzının içinde geveledi Tacettin. "İçeri almayacak mısın yoksa beni?"

"Geç oğlum geç, durma öyle kapının ağzında. Dur bakayım... Ne olmuş sana böyle? Vah yavrimu vah..."

Kapıyı ardına kadar açarken, "Aris!" diye seslendi içeriye. "Tacettin'dir gelen."

Bir solukta yetişti Aris. Uzun zamandır görmemiş, yüzüne hasret kalmış gibi kucakladı arkadaşını. Kolundan içeri çekti, kapıyı kapattı.

"Nedir bu halin vre Tacettin?" dedi merakla. "Yangın yerinden canını zor kurtarmış gibi..."

"Yangınların içinden geldiğim doğru" diye acıyla güldü Tacettin. "Ama canımı kurtaramadım be Aris."

İç odaya geçtiler. Bu evin de göç hazırlığında olduğunu ancak o zaman fark etti Tacettin. Darmadağınıktı oda. Şilteler, yorganlar üst üste dizilip bir kenara yığılmış, götürülecek üst baş, mutfak eşyası torbalara doldurulmuş, aniden gelebilecek bir talimatla kısa sürede yola çıkılacak halde bekliyorlardı.

Boğazına kıskaç misali güçlü bir el yapışıverdi Tacettin'in. Patricia ve Ali'yle beraber biricik can yoldaşını da gurbetlere gönderecek olmanın kahredici korkusuyla titredi bedeni.

"Geç otur oğlum, biraz soluklan" dedi Despina. Tepeden tırnağa şöyle bir süzdü Tacettin'i. "Pek perişan görünürsün vre Tacettin. Karnın da açtır şimdi senin... Hemen bir şeyler hazırlarım ben."

Tacettin'in itiraz etmesine fırsat vermeden mutfağa koştu. Kaşla göz arasında, eşyalarının çoğu toplanmış olan mutfağında ne bulup buluşturduysa tabaklara koydu, bakır siniye yerleştirdi hepsini. Odaya döndü.

"Zahmet verdim sana Despina Ana" derken, ortaya konan sinideki yiyeceklerden gözünü alamıyordu Tacettin. Acıkmış olduğunu yeni fark ediyordu. Sabahtan bu yana ağzına lokma girmemişti. Fırsat mı vardı yemek yemeye?

Birden anası düştü aklına. Birine kızdığında, "Dert yesin!" derdi Fatiş Hatun. Bugün sadece dert yemişti Tacettin de.

Fazla bir şey yoktu sininin üzerinde. Beyazpeynir, kırma zeytin, domates, salatalık, Despina Ana'nın pek güzel yaptığı köy ekmeği, birkaç parça çörek ve ev yapımı boğma rakı.

Hiçbir şey sormadı Despina, ne oldu ne bitti diyerek kurcalamadı Tacettin'in derdini, dokunmadı suskunluğuna. Anlatacaklarını Aris'e saklıyordu besbelli. Onları bir an önce baş başa bırakmanın telaşıyla, üst üste dizilmiş şiltelerden birini çekti, yer yatağı hazırladı odanın köşesinde. İçi sızladı çarşafı sererken. Büyük bir ihtimalle Tacettin, bu evdeki son misafirleriydi.

"Stelyo çoktan yattı" dedi işini bitirince. "Ben de yatayım artık. Keyfinize bakın siz."

Gölge gibi süzüldü, çıktı odadan.

Despina Ana boşuna sermişti döşeği. Ne Aris gözünü kırptı o gece, ne de Tacettin. Sabahın ilk ışıklarına kadar konuştular, dertleştiler, kimselere açamadıkları sırlarını, endişelerini, kuşkularını birbirleriyle paylaştılar. Bir daha böyle bir fırsatı yakalayabileceklerinden emin değildi ikisi de.

Aris'in babası Stelyo tarlayı, bağı, bahçeyi el altından birilerine satmayı becerememişti.

"Lüzum yokmuş zaten" dedi Aris. "Ne malınız varsa Mübadele Komisyonu'na yazdıracaksınız diyorlar. Burada bir evin, bir tarlan, bir bahçen varsa gittiğin yerde de aynılarını verecekmiş Yunan Hükümeti."

Kendi pek inanmıyordu söylediklerine. Ne garantisi vardı komisyonla yapılan anlaşmaların? Gurbet ellerde –gideceği yerlere *memleketim* diyemiyordu Aris– kendi bir yana, yaşını başını almış annesiyle babasının perişan olmalarından korkuyordu.

Bir yandan da Tacettin'in düştüğü durum için kederleniyordu Aris. Arkadaşını teselli etmek mümkün değildi. Keşke elinden bir şeyler gelebilseydi.

"Omorfia ve Patricia ile aynı zamanda hareket edip aynı yere gidecek olursak, hiç tasan olmasın. Lazım geleni yapacağımdan endişe duymayasın" diyebildi ancak.

Sabah erkenden hareketlendi ev. Önce Despina Ana indi aşağıya, arkadan da Stelyo Efendi.

Doğruca işe gitmeyi düşünüyordu Tacettin.

"Bir tas çorba içirmeden zinhar bırakmam!" diye tavrını koydu Despina Ana.

Hep beraber oturdular sofraya. Aris, Despina ve Stelyo, Tacettin'i ağırlamak için birbirleriyle yarışıyorlardı. İki taşın arasında bazlama yapmıştı Despina Ana, tarhana çorbası kaynatmıştı. Ne zamandır böyle sıcak bir aile sofrasında oturmadığını düşündü Tacettin. İçi sızladı. Elinden gelse, şu zaman dilimini sonsuza dek uzatırdı.

Gitme vaktiydi artık. Önce Despina Ana'nın, ardından Stelyo Efendi'nin elini öptü Tacettin. Stelyo Efendi dostça sırtını sıvazladı Tacettin'in. Despina Ana ise Aris'e sarılır gibi sarıldı Tacettin'e.

"Kendine iyi bakasın oğlum" dedi. "Bilirim, derdin büyüktür senin de. Ama sıkmayasın canını... Ölümden başka her şeyin çaresi vardır bu dünyada."

O an kendi öz anasından bile yakın hissettiği bu nur yüzlü kadını tüm kalbiyle kucakladı Tacettin.

Aris'le beraber bahçe kapısına doğru yürümeye başladılar. Kapının önüne geldiklerinde, bütün güçlerini kollarına verip sımsıkı sarıldılar, adeta kenetlendiler birbirlerine. Öylece kaldılar dakikalarca.

"Hoşça kal Aris" dedi Tacettin.

"Sen de hoşça kalasın vre Tacettin" diyerek gülümsemeye çabaladı Aris. Beceremedi.

"Gene gel" dedi. "Buralardayız daha... Söz ver bana. Her ne olursa olsun üzmeyesin kendini. Unutmayasın ki, her karanlığın sonunda bir ışık mutlaka vardır. Sabahı olmayan geceyi gördün mü sen hiç?"

Gözleri kıpkırmızıydı ikisinin de. Arkadaşının elini bir kez daha sıktı Tacettin. Birkaç adım atıp döndü, el salladı. Gülümsemeye çalıştı Aris gibi. Beceremedi o da. Yüzünü buruşturmaktan başka işe yaramadı çabası.

"Allah'a emanet olasın!" dedi.

Yürüdü, gitti...

# Gülümseyiniz lütfen

İşe gitmeden önce ağabeyi Yahya Bey'in çarşı içindeki toptancı dükkânına uğradı Tacettin. Keskin'in önde gelen tüccarlarındandı ağabeyi. Dürüsttü, çalışkandı, esnafın sevip saydığı, işinin erbabı bir ticaret adamıydı. Prensip sahibiydi, sabah erkenden gelir dükkânını açar, bizzat kendisi muhatap olurdu müşterilerine.

Dükkânın önünde oturmuş, sabah kahvesini içiyordu Yahya Bey. Tacettin'i görür görmez fırlayıverdi yerinden. Ne zamandır gelip gittiği yoktu keratanın.

"Hoş gelmişsin tosunum!" diyerek boynuna sarıldı.

Küçüklüğünde topaç gibi, gürbüz bir çocuktu Tacettin. Yahya Bey, o günlerden kalma bir alışkanlıkla hâlâ, "Tosunum" diye hitap ederdi kardeşine. Aralarındaki yaş farkı fazla olmasa da hem oğlu, hem kardeşi gibi görürdü onu. Çok severlerdi birbirlerini. Tacettin'in, aile içinde kendine en yakın hissettiği kişilerin başında Yahya Ağabeyi gelirdi.

Son zamanlarda Hacı Ali Bey ve Fatiş Hatun'la oğullarının aralarında yaşanan tatsız gelişmelerden de haberdardı Yahya Bey. Acaba bu yüzden mi düşmüştü Tacettin'in yolu buralara? Dert yanmaya ya da akıl danışmaya mı gelmişti ağabeyine?

Hemen sormak yakışık almazdı.

"Gel otur şöyle" diyerek yanındaki kürsüyü gösterdi kardeşine. İçeriye doğru seslendi.

"Veli... Tacettin'e de bir kahve yapıver. Okkalı olsun!"

"Çok kalmayacağım ağabey" dedi Tacettin. "Bir maruzatım var sana."

"De bakalım neymiş maruzatın?" derken geniş bir gülümseme yayılmıştı Yahya Bey'in yüzüne. Bu yaşa bu boya gelmişti ama, ağabeyinin gözünde hâlâ kısa pantolonlu haşarı bir çocuktu Tacettin.

"Birkaç gün sizde kalabilir miyim?"

"O nasıl laf oğlum?" diyerek davudi sesiyle gürledi adeta Yahya Bey. "Benim evim senin evin sayılır! Ricacı olmana lüzum var mı?"

Minnetle baktı ağabeyine Tacettin, rahatlamıştı biraz. Havadan sudan konuştular bir süre.

Elindeki kahve fincanını sehpanın üzerine koyarken, "Bir şey daha var" dedi Tacettin. "Yanındakilerden birini yollasan da, birkaç parça üst baş alsalar evden. Üstümdekilerle kaldım."

Duyduğu son cümle içini sızlattı Yahya Bey'in.

*Üstümdekilerle kaldım!*

El bebek gül bebek büyütülmüş, bütün ailenin, hatta sülalenin gözünün içine baktığı Tacettin bu hallere düşecekti ha...

Hemen toparladı kendini Yahya Bey.

"Tasalanma sen" dedi. "Veli'yi gönderir aldırtırım. Akşama bekliyorum..."

* * *

Üç gecedir Yahya Ağabeyinde kalıyordu Tacettin. Allah için iyi ağırlanıyordu. Yengesi, ikisi oğlan üçü kız yeğenleri etrafında pervane oluyor, onu rahat ettirmek için ellerinden geleni fazlasıyla yapıyorlardı. Ama ne yapsalar Tacettin'in yüzünü güldüremiyorlardı.

Huzursuzdu Tacettin, mutsuzdu, kalabalığın ortasındaydı ama, kendine ait umutları yitik bir dünyada yaşıyordu. Birbiriyle bağdaşmayan duygular ve düşünceler arasında sıkışıp kalmıştı. Patricia'yla Ali'nin özlemi ise dayanılmaz boyutlardaydı.

O sabah her zamankinden daha erken kalktı. Tıraş oldu, itinayla giyindi, saçlarını taradı. Bir gün önceden yapmıştı programını, o gün işe gitmeyecekti. Evden çıktı, aceleci adımlarla hedefine doğru yürümeye başladı.

Siyah meşin çizmelerinin topukları tok sesler çıkararak arnavutkaldırımlarını sertçe döverken, güçlü hissediyordu kendini. Ama bağ evinin önüne geldiğinde taş kesildi sanki ayakları. Cesareti kırılmıştı. Derin bir soluk aldı. Beyninden gelen komutla kapının tokmağına uzandı eli.

Eleni açtı kapıyı. Yabancı birini görmüş gibi, ne yapacağını bilmez bir halde baktı Tacettin'in yüzüne. Şaşkınlıkla ürküntü arasında gidip geliyordu bakışları. Belli ki Eleni bile o geceden sonra böyle bir ziyareti beklemiyordu.

Neden sonra toparlanabildi Eleni.

"Hoş gelmişsiniz beyim" diyerek kapıyı ardına kadar açtı. "Omorfia evde değil" dedi müjde verir gibi. "Malları komisyona yazdırmak lazım geliyormuş. Onun için gitti."

Omorfia evde olsa, muhakkak ki bu denli cesur ve rahat davranamazdı Eleni. Neyse, böylesi Tacettin'in de işine gelmişti. Hemen içeriye geçti.

Kapıyı duymamıştı Patricia. İç odada Ali'ye muhallebi yediriyordu. Tacettin'i aniden karşısında görünce elindeki mama kâsesini yere düşürdü. Aldırmadı bile.

"Tacettin!" diye haykırarak kollarına atıldı Tacettin'in. Aylardır, yıllardır ayrı kalmış gibiydiler. Öylesine susamışlardı birbirlerine. Ali'yi de aralarına alarak coşku içinde, uzun uzun hasret giderdiler. Kaybedecek zamanları yoktu ama.

"Hazırlanın" dedi Tacettin. "Sen, ben, Ali... Çıkıp dolaşalım biraz. En güzel elbiseni giy, süslen. Ali'yi de giydir. Bayrama gider gibi. Hadi, elini çabuk tut biraz."

Tacettin'in gözlerine teslim ettiği bakışları soru doluydu Patricia'nın. Ama hiçbir şey demedi. Ne gerek vardı konuşmaya? Beraberce ölüme gidiyoruz dese, hiç tereddüt etmeden koşa koşa gitmez miydi? Ali'yi kaptığı gibi çıktı odadan, merdivenlere attı kendini.

Önce Ali'yi giydirdi. Beyaz bir mintan, babasınınkinin minyatürü gibi duran lacivert potur pantolon, siyah bayramlık kunduralar... Saçını taradı sonra. Nasıl da Tacettin'e benzemişti Ali!

Saatlerce seyredebilirdi bu halini. Ama oyalanacak zaman değildi. Tacettin'in aceleci tavrına hak veriyordu Patricia. Annesi her an gelebilirdi. Herkesin diken üzerinde oturduğu şu günlerde, üçünün el ele verip gezmelere gitmesini hoş karşılamayacağı kesindi.

Sıra kendisine gelmişti. Dolabı açtı. Tacettin'in en sevdiği, ona en çok yakıştırdığı kırmızı bürümcük ipekten elbisesini çıkardı, giydi. Saçlarını özenle taradı, alnına düşen perçemin kenarına Tacettin'in geçen bayram hediye ettiği altın işlemeli tokayı iliştirdi. Siyah feracesini geçirdi üzerine. İpek başörtüsüyle sımsıkı bağladı başını.

Hazırlardı, inebilirlerdi aşağıya...

Tacettin, Patricia ve Ali, ilk kez birlikte yürüyorlardı Keskin sokaklarında. Ali'nin bir elinden Tacettin, diğerinden Patricia tutmuş, nicedir özlemini çektikleri, ama bir türlü gerçekleşemeyen bir aile tablosu çizerlerken, kısa süreceği baştan belli mutluluklarını her nefeste içlerine çekiyorlardı.

"Yoruldum" dedi Ali.

Hemen eğilip kucaklayıverdi oğlunu Tacettin.

"Biraz da babanın ayaklarıyla yürü bakalım" diyerek güldü. "Koluma gir sen de" dedi Patricia'ya. "Yollar engebeli, takılıp düşmeyesin."

İkiletmedi Patricia. Fazlaca sokulmadan, parmaklarının

ucuyla asıldı Tacettin'in koluna.

Yürüye yürüye çarşının başına kadar gelmişlerdi. Tacettin'in koluna yapışmış parmakları kasılıverdi Patricia'nın. Ne yapmak istiyordu Tacettin? Böyle el âlemin ortasında resmi geçit yapmak da neyin nesiydi? Dükkânlardan uzanan başlar, üstlerine yapışıp kalan meraklı bakışlar...

Tacettin'i saygıyla selamlayanlar, aynı tavrı Patricia'dan esirgiyorlardı. Aşağılayıcıydı bakışları. "Ne işin var senin burada?" diye sessizce haykırıyor gibiydiler. Kan ter içinde kalmıştı Patricia. Başı önünde, bacakları birbirine dolanarak Tacettin'in yanı sıra, onun sert ve kendinden emin adımlarına ayak uydurarak yürümeye çabalıyordu.

Muhakkak ki Tacettin de çarşı esnafının, alışveriş için dükkânlara girip çıkan Keskinlilerin kendilerine ne gözle baktıklarının farkındaydı. Ama öylesine güvenli, öylesine mağrur bir edayla yürüyordu ki, Patricia'yı bile cesaretlendirmişti bu hali.

"O benim kadınım! Bu da oğlum! Var mı diyeceğiniz?" diye alenen haykırıyordu sanki Tacettin.

"Susadım" diye mızmızlandı Ali.

Limonatacının önünde durdular. Yalnız Ali'ye değil, Patricia'yla kendine de limonata doldurttu Tacettin. Şaşkınlık içindeydi Patricia. Çarşının içinde, hem de onca kem göz üzerindeyken nasıl içerdi bu limonatayı?

"Afiyet olsun" diyerek bardağı eline tutuşturan Tacettin, yumuşacık bakışlarıyla yüreklendirmeye çalışıyordu Patricia'yı.

Tekrar yola koyulduklarında, Ali hem annesinin hem de babasının elini tutarak ikisinin arasında neşeli kahkahalar atarken, Tacettin'in ele güne karşı meydan okuyuşuna bilmeden katkıda bulunuyordu.

Epey yürüdükten sonra, bir dükkânın önünde durdu Tacettin. Önce anlam veremedi Patricia, ancak camekânın içindeki irili ufaklı, çerçeveli çerçevesiz yığınla fotoğrafı görünce ayıldı. Fotoğrafçı dükkânıydı burası.

"Hoş gelmişsiniz Tacettin Beyim" diyerek abartılı bir saygıyla yarı beline kadar eğilen adam da fotoğrafçı olmalıydı.

"Buyurun beyim, şeref verdiniz dükkânıma."

Buyurdular. Suratı asılıvermişti Patricia'nın. Tacettin'in niyeti son bir veda fotoğrafı çektirmekti demek... Sırf bu yüzdendi bunca çabası.

"Fotoğraf çektireceğiz Asım Usta" dedi Tacettin. "Bütün maharetini göstereceksin ama."

Hemen işe koyuldu Asım. Dükkânın gerisindeki geniş boşluğun ortasına bir sandalye yerleştirdi öncelikle.

"Yengemi şöyle oturtalım" dedi.

Yengem!

Fotoğrafçının ağzından dökülüveren sihirli sözcük, Patricia'nın yaralarının üzerine sağaltıcı bir merhem gibi gelmişti. İlk kez birisi Tacettin'le olan birlikteliğini şeklen de olsa onaylamıştı. Minnetle baktı adamın yüzüne.

"Üstünü çıkar" dedi Tacettin. "Elbisenle çekilsin fotoğraf."

Denileni yaptı Patricia. Asım Usta da ok gibi fırlayıp elindeki feraceyi kaptı, köşede duran ayaklı askılığa astı.

Üstünü çıkarması yetmiyormuş gibi, "Başını da aç" dedi Tacettin.

Kısa bir tereddüt anı... Başındaki ipek örtüyü sıyırıp duvar dibindeki sehpanın üzerine bıraktı Patricia.

"Çocuğu yengemin kucağına verelim. Sen de arkalarında ayakta dur beyim... Yengeye doğru hafifçe eğil."

Karşılarına geçti Asım, verdirdiği pozun mükemmeliyetini ölçmek ister gibi, inceden inceye süzdü her birini.

"Tamamdır" dedi.

Başını, üç ayak üzerine oturan makinenin gerisindeki siyah örtünün altına soktu, bir kez de objektiften bakarak inceledi tabloyu.

Fotoğrafçı amcanın siyah örtünün altına girmesi, Ali'nin

çok hoşuna gitmişti. Oyun gibi gelmişti çocuğa. Neşeli kahkahalarıyla çınlatıyordu soğuk duvarları.

"Şuraya bakınız" diyerek eliyle objektifi işaretledi Asım. "Gülümseyiniz lütfen... Gülümseyiniz..."

Ne Patricia'da gülecek hal vardı, ne de Tacettin'de. Boğazlarına oturmuş birer yumruk, değil gülümsemek, nefes almak için bile fırsat tanımıyordu ikisine de. Ali'nin çocuk gülüşleriyle çekildi fotoğraf. Ve annesiyle babasının içlerine akıttıkları gözyaşlarıyla.

Çıkarken, "Ne zaman hazır olur Asım Usta?" diye sordu Tacettin.

"Haftaya bugün emrinizdedir beyim."

"İki tane istiyoruz. Büyük boy. Beyaz kartonun üzerine raptedersin."

"İki tane olacak! Birisi sana, birisi bana... Öyle mi Tacettin?" diye soracaktı Patricia. Ama hemen vazgeçti.

Ne gerek vardı sormaya? Belli değil miydi cevabı...

## Dili tutulmuştu sardunyaların

Sabah erkenden evden çıkmıştı Omorfia. Halletmesi gereken iki önemli işi vardı. İlki resmi ve zorunlu bir işti. Tasfiye talepnamesini doldurup Mübadele Komisyonu'nun Keskin'deki temsilcilerine onaylatması gerekiyordu.

Mübadele Sözleşmesi'ne göre taşınamaz mallar satılamayacak, talepnameye yazılıp karşılığı Yunan Hükümeti'nden alınacaktı. Taverna konusunu halletmişti Omorfia. El altından lokantacının birine devredip parasını almıştı. İyi de etmişti, gittiği yerde neyle karşılaşacağı belli miydi?

Ama bağ evini göstermek durumundaydı. Yunanistan'a gittiklerinde hiç değilse evinin, bağının bahçesinin eşdeğerini alabilmeyi umuyordu.

*İki katlı ev. Üst katta üç oda, alt katta iki oda, bir sofa, bir mutfak. Beş dönüm üzüm bağı, yedi dönüm meyve bahçesi, sekiz dönüm bostan. Müsadere edilen malların tamamı üç bin altındır.*

*Ankara Vilayeti, Keskin Kazası, Yenice Karyesi*[8]

*4 Ağustos 1340*

Altında muhtar ve azalardan oluşan tasdik heyetinin imza ve mühürleri... Ve Omorfia'nın, *"30 Kanunisani*[9] *1923 tarihli*

8. Karye: Mahalle.

9. Kanunisani: Ocak ayı.

*mübadele mukavelenamesi mucibince..."* diye başlayıp, *"... komisyon marifetiyle tasfiye edilmesini rica ederim"* diye yazıp sonlandırdığı, titreyen elleriyle imzaladığı talepname...

Dört nüsha olarak düzenleniyordu belgeler. Bir tanesi düzenlenen mahalde kalıyordu. Bir tanesi tasfiye işlerini yürütecek komisyona teslim ediliyor, bir tanesi gidilecek memleketin hükümetine gönderiliyor, bir tane de mübadilin kendisine veriliyordu.

Verilen nüshayı alıp kendini dışarı attı Omorfia. Bu topraklarla olan son bağını da koparmanın ezikliği vardı içinde. Başını dik tutmaya çalışmıştı ama, tasfiye talepnamesinin altına o imzayı atarken kişiliği, benliği, yaşanmışlıklarının uzağına savrulmuştu bir kalemde.

İki yumruk halinde kasılmış parmakları buz gibiydi. Sessiz çığlıklara dönüşmüş isyanını bastırabilmek için derin bir soluk aldı. Kendini bırakmanın, kapıp koyuvermenin zamanı değildi. Yapması gereken çok daha önemli bir iş onu bekliyordu.

Mal mülk, para pul neydi ki? Yüreğini bu topraklara gömmeye hazırlanıyordu Omorfia...

* * *

Kimsecikler yoktu mezarlıkta. Ne bir ses, ne bir ayak... Okşar gibi baktı mezar taşlarına. Issızlıkları, kimsesizlikleri ağır bir yük gibi çöktü yüreğine. Ağır ağır yürümeye başladı. Ezberlemişti adımlayacağı tozlu, dar yolları.

Son kez geliyordu buraya. Buraya ve Dimitri'ye!

Mezarın ayakucuna diz çöktü.

"Gidiyoruz!" dedi. "Affedesin beni. Veda etmeye geldim sana. Elimde olsa seni bırakır da gider miydim hiç? Zordur işim... Hepsi bir yana, en çok da senden ayrılacak olmak koyuyor vre Dimitri. Bilirsin, şu bir avuç topraktı beni ayakta tutan. Senden uzak, toprağının kokusundan uzak nasıl yaşayacağım ben?"

İsyanından aldığı güçle mezarın toprağını hırsla avuçladı, sıktı, sıktı...

"Şuradaki taşlardan birinin altında da ben olsaydım keşke" diye söylendi. "Yanında kalırdım hiç değilse. Bilmediğim topraklarda sersefil, sensiz yaşayacağıma... Kızma sakın böyle konuşuyorum diye. Emanetin bende, kızımıza bakmak boynumun borcu. Üstelik ikiye katlandı o emanet. Torunumuza sahip çıkmak da bana düştü.

Ağırdır yüküm Dimitri! Nasıl dayanacağım, bilmem. Tek ışığım sendin, ondan da mahrum kalacağım. Ama kederlenme. Uzaktan uzağa da olsa, hep yanımda hissedeceğim seni. Elini üzerimizden çekme. Gücenme gidiyoruz diye... Güç alabileceğim, senden başka kimim var benim?"

Mezarın üzerine kapandı Omorfia. Hıçkıra hıçkıra ağlıyor, feryatları rüzgârın uğultusuna karışıp göğe yükseliyordu.

Doğruldu kalktı. Başucuna geçti mezarın. Dimitri'nin adının yazılı olduğu mermer taşa sımsıkı sarıldı, yanağını dayadı. Dimitri'ye dokunuyormuşçasına uzun uzun okşadı taşı.

Ayrılma vaktiydi. Bir avuç toprak aldı mezarın üzerinden, cebinden çıkardığı tülbende itinayla sardı.

"Senden götürebileceğim tek şey bu" dedi. "Ama varlığın hep yanımızda olacak. Bu dünyadaki vadem dolup da sana kavuşana kadar idare edeceğiz vre... Hoşça kal Dimitri'm! Hoşça kal..."

* * *

Nedense o gece uyku tutmamıştı Tacettin'i. Kâbuslarla örülü huzursuz uykulara dalıp çıkarak sabahı sabah etmiş, günün ilk ışıklarıyla da fırlayıp kalkmıştı yataktan. Hemen giyinip aşağıya, avluya inmişti.

Yahya Ağabeyi, kendisinden erkenciydi bugün. Sabah namazını kılmış, taşlığın bahçeye bakan yanındaki sedirde başköşeye kurulmuştu.

Sabah seriniydi, ağustos sıcağı bastırmamıştı henüz. Ağaçların yaprakları arasında gezinen hafif rüzgâr değdiği yere ferahlık veriyor, gecenin mahmurluğundan sıyrılmaya çalışan yüzlere okşarcasına dokunuyordu.

"Gel bakalım Tacettin" dedi Yahya Bey kardeşini görünce. "Geç otur yanıma. Beraber içelim çorbamızı."

Hemen ekledi ardından:

"Bugün cuma namazına gelir misin benimle?"

Ehlidin, aptesinde namazında bir adamdı Yahya Bey. Çok önemli bir mazereti olmadıkça cuma namazlarını hiç kaçırmazdı. Ama kardeşinin böyle bir alışkanlığı olmadığını da iyi bilirdi.

Yengesi çorba tasını masanın üzerine koyarken, "Karışma Tacettin'e Yahya Bey" dedi. "Oruçla, namazla arası yok çocuğun. Bir defa oruca niyetlenmiş, onda da niyetli olduğunu unutup bir bardak suyu devirivermiş. Fatiş Ana yana yakıla anlatır da anlatır..."

Yengesinin onu hâlâ *çocuk* sayarak, *çocukluk* kalkanının altına saklayıp ufak tefek kusurlarını hoş görmeye çalışmasından kaynaklanan belli belirsiz bir gülümseme dolandı Tacettin'in yüzünde. Hacı oğluydu, evet, kendince inançlıydı da. Eşin dostun yanı sıra, selam alıp verme dışında bir samimiyetinin olmadığı Keskinlilerin cenaze namazlarına bile katılmayı görev bilirdi. Babası ve ağabeyleriyle beraber bayram namazlarına gitmek ise vazgeçilmez bir gelenekti ailelerinde. Ne var ki cuma namazına gitme alışkanlığını edinememişti. Ama bu kez Yahya Ağabeyini kırmayacak, onunla beraber namaza gidecekti.

Eğer o beklenmedik durum yaşanmasaydı! Yahya Efendi'nin yanında çalışan en kıdemli yardımcısı Veli, selam sabah demeden, ok gibi bahçe kapısından içeriye dalmasaydı... Alı al moru mor, haykıra haykıra o uğursuz haberi vermeseydi!

Kan ter içindeydi Veli, çarşının ortasından buraya kadar

koşmuştu. Avlunun ortasında durdu. Asıl muhatabı oymuş gibi, Tacettin'e doğru döndü yüzünü, gırtlağının var gücüyle haykırdı.

"Gitmişler! Gitmişler..."

"Dur oğlum, dellenme hele!" dedi Yahya Bey. "Kim gitmiş, ne olmuş, sakince anlat da anlayalım."

"Rumlar beyim! Rumlar! Tası tarağı toplayıp gitmişler."

Kor bir ateş düştü Tacettin'in yüreğine. Olduğu yerde kasıldı kaldı. Felç olmuştu sanki. Kulaklarına dolan sesin anlamını kavramasıyla yerinden fırlaması bir oldu. İki eliyle omuzlarına yapıştı Veli'nin, olanların sorumlusu oymuş gibi, kavruk, çelimsiz bedenini var gücüyle sarsmaya başladı.

"Gitmişler ha... Gitmişler! Hepsi mi? Ne zaman? Kimler gitmiş? Konuş bre adam, konuş!"

Dili döndüğünce anlatmaya çabalarken, bir yandan da Tacettin'in elinden kurtulmaya çalışıyordu Veli.

"Sabah ezanında... Fırıncı İlyas Efendi görmüş gittiklerini. Kalabalıklarmış, çok kalabalık..."

Daha fazla dinleyemedi Tacettin. Az önce Veli'nin içeriye girdiği bahçe kapısından ok gibi fırladı dışarıya. Yürümüyor, koşmuyor, uçuyordu adeta. Yıldırım gibi geçti çarşının içinden, fırının önünde durdu.

"İlyas Efendi!" diye haykırdı. "İlyas Efendi!!!"

Dükkânın duvarlarında, camında, çerçevesinde yankılandı sesi.

Apar topar kapının önüne çıktı İlyas.

"Buyur beyim, içerde konuşalım" diyerek dükkâna soktu Tacettin'i. Bu gidişten en çok yara alan kişilerin başında Tacettin'in olduğunu o da biliyordu.

"Anlat İlyas Efendi! Anlat Allah aşkına!"

"Her daim sabah ezanıyla dükkânı açarım ya... Bu sabah da geldim, hamur yoğurmaya başlayacaktım ki... Arabaların gürültüsüne ayıldım."

"Kısa kes İlyas Ağam. Deyiver bana, kimler gitti? Nereye gittiler?"

"Aynı yola gitmediler beyim. Bir kısmı aha şu tarafa kıvrıldı. Diğerleri de yukarı yana gitmişler."

"Bizimkilerden birileri var mıydı aralarında?"

Başını önüne eğdi İlyas.

"Aris'i gördüm" dedi gözlerini kaçırarak. "Dün gelmiş kâğıtları, hemen yola çıkacaksınız demişler. Hepisi hazırdı zati. Eşyalarını yükleyip..."

"Aris ha!" diye çaresizlikle başını iki yana salladı Tacettin. Doğru dürüst vedalaşamamışlardı bile. Ama o son sabah, ikisi de hissetmemiş miydi birbirlerini son kez gördüklerini?

"Bir şey dedi mi Aris? Nereye gidiyorlardı?"

"Sana selam söyledi. 'Kusura bakmasın, Omorfia ile Patricia'ya sahip çıkamadım' dedi. Yolları ayrıymış. Ulukışla'ya gidiyordu Arisler. Oradan, trene binip Mersin'e, Mersin'den de gemiyle Atina'ya..."

"Ya Omorfia, Patricia?" diye kesti Tacettin. "Onları da gördün mü?"

"Hayır, görmedim. Ankara üzerinden gittilerse... Belki de gitmemişlerdir daha. Sonraki kafileye kalmışlardır."

Cılız bir ışık yandı Tacettin'in içinde. Yanmasıyla sönmesi bir oldu. Bugün olmasa yarın, yarın olmasa öbür gün gitmeyecekler miydi? Ama bir kez daha görürdü hiç değilse, bir kez daha kucaklardı Patricia'yla Ali'yi, kokularını içine çekerdi doyasıya.

Olmazdı, böyle apar topar gidemezlerdi! İlyas Efendi'ye veda bile etmeden, geldiği gibi telaşla çıktı dükkândan. Kunduralarının topuk sesleri kaldırım taşlarında yankılanırken, koşarak arşınladığı yolları görmeden, deli esen rüzgâr misali geçti sokaklardan.

Bağ evinin önünde durdu. Ne farklı heyecanlarla gelmişti bu kapıya, ne umutlar, ne sevinçler yaşamıştı... Geride kalmıştı hepsi. Şu an yalnızca korku vardı içinde. Her geçen saniye çığ gibi büyüyerek bedenini, ruhunu, tüm benliğini eline geçirmeye ahdetmiş devasa bir korku.

Demir parmaklıklı kapıyı yokladı. Açıktı. Hafifçe iteleyip bahçeye geçti. Her şey eskisi gibiydi sanki. Tahmin yürütmeye çalıştı. Eleni mi açacaktı kapıyı, Patricia mı? Uyuyor muydu Ali acaba? Tacettin'i görür görmez, "Babam benim!" diyerek kucağına sıçramak için sabırsızlanacak mıydı?

Evet, her şey eskisi gibiydi. Ama nedense, daha önce hiç gelmediği bir yere gelmiş gibiydi Tacettin. Yıllar önce terk edilmiş, ıssız bir viraneye benziyordu bağ evi. Nereden geldiği belli olmayan kesif bir toz bulutu evin, bağın, bahçenin üzerine inmiş, griye boyamıştı her yanı.

Zaman durmuştu, donup kalmıştı tabiat. Dili tutulmuştu duvar diplerindeki sardunyaların. Hele güller! Nasıl olmuştu da yitirivermişlerdi renklerini, kokularını?

Biraz önceki aceleciliğinden eser kalmamıştı Tacettin'in. Ağır adımlarla fıskiyeli havuzun çevresini dolandı, eve doğru yürüdü. Birdenbire kurşun gibi ağırlaşmıştı hava, soluk almakta zorlanıyordu. Görünmez eller dört bir yandan hoyratça sıkıştırıyordu bedenini.

Kapının önüne geldiğinde gördüğü tablo karşısında dizlerinin bağı çözülüverdi. Sendeledi, duvara tutunmasa oracığa yığılıverecekti.

Kapının üzerinde kocaman bir kilit asılıydı. Kabullenmek istemediği, daha doğrusu kabullenmeyi geciktirmek için olmayacak faraziyelerle kendini oyalamaya çalıştığı gerçek ortadaydı.

Gitmişlerdi!

Ve bu kilidi, onların yerine Yunanistan'dan gelen mübadiller açabilecekti ancak.

Dizüstü yere çöktü Tacettin. Canından can kopmuş gibi, yüreğinin tüm acısıyla, bir "Patricia!" diye haykırdı, bir "Ali'm!" diye.

Dağlar taşlar inledi sesiyle.

"Yaşamak bana haram!" diye bağırdı avaz avaz.

"Bugünün tarihini benim ölüm günüm olarak kayda geçsinler!" derken yığılıp kaldığı yerde gerçek ölüden farkı yoktu.

Tarih, *8 Ağustos 1340 (1924) Cuma* gününü gösteriyordu.

# Elin çocuğu için dertlenmek

Gözlerinden sicim gibi inen yaşlardan, bastığı yeri göremiyordu Patricia. Bir eliyle Ali'nin bileğine yapışmış, diğeriyle büyücek bir bohçayı sürüklemeye çalışıyordu.

"Biz taşırız, çocuğuna bak sen!" diyerek çekip aldı bohçayı Omorfia. Arabaya yüklenmek üzere dış kapının önüne yığılmış eşyaların üstüne koydu.

Hazırdı her şey. Yola koyulmak için arabanın gelmesini bekliyorlardı. Nerede kalmıştı bu arabacı? Gün yeni ışıyordu henüz, ama bir an önce işlerini bitirmelilerdi. Geride bırakacaklarıyla vedalaşma eziyetini daha fazla uzatmak istemiyordu Omorfia.

Gözünü kırpmamıştı gece boyunca. Bağ evini çepeçevre saran bağlara, bahçelere vurmuştu kendini. Yediveren güllerle, kan kırmızı sardunyalarla, üzüm fidanlarıyla, gölgesinde oturmayı pek sevdiği dut ağacıyla, hatta uzaktan uzağa cır cır öten ağustosböcekleriyle bile sohbet etmiş, vedalaşmıştı hepsiyle.

Sırdaştı gece... Kimselere göstermediği, en yakınlarından bile sakladığı gözyaşlarını gecenin kuytu karanlığıyla paylaştı saatler boyu. Gün ağarınca yapamazdı bunları. Güçlü olmak, olduğundan da güçlü görünmek zorundaydı.

O gece gözünü kırpmadan sabahı sabah eden biri daha vardı: Patricia! Gözlerini, Ali'nin derin bir uykuya teslim olmuş masum yüzüne dikmiş, yüreğinden yükselen sessiz ağıtlarla gözyaşı dökmüştü gece boyu.

Tacettin! Ah Tacettin!

Onsuz nasıl yaşayacaktı bundan sonrasında? Haber bile verememişti "Gidiyoruz" diye, vedalaşamamışlardı. Yarım kalmıştı her şey. Yaşadıkları tüm güzellikler, aşkları, sevgileri... Hepsinin üzerini tek kalemde çizip, gözü kapalı, yepyeni bir hayata, bir bilinmeze koşmak...

Ne biçim bir kaderdi bu böyle! Kim bilir bundan sonrasında ne acımasız sürprizler hazırlıyordu onlar için...

Geceden ayarlamıştı arabayı Omorfia. Kağnılarla yola çıkacak olanlar da vardı, ama at arabası çok daha iyiydi elbette. Parası varken neden sersefil edecekti yavrularını?

Uzun uzun pazarlık etmişti arabacıyla. Sefer'di arabacının adı, temiz yüzlü, kara yağız bir köy delikanlısıydı. Muhatabının kadın olması işine gelmişti galiba. Karşısında erkek olsa aynı parayı ister miydi, diye düşünmekten kendini alamamıştı Omorfia.

Pazarlığı daha fazla uzatmadan, üç aşağı beş yukarı makul bir fiyata anlaşmışlardı sonunda. Vereceği paranın içine eşyaların taşınmasını da dahil etmişti Omorfia. Kendisi de, Eleni de güçlü ve becerikli kadınlardı ama, bunca yükün altından kalkmaları zordu.

Fazla bekletmedi Sefer. Güçlü kuvvetli iki atın çektiği arabasını bahçe kapısının önüne yanaştırıp aşağı atladı, doğruca eşyaların yanına seğirtti. Ceviz sandık taşınacaktı önce. Sandığın bir ucundan Omorfia ile Eleni tuttu, diğer ucundan Sefer, anca taşıyabildiler.

"Ne var bunun içinde böyle?" diye sırıttı Sefer. "Gâvur ölüsü gibi mübarek!"

Bilerek mi söylemişti, yoksa ağzına geleni dışarı savururken istemeden yaptığı bir gaf mıydı, kestiremedi Omorfia. Öyle ya da böyle, üzerinde durulacak zaman değildi.

Arabanın tahta kasasına yerleştirdiler sandığı. İkinci büyük parça şiltelerin, yorganların, çarşafların, giyeceklerin olduğu meşin hurçtu. Onu da sandığın yanına koyarak küçük parçaları, denkleri, bohçaları, torbaları üst üste yığdılar. Oturmak için daracık bir yer kalmıştı kendilerine.

"Bunca yükü taşıyabilecek misin yavrimu?" diyerek doru atlardan kendine yakın olanın başını okşadı Omorfia.

Hayretle Omorfia'ya baktı Sefer. Ne biçim bir kadındı bu böyle! Memleketinden sürülüp nereye uzanacağı belli olmayan meşakkatli bir yolculuğa değil de kır gezintisine çıkıyordu sanki.

"Haydi bakalım" dedi buyurgan bir tavırla. "Yerinize geçin de yola koyulalım artık."

Tahta kasanın sol köşesine Eleni oturdu, su testisini ayağının önüne yerleştirdi. Omorfia sağ köşeye geçti. Patricia'yla Ali'yi aralarına aldılar.

"Haydi vre Sefer Efendi!" dedi Omorfia. "Yol veresin atlarına..."

Tahta tekerleklerin kaldırım taşları üzerinde ilerlerken çıkardığı gıcırtılı sesi dinlediler bir süre. Keskin'in dış mahallelerini geride bırakıp toprak yola çıktıklarında tekerlek sesleri nispeten azalmıştı, ama bu kez de arazinin engebeli, inişli çıkışlı olması yüzünden daha çok sarsıntı hissediyorlardı.

Arabanın hoplaya zıplaya çukurlara girip çıkması, engebenin az olduğu daha düzgün yerlerde ise tekdüzeleşen titreşimlerle sarsılması beşik gibi gelmişti Ali'ye. Hareket ettiklerinden beri, kollarını bacaklarını salmış, pestil gibi uyuyordu annesinin kucağında.

Kimi yerde bozulup kimi yerde düzelen yolların durumuna göre hızlanıp yavaşlayarak yol alıyorlardı. İlginçti, ne arabacı tek laf ediyordu, ne de yolcular. Çocuk uyuyor diye miydi bu inatçı suskunluk?

Hayır, onlar konuşsalar da salıncaktan farksız bu tahta

arabada gene mışıl mışıl uyuyacaktı Ali. Hepsinin kafasında ve gönlünde yer yer birbiriyle çakışan, yer yer de zıtlaşan ve çelişen düşünceler ve duygu patlamaları olduğu içindi bu suskunluk.

Omorfia, her ne kadar dik durmaya ve sağlam görünmeye çabalasa da, içten içe, hayata karşı büyük bir yenilgi aldığını düşünmekteydi. Erkek gibiydi, güçlüydü, falandı, filandı... hepsi hikâyeydi bunların. Kolay mıydı kadın başına bunca yükün altından kalkmak?

Bir avuç toprağın altında yatıyor olsa bile, biricik vazgeçilmezinden, Dimitri'sinden ayrılması bile başlı başına bir yıkımdı Omorfia için. Kocasıyla beraber, yaşamının en güzel anılarını da geride bırakmak zorunda kalmıştı. Ne var ki, bunların hepsinin üzerine sünger çekmesi gerekiyordu. Kişisel acılarını öne çıkarmaya hakkı yoktu. Kararlıydı, bundan sonrasında duygularını daha da geriye itecek, düşüncelerini ve mantığını eskisinden de fazla öne çıkaracaktı. Kızı için, torunu için böyle davranmaya mecburdu.

Patricia ise, tek kelimeyle perişandı. Annesinden çekinmese, yüreğinden yükselen isyanı haykırarak, bağırıp çağırarak dışa vuracaktı ama yapamıyordu. Sessizdi çığlıkları, gözyaşları sessizdi. Ali'nin minik ellerini avucunun içine hapsetmiş, bıraksa o an yıkılıverecek bedenini ondan aldığı güçle dik tutabiliyordu.

Yola çıktıklarından bu yana koskoca bir düğüm peydahlanmıştı boğazına, ne yapsa geçmiyordu. Gözlerinin önünde Tacettin vardı hep. Arkalarından ne yapmıştı acaba? Nasıl öğrenmişti gittiklerini? Öğrenince Patricia gibi kahrolmuş muydu o da?

Aralarında en sakin görüneni Eleni'ydi. Ne fırtınalar kopuyordu oysa içinde... Dimitri'nin annesi Dora'nın uzaktan akrabası oluyordu Eleni. Küçük yaşta annesi ölüp babası bir başka kadınla evlenince yanına almıştı küçük kızı Dora. Dimitri'yle beraber kardeş gibi büyümüşlerdi. Hiç evlenmemişti.

Dora'nın ölümünden sonra Omorfia sahip çıkmıştı Eleni'ye. Eleni de o günden beri hep yanında olmuştu Omorfia'nın. Biricik dert ortağı, can yoldaşı ve her konuda en büyük yardımcısıydı.

Gözlerini mışıl mışıl uyuyan Ali'nin üzerinden ayıramıyordu Eleni. Babası varken babasız kalmış bu el kadar bebe, gidecekleri o yabancı topraklarda, huyunu suyunu bilmedikleri insanların arasında nasıl büyüyüp adam olacaktı?

İkisine de acıyordu Eleni. Hem Omorfia'ya, hem de Patricia'ya. Nasıl da rol yapıyorlardı birbirlerine... Ana kız birbirlerine sarılıp, şöyle doya doya bir ağlasalar, rahatlayacaklardı belki. Patricia, iyi görünebilmek uğruna elinden gelen gayreti gösterse de, usul usul inen gözyaşlarına söz geçirememiş, içini çeke çeke, usul usul ağlıyordu zaten. Omorfia da kızının hatırına, gururunun çelikten duvarlarını bir kereliğine olsun yıkmayı göze alsaydı ya...

Dillerine kilit vurmuş yolcuların arabacısı da suskundu. Konuşmayı, arabasına binen herkesle uzun uzun sohbet etmeyi pek severdi oysa. Anasının kucağında uyuyan şu çocuğa takılmıştı aklı... Nasıl da kendi çocuğuna benziyordu! Üç sene olmuştu Hatice'yle evleneli. İki yaşındaydı oğlu. Bu çocuk az daha büyüktü sanki kendi çocuğundan.

Babası neredeydi acaba? Böyle bir yolculuğa çıkarken yanlarında olmadığına göre... Ölmüş müydü ki? Bu yüzden mi durmadan ağlıyordu o genç kadın?

Canı sıkılmıştı Sefer'in. Bütün dikkatini yola vererek kafasını dağıtmaya çalıştı. Elin çocuğu için dertlenmek ona mı kalmıştı?

# Babalar birbirini tanır

İç Anadolu bozkırlarının ortasında, yanları sıra bir belirip bir kaybolan Kızılırmak'ın yoldaşlığıyla, çoğu yeri bozuk incecik bir yol üzerinde ilerliyorlardı.

Zorlu geçeceği baştan belli yolculuklarının başındaydılar henüz. At arabasıyla Yahşihan'a kadar gidip oradan trene bineceklerdi. Tren yolculuğunun arabadan daha konforlu olmayacağı kesindi. Ankara üzerinden İstanbul'a, oradan da gemiyle Yunanistan'a geçeceklerdi.

Ağaca, avuç içi kadar yeşilliğe hasret, çorak bir araziydi içinden geçtikleri. Sarıya kesmişti dört bir yan... Güneş tam tepelerindeydi. Sıcak iyiden iyiye bastırmıştı.

Biraz ileride, yolun sağ tarafında, çöl ortasında vaha misali beliriveren yeşilliğe doğru kırbaçladı atlarını Sefer. Nehir kenarıydı, serindi, ferahlık veriyordu insanın içine. Burada biraz dinlenebilirlerdi.

Atların dizginlerine asıldı, arabayı durdurdu.

"Canına yandığımın suyu!" dedi. "Değdiği yeri cennete çeviriyor mübarek."

Atladı arabadan.

"Hadi, inin siz de" dedi. "Soluklanalım biraz."

Ali uyanmıştı. Yüzüne vuran güneş ışığından kaçmak ister gibi gözlerini kırpıştırarak, meraklı bakışlarını çevresinde gezdirdi.

"Burası neresi?" diye sordu.

Evinde, yatağında uyanıp şefkatle başının okşanmasına alışkın çocuk, kuş uçmaz kervan geçmez bozkırı yadırgamıştı belli ki.

Omorfia ile Patricia'nın cevap vermeye niyetli olmadıklarını gören Eleni atıldı.

"Gezmeye gidiyoruz yavrimu."

Sinirle güldü Omorfia arabadan aşağı inerken.

"Gezmeye ya!" dedi dişlerinin arasından. "Seyrana çıktık. Zil takıp oynayacağız birazdan."

Ali'yi Omorfia'nın kucağına verdi Patricia, ayağını tahta basamağa koyup indi arabadan. Arkasından da Eleni...

"Babam nerede?"

Hepsini irkiltti bu beklenmedik soru. Sefer'i bile!

Kimsenin cevap vermediğini görünce huysuzlandı Ali.

"Neden o da bizimle gelmedi?"

Omorfia duymazdan geldi, Patricia'da ise ağzını açıp tek laf edecek hal kalmamıştı.

"Gelecek mi?"

Ali'nin sorularının ardı arkası kesilmiyordu. Kimseden ses çıkmayınca iyice hırçınlaştı.

"Babam! Gelecek mi?"

"Gelecek!"

Sefer'di! Üstüne vazifeymiş gibi atılıvermişti ortaya. Ne yapsın, dayanamamıştı çocuğun sızlanışlarına. Omorfia'nın sert bakışlarına aldırmadan tekrarladı: "Gelecek!"

Bütün dikkati Sefer'in üzerinde toplanmıştı Ali'nin.

"Bu amca kim anne?"

Patricia yerine Sefer verdi cevabı.

"Adım Sefer. Ama sen *arabacı amca* diyebilirsin bana."

Arabaya, atlara, Sefer'e uzun uzun baktı Ali. Hepsini de sevmişti. En çok da arabacı amcayı. Babasının geleceğini bir tek o söylemişti çünkü Ali'ye.

Sefer'in karşısına geçti, gözlerini gözlerine dikti.

"Sen benim babamı tanıyor musun arabacı amca?"

Ne diyeceğini bilemedi Sefer. Arka arkaya birkaç kez yutkundu, münasip görmediği kelimeleri dilinin ucundan geriye gönderdi.

"Babalar birbirini tanır" dedi.

Ali'nin yüzü, babasını tanıyan, onun yanlarına geleceğini bilen birini bulmanın çocuksu sevinciyle aydınlandı.

Bir bakıma doğruydu Sefer'in söyledikleri, gerçekten de birbirlerini tanırdı babalar. Bu bir damlacık çocuktan ayrı düşmüş babanın duygularını da ancak bir başka baba anlayabilirdi. Sefer'in şu an, Ali'den ayrılmış o hiç tanımadığı adamın çektiği acıları bire bir kendi içinde hissettiği gibi. Hiçbir baba güle oynaya ayrılmazdı evladından. Vardı mutlaka bir sebebi...

Ya şu gencecik kadına ne demeliydi? Yola çıktıklarından bu yana gözünün önü kurumamıştı garibin. Ali'nin babasını çok seviyordu demek...

Hem karısından, hem çocuğundan ayrı düşmüş o adamın yerinde olmayı, isterse Karun kadar zengin olsun, asla istemezdi Sefer.

Tahta kasanın üzerindeki torbalardan birini açıp, dökülmesin diye sıkıca tıpaladığı süt şişesini çıkardı Eleni. Bardağa doldurup içirmeye başladı Ali'ye.

"Biz de acıktık yahu!" dedi Sefer. "Azığınız yok mu hanımlar?"

"Çocuğun sütünü içireyim, hazırlarım bir şeyler" dedi Eleni.

Bardağı Eleni'nin elinden aldı Omorfia, "Ali'yi bana bırak" dedi. "Sofrayı hazırla sen."

Sofrayı!

Kendi söylediğine kendi güldü Omorfia. Mükellef bir ziyafet sofrası kurulacaktı sanki...

Öncelikle küçük denklerden birinin ağzını araladı Eleni. İnce bir kilimle küçük bir sofra örtüsü çıkardı dengin içinden. Kilimi yere serdi, sofra örtüsünü de onun önüne. Yiyecek torbasını indirdi arabadan. Peynir, zeytin, haşlanmış yumurta, bazlama, peksimet... Günlerdir yolluk niyetine hazırladıkları ne varsa, hepsinden azar azar birkaç küçük tabağa taksim etti.

"Buyurasın Sefer Efendi!"

Biraz önceki iştahından eser kalmamıştı Sefer'in. Günlerce sürecek meşakkatli yolculuğun azığıydı sofra örtüsünün üzerindekiler. Sonraki günlerde, büyük bir ihtimalle bu zenginlikte olamayacaktı sofraları.

Küçük bir tabağa bir parça peynirle birkaç tane zeytin aldı Sefer. Yanlarına bir parça bazlama, küçük bir de peksimet koydu. Yumurtaya dokunmadı. Bir daha kim bilir ne zaman yumurta haşlayacak fırsatı ve imkânı bulabilecekti bu zavallılar...

Tabağını alıp biraz ötedeki ağacın altına çökercesine oturdu. Boğazında büyüyordu lokmalar. Yolları birbirine bağlayan adamdı o, nice ayrılıklara, nice kavuşmalara şahit olmuştu bugüne kadar. Ama hiçbirinden bu kadar etkilenmemişti.

Ali'nin varlığı mıydı onu bu denli duygusallaştıran?

Galiba... Hasretle titreyen küçücük bir yüreğin karşısında kayıtsız kalamamıştı.

Sütünü bitirmişti Ali. Omorfia'nın eline tutuşturduğu haşlanmış yumurtadan küçük ısırıklar alarak Sefer'in yanına geldi.

"Senin de baban var mı arabacı amca?"

Ağzındaki lokmayı çiğnemeden yutuverdi Sefer.

"Yok!" dedi. "Öldü" diyemedi.

"Uzaklara gitti benim babam" diye mırıldandı.

"Çok ağladın mı o gidince?"

*"Ağladım! Kahroldum onun ardından. Alışamadım yokluğuna... Hiç kimse; hiçbir şey babanın yerini tutmuyor."*

Bunların hiçbirini söyleyemedi Sefer. Şuncağız çocuk, farkında bile olmadan, babasının yokluğunu arabacı amcasıyla paylaşıyor, onunla dertleşiyordu kendince. Onu daha fazla üzeceğine oyalayacak bir şeyler yapmalıydı.

Tam o sırada geldikleri yolun başında birkaç at arabası belirmişti. En erken çıkan Sefer'in arabasıydı. Geriden gelenler de yetişiyorlardı onlara.

"Şu gelen arabalara bak hele" diyerek Ali'nin dikkatini başka yöne çekmeye çalıştı.

Sefer'in gösterdiği tarafa baktı Ali.

"Ama bizim arabamız daha hızlı gidiyor, değil mi?"

"Tabii ki. Kimse bizi geçemez! Atlarımız güçlüdür bizim. Ne kadar yol gitseler yorulmazlar."

Çocuksu bir neşeyle kollarını iki yana açtı Ali, sarılıverdi Sefer'e. Sarmaş dolaş oluverdiler bir anda.

"Seni çok seviyorum arabacı amca!"

Eli ayağı iniverdi Sefer'in. Sıcacık bir şeyler aktı yüreğine. Aynı hızla buz kesti yüreğindeki sıcaklık.

Neydi bu şimdi?

*"Seni çok seviyorum baba!"* demek isterken yanlışlıkla söyleniveriş gibi.

İçi bulanmıştı Sefer'in. Ali'yi saran kolları gevşedi. Doğrulup kalktı.

"Hadi hanımlar" dedi. "Toparlanın da hareket edelim artık..."

Keskin'den, hemen arkalarından hareket edip yarı yolda kendilerine yetişen kafileye dahil oldular.

"Ne kadar kalabalık olsak o kadar iyidir" diyordu Sefer. "Çeteciler kol geziyor şu karşı dağlarda. Eşkıyası, iti, uğursuzu... Ne ararsan var. Donuna kadar soyuyorlar adamı. Parasını, altınını vermemek için karşı koyanları doğruyorlar oracıkta."

Uyumuyordu artık Ali. Annesinin kucağından, arabacı amcasına laf yetiştiriyordu. İkisinin konuşması dışında ses çıkmıyordu hiçbirinden. Omorfia ile Eleni az da olsa kısa cümlelerde buluşup daha çok bakışlarıyla anlaşırlarken, Patricia o kadarına bile katılmadan, kendi tek kişilik dünyasında sürdürüyordu yolculuğunu...

Kafile halinde yol alırken hızları kesilmiş, daha ağır ilerler olmuşlardı. Keskin'le Yahşihan arasındaki yirmi-yirmi beş kilometrelik yolun sonu gelmiyordu bir türlü.

"Hava kararmadan yetişebilseydik bari" diye söylendi Omorfia. "Trenin akşam saatlerinde kalkacağını söylemişlerdi."

"Aceleye mahal yok" dedi Sefer. "Az bir yolumuz kaldı."

Anadolu-Bağdat Demiryolları Müdüriyeti, mübadiller için gün aşırı geceleri birer tren kaldırmayı taahhüt etmişti. Her vagonda otuz kişi gönderilmesi öngörülmüştü. Treni kaçırmak ya da yer bulamamak, bir sonraki treni beklemek anlamına geliyordu ki, Omorfia'nın gözünü korkutan da buydu.

Yahşihan Irmak İstasyonu'na geldiklerinde ana baba günüydü ortalık. Kendilerinden önce istasyona varan arabalar yolcularını ve eşyalarını boşaltmaya koyulurken, "İnmeyin siz" dedi Sefer. "Gidip bakayım hele, ne zaman gelecekmiş tren."

Az sonra dönen Sefer'in verdiği haber hiç de iç açıcı değildi. Arıza yapıp yolda kalan tren, en erken sabah saatlerinde gelebilecekti.

"İnelim biz" dedi Omorfia. "Sen de vakitlice yola çıkarsın."

Omorfia'nın yüzüne ters ters baktı Sefer. Onları öyle sersefil bırakıp Keskin'e dönmek delikanlılığa sığar mıydı? Aklından geçenleri söylemedi ama.

"Canımı sokakta bulmadım ben!" diye güldü. "Çeteciler, kurbanlarını tek tek avlamayı sever. Gece vakti yollara düşeceğime... Sabah ola hayrola."

Hava kararmaya başlamıştı. Arabalardan inen yolcular, geceyi garın yanındaki açıklıkta geçirmeye hazırlanıyorlardı.

"Ne duruyorsunuz öyle?" dedi Sefer. "Sabaha kadar arabada mı oturacaksınız?"

İlk Omorfia indi arabadan. Arkasından diğerleri... Kilimler serildi gene yerlere.

"Acıktın mı Sefer Efendi?" diye sordu Eleni.

Bu sefer kibar davrandı Sefer.

"Bir iki lokma bir şey verirsen yerim" dedi.

Gündüzki gibi sofralar kurulmadı bu kez. Ali sütünü içti, diğerleri birer parça peksimetle geçirdiler öğünü.

Yatmaya gelmişti sıra. Aylardan ağustostu ama, geceleri soğuk oluyordu. Ali'ye Eleni'nin ördüğü kalın hırkayı giydirdiler. Günlerdir uyku nedir bilmeyen Patricia daha fazla direnemedi yorgunluğuna. Arabanın kasasına kıvrıldı, Ali'yi yanına yatırdı. Battaniyeyle üstlerini örttü Omorfia. Eleni de onlara yakın olmak için arabanın yanına serdiği kilimin üzerine uzandı.

Sefer birkaç parça kurumuş otu üst üste yığdı, oluşturduğu derme çatma yatağın üzerine uzandı. Az sonra da horul horul uyumaya başladı.

Arabacının uykuya teslim olmuş hantal bedenine kuşkuyla baktı Omorfia. Başlarındaki tek erkek oydu. Bu mu koruyacaktı hepsini? İş başa düşmüştü. Arabaya yakın, geniş gövdeli bir ağaca verdi sırtını. Bu gecenin gönüllü bekçisi oydu.

Herkesin uyuduğundan emin olunca, oturduğu yerden kalktı. Kunduralarını çıkardı. Çıplak ayaklarıyla toprağa bastı. Birkaç adım attı. İrili ufaklı taşlar, kurumuş, keskinleşmiş ot parçaları battı ayaklarına. Aldırmadı. Yürümeye devam etti.

Bu fırsat bir daha ele geçmezdi. Memleket toprağına basmanın, onun varlığını bedeninin derinliklerinde hissetmenin verdiği sızılı mutluluğu doya doya çekti içine... Çok iyi biliyordu ki, yaşadığı o anın asla tekrarı olmayacaktı.

# Vatanımıza gidiyoruz vre

Gece boyunca gözünü kırpmamıştı Omorfia. Gün ağarırken içi geçmiş, saatlerdir inatla direndiği uykuya teslim olmuştu. Hepsinden erken uyandı gene de. Kaskatı kesilmişti vücudu. Kollarını, bacaklarını ovuşturdu. Arabacının, yattığı otların üzerinde tortop olmuş bedenine takıldı gözü.

Omorfia'nın bakışlarını üzerinde hissetmiş gibi, huzursuzca kıpırdandı Sefer. Gözlerini açmasıyla fırlaması bir oldu. Gün ağarıyordu, güneşi üzerine doğurmanın âlemi yoktu. Eleni'nin ayağının önünde duran testiyi kaptı.

"Su dolduravım ben" diyerek, arka arkaya sıralanmış arabaların gerisinde kayboldu.

Hepsi uyanmıştı döndüğünde. Testiyi yere bıraktı.

"Bir müddet idare eder sizi" dedi.

Elindeki küçük kesekâğıdını Ali'ye uzattı.

"Bak sana ne aldım?"

Merakla açtı kesekâğıdını Ali. Sevinçle ışıldadı yüzü. Peynirşekeri almıştı arabacı amcası ona. Kozasından yeni çıkmış pamuk tomurcukları misali, bembeyaz şekerlerden birini ağzına attı. Dilinin altında çarçabuk eriyiveren şekerin tadını sevmişti. Teşekkür eder gibi, sıcacık bir gülüşle baktı Sefer'in yüzüne...

Fazla bekletmedi kara tren. Kapkara, hantal gövdesiyle, ortalığa yaydığı kömür ve is kokusuyla çelişen beyaz, apak buharlar çıkararak oflaya poflaya girdi istasyona. Yer yerinden oynadı o an. Kendilerini ve eşyalarını trene atmak telaşıyla birbirlerini ezerek, bağıra çağıra, kavga gürültü koşuşuyordu insanlar. Bazıları da beraberlerinde götürecekleri küçükbaş, hatta büyükbaş hayvanlarını trene sokma çabasındaydı. Yardım etmek bir yana, kimse kimsenin gözünün yaşına bakacak durumda değildi.

Neyse ki Sefer vardı yanlarında. İyi ki bırakıp gitmemişti onları. Omorfia ve Eleni'yle beraber önce büyük sandığı, ardından da hurcu, denkleri, torbaları yerleştirdiler yük vagonuna. Patricia, bir elinde su testisi, diğer eliyle sıkı sıkıya Ali'nin bileğine yapışmış, ancak karşıdan karşıya seyredebiliyordu onları.

İşi bitmişti Sefer'in.

Mahcup bir tavırla, "Allah'a emanet olasınız" diye geveledi ağzının içinde.

Omorfia, önceden hazırladığı parayı koynundan çıkarıp Sefer'e uzattı.

"Hakkını helal edesin" dedi.

"Helal olsun hanım" derken, bakışları Ali'nin üzerinde düğümlenmişti Sefer'in. Eğildi, kucağına aldı oğlanı.

"Sen de bizimle gelmeyecek misin arabacı amca?"

Ali'nin birden buruşuveren, ağladı ağlayacak yüzüne bakarken nefesi tıkandı Sefer'in. Ne söyleyeceğini bilemedi. Eğildi, ensesini kokladı Ali'nin. Kendi oğlunun kokusunu da ensesinden alırdı hep.

"Hadi vre, atlayın trene artık" diye seslendi Omorfia.

Ali'yi kucağından indirdi Sefer.

"Güle güle gidesiniz" dedi.

İşte o an gördü Ali'nin gözlerinden inen yaşları. Sessiz sessiz, içini çeke çeke ağlıyordu bir damlacık çocuk.

Ve o çocuk en olmayacak lafı etti sonunda.

"Hani sen 'Baban gelecek!' demiştin" der gibi sitemli, "Arabacı amca" dedi titreyen sesiyle. "Babama söyle... Çabuk gelsin! Ali seni bekliyor dersin..."

Başını annesinin göğsüne gömdü, bir daha da dönüp bakmadı Sefer'in yüzüne.

Karanlıktı içerisi. Tepedeki küçük lambanın cılız ışığı, şöyle bir değip geçiyordu ahşap duvarlara. Vagonun tavana yakın, demir parmaklıklı küçücük penceresinden gün ışığını görebilmek, serin ve ferah bir nefes alabilmek maharet işiydi.

Daha fazla insana yer açabilmek için koltuklar sökülüp atılmıştı. Koridorlar bile irili ufaklı denkler, sandıklar, çuvallar ve nefes almakta zorlanan insanlarla doluydu. Değil adım atacak, kıpırdayacak yer yoktu.

Havasızdı vagon. İnsanı canından bezdirecek kesif bir koku vardı: Trenin kömür ve is kokusuyla karışan ter, idrar, hayvan pisliği ve kusmuk kokusu... Tuvalete gitmekse tam bir işkenceydi.

Bir keresinde Eleni, insanların ve eşyaların üzerinden atlayarak bin bir zorlukla tuvalete götürmüştü Ali'yi. Ardı ardına üç kez kustu çocukcağız. Uzun süre kendine gelemedi, saatler boyu sürdü öğürtüsü.

Yiyecekleri de azalmıştı. O pisliğin ortasında, dayanılmaz kokuyu soluyarak pek bir şey yiyemiyorlardı zaten. Peksimetleri ezip suyla karıştırarak Ali'ye yediriyordu Eleni. Patricia'dan çocuğa hayır yoktu. Zaten zayıf olan bünyesi bunca yükü kaldıramamıştı. Beti benzi sapsarı, uyuklayıp duruyordu.

"Bunlar da geçecek vre" diyordu Omorfia. "Sabredesiniz biraz..."

Yahşihan, Ankara, Polatlı, Eskişehir, Adapazarı, İzmit ve İstanbul... Normal şartlarda bir iki günde kat edilebilecek yolu, tehir ve duraklamalarla dört günde tamamlayabilmişlerdi ancak.

"İstanbul'a geldik!" çığlıkları işkencenin bitişini mi, yeni ve zorlu mücadelenin başlangıcını mı haber veriyordu, bilemediler. Ferahlamış gibiydiler gene de. Sürgülü tahta kapının açılmasıyla yüzlerine çarpan temiz ve serin hava, yorgun ve sefil bedenlerine ilaç gibi gelmişti.

"Ne kadar çok su!"

Denizi ilk kez gören Ali'nin ilk tepkisiydi bu. Denizle yeni tanışan yalnız Ali değildi. Omorfia daha önce, evliliklerinin ilk yıllarında Dimitri'yle beraber İstanbul'a gelmişti, ama Eleni de, Patricia da Keskin'den dışarı çıkmamışlardı hiç.

Eleni, kucağında tuttuğu Ali'nin çocuksu sevincini paylaşıyor gibiydi, ama Patricia denizi görecek, gördüğü için mutluluk duyacak ruh halinden çok uzaktı. Attığı her yeni adımla daha da uzaklara savrulduğunu düşünüyor, masmavi, engin bir denizin karşısında değilmiş de, insanı içine çeken kapkara, ağdalı bir katran kuyusunun içine gömülmüş gibi hissediyordu kendini.

Omorfia ise üzerinden büyük bir yük kalkmışçasına rahat görünüyordu. Önemli ve zorlu bir eşikten daha atlamışlardı. Gemide geçirecekleri günlerin trendekinden çok daha iyi olacağını umuyordu.

"Yüzünüz gülsün biraz, vatanımıza gidiyoruz vre..." diyordu.

Nereye gittiklerini haykırır gibi söylüyordu ama, geride bıraktıklarını dile getirecek gücü bulamıyordu kendinde.

"Doğduğumuz, büyüdüğümüz, bin bir sevinç ve üzüntüyle yoğrularak üzerinde yaşadığımız memleketimizden koparılıp, bilmediğimiz diyarlara göçüyoruz. Ve o diyarların adına *vatan* diyoruz. Köklerinden sökülmüş ağaçların başka topraklarda kök vermesi kolay mı?"

Söyleyemedi bunları Omorfia. İçine gömdü hepsini...

* * *

Omorfia, Patricia, Eleni ve Ali, Ankara civarından gelen

diğer Rum Ortodokslarla beraber Balıklı Rum Hastanesi'ne yerleştirildiler. Burada sağlık kontrolleri ve aşıları yapılacak, hastalık taşımadıklarına kanaat getirildikten sonra gemiye binmelerine izin verilecekti.

Tahaffuzhane[10] işlevi gören hastane, trende yaşanan sefaletin ardından cennet gibi görünmüştü mübadillerin gözüne. Evet, perişan insanlar kalabalığının birer ferdiydi her biri, karmaşa, belirsizlik ve çekilen çileler sürüyordu hâlâ, ama hiç değilse güvenli bir çatı altıydı kaldıkları.

Daha da önemlisi, yola çıktıklarından bu yana ilk kez sıcak yemek girmişti kursaklarına. Sabahları çocuklara şekerli süt, büyüklere çay, birkaç zeytin, bir parça ekmek veriyorlardı. Akşamdan akşama da birer tas çorba. Bu kadarına da şükürdü.

Yunanistan'dan Türkiye'ye, Türkiye'den Yunanistan'a mübadil taşıyan gemilerin en büyük kâbusu salgın hastalıktı. Bu yüzden iki tarafın yetkilileri de sağlık kontrollerine ve koruyucu aşılara çok önem veriyorlardı. Kızamık ve çiçek, en yaygın bulaşıcı hastalıklardı. Bu hastalıklara karşı aşı yapılsa da virüs, taşıyıcı hasta aracılığıyla yayılım gösterebiliyordu.

1924 yılının Şubat ayında Kavala ve Selanik yöresinde geminin gelmesini bekleyen yüz seksen sekiz kişinin salgın hastalıktan öldüğü haberi gelmişti. Yorucu yolculuklara güçlükle direnen bedenler, virüse karşı koymaktan âcizdi.

Umutsuzluğun, ruhsal çöküntünün yanı sıra sefalet, açlık, pislik, pireler, fareler, bitler salgın hastalıklara zemin hazırlıyordu. Veba da tahta mekânlarda barınan ve üreyen farelerin yaydığı öldürücü bir hastalıktı. Fare itlafı zorunlu kılınan mübadele gemileri devamlı ilaçlansa da, muhtemel bir veba salgını tehlikesi hükmünü sürdürüyordu. Kolera, dizanteri, tifo, tifüs de gemi yolculuklarında salgınlarından korkulan hastalıklardı.

10. Karantina evi.

Omorfia, Patricia, Eleni ve Ali'ye çiçek, dizanteri ve veba aşıları yapıldı. Omorfia, titizlikle muhafaza ettiği diğer belgelerin (kimlik belgeleri, tasfiye talepnamesi, müsadere edilen mallarına karşı verilen makbuz ve resmi tutanak) üzerine "Aşıları yapılmıştır" belgesini ekledi.

Yola çıkmaları için hiçbir engelleri kalmamıştı ama, birkaç gün, belki de daha fazla bir süre, onları götürecek geminin gelmesini bekleyeceklerdi...

# İnzivaya çekilmiş bir derviş gibi

*Odalara kilitledim hasretini*
*Sen koktu odalar*

Üç gündür Yahya Ağabeyinin evindeki odasından dışarı adımını atmamıştı Tacettin. Dış dünyayla ilişiğini kesmiş, tedavisi olmayan amansız bir hastalığın pençesine düşmüş gibi, aldığı her solukta biraz daha kahrolarak ve kendine lanetler yağdırarak geçiriyordu günlerini. Ağlıyor, bağırıp çağırıyor, hıçkırıkları dışarılardan duyuluyordu.

Düştüğü durumun tek sorumlusu kendisiydi. Suçluydu! Nasıl olmuş da gitmelerine izin vermişti? Patricia'yla Ali'nin, gözlerinin önünden bir saniye olsun gitmeyen yüzlerine dalıp dalıp gidiyor, bir şeyler söylemek istiyor, ama onlardan af dileyecek cesareti kendinde bulamıyordu.

Kim ne derse desin, önlerine hangi aşılmaz engelleri koyarlarsa koysunlar, bırakmayacaktı onları! Patricia'ya nikâh kıyarak işleyeceği suç –suçsa eğer–, karısını ve çocuğunu göz göre göre bir bilinmeze göndermenin yanında katbekat masum kalırdı.

Kimseleri görmek istemiyordu Tacettin. Birilerinin, avunduğu hayalleri gölgelemelerine izin veremezdi. Gözlerinde onlar, kulaklarında yalnızca onların sesi vardı.

"Tacettin'im!" diyordu Patricia ipeksi sesiyle.

"Babam benim!" diyerek kucağına atlıyordu Ali.

Günlerdir ağzına lokma koymamıştı. Vesile Yengesinin kapı aralığından uzattığı tepsileri geri çeviriyor, bir tek su içerek geçiştiriyordu öğünlerini.

Üçüncü günün sonunda Yahya Ağabeyi kapıya dayandı.

"Hasta olacaksın oğlum! Hiç değilse iki kaşık çorba insin boğazından."

Ağabeyinin elindeki tepsiyi alıp, yüzüne bile bakmadan kapıyı kapattı Tacettin.

Hasta olacakmış! Hastalık ne kelime... Yaralıydı Tacettin! Ağır yaralı... Hiç mi hiç şifa bulmayacak amansız bir yara almıştı.

Biraz sonra boş tabakları almaya gelen yengesi, el sürülmemiş tepsiyi kapının önünde buldu. Yalnız ekmekle suyu almıştı Tacettin. İnzivaya çekilmiş bir dervişin ölmeyecek kadar yiyip içmesi gibi...

Onuncu günün sonunda, Tacettin'in perişanlığı had safhaya ulaşmıştı. Saçı sakalı birbirine karışmış; mor halkaların çevrelediği kan çanağına dönmüş gözleri, ifadesini yitirmiş sapsarı yüzü, mum gibi eriyip gücünü kaybetmiş bedeniyle, birdenbire on yaş ihtiyarlamış gibi duruyordu.

Günlerden sonra ilk kez tıraş oldu o sabah. Takım elbiselerini giydi. Dışarı çıkmak üzere hazırlandığını gören ev halkı işe gideceğini sanıyordu. Yahya Ağabeyi, geçenlerde maliye dairesine uğrayıp kardeşinin hasta olduğunu söyleyerek birkaç gün izin istemişti amirinden.

Oysa iş güç umurunda değildi Tacettin'in. Kim için çalışacaktı bundan sonrasında? Ne için? Herhangi bir beklentisi, yaşama amacı kalmış mıydı? Evdekilerin sandığı gibi işe falan da gitmeyecekti bugün. Halledeceği çok daha önemli bir işi vardı.

Evden çıktı. Odasında kapalı kaldığı günlerin güçsüzleştirdiği bedenini taşımakta zorluk çekiyordu. Ayaklarındaki tutukluğu açmak için küçük adımlarla, ağır ağır çarşıya doğru yürümeye başladı.

Limonatacının önüne gelince durdu. O günü, beraber oldukları o son günü yeniden, aynen yaşıyordu sanki.

"Susadım!" demişti Ali.

Bu kez de üç bardak limonata doldurttu Tacettin. Biri Ali'ye, biri Patricia'ya, diğeri de kendine. Beyninin duvarlarında beliriveren görüntüyü özlemle izledi. Ali'nin neşesini, Patricia'nın çarşının ortasında limonata içerken duyduğu mahcubiyeti... Bardaktan bir yudum limonata aldı. Gerisini getiremedi. Limonatacının parasını ödeyip fotoğrafçıya doğru yürümeye başladı.

"Hoş gelmişsiniz beyim" diyerek karşıladı Fotoğrafçı Asım. "Çoktan hazır ettim siparişinizi. Beğenirsiniz inşallah."

Kenarları oylumlu iki beyaz kartonun üzerine raptedilmiş büyük boy iki fotoğraf... Tam da Tacettin'in istediği gibi!

Sandalyeye oturmuş Patricia, kucağında Ali, onların hemen arkasında, ikisini de koruyup kollamaya yemin etmişçesine sahiplenen bir tavırla ayakta duran Tacettin...

Patricia'nın da, Tacettin'in de yüzlerinden düşen bin parça. Bu pozun anlamını, bu fotoğrafın çekilmesinin altında yatan nedeni çok iyi biliyorlar çünkü. Bir tek Ali dinlemiş, "Gülümseyiniz" diyen fotoğrafçının sözünü. Tasasız bir çocuk gülüşüyle bakmış objektife.

Parmaklarını fotoğrafın üzerinde hafifçe gezdirdi Tacettin. Okşar gibi, incitmekten korkarcasına.

Bir kez daha lanet etti kendine. Böyle veda pozları verdirip fotoğraflar çektireceğine, onları yanında tutmayı becerebilseydi ya!

Evet, iki tane fotoğraf hazırlamasını söylemişti Asım Usta'ya. Biri Patricia'ya, değeri kendine... Hiç mi utanmamıştı! Ayrılığı peşinen kabul ediş değil miydi bu? Varını yoğunu ortaya koyup savaşacağına...

Çok geçti artık, çok!

Üstelik fotoğrafı Patricia'ya ulaştıramamıştı da. Böylesi daha iyi olmuştu belki de. Baktıkça içi burkulacağına, ondan ve çocuğundan ayrılmayı göze alabilen, âciz bir zavallı olarak anardı Tacettin'i. Uğruna gözyaşı dökülmesini bile hak etmiyordu o. Hayatının hatasını yapmıştı, bedelini de hayatı boyunca hasret çekerek ödeyecekti...

Fotoğrafları sarmak için eski tarihli bir gazete getirdi Asım. *Keskin Gazetesi!* Tacettin de, 28 Nisan 1340 (1924) tarihinde yayın hayatına başlayan, önceleri haftada bir çıkarken daha sonra haftada iki kez, pazartesi ve perşembe günleri çıkarılan gazetenin yakın takipçileri arasındaydı.

Kaç gündür gazete okumamıştı. Eline alıp göz gezdirirken bir ajans haberi ilişti gözüne.

*RUMLAR GİDİYOR*

*Mübadele Komisyonu'ndan gelen telgraf üzerine başlayan sevkıyat sürüyor. Memleketten yüz altmış haneden fazla Rum gidecektir.*

*7 Ağustos 1340 Perşembe günü giden ilk kafileden sonra, yeniden on iki bin Rum sevk edilmiştir. Daha gidecek olan on beş bin Rum vardır.*

*Keskin Gazetesi / 11 Ağustos 1340 Pazartesi*

O on iki bin kişiden ikisi Patricia'yla Ali'ydi!

Ama bu ufak ayrıntının haber değeri yoktu. Tacettin'in hayatını kökten sarsan, altüst eden gerçek bir yıkım olsa da, bir tek onu ilgilendiren küçük bir ayrıntıydı Patricia ile Ali'nin gidişleri...

* * *

Fatiş Hatun'un keyfine diyecek yoktu. Etekleri zil çalıyordu sevincinden. Omorfia ile Patricia'nın diğer mübadillerle beraber gittiğini öğrenmişti ya, ölse de gam yemezdi artık. Ne adaklar adamıştı cehennem olup gitsinler diye... Hepsini bir bir yerine getirecekti evelallah.

Her adağına, "Tacettin şu kızdan ayrılsın" diye başlamıştı. Tası tarağı toplayıp bir daha dönmemek üzere Keskin'den çekip gideceklerini rüyasında görse inanmazdı. Ama olmuştu işte. Bir isterken, yüce Allah bin vermişti Fatiş Hatun'a.

"Oğlum bu illetten kurtulsun, yedi fakir doyuracağım" demişti. Beklentisinin üstüne gerçekleşmişti dileği. Yedi değil, yirmi bir fakir doyuracaktı. İki gün boyunca soluk almamacasına çalıştırdı mutfaktakileri. Yirmi bir fakir fukara evine torbalar dolusu yemek gönderildi.

İzzeti ikramı bol, şanına yaraşır bir mevlit okuttu arkasından. Keskin'in ileri gelen ailelerinin hanımlarını, kızlarını davet etti mevlide.

Okuma faslı bitip sıra ikrama geldiğinde, gözlerini misafirlere gülsuyu döken genç kızın üzerinden alamayan Fatiş Hatun, "Şu Tahincilerin kızı da pek güzelmiş" diye fısıldadı Ümüş Hatun'un kulağına. "Tam bizim Tacettin'e göre!"

"Doğmamış çocuğa don biçiyorsun Fatiş" dedi Ümüş Hatun. "Kendi kafana göre gelin beğeniyorsun ama, oğlun yok ortalıklarda."

Kaşları çatılıverdi Fatiş Hatun'un.

"Gelecek!" diyerek ayağını hırsla yere vurdu. "Koşa koşa gelecek hem de. Ben ettim sen etme anacığım diyerek ellerime yapışacak. Et tırnaktan ayrılır mı hiç! Yaptı bir hata. Bize düşen affetmek. Gör bak, birilerini bul, evlendir beni diye yalvar yakar olacak kapımda."

"O iş biraz zor ama..." diyecek oldu Ümüş Hatun.

"Ne yani?" diye lafı ağzına tıkadı Fatiş Hatun. "Ömür boyu o aşüftenin yasını mı tutacak benim oğlum? Ha ölüm, ha mübadele! Dönüşü yok gittikleri yolun. Tacettin de biliyor böyle olduğunu. Elbette evlenip çoluğa çocuğa karışacak. Sular biraz durulsun hele..."

Fatiş Hatun'un şükür dualarının, adaklarının sonu gelecek gibi değildi. Mevlidin ertesi günü de lokma döktürerek konu komşuya dağıttı.

Ümüş Hatun'un tadına bile bakmadığını görünce celallendi. "Yaptığımız hayır işidir Ümüş Hatun!" dedi. "Fakire fukaraya faydamız oluyor... Hatır için bir lokma alıp hayırlara vesile olsun diye dua eder insan!"

Başkalarının acısı üzerine yapılan hayır, hayır sayılmazdı Ümüş Hatun'a göre. Kadını kocasından, evladı babasından ayırma amaçlı edilen duaların beddua yerine geçeceğine, bedduanın ise sahibine geri döneceğine inanırdı. Bu doğrultuda adanan adaklar da nafileydi onun gözünde. Fatiş Hatun'un gönlü olsun diye, şerbetin içinde yüzen lokmalardan bir tane aldı.

"Allah kabul etsin!" dedi kumasına.

İçinden de, "Allah yerinden yurdundan uzaklara düşen o garibanların yardımcısı olsun" diyerek tamamladı duasını...

## Çocukları denize mi atıyorlar tete?

İstanbul Tuzla bindirme iskelesi ana baba günüydü. Yalnız canlarını değil, eşyalarını ve hayvanlarını da bir an önce, açıkta bekleyen devasa gemiye atmanın telaşı içindeydi insanlar.

Sandalla taşınacaklardı gemiye. Neyse ki büyük parça eşyaları ambara vermişti Omorfia. Ellerinde yalnızca birkaç günlük gemi yolculuğunda ihtiyaç duyacakları küçük parçalar kalmıştı.

Rıhtıma yanaşan çok sayıdaki sandallardan birine zor attılar kendilerini. Üst üste oturmuştu insanlar, eşyalarını kucaklarına almışlar, birkaç kişi de yere, tahtaların üzerine çöküvermişti. Daha fazla yükü kaldıramayacak kadar dolunca küreklere asıldı sandalcı. Tahta küreklerin her suya batıp çıkışında biraz daha yaklaşıyorlardı gemiye.

Bu sabırsızlık niyeydi? Kat ettikleri her bir kulaç, memleket toprağından biraz daha uzaklara atmıyor muydu onları? O topraklardan ebediyen koptuklarının, amansız bir savruluşun elinde oyuncak olduklarını farkında değiller miydi?

Gemiye yanaşmıştı sandal. Güverteden sarkıtılan demir merdivene tırmanarak çıkacaklardı gemiye. Omorfia, Patricia'nın kucağından Ali'yi aldı.

"Önce sen çık" dedi.

Mum gibi olmuştu Patricia'nın yüzü, tir tir titriyordu korkudan. Merdivenin ilk basamağına attı ayağını. Sonra bir üsttekine... Birileri elinden tutup güverteye çektiler. Bu kez Ali'yi Eleni'nin kucağına verdi Omorfia, ikisinin ağır ağır tırmanışına nezaret etti. Ardından da kendisi adım attı demir merdivene...

Güverte, iğne atsan yere düşmeyecek derecede kalabalıktı. Genci yaşlısı, kadınlar, erkekler, çocuklar, hayvanlar ve eşyalar... Gemiye binme telaşının yanında, duygusallık da had safhadaydı. Yaş vardı gözlerde. Yürekler yaralıydı. Doğup büyüdükleri, bunca yıldır üzerinde yaşadıkları topraklardan kopmanın hüznüyle ağlıyordu insanlar.

Hıncahınç doluydu gemi. Öyle ki, eşya ve hayvanlara tahsis edilmesi gereken ambarlarda çok sayıda insan da mecburen seyahat edecekti. Kamaralar yaşlı, hasta, hamile ve çocuklu kadınlara verilecekti. Ali'nin yüzü suyu hürmetine Omorfia, Patricia ve Eleni de kamaralardan birine kapak atmayı başarmışlardı.

Küçücüktü kamara, havasızdı. Ama buna da şükürdü, güvertede o curcunanın içinde mücadele vereceklerine, avuç içi kadar da olsa, yolculuklarını kendilerine ait bu odacıkta sürdüreceklerdi hiç değilse.

Gemi, denizin üzerinde oluşturduğu köpük köpük beyaz dalgalarla çelişen kapkara dumanlar çıkararak demir alırken, güvertedeki karmaşa yatışmamıştı henüz. Yatışacağı da yoktu. Kamaralara kendini atabilenler, hatta ambara inmeyip güvertede çömelecek ya da ayakta duracak kadar bir yer bulabilenler, şanslı addediyorlardı kendilerini.

Bu kadar kişiye hizmet vermek de kolay değildi. İçeridekilere ilave olarak güverteye de tahta tuvaletler kurulmuştu. Gene de yetmiyordu bu kalabalığa.

Yemek dağıtımının düzenli bir şekilde yapılması da imkânsızdı. Güvertenin ortasında öncelikle hastalara ve çocuklara çorba dağıtmak üzere kurulan seyyar mutfaktan fazla bir beklentileri yoktu. Bir keresinde Ali için bir tas çorba almıştı Eleni. Değil ağzına koymak, daha görür görmez öğürmeye başlamıştı Ali. Gemi tutuyordu çocuğu. Hem onu, hem de Patricia'yı. Başları yastıktan kalkmıyordu ikisinin de.

Yemek sorun değildi. Hiçbirinde iştah kalmamıştı zaten. Çay ocağından mataraya çay doldurup geliyordu Eleni. Verilen ekmekleri katık edip doyuruyorlardı karınlarını.

İkinci günün erken saatlerinde motorun homurtusu kesiliverdi birden. Gemi durmuştu. Arıza falan mı olmuştu acaba? Denizin orta yerinde asılı kalmak ürküntüsü, kâbus gibi çöküverdi üstlerine.

"Gidip bir bakayım" dedi Eleni.

Az sonra döndüğünde sapsarıydı yüzü, ağlamaklıydı.

"Küçük bir çocuk ölmüş" dedi. "Ağırlık bağlayıp atıvermişler denize."

Uykuyla uyanıklık arasında gidip gelen Ali ayağa dikiliverdi. Korku vardı gözlerinde.

"Çocukları denize mi atıyorlar tete?"

Eleni'ye ters ters bakarak, "Olur mu hiç yavrimu?" diye atıldı Omorfia. "Rahat durmamış o çocuk, annesinin kucağından düşüvermiş denize. Birazdan çıkarırlar, merak etmeyesin sen..."

Birkaç saat sonra ikinci kez durdu gemi. Biliyorlardı artık ne olduğunu. Gene de gidip bakmaktan kendini alamadı Eleni. Çay doldurma bahanesiyle güverteye çıktı.

Döndüğünde, "Yaşlı bir adam" diye fısıldadı Omorfia'ya. "Hastaymış zaten."

"Şanslı adammış" diye geçirdi içinden Omorfia. "Diyarı gurbetlerde el toprağında can vereceğine, suların koynunda huzur bulur hiç değilse..."

Üçüncü günün sabahında Selanik kıyıları görünmüştü. Az sonra karaya ayak basacaklardı. Bundan sonra neler yaşayacakları hakkında hiçbir fikirleri yoktu. Tükenen umutlarının yerine koyabilecekleri yeni umutları da...

"Gideceksiniz!" demişti birileri.

Ama "Gelin!" diyen olmamıştı.

Bu toprakların davetsiz misafirleriydiler.

Nereye kadar sürerdi bu zorlama misafirlik, ne zaman yabancısı oldukları diyarları benimseyip, "Vatanım!" deme gücünü kendilerinde bulabilirlerdi... bilen yoktu!

* * *

Gemi Selanik Limanı'na değil, Selanik'in beş kilometre güneydoğusunda bulunan Kalamaria'ya yanaşmıştı. Gemiyle kara arasındaki iletişimi sağlayan sandallardan inip kıyıya çıktılar. Kalamaria'daki, 1914-1918 Balkan Savaşı sırasında Fransızların kışla olarak kullandıkları, sonradan mübadiller için karantina haline getirilmiş binaya yerleştirildiler. Ve burada, hayatlarında görüp görebilecekleri en ağır muameleye maruz kaldılar!

Karantinaya alınmadan önce yıkanıp paklanmaları gerekiyordu. Doğruydu, kirliydiler. Günlerdir en elverişsiz şartlarda, perperişan yolculuk yapmış, kendi kokularına dayanamaz hale gelmişlerdi. Ama banyo yapmanın ne demek olduğunu da bilmiyor değillerdi.

"Soyunun!"

Topluca alındıkları banyonun önünde çırılçıplak soyunmaları isteniyordu kendilerinden. Soyundular.

Birbirlerine bakmamaya çalışan, birbirlerinden deli gibi utanan çıplak kadınlar ordusu! Topluca duşların altına sokuldular. Sıcak tazyikli su ve ilaç sıkıldı üzerlerine.

Sinirler bozulmuştu, öfkeliydi yüzler. Pis değil, pislikmiş gibi davranıyorlardı insanlara.

"Hayvanlar bile böyle yıkanmaz vre!" diye isyan etti Omorfia.

Kimseler duymadı sesini. Kendi derdindeydi herkes, isyan içinde bağırıp çağırıyorlardı. Görevlilerse söylenenleri duymuyor, duymazdan geliyorlardı. Kulaklarına çalınan konuşmaları da anlamıyorlardı zaten. Anadolu'dan gelen Ortodoks Rumların hepsi Türkçe konuşuyordu çünkü!

Çıplaklıklarından utanan kadınlar acınacak haldeydiler. Bir elleriyle göğüslerini, diğeriyle bacak aralarını örtmeye çalışıyor, gözlerinden inen yaşlar tazyikli suyun damlalarına karışıp kirleriyle beraber aşağılara süzülüyordu.

Ali de annesinden, anneannesinden, tetesinden gördüğü gibi, ama iki eliyle önünü kapatmıştı. İçi sızladı Omorfia'nın. Bacak kadar çocuğa çektirdikleri çile insanlığa sığar mıydı?

Elbiseleri, üstleri başları ayakkabılarına kadar alınıp fırınlara atılarak sterilize ediliyordu. Kurulanmaları için geçici örtüler verdiler üstlerine. Sterilize edilen elbiseler, ayakkabılar ve diğer eşyalar renklerini, şekillerini yitirerek, yamuk yumuk bir halde çıkıyordu fırından.

Görevliler alabildiğine hoyrat davranıyorlardı mübadillere. "Turkos sporos"[11] diyerek kendilerince aşağılıyor, "Vaftiz oldunuz mu siz?" diye dalga geçiyorlardı.

Temizlik işlemi bitmişti. Ama çileleri bitmemişti henüz. Birkaç mübadilin saçlarının arasında bit tespit edilmişti. Hepsinin kafası tıraş edilecekti.

Mübadiller arasında bir baba, kızının saçlarını kestirmemek için ne kadar parası varsa rüşvet niyetine görevlilere vermişti. Her şeyini kaybetmişti adam, ama evlat sevgisi, elindeki son kuruşu bile kızı için harcatacak kadar güçlüydü.

Neden Omorfia da aynı şeyi yapmasındı? Patricia da onun her şeyi değil miydi? Tıraş işlemini gerçekleştiren görevlilerle pazarlık etti. Patricia ve Ali'ye dokunulmayacaktı! Ali'nin saçları kısaydı zaten, sorun yoktu. Patricia da başını örterek gizleyebilirdi saçlarını. Beline sardığı kuşaktan iki altın lira çıkardı, görevlinin avucuna sıkıştırdı.

Omorfia da, Eleni de saçları kesilirken "Of" bile demediler.

11. Türk tohumu.

Patricia'yla Ali'yi bu acımasız kıyımdan kurtarmışlardı ya, bu kadarı yeterdi onlara.

Temizlenme faslının arkasından karantinaya alındılar. Tahaffuzhane olarak kullanılan kışladaki geniş salonlar, battaniye ve çarşaflarla ayrılmış küçük odacıklardan oluşuyordu. Karantinada ne kadar kalacakları belirsizdi. Yüzde yüz sıhhatli olduklarını ispatlamadan buradan çıkış yoktu.

Tren ve gemide yaşananlar göz önüne alınırsa, kışladaki şartlar çok da kötü sayılmazdı. Kızılhaç ve yardımseverler mübadillere destek oluyorlardı. Yemek dağıtımı daha düzenliydi. Çay, çorba, sıcak yemek ve ekmek veriliyordu karantinadakilere. Çocuklara da şekerli süt. Alıştıkları yemek düzenini bulamasalar da karınları doyuyordu en azından.

Karantinada kalan diğer mübadillerle ahbaplık kurmaya başlamışlardı. Bir aydır orada kalanlar vardı. Gözleri korkmuştu, bu kadar uzun sürer miydi bu iş? Karantina süresi bitenler, yerleştirme komitesinden gelen haberle gidecekleri yerlere sevk ediliyor ya da komiteden gelecek haberi Selanik Körfezi'nin yamacına kurulmuş çadırlarda kalarak bekliyorlardı.

Kalamaria bataklık bir arazi üzerine kurulmuştu. Sivrisinekten uyunmuyordu geceleri. Sıtmaya tutulmak, tüm mübadillerin korkulu rüyasıydı. Tek ilacı kinin olan bu hastalığa yakalanmamak için dua etmekten başka yapacak bir şey yoktu.

Yorgundu insanlar, çekilen eziyetlerin tahammül sınırını aşmasıyla ruhsal bunalıma girmişlerdi. Karantinadan kaçıp denize atlayarak intihar etmek isteyenleri duydukça, daha da güçlü olmak zorunda hissediyordu kendini Omorfia.

"Bunlar da geçecek" diyordu durmadan. "Bizim de başımızı sokacağımız bir evimiz olacak elbet."

Nerede? Ne zaman? Nasıl?

Bu soruların cevaplarını vermekten âcizdi. İçini kavuran endişelerini bastırıp, avuntu olsun diye konuşup duruyordu işte...

# Duvarsız evler

Patricia'nın hali hal değildi. Çok zayıflamıştı. Gözleri çukurlarına kaçmış, avurtları çökmüş, suratı kaşık kadar kalmıştı. Konuşmuyordu hiç. Büyük bir çöküntünün pençesinde, ruh gibi dolanıp duruyordu ortalıklarda. Hiçbir umudu ve beklentisi kalmayan insanların kapkara dünyasında geçiriyordu günlerini.

Herkesinkinden daha ağırdı yarası. Omorfia'nın dediği gibi geçecekti bu günler... İyi ya da kötü, evleri de olacaktı, uğraşları da. Ama Patricia'nın yarası hiç mi hiç kapanmayacaktı.

Çevresinde ne yaşanırsa yaşansın, umurunda değildi. Kendi ıssız âlemine kapanmış, tek kişilik dünyasında çekiyordu çilesini. Bir tek Tacettin'e yer vardı o dünyada. Gözlerini onun gözlerine teslim edip saatlerce konuşuyordu onunla. Böyle zamanlarda Ali'yi bile görmüyordu gözü.

Her gün, beynine nakşolmuş film şeridini geriye sarıyor, tekrar tekrar izliyordu geçmişteki kareleri. Asla pişmanlık duymuyordu yaşadıklarından. Bugün olsa gene aynı yollardan geçer, gene aynı şevkle koşardı Tacettin'in kollarına.

Yalnızca geçmiş vardı Patricia için. Gelecekle ilgili tek bir hayali yoktu. Olamazdı da! Öyle büyük bir aşkla bağlanmıştı ki Tacettin'e, ruhunu, yüreğini, tüm varlığını onun yanında bırakıp öyle çıkmıştı yola.

Bedenleri birbirinden uzaktı, ama çok iyi biliyordu ki Tacettin de kendisiyle aynı durumdaydı. Çok üzülmüş müydü acaba arkalarından? Üzülmez olur muydu, kahrolmuştu mutlaka. Deliye dönmüştü... Patricia'sı, Ali'si olmadan yüzü gülebilir miydi hiç Tacettin'in?

Patricia'nın içine kapanmış melankolik hali Omorfia'yla Eleni'yi fazlasıyla endişelendiriyordu.

"Düzelecek" diyordu Omorfia. "Hele bir düzenimizi kuralım... Ömür boyu Tacettin Efendi'nin yasını tutacak değil ya!"

* * *

On beş gün kaldılar karantinada. Bu süre içinde sağlık kontrolleri yapıldı, eksik aşıları tamamlandı. Sıhhatli olduklarına dair raporlar hazırlandı. Buradaki işleri bitmişti.

Ancak karantinadan çıkış, kalıcı bir eve yerleşme anlamına gelmiyordu. Yerleştirme komitesinden haber gelinceye kadar çadırda kalmaları gerekiyordu. Hilal-i Ahmer Cemiyeti (Türk Kızılayı) ve Kızılhaç Teşkilatı tarafından Selanik Limanı'nda çok sayıda çadır kurulmuş, Yunanistan'ın çeşitli yerlerinden yola çıkan Müslümanlar sevk sırasının kendilerine gelmesi için haftalarca, kimileri aylarca bu çadırlarda bekletilmişti. Anadolu'ya giden mübadillerin boşalttıkları çadırlar, şimdi de Yunanistan'a göçen Ortodoks Rumlara verilmeye başlanmıştı.

Yalnız limanın olduğu yer değil, Selanik Körfezi'ne inen caddelerin üzerine bile çadırlar kurulmuştu. Tepeden bakıldığında bembeyaz çarşaflarla örtülmüş gibi görünen Selanik, tam bir çadır şehri haline gelmişti.

Kalacakları çadırın önüne geldiklerinde ilk konuşan Ali oldu. Elini sıkı sıkıya tutan Omorfia'ya, "Burası bizim evimiz mi?" diye sordu. "Ama bu evlerin duvarları yok!"

İçinde bulundukları durumu yadsırcasına gayriihtiyarı gülüverdi Omorfia.

"Şimdilik bu duvarsız evde kalacağız" dedi. "Ama duvarları olan bir evimizin olması da yakındır yavrimu."

Eşyalarını taşıdılar çadıra. Denkler açıldı, kilimler serildi yere. Şilteler atıldı kilimlerin üzerine. Özledikleri konforda olamasa da, geçici bir süre için –ki o sürenin ne kadar uzayabileceğini hiçbiri kestiremiyordu– üzerinde yaşayabilecekleri iki karış toprağa kavuşmuşlardı sonunda.

Zorluydu çadır hayatı, ama onları daha özgür kılmıştı sanki. Kızılay'ın ve Kızılhaç'ın verdiği kısıtlı yiyecekle yetinmeleri gerekmiyordu artık. Küçük bir ispirto ocağı almıştı Omorfia. Çorbalarını, çaylarını kendileri kaynatabileceklerdi bu sayede.

Ali de daha mutluydu burada. Nicedir rafa kaldırdığı çocuk gülüşlerine kavuşmuş, diğer çadırlardaki akranlarıyla oynuyor, neşeli kahkahalarıyla Omorfia'nın ve Eleni'nin gülmeyen yüzlerinde tebessümler yaratıyordu. Patricia ise yaşadıkları çevre değişikliğinin farkında bile değilmiş gibi, kendi âlemindeki sessizliğini sürdürüyordu.

Havalar serinlemeye başlamıştı. Gündüzleri idare ediyorlardı ama geceleri bayağı soğuk oluyordu. Hepsi birden, Ali'yi aralarına alarak aynı döşeğin üzerine sıralanıyor, kalın battaniyelerle ve birbirlerinden aldıkları sıcaklıkla ısınmaya çalışıyorlardı.

Omorfia, gecenin soğuğunu kırmak için küçük bir mangal almayı düşünüyordu. Eğer o kötü olay yaşanmasaydı alacaktı da...

Çadıra yerleşeli bir hafta olmuştu. Acı çığlıklarla uyandılar uykularından. Biraz ötelerindeki çadırda yangın çıkmıştı. Çadır komşuları yardıma koşmasa her tarafa yayılacaktı alevler. Elbirliğiyle kısa sürede söndürüldü yangın, ancak çadırda kalan aile acınacak durumdaydı. Canlarını kurtarmış, ufak tefek yanıklarla bu badireyi de atlatmışlardı ama yangından geriye eşya namına hiçbir şeyleri kalmamıştı.

Çadırda mangal yakmanın nelere mal olabileceğine yakından tanık olmuşlardı. Kalın hırkalar, battaniyeler, yorganlar... ısınmak için yeterdi. Yetmeliydi!

İyi de, ya çadırda kalmaları gereken süre daha da uzarsa... Soğukların bastırmasına ne kalmıştı şunun şurasında? Önleri kıştı. Bu ihtimali düşünmek bile istemiyordu Omorfia. Bir an önce *duvarlı* bir eve kavuşmaları gerekiyordu artık!

# Keskin Esnaf Lokantası

*Muhacirler geldi. Kasabaya yarım saat mesafedeki Karıştıran, Yeniköy'e iskân edilebilirler. Fakat her gün sabah erkenden çocukları çarşıda pek sefil, pek ziyade acınacak vaziyette, akşama kadar yâr ü ağyâre[12] el açarken görüyoruz. Ve bu hal cidden yüreğimizi sızlatıyor. Keskin'e gelen muhacirler şimdilik topu topu yüz elli kişidir. Bu kadar insana bakamamak pek samimiyetle söylüyoruz, hükümet için iyi intibalar husule getirmiyor.*

*Keskin Gazetesi / 18 Ağustos 1340 (1924) Pazartesi*

Saatlerdir döne döne bu haberi okuyordu Tacettin. Belli ki Keskin'e gelen muhacirler pek perişandı. Ya buradan gidenler? Onlar da yâr ü ağyâre el açacak, acınacak bir vaziyette miydiler?

Çektiği ayrılık acısı bir yana, Patricia'yla Ali'nin diyarı gurbetlerde ne halde olduklarının merakı, endişesi ve korkusu içindeydi Tacettin. Gözünde tütüyordu ikisi de. Patricia'nın yüzüne bir kez bakabilmek, oğlunun kokusunu içine çekmek için seve seve canını verebilirdi. Dayanılacak gibi değildi, içinde, derinlerde bir yerlere kor bir ateş düşmüş, tüm benliğini acımasızca kavurmaktaydı.

Gazeteyi katlayıp çalışma masasının çekmecesine yerleştirdi. Maliye dairesinin merdivenlerini hızla inerek sokağa attı kendini. Yüzüne vuran serin hava iyi gelmişti. Ağırlaştır-

12. Dosta düşmana.

dığı adımlarıyla hedefine doğru yürümeye başladı.

Omorfia'nın tavernasına vardığında, kapının önünde durdu, dükkânın üzerine yeni asılmış tabelayı yüksek sesle okudu: *Keskin Esnaf Lokantası.*

Tavernanın devredilip lokantaya çevrildiğini baştan beri biliyordu ama, ilk kez geçiyordu buralardan. Cesaret edememişti önceleri. Bin bir hatırayı sinesinde barındıran bu mekânın yanından geçmek bile yaralarına tuz basmaktan farksızdı. Ama bugün gazetedeki o haberi okuduktan sonra gelmeyi, görmeyi şiddetle istemişti.

Gözlerini camekânın üzerinde gezdirdi. Bambaşka bir çehreye bürünmüştü taverna. Ama hâlâ eski ruhundan izler taşıdığından emindi Tacettin. İnsanlar gibiydi mekânlar da. Onların da hafızaları vardı. Tavernadan lokantaya dönüştürülürken, ne acılar çekmişti bu dükkân... Hiç mi özlemiyordu eski sahiplerini, eski müşterilerini?

Kapıyı iteleyip içeriye girdi.

"Hoş gelmişsiniz beyim!" diyerek karşıladı lokantanın sahibi.

Uzaktan uzağa tanırdı Tahsin'i. Varlıklı bir ailenin el bebek gül bebek yetiştirilmiş biricik oğluydu. Burasını da babasının katkılarıyla kendine mal ettiğini adı gibi biliyordu Tacettin.

Tahsin'in abartılı bir saygıyla buyur ettiği başköşeye değil, mutfak bölümünün tam karşısındaki masaya oturdu.

"Ne emredersiniz?"

Sipariş alma işini bile garsonlara bırakmamış, kendisi üstlenmişti Tahsin.

"Pilaki var mı?" diye sordu Tacettin.

"Yok efendim. Ama kabul buyurursanız sıcak ev yemeklerimizden birini tavsiye edebilirim."

"Beyazpeynir? Kırma zeytin? Bol otlu, zeytinyağlı salata?"

Afallamıştı Tahsin. Burasının esnaf lokantası olduğunu bilmiyor muydu Tacettin Bey?

"Mercimek çorbası, kuru fasulye, pilav..." diye saymaya başladı.

Önünde iki büklüm olmuş, yemek beğendirmeye çalışan delikanlıya daha fazla eziyet etmenin âlemi yoktu.

"Biraz pilav, üzerine kuru fasulye lütfen."

Eziyeti Tahsin'e değil, bilinçli olarak kendisine yapıyordu aslında. Acı çekeceğini, bu havayı solumanın onu ne hale getireceğini bile bile, acı çekmek için gelmişti buraya.

Gözlerini çift kanatlı mutfak kapısının üzerine dikti. Elinde bir tabak siyah üzümle çıkagelir miydi Patricia? Sıcacık mahcup bakışlarını gezdirir miydi Tacettin'in üzerinde?

Ah Aris, Ah Artin! Neden böyle suskundular bu akşam?

Ne zaman başlayacaktı Yorgo'nun nağmeleriyle zenginleşen serenat? Bu gece o unutulmaz dansıyla Yorgo'ya eşlik edecek miydi Omorfia?

Tahsin'in getirdiği yemeklerden bir iki çatal aldı. Yiyemedi. Bir bardak suyu soluksuz içip kalktı. Yüklüce bir para bıraktı masaya. Tahsin'in şaşkın bakışlarını arkasına alarak çıkıp gitti lokantadan.

Bundan sonrasında nasıl bir hayat süreceği belli olmuştu. Patricia'yla Ali'yi içinde taşıyarak, onların hasretiyle yanıp kavrularak geçecekti ömrü...

O akşam Yahya Bey'in karşısına geçti, ağabeyiyle konuşması gereken önemli bir mevzu vardı.

"Misafirliğin de bir haddi hududu olmalı" diye başladı. "Fazlasıyla zahmet verdim sizlere. İznin olursa, bir ev tutup çıkmak istiyorum."

Hemen cevap vermedi Yahya Bey. Kardeşinin mahzun yüzüne, acı dolu gözlerine baktı bir süre.

"Hassasiyetini anlıyorum" dedi. "Ama öncelikle şunu söylemeliyim ki, bu evde misafir değilsin sen... Biliyorum ki acın çok taze. Ama iyileşmeyecek yara yoktur şu dünyada. Zaman her şeyin ilacıdır. Acının yanında sabrını da verir Allah. Buradan gitme konusuna gelince... Eğer babamın evine dönüyorum dersen, söyleyecek sözüm olmaz. Gider büyüklerinin elini öpersin, biter bu küslük. Aile içinde olur böyle şeyler... Bazen büyükler affeder, bazen de küçüklere düşer hoşgörü."

Suratı bir anda allak bullak oluverdi Tacettin'in. Canından can koparan ailesinin hiçbir ferdini görmeye tahammülü yoktu. Değil ki kapılarını çalıp, "Ben geldim!" demek.

"Asla dönmem o eve!" dedi kararlılıkla.

"O halde ben de senin şu eşikten dışarı adım atmana izin veremem! Burayı da baba evi beller oturursun..."

Şimdilik hallolmuş gibi görünüyordu mesele. Üzerine tek söz söylemeden kalkıp odasına çıktı Tacettin. Hele biraz zaman geçsin, hele biraz güç toplasın, başka bir eve çıkma kararını yeniden konuşurlardı ağabeyiyle.

Odasına girer girmez komodinin çekmecesini açtı Tacettin. Şu dar günlerinde tek avuntusu olan fotoğrafı çıkardı. Patricia ve Ali karşısındaymış gibi gözleriyle sevdi, okşadı ikisini de.

Yatağına uzandı. Rüyalarında onları görmek, kokularını içine çekmek arzusuyla yanıp tutuşarak, göğsünün üstüne bastırdığı fotoğrafla sarmaş dolaş, huzursuz bir uykunun kollarına bıraktı kendini.

Ömür boyu yüreğinde taşıyacağı, vicdan muhasebesi ve suçluluk duygusuyla örülü amansız hasret yeni başlıyordu henüz...

## Yediveren güllerin, ıtırlı fesleğenlerin kokusuna hasret

Kalın bir kaput misali üzerlerine inen sabah serini, sert esen rüzgârla birleşince ürperti olup sırtlarına yapışarak, eşikte bekleyen karakış soğuğunun habercisi gibi bulduğu her boşluğu ayazla dolduruyordu.

Çadır ahalisinin çocukları suratlarını yalayıp bedenlerini dört bir yandan saran serinliğin farkında bile olmadan çadırların arasındaki dar boşluklarda top koşturuyorlardı. Ayaklarının önüne geldiğinde olabildiğince uzağa fırlatmaya çabaladıkları nesneye *top* demek, dünya üzerindeki diğer toplara yapılabilecek en büyük hakaretti aslında. İşe yaramaz çaput parçalarının dertop edilerek kınnapla sıkıca bağlanmasıyla oluşturulmuş bez bir yuvarlaktı çocukların peşinden koştukları.

O çocuklardan biri de Ali'ydi. Diğerleri cüsse olarak daha iri, yaşça da daha büyüktüler ondan. Oyunun raconu gereği, ufaklık gözüyle baktıkları, var gücüyle oradan oraya koşturan, hoplayıp zıplayarak oyuna dahil olmaya çabalayan bu çocuğu aralarına almaya hevesli görünmüyorlardı.

Onca gayretine rağmen ayağının ucuyla bile topa dokunamamıştı Ali. Ağladı ağlayacak bir yüzle çadıra girdi.

"Beni oyuna almıyorlar" diye şikâyet etti çocukları.

Ayağı topa değmese de kan ter içinde kalmıştı, kıpkırmızıydı suratı. Elini ensesine sokup şöyle bir yokladı Omorfia.

"Gel bakayım buraya" diyerek kolundan çekip şiltenin üzerine oturttu çocuğu. "Oyun falan yok sana. Çok terlemişsin."

Küçük bir havlu parçasını Ali'nin sırtına koydu.

"Şimdi söyle bakalım, seni oyuna almayan kimmiş?"

"Hepsi" diye içini çekti Ali. "Top Petro'nun..."

"Ben sana onunkinden de güzel bir top yaparım yavrimu" dedi Eleni.

Küçük bohçalardan birinden Ali'nin rengi solmuş, eski mintanını çıkardı. Boydan boya yırtarak ikiye ayırdı. Kollarını içine çevirip sıkıca sardı. Denkleri bağladıkları ipten uzunca bir parça kopardı, bezden topun üzerine sardı. Tam Ali'ye uzatıyordu ki... duraklayıverdi. Çadırın önünde beliren iri cüsseli üç adamın üzerinde donup kalmıştı gözleri.

Omorfia atak davranıp önüne geçiverdi Eleni'nin.

"Buyurun. Ne istemiştiniz?"

Mübadele Komisyonu'ndan geliyorlardı. İriyarı iki jandarmanın arasında duran sivil giyimli adam elindeki kâğıda bakarak adlarını okudu.

"Toparlanın" dedi. "Bugün yerleştirilecekler arasında siz de varsınız."

"Hadi sallanmayın" dedi jandarmalardan genç olanı. "Arabalar aşağı yolda bekliyor."

Birden diriliverdi Omorfia. Eleni'nin yüzüne de renk gelmişti sanki. Tepkisiz kalan tek kişi Patricia'ydı. Ali'yi bile çocuksu bir heyecan sarmıştı. Sıkı sıkıya göğsüne bastırdığı topuyla oynama fırsatı bulamamıştı ama, farklı bir sevinçle ışıldıyordu gözleri.

"Evimize mi gidiyoruz an'ane?"

"Evimize yavrimu, evimize..."

Şilteleri topladılar önce. Denkleri, bohçaları çadırın önüne yığdılar. Yokuş aşağı birkaç seferde, güçlükle indirdiler eşyaları.

Daracık toprak yolun üzerine öküzlerin çektiği arabalar sıralanmıştı. Her yaştan kadın, erkek, çocuk... Canından bezmiş, yorgun, ürkek, kuşkulu insanlar... Ufukta beliren yeni umuda doğru yolculuğa hazırlanıyorlardı.

Kimse kimseye yardım edecek durumda değildi. Omorfia ile Eleni, her biri bir yanına asılarak, önce sandığı yerleştirdiler arabaya, ardından da diğerlerini. Arabanın, durduğu yerde gıcırdayan kasasına kendilerini attılar en son.

Sandıklarla, bohçalarla, denklerle yapacakları son yolculuktu bu. Evlerine gidiyorlardı vre... Duvarları olan bir eve!

* * *

Kargacık burgacık sokaklardan geçerek ağır aksak yol alıyorlardı. Şehrin ortasında ekvator çizgisi işlevi gören ve Selanik'i *aşağı* ve *yukarı* olmak üzere iki kısma ayıran Egnatia Caddesi'nden Yukarı Selanik'e doğru kıvrıldılar.

İki katlı beyaz bir evin önünde durdu araba. Kafilenin önünde yürüyen muhtarla iki Rum jandarma yardımcı olmak istediklerinden mi, yoksa bir an önce işlerini bitirip yeniden yola koyulmak telaşından mıdır bilinmez, eşyaları hiç yüksünmeden arabadan indirip bahçe kapısının önüne yığdılar.

İlk izlenimler son derece olumluydu. Evin üst katından dışarı taşan kafes örgülü cumbaya, pencere kenarlarına sıralanmış kırmızılı beyazlı sardunya, fesleğen, camgüzeli saksılarına, bahçe duvarını aşıp sokağa inen mor renkli begonvillere dalıp gitti Omorfia...

Uyuttuğunu sandığı özlemleri canlanmış, birbirleriyle yarışırcasına hesap soruyorlardı ondan. Ne kadar zaman olmuştu yediveren güllerin, ıtırlı fesleğenlerin kokusunu içine çekmeyeli? Ne kadar zaman olmuştu böyle bir evin çatısı altında yeni güne uyanmayalı? Ya nefes alıp vermek dışında, insan gibi yaşamayalı ne kadar zaman geçmişti aradan?

Gözleri pencerelerdeki tığ işi perdelere takıldığında duraksadı Omorfia. Gidenler, çiçekleri gibi perdelerini de öylece bırakmışlardı demek... Muhtarın bahçe kapısını aralayıp eve uzanan taş yolu geçerek kapıya ulaştığını ve yumruklamaya başladığını görünce endişeye dönüştü merakı.

Getirildikleri ev boş değil miydi yoksa?

Aralanan kapının gerisinde bir kadın belirdi. Ürkek ve şaşkın bir ifade vardı gözlerinde.

"Buyur Muhtar Efendi."

"Cemal Efendi yok mudur?"

Cevap veremedi kadın. Bahçe kapısının önünde durmuş bekleyen üç kadınla çocuğa ve arkalarındaki eşya yığınına bakakalmıştı.

"Cemal evde yok" dedi güçlükle.

Sabırsızlandı muhtar.

"Muhacirler gelmiştir" dedi. "Bu evde ikamet edecekler. Mübadele Komisyonu'ndan alınmış belge var ellerinde."

"Ama biz daha buradayız" diye ağzının içinde geveledi kadın.

Jandarmalardan iri cüsseli olanı bir adım öne çıktı.

"Yunan Hükümeti'nin emri böyle!" dedi sertçe. "Uğraştırma bizi hanım! Bu muhacirleri içeri almaya mecbursunuz."

"Beyim olmadan alamam" dedi kadın korkuyla.

Ellerinin tir tir titrediği uzaktan bile seçilebiliyordu. Farkında olmadan ardına kadar açmıştı kapıyı. Yüz hatları kadınınkine benzeyen genç bir kızla on yaşlarında bir oğlan beliriverdi eşikte. Dört beş yaşlarında bir oğlan çocuğu da kadının eteğine yapışmış korkulu gözlerle muhtara ve jandarmalara bakıyordu.

Büyük oğlanın koluna yapıştı kadın, "Necip!" diye haykırdı. "Koş babana haber ver. Hemen gelsin!"

Ok gibi fırladı oğlan.

Jandarmalar iyiden iyiye sabırsızlanmıştı.

"Bir de kocanı mı bekleyeceğiz hanım?" diye gürledi genç olanı. "Daha sırada evlerine yerleştirilecek bir sürü insan var."

"Çok sürmez, gelirler şimdi" diyerek alttan aldı kadın. "Bizim fırın şuracıkta."

"Bizim fırın" derken küçülüvermişti sesi. *Bizim* diyebileceği öyle az şey kalmıştı ki buralarda...

Necip'in arkasından sıkıntılı bir bekleyişi paylaşmak zorunda kaldılar. Birbirlerine dost mu düşman mı olacaklarını kestiremeyen iki taraf merakla, üzüntüyle, çaresizlikle süzüyorlardı birbirlerini.

Muhtar, evin sahibi kadın ve Rum jandarmalar Rumca konuşuyorlardı. Omorfia'yla Eleni az çok Rumca biliyorlardı, bu sayede tartışmanın seyrini takip edebilmişlerdi. Ancak Patricia tek kelime anlamamıştı konuşulanlardan. Ama tahmin edebiliyordu.

Önce kadının, sonra da genç kızın eteğine yapışıp korkudan kocaman açtığı gözleriyle evlerinin kapısına dayanan yabancıları süzen toraman oğlana takıldı Patricia'nın bakışları. Bir ona baktı, bir de kendi eteğine yapışmış, benzer bakışlarını, yabancıladığı çevrede gezdiren kendi oğluna. Garip, cılız bir gülüş dolandı dudaklarında. Bu iki çocuk, nasıl da benziyorlardı birbirlerine... Dış görünüşleri değil, şu andaki duygusal dünyalarıydı benzeşen. O küçücük dünyalarına sığmayan, yüreklerinden taşan korkuları ve çocuksu acabalarıydı onları benzer kılan...

Fazla bekletmedi Cemal. Kan ter içinde bahçe kapısından içeri attı kendini.

"Hayrola Muhtar Efendi?"

"Hayır mıdır şer midir orasına sen karar vereceksin artık... Şu gördüğün muhacirler bundan böyle bu evde yaşayacaklar. Başlarında erkek yok. Üç kadın, bir çocuk."

"İyi de, bizim kâğıtlarımız gelmedi daha."

"Gelsin, gelmesin... Yunan Hükümeti'nin emri böyle. Merak etme, senin kâğıtlar da gelmek üzeredir zaten."

"Amma uzattınız ha!" diye bağırdı genç jandarma. "Bir de Türkler misafir sever derler" diye sırıttı. "Alın size misafir! Önlerinde döne döne ağırlarsınız artık."

*Misafir* sözü sihirli bir etki yaratmıştı sanki. Ya da çaresizliktendi Cemal'in hiç direnmeden razı gelişi.

Ne yapabilirdi ki? Türkiye'den gelen Rumların, Müslüman evlerine yerleştirildiklerini ne zamandır duyuyorlardı zaten. Onlar biraz erken gelmişti ya da Cemal Efendi ve ailesi gitmekte gecikmişlerdi.

"Siz işinize bakın Muhtar Efendi" dedi. "Eşyaları taşırız biz."

Karıkoca, acılı bir bakışmada buluşan gözlerini sözleşmiş gibi aynı anda zoraki misafirlerinin üzerine çevirdiler. Müslüman'la Hıristiyan'ın, Türk'le Rum'un, hem de savaş rüzgârlarının ardından henüz sular durulmadan, aynı çatı altında yaşamaya zorlanması kaderin bir cilvesi olmalıydı. Başka zaman diliminde, farklı şartlar altında asla bir araya gelmeyecek olan bu insanların yazgıları ortaktı aslında: Doğup büyüdükleri, memleket belledikleri topraklarından kovulup başka diyarlara sürülmek! Antlaşma hükümlerine dayanılarak yapılan siyasi yorumlarla ne kadar allanıp pullansa da işin gerçeği buydu.

Beti benzi solmuş, güçlükle ayakta duran kadına acıyarak baktı Omorfia. Bu iç parçalayıcı tablonun yabancısı değillerdi. Ama en azından, evlerinden yurtlarından koparılırken, ev üstüne ev kâbusunun acı yüzüne muhatap olmamışlardı.

Perişanlığın bin bir çeşidini cömertçe sunan, acılı ve zorlu bir yolculuk geçirmişler, buhar odalarında, karantinalarda çile doldurmuşlardı. Bu zavallı insanların da aynı yollardan geçeceklerini düşünmek, garip bir şekilde içini sızlatıyordu Omorfia'nın.

"Davran bakalım oğlum! Eşyaları içeri alalım."

Necip'ten yardım istemişti Cemal. Bacak kadar çelimsiz oğlanın yapacağı iş miydi bu? Omorfia'yla Eleni, verilen komut kendilerineymiş gibi anında harekete geçtiler. Sandık, hurç, denkler, bohçalar... Herkes bir tarafından tutunca kısa sürede evin zemin katındaki geniş sofaya taşınıverdiler.

Alnında boncuklanan teri elinin tersiyle sildi Cemal. Olanların tek suçlusu kendisiymiş gibi bakışlarını karısından, çocuklarından kaçırarak, "Gideyim ben" dedi. "Fırındakiler merak etmiştir."

Sokağa adımını atar atmaz boğazında düğümlenen hıçkırığı salıverdi. Geleneği, göreneği, terbiyesi gereği yüzlerine bile bakamadığı, amansız bir kasırganın ortasında savrularak buralara gelmiş ve onun evine sığınmak zorunda kalmış o gariban kadınları suçlamaya hakkı yoktu.

"Bugün onlara, yarın bize" diye geçirdi içinden. Kim bilir hangi şartlarda yollara düşecek, hangi benzer savruluşlara teslim olmak zorunda kalacaklardı, meçhuldü.

Bir titreme aldı içini. Fırından içeriye girdiğinde, sıcağın göbeğinde bile geçmedi üşümesi. Hamur yoğuran, ateşin önünde ter döken, müşteriye ekmek satan elemanlarının yanından yürüyüp doğruca iç odaya geçti. Hasır örgülü sandalyenin üstüne çökercesine oturdu. Başını ellerinin arasına aldı. Derin bir "Ah!" çekti.

Nesilden nesle geçen baba, hatta ata mesleğiydi fırıncılık. Bu fırın da genç yaşta ölen babası Abdullah Efendi'nin ona yadigârıydı. Kendisinden sonra oğullarına bırakacağını düşünürdü hep... Bırakamayacaktı. "Benim fırınım" demeye dili varmıyordu artık. "Evim" diyebileceği bir çatı altı da kalmamıştı sonunda.

Gelen muhacirler için "Misafir" demişti jandarma. Yanlış söylemişti. Malın mülkün, evin barkın gerçek sahipleri yeni gelenlerdi. Kendi evlerinde, yurtlarında misafir olan ise Cemal Efendi ve ailesiydi.

* * *

Evin erkeği gidince, değişik yaşlardaki oğlanlar sayılmazsa, kadın kadına kalmışlardı. Ne yapmaları, nasıl davranmaları gerektiğini bilemeyen beş kadın...

Ev sahibi olmanın sorumluluğuyla ilk adımı atan Nadriye Hanım oldu.

Kırık bir sesle, "Hoş gelmişsiniz" dedi önce. "Adım Nadriye" diye ekledi ardından.

Şaşkın bakışlarını nereye koyacağını bilemeyen genç kıza döndü. "Bu da kızım Nergis" dedi. "Büyük oğlumun adı Necip. Küçüğü de Osman."

Zaman zaman bozulup anlaşılmaz hale gelen, değişik aksanlı bir Türkçeyle konuşuyordu kadın.

"Buralarda resmi dil Rumca" diye açıkladı. "Ama annem çok iyi Türkçe bilirdi. Ondan öğrendim. Nergis de, ben de çok iyi değilse de derdimizi anlatacak kadar konuşabiliyoruz. Oğlanlar da şöyle böyle..."

İlginçti, istemeden de olsa evini işgal eden birileriyle değil de canı gönülden ağırlamaya hazır olduğu misafirleriyle konuşuyordu sanki. Omorfia da aynı yumuşak tavrı sürdürerek kendi ailesini tanıtmaya koyuldu.

"Ben Omorfia... Kardeşim Eleni... Kızım Patricia ve torunum Ali..."

Ali adını duyunca soran bakışlarını Omorfia'ya çevirdi Nadriye. Merakı bakışlarında asılı kaldı, soramadı aklından geçenleri.

"Önce oturun, soluklanın biraz. Eşyaları sonra yerleştiririz" dedi.

Dili açılmıştı Nadriye'nin. Ruhunun sıkıntısını, derdini kasavetini geri plana çekmek ister gibi durmadan konuşuyordu.

Sofaya açılan büyük odaya buyur etti misafirlerini. Görünen oydu ki, Nadriye bu beklenmedik gelişi, gerçekten de olağan bir misafir ziyareti addetmiş, ona göre biçimlendirmişti davranışlarını.

"Nergis, önce su getir. Sonra da çayı koy ocağa."

Omorfia ile Eleni şaşkın bakışlarda buluşuyor, gördükleri izzet ikramın sırrını birbirlerinin gözlerinde çözmeye çabalıyorlardı.

Çay, yanında ekmek, peynir, zeytin...

"Pek güzeldir ekmeğimiz" dedi Nadriye övünçle. "Bizim fırının ekmeği!"

Üsteleye üsteleye ikramını sürdürüyordu Nadriye. Çay faslının ardından, "Önce evi gezdireyim size" dedi. "Hangi kata yerleşmeyi tercih ederseniz oraya taşıyalım eşyaları."

Son cümleyi söylerken sesinde bir kırıklık mı olmuştu, onlara mı öyle gelmişti bilemediler ama, Omorfia'yla Eleni'nin bakışları ortak bir kararda buluştu:

Acı çekiyordu bu kadın! Hem de tahmin ettiklerinden çok daha fazla.

"Alt katta başka odanız yok mu?" diye sordu Omorfia.

"Var. Yüklüğün yanındaki oda müsait. Ama üst kat daha ferahtır. İki oda da orada var. Birinde biz yatıyoruz, diğerinde de çocuklar."

"Alt kattaki oda yeter bize!"

Hep beraber kalktılar. Patricia halının üzerinde oynayan Ali'yle Osman'a dalmış, konuşulanların farkında bile değildi. Onu orada öylece bırakıp çıktılar.

Evin zemin katı taştan yapılmıştı. Üst kata çıkan merdivenler ahşaptı, büyük bir ihtimalle üst katta da ahşap yapı malzemesi kullanılmıştı. Sofaya açılan diğer odanın kapısını açtı Nadriye. Karşı duvara dayalı bir sedir, orta yerde bakır bir mangal, yerde de bordo zemin üzerine çiçek motifli bir taban halısı...

Sunduğu mütevazı tablodan utanmış gibi, "Beğenmezseniz sizin için üst kattaki odaları hazırlarız" dedi Nadriye.

Bu insanları giderayak, topraklarından önce odalarından ve yataklarından ayırmaya ne gerek vardı?

"Burası iyi" dedi Omorfia.

Nadriye'nin yüklükteki yataklardan çıkarıp odaya sermesine de izin vermedi. Eleni'yle beraber kendi şiltelerini açıp serdiler. Nadriye'nin sofada, banyonun yanındaki duvarı boydan boya kaplayan dolapta açtığı boşluklara fazla eşyalarını yerleştirdiler.

Kararlıydı Omorfia. Nadriye Hanım ve ailesi bu evden gitmeden, asla üst kata çıkmayacaktı!

O gece herkes yataklarına çekildiğinde, gündüz canla başla misafir ağırlayan Nadriye gitti, karaları bağlamış bambaşka bir Nadriye gelip oturdu yerine. Hıçkıra hıçkıra sokuldu kocasına, başını omzuna gömüp doya doya, kana kana ağladı, ağladı... Gözyaşlarından sırılsıklam oldu yastığı.

"Dayanacağız Nadriye'm" dedi Cemal. "Sabır, biraz sabır... Hem, bu daha ne ki? Asıl meşakkat ileride. Ama tasalanma. Bir ve beraber olduğumuz sürece aşamayacağımız zorluk yoktur..."

## Aleko ve Tacettin

Cemal Efendi'nin evine yerleşeli bir hafta olmuştu. Hayrettir, bu kısa zaman zarfında iki taraf arasında dile getirilmeyen gizli bir anlaşma varmış gibi, uyumlu bir denge ve düzen kurulmuştu evin içinde. Ev sahipleri gelenleri hısım akraba cinsinden misafirleriymişçesine benimsemiş, izzet ikramda kusur etmezken, diğerleri de ailenin günlük olağan yaşantısına ayak uydurmak için üstlerine düşeni fazlasıyla yapıyorlardı.

Aralarındaki yakınlaşmanın nedeni, aynı çatı altında yaşamaya mecbur kılınan bu insanların hepsinin de yaralı oluşlarından kaynaklanıyordu belki. Her birinin derdi farklıydı ama mücadele etmek zorunda oldukları meseleler tek noktada düğümleniyordu. Omorfia, Patricia ve Eleni evlerinden yurtlarından koparılıp bu evde yaşamaya şartlandırılmışlardı. Cemal Efendi ve ailesi ise benzer şekilde köklerini doğdukları toprakta bırakıp bilmedikleri diyarlara sürüklenecekleri günü bekliyorlardı.

Nadriye Hanım bir haftadır misafirlerine canla başla hizmet ediyor, mutfağının zenginliğini, elinin hünerini tüm cömertliğiyle önlerine seriyordu. Bunca ihtimam ve misafirperverliğin altında ezildiğini hissediyordu Omorfia. Üstelik Nadriye'nin her geçen gün biraz daha eridiğinin, gözlerinin altında oluşan mor halkaların her gün biraz daha koyulaştığının en yakın tanığıydı.

O sabah erkenden kalktı Omorfia. Doğruca mutfağa gitti.

"Bu böyle olmayacak Nadriye Hanım" dedi. "Madem aynı evin içinde yaşıyoruz, bizim de işin bir ucundan tutmamız gerekir. Bir gün sen pişirirsin yemeği, öbür gün de Eleni'yle ben."

Nadriye'yi kolundan tutup zorla çıkardı mutfaktan. Eleni'yle beraber işe giriştiler. Keskin'deyken bağ evinin mutfağı Eleni'den sorulurdu. Omorfia ise ancak tavernada meze hazırlarken ortaya dökerdi marifetini. Ama artık şartlar eşitlenmişti. İkisi beraber, günlerdir önlerine sofra kurup kaldıran bu kadıncağıza minnet borçlarını ödemeliydiler.

Subböreği yapacaktı Eleni. Hamur yoğurdu önce, oklavayla incecik açtı. Ocağın üzerinde buharlar çıkararak fokur fokur kaynayan suyun içine atıp ardından soğuk suya vurduğu hamurları, aralarını yağlayarak geniş bir tepsiye kat kat dizdi. Orta katına ufalanmış peynir koydu. Yağ gezdirdi üzerine. Pişirilmeye hazırdı böreği.

Omorfia da boş durmadı. Keskin usulü güveç yapacaktı. Toprak bir kabın altına yıkadığı kuşbaşı etleri koydu. Doğradığı patlıcanları, biberleri, domatesleri sıra sıra dizdi üzerine. Kabuklarını soyduğu birkaç diş sarmısağı ekledi. Taze sebzelerin, özellikle de domatesin tadına güvenemiyordu, mevsimleri geçmek üzereydi. Nadriye'nin yazdan hazırladığı mis gibi taze domates kokan salçasından iki kaşık alıp suyla iyice ezdi, etlerin, sebzelerin üzerine boca etti. Zeytinyağı gezdirdi üzerine. Omorfia'nın yemeği de pişmeye hazır hale gelmişti sonunda.

"Yoruldunuz" dedi Nadriye yüzünde mahcup bir ifadeyle. "Bundan sonrası bize ait. Necip'le Nergis tepsiyi de, tencereyi de fırına götürürler."

"Nergis'e dokunmayasın" dedi Omorfia. "Baksana, Patricia'yla ne güzel yarenlik ediyorlar... Necip'i yanıma versen yeter, ikimiz götürürüz. Hem bu sayede fırını da görmüş olurum."

Evin önündeki dar sokaktan yokuş aşağı indiklerinde, köşebaşındaki iki katlı beyaz badanalı binayı göstererek, "İşte burası" dedi Necip.

Fırına ilk gelişiydi Omorfia'nın. Dedikleri gibi, eve çok yakındı. Burnuna gelen sıcacık ekmek kokusunu içine çekti.

"Kolay gelsin Cemal Efendi" diyerek kapıdan içeriye süzülüverdi.

Kapının eşiğinde beliren Omorfia'yla börek tepsisini taşıyan Necip'i gören Cemal Efendi şaşkınlığını gizleyememişti. Kadınların pişirilecek yemekleri fırına getirmeleri âdetten değildi. Ama Omorfia da diğer kadınlara hiç mi hiç benzemiyordu doğrusu.

O an, başlarında onlara kol kanat gerecek bir erkek olmadığı için ister istemez aile reisliği görevini üstlenmiş bu kadına, ilk günden beri kadın değil de sorumluluklarının bilincinde bir erkekmiş gözüyle baktığını fark etti Cemal. Bu tespiti, Omorfia'nın erkek gibi dirayetli ve güçlü duruşundan, kendinden emin davranışlarından kaynaklanıyordu büyük bir ihtimalle.

Nadriye'yi düşündü. Onun nahif, şefkate, ilgiye, korunmaya muhtaç hallerini, her gece omzuna yaslanıp döktüğü gözyaşlarını... Ne kadar zıt kişiliklere sahipti bu iki kadın!

Bir an için Omorfia'nın ağlama yetisinden yoksun olduğu geçti aklından. Hayır, böyle kesin bir hüküm bu kadına yapılacak en büyük haksızlık olurdu. Güçlü durmak mecburiyeti katılaştırıyordu insanları. İçinde bulunduğu şartlar karşısında dimdik ayakta durmak zorundaydı Omorfia.

Saygıyla bir adım geriledi Cemal.

"Buyur otur bacım" diyerek sandalyeyi önüne çekti.

Arkasında durmuş emrini bekleyen ablak yüzlü oğlana çay söyledi. Kendisi de diğer sandalyeye oturdu. Karşısında, evinden barkından sürülmüş âciz bir kadın değil, aile fertlerine sahip çıkan fedakâr ve saygıdeğer bir aile reisi vardı.

* * *

Omorfia kadar güçlü bir annesi olmasa, Patricia da belki daha atak, daha girişken, dış dünyayla ilişkileri daha sıkı genç bir kadın kimliğiyle öne çıkabilirdi. Aralarında önceden belirlenmiş bir işbölümü varmış gibi, önemli kararları alan, izlenmesi gereken yolu saptayan, ne zaman nasıl hareket edileceğini öngören Omorfia'ydı. Patricia'ya düşense yüzündeki melül mahzun ifadeyle acılarını yaşamak ve gözyaşlarını içine dökmekti.

Cemal Efendi'nin evine taşınalı, kalabalık ortamın getirdiği hareketlilik ona da iyi gelmiş gibiydi. Ali'yle Osman'ın oynadıkları oyunlara üçüncü kişi olarak katılıyor, onların çocuksu sevinçleriyle oyalanıyordu. Ama en büyük avuntusu ve kazancı evin kızı Nergis'le kurduğu arkadaşlıktı. Aşağı yukarı aynı yaştaydılar. Nergis'in şahsında ikinci bir Anastasia bulmuş gibiydi Patricia. Günün neredeyse tamamını beraber geçiriyor, uzun uzun dertleşip söyleşiyorlardı.

İlk geldiğinde tek kelime Rumca bilmiyordu Patricia. Neyse ki annesi gibi Nergis de Türkçeyi sohbet edecek derecede konuşabiliyordu. Bu arada Patricia da birkaç kelime Rumca öğrenmişti. Sabahları *günaydın* yerine *kalimera, anladım* ya da *tamam* yerine *endaksi* diyerek Nergis'in gönlünü alıyordu.

Nergis'le olan yakınlaşması, Anastasia ile arasındaki arkadaşlığa benzer izler taşısa da paylaşımdaki roller değişime uğramış gibiydi. Anastasia genellikle Patricia'yı dinler, onun dertleriyle hemdert olur, üzüntülerini kendi üzüntüsü bilip aynen paylaşır, bıkıp usanmadan avutmaya çalışırdı arkadaşını.

Burada ise kendini geri planda tutmaya çalışan Patricia'ydı. Nergis'in anlattıklarını dinlemekle sınırlı tutuyordu ilişkilerini. Birkaç gündür tanıdığı bir yabancıya neyini anlatacaktı ki? Nergis'in zaman zaman Ali'nin üzerinde yoğunlaşan meraklı bakışlarını görmezden geliyor, geçmişine dair tek söz etmemeye yeminliymiş gibi, soruların odağından sıyrılıp konuşma önceliğini muhatabına vermeyi tercih ediyordu.

Dışardan bakıldığında cıvıl cıvıl, hayat dolu bir genç kız havası verse de çözümsüzlüklerin, endişelerin kıskacında kıvranmaktaydı Nergis. Evet, bu evi, bu düzeni, bu memleketi bırakıp gidecek olmak tüm ailenin ortak derdiydi. Ama Nergis'in yalnızca kendisini ilgilendiren özel dertleri de vardı. Ve bunları Patricia ile paylaşmakta sakınca görmüyordu.

Önceleri en az Patricia kadar ketumdu Nergis de. Ama içini yakıp kavuran çaresizlik kabına sığmaz olunca, yüreğindeki gizli yarayı dillendiremeden edemedi.

Ali'yle Osman'ın uyuduğu, evin diğer kadınlarının çay içip sohbet ettikleri sakin bir ikindi vaktiydi.

"Gideceğiz gitmesine de..." dedi Nergis, "geride bıraktıklarına yanıyor insan. Geride bıraktığı sevdiklerine."

İrkiliverdi Patricia. Yanıt vermeden, soru sormadan, duyduklarının devamını getirmesini bekledi.

Dudakları titredi Nergis'in. Gözleri uzaklara daldı gitti.

"Aleko" dedi kendi kendine konuşur gibi. "Aleko'yu bırakıp gitmek var ya... İşte o ölümden beter!"

"Aleko?"

Acı bir gülümseme dolandı Nergis'in yüzünde.

"Aleko ya..." diye içini çekti. "Olacak iş değildi ama gönüllerimiz düştü birbirine. Çocuk denecek yaştaydık elimi ilk tuttuğunda. Gözümü açtım onu gördüm, o da gözünü açtı beni gördü. Nereden bilebilirdik başımıza bunların geleceğini? Kardeşin kardeşe düşman olacağı yoktu ki hesapta. Zamanı gelince anlatacaktık ailelerimize. Evlendirin bizi diyecektik. Babalarımız dosttu, analarımız yaren. Birbirlerinin yüzüne bakmıyorlar şimdi. Buradan çekip gitmemiz için gün sayıyor komşularımız."

"Belki bir hal çaresi bulunur" diyecek oldu Patricia.

Vazgeçti. Kendi derdine çare bulabilmiş miydi ki Nergis'in yarasına deva bulsun?

"Günlerdir görmedim Aleko'yu" dedi Nergis. "Önceleri her

gece, bahçe duvarının demirlerine dolanan sarmaşıkların arasına mektup bırakıyordu. Kaçalım diyordu her mektubunda. Bırakmam gidesin diyordu. Düşünmedim değil, ama nereye kaçabilirdik ki?"

"Ne iş yapıyor bu Aleko?" diye sordu Patricia.

"Babasının demirci dükkânında çalışıyor. Ailesinin durumu iyi ama Aleko'nun ne parası var ne pulu."

"Babasının eline bakıyor yani..."

"Öyle. Bir haftadır mektup falan yok! Vazgeçmiş olabilir mi benden? Vazgeçebilir mi sevgimizden?"

Haykırırcasına bağırdı Patricia:

"Vazgeçemez! Ne senden, ne de sevginden. Ama belli ki daha fazlası gelmiyor elinden. Farz et ki kaçtınız... Ailen de sen olmadan çekip gitti buralardan. Ya sonrası? Aleko'nun ailesi gelinimiz diye kabullenip bağrına basar mı seni? Torunlarının anası olmana izin verir mi? Dinini değiştirmeyi göze alsan bile, yapacağın fedakârlığı takdir edebilirler mi?"

Kendi durumunu sorguluyordu sanki Patricia. Aleko Tacettin olmuştu, Nergis de Patricia.

"Yaşananlar asla unutulmaz!" diye devam etti. "Aleko gibi sen de vazgeçemezsin bu sevdadan. Ama ayrılık kaçınılmaz. Yüreğinde sürdüreceksin sevgini. O olmadan da onu sevmeyi öğreneceksin. Ateşten gömlektir ayrılık. Üzerine geçirdiklerinde sımsıkı sarınmaktan başka çaren yoktur."

Sustu, söyleyeceği son cümleyi kendi kulağına fısıldadı:

"Tıpkı benim gibi!"

## Sevap ve günah

Keskin Camii'nin avlusu hıncahınç doluydu. Bayram namazını eda edenler, yaşça kendilerinden büyüklerin ellerini öperek, küçüklerle kucaklaşarak coşku içinde bayramlaşıyorlardı. Bir an önce evlerine dağılıp bayram sevincini en yakınlarıyla paylaşmanın sabırsız telaşı okunuyordu yüzlerden.

Namaz sonrasında caminin çıkışında durup Yahya Ağabeyinin yanına gelmesini beklemişti Tacettin. Babasına ve diğer ağabeylerine muhatap olmamak için aile fertlerinin topluca namaz kıldığı bölümden uzak durmayı özellikle tercih etmişti.

Yahya Bey'i görür görmez eğilip elini öptü ağabeyinin. Bayramlaştılar. Eve dönüş yolunda suskunluk hâkimdi. Ağızlarını açıp tek söz etmeden yürüdüler bir süre.

Düşünceli görünüyordu Yahya Bey.

"Babam bayram yemeğine seni de bekliyor" dedi.

Her bayram tekrarlanan geleneksel bir âdetti. Hacı Ali Bey'in erkek olsun, kız olsun bütün evlatları karılarını, kocalarını, çocuklarını alıp gelir, baba evinde yerlerdi yemeklerini.

Tacettin bu tür âdetlerden kopalı uzun zaman olmuştu. Bugünkü aile bayramlaşmasına katılmak için de hiç hevesli görünmüyordu.

"Seni zorlayamam" dedi Yahya Bey. "Ama bayramlar küslerin barışmaları için en münasip zamanlardır. Dinimiz böyle emreder. Bana kalırsa, hep beraber gidelim derim. Böyle mübarek bir günde ananın babanın elini öpmek sevaptır."

"Günahı da, sevabı da iyi bilirim ben abi. Hakkı ve haksızlığı bildiğim gibi... Senin ve yengemin elini öpmem yeter bana."

"Öyle deme be Tacettin! Yarın öbür gün emri hak vaki olunca, anamın babamın elini son bir defa öpemedim diye için yanar."

"Kimin önce öleceği belli mi? Onlardan önce ben giderim belki."

"Ağzından yel alsın! O nasıl söz öyle?"

"Ölüm yaşa bakmaz abi. Günah işleyenlerin, hata yapanların ille de yaşça küçük insanlar olmadıkları gibi. Haksızlığa uğrayan ben, mağdur olan ben, sırf benden büyük oldukları için gidip ellerini öpmek zorunda mıyım?"

"Onlar senin annen ve baban, oğlum. Sen sen ol, onların ahını alma. Hele babanın! Ananın bedduası tutmaz derler. Ana sütü karşı gelirmiş. Ama babanınki..."

"Ya benim evladımın ahı? O ah da onları tutmayacak mı? Eğer Allah'ın adaleti varsa tabii..."

"Bak Tacettin, aylardır neler çektiğinin en yakın şahidiyim. Yerden göğe kadar hak veriyorum sana. Ama olmuş bir kere. Yapılan hataların, işlenmiş günahların hesabını tutmak bize düşmez. Sen evlat olarak üstüne düşeni yap, gerisini Allah'a bırak."

Vesile Hanım çocuklara bayramlıklarını giydirmiş, kendisi de yeni diktirdiği siyah kadife fistanını giyinmiş, Yahya Bey'le Tacettin'in namazdan dönmelerini bekliyordu. Kapıda karşıladı ikisini.

Tacettin önce yengesinin elini öptü, sonra da çocukları kucakladı, bayram harçlığı verdi her birine. Daha fazla oyalanmadan, acelesi varmış gibi doğruca yukarıya, odasına çıktı.

Karmaşık duygular içindeydi. Hiçbir yere ait hissetmiyordu kendini. En yakınlarını bile yabancılıyor, söylenen sözü duymazdan, uzatılan eli görmezden geliyordu. Bir tek bu odada, kendisiyle baş başa kaldığı zamanlarda huzur bulabiliyordu. Kendisiyle ve onlarla...

Odaya her girdiğinde yaptığı gibi, yatağın kenarına oturdu önce. Komodinin çekmecesini açtı, dar günlerinin biricik avuntusu, tek dayanağı olan fotoğrafı çıkardı. İlk kez görüyormuş gibi Patricia'nın ve Ali'nin yüzlerine uzun uzun baktı.

"Bugün bayram Patricia'm" dedi. "Bizim bayramımız. Ama çok iyi biliyorum ki yanımda olsaydın eğer, kendi bayramınmış gibi paylaşırdın sevincimi. Ya sen Ali'm? Sana bayram harçlığı veremedim diye gücendin mi bana? Ah Ali'm, ah! Seni şu aşağıdaki çocuklar gibi bayramlık kıyafetlerinin içinde görmek için neler vermezdim..."

Fotoğraftaki suretlerin yüreğine nüfuz etmesini ister gibi göğsüne bastırdı kenarları tırtıklı kartonu. Bayram dedikleri, insanın sevdikleriyle kucaklaşması değil miydi? Tacettin de hayatının bu en değerli iki varlığını yüreğine nakşederek, görüp görebileceği en muhteşem bayramı yaşıyordu işte...

* * *

Yahya Bey, Vesile Hanım ve çocuklar baba evine bayramlaşmaya gitmek üzere evden çıkmaya hazırlanıyorlardı. Birden durakladılar. İnanılacak gibi değildi ama, Tacettin üzerinde takım elbisesiyle merdivenlerden aşağı iniyordu.

Yüzünde memnuniyetini ifade eden bir gülümseyişle, "Seni bekliyorduk evlat" dedi Yahya Bey. "Geldiğine göre, yola koyulabiliriz artık."

Hacı Ali Bey'in görkemli evi, en kalabalık günlerinden birini yaşıyordu. Evlatlar, gelinler, damatlar, torunlar... Büyük salona iki uzun masa kurulmuş, üzerleri çeşit çeşit yiyeceklerle donatılmış, kadronun tamamlanması bekleniyordu.

"Nerede kaldı Yahyalar?" diye söylendi Fatiş Hatun. "Vesile'nin şu ağır canlılığı..."

Daha lafını bitirmemişti ki, kemerli kapının girişinde Yahya Bey'le Vesile Hanım göründüler. Hemen arkalarında da çocuklar.

Ve... Hacı Ali Bey'in sabırsızlıkla beklediği, gelmesi için dualar ettiği ama geleceğinden pek de ümitli olmadığı, nicedir burnunda tüten en küçük oğlu... Tacettin!

Salonun üzerine alçak bir bulut gibi çökmüş uğultu bir anda kesiliverdi. Hacı Ali Bey oturduğu yerden kalkıp Tacettin'e doğru yürüdü. Kendini tutmasa gözyaşlarına boğulması an meselesiydi. Kollarını iki yana açtı, sımsıkı kucakladı oğlunu. Uzunca bir süre öylece kaldılar. Neden sonra öpmesi için elini uzattı Hacı Ali Bey. Saygıyla eğilerek uzatılan eli öptü Tacettin.

Tiz bir çığlık yırttı sessizliği.

"Tacettin! Tacettin'im!"

Fatiş Hatun başındaki örtüyü sıyırıp atarak Tacettin'e doğru koştu. Başını oğlunun göğsüne yasladı. Haykıra haykıra ağlamaya başladı.

"Oğlum! Yavrum benim... Gözümün nuru... Tacettin'im!"

Kıpırtısız bir heykel gibi duruyordu Tacettin. Göğsünün üzerinde abartılı bir hezeyanla gözyaşı döken annesine kayıtsızca baktı. Bu coşkulu karşılanıştan etkilenmiş görünmüyordu.

Topuklarını havaya kaldırarak kısacık boyunu yüksekledi Fatiş Hatun. Yanaklarından, boynundan, neresi rast gelirse doya doya öptü oğlunu. Sonra da Hacı Ali Bey'inkine benzer bir hareketle elini uzattı Tacettin'e, öpmesini bekledi.

Kısa bir kararsızlık anı geçirdi Tacettin. Eğildi, Fatiş Hatun'un elini dudağına değil, önce çenesinin ucuna, sonra da alnına değdirdi. Daha fazlası gelmiyordu içinden.

Ardından Ümüş Hatun'a doğru yürüdü Tacettin. Sevgiyle kucakladı analığını, elini öptü. Sonra da orada kim varsa hepsiyle tek tek bayramlaşıp bir köşeye ilişti.

"Gel şöyle yanıma!"

Hacı Ali Bey'in komutuyla başköşeye yerleştirilmek pek hoşuna gitmese de söyleneni yaptı Tacettin. Ama başı önündeydi hep. Ağabeylerinin, ablalarının, yengelerinin, eniştelerinin sorgulayan bakışlarına muhatap olmamak için gözlerini kaçırıyordu herkesten. Bu ruh hali içinde, tabağına konulan yemeklere itibar edecek durumda değildi. Babasının üzüleceğini bilmese kalkıverecekti sofradan.

Bekledi. Herkes sofradan kalkıp sedirlere, koltuklara, sandalyelere geçerken buradaki görevinin sona erdiğini düşünerek, topluca veda etti orada bulunanlara. Babasının elini bir kez daha öptü. Fatiş Hatun'un bekleyişini görmezden gelip kapıya doğru yürüdü.

Evet, kıramamıştı ağabeyini. Mübarek bayram gününde baba evine geldiğinden de pişmanlık duymuyordu. Ne zamandır oğluna hasretti Hacı Ali Bey. O hasreti dindirerek sevaba girmiş miydi, bilemiyordu. Bildiği tek şey, kendi oğluna, Ali'sine duyduğu hasretin hiç mi hiç dinmeyeceğiydi...

* * *

Islak, sırılsıklam bir güne uyanıyordu Keskin. Gece boyunca yağan yağmur sabah saatlerinde şiddetini artırmış, şiddetli bir rüzgârı da arkasına alarak daracık sokaklarda derecikler oluşturmuştu.

Şemsiyesini zor zapt ediyordu Tacettin. Fırtınaya dönmeye meyyal rüzgârın palazlandırdığı yağmur taneleri, şemsiyenin koruyuculuğuna meydan okuyarak kırbaç gibi iniyordu yüzüne. Meşin çizmelerinin üzerine kıvırdığı pantolon paçaları sırılsıklam olmuştu.

"Aklı olan bu havada dışarı çıkmaz" diye söylendi kendi kendine.

Tenhaydı sokaklar. Dükkânların çoğunun kepenkleri kapalıydı. Adımlarını hızlandırdı. Maliye dairesinin gri yüzlü binasından içeri dar attı kendini.

Odacı Nusret Efendi koşup şemsiyesini aldı. Tacettin'in ikinci kattaki odasına doğru beraberce yürürken, "Bir misafiriniz var beyim" dedi. "Kapıda bekletmek münasip olmaz diye odanıza aldım."

Bu yağmur boranda Tacettin'i ziyaret etmek için sokağa çıkmayı göze alan misafir kimdi acaba?

Nusret Efendi üzerinde "Baştahsildar" yazan kapıyı açıp Tacettin'in içeri girmesi için iki adım geri çekildiğinde, Hacı Ali Bey'le göz göze geliverdi Tacettin.

"Baba! Hoş gelmişsin... Hayırdır?"

Onun şaşırmış, ne diyeceğini bilemez hali Hacı Ali Bey'in yüzüne gülümseme olarak yansıdı.

"Hayırdır evlat, hayırdır... Seninle şöyle baş başa bir sohbet etmek istedim."

Babasının olduğu yerde makam koltuğuna kurulması yakışık almazdı. Hacı Ali Bey'in karşısındaki koltuğa geçip oturdu Tacettin.

Kapının ağzında dikilmiş duran Nusret Efendi, "Bir emriniz var mı beyim?" diye sordu.

"Sabah kahvemi içmedim ben" diye atıldı Hacı Ali Bey. "Sen de içmediysen eğer..."

"Bize iki kahve yapıver" dedi Tacettin. "İkisi de sade olacak."

Memnuniyetle gülümsedi Hacı Ali Bey.

"Babanın nasıl kahve içtiğini unutmamışsın demek."

Sözlerin altında yatan sitemi anlamazdan geldi Tacettin. Doğrudan konuya girdi.

"Her zaman başımın üstünde yerin var ama, bu havada yollara düştüğüne göre buraya gelişinin önemli bir nedeni olmalı."

"Seni özlemiş olamaz mıyım?"

"Bayramda görüşmüştük ya."

"Babalara ve evlatlara bayramdan bayrama görüşmek yeter mi?"

Nusret Efendi'nin kahveleri getirmesiyle bölündü konuşmaları. İyi de olmuştu. Sohbetin gidişatından hoşnut değildi Tacettin.

Onun sabırsızlığını, merakını daha fazla kamçılamak anlamsızdı.

"Sebebi ziyaretim..." dedi Hacı Ali Bey.

Sustu. Kahve fincanını tutan parmakları titremeye başlamıştı. Fincanı sehpanın üzerine koydu.

"Sebebi ziyaretim..." diye tekrarladı.

Geliş nedenini tek cümleyle özetledi sonunda:

"Senin eve dönmeni istiyorum oğlum!"

Cama vuran yağmur damlalarının hırçın sesini dinleyerek, uzunca bir sessizliği paylaştılar bir süre. Neden sonra konuşabildi Tacettin.

"Ben böyle iyiyim baba. Belli ki yaralarımı sarmam uzun zaman alacak. Sizden tek ricam, beni kendi halime bırakmanız."

"Oğlum... Yahya Ağabeyinin evinde rahatının iyi olduğundan kuşkum yok. Ama senin yerin ananın, babanın yanıdır. Boynu bükük koyma bizi. Yokluğuna tahammül edecek takatımız kalmadı. Fatiş Hatun'un gözünün yaşı dinmiyor. Bu yaştan sonra evlat hasreti çektirme bize."

Acı bir gülüşle kasıldı Tacettin'in yüzü.

"Hasret çekmenin yaşı yok baba! Sayenizde bu yaşımda o acıyı ben de tattım."

Sözlerin altında yatanı deşmeye niyetli değildi Hacı Ali Bey. Farklı yönden hücuma geçmeyi seçti.

"Aynı şehrin hudutları içinde evladından ayrı yaşamanın ne büyük bir çile olduğunu tasavvur edebiliyor musun?"

Eline geçen kozu kullanmakta gecikmedi Tacettin:

"Unutmayınız ki, o evlatla aynı şehirde olmak bile büyük bir nimettir. Bu nimetten sizi mahrum edeceğim için üzgünüm ama, bir başka şehre tayinimi istemeyi düşünüyorum. Kırşehir, Ankara, hatta İstanbul... Neresi olursa. Buralar dar geliyor bana."

"Yapma oğul!" diye haykırırken sesi titriyordu Hacı Ali Bey'in. Kıpkırmızı olmuştu gözleri. Daha önce onu hiç böyle görmemişti Tacettin.

"Ölmeden mezara koy beni, sesim çıkmaz. Ama buralardan gitmeye kalk... İki elim yakandadır, bilmiş ol!"

Söyleyeceğini söylemiş, içini dökmüş, derdini anlatmıştı Hacı Ali Bey. Ani bir hareketle doğrulup kalktı.

"Diyeceğimi dedim ben. Bundan sonrası sana kalmış. Son sözüm şudur: Birilerini cezalandırayım derken dikkat et, o ceza dönüp seni vurmasın. Acılı duygularının yanında vicdanını da dinle. Ben *oğlum* diye yanıp yakılıyorsam, bir gün gelir sen de *babam* diye dövünebilirsin. Sağlıcakla kal oğlum..."

* * *

İki gün sonra Yahya Ağabeyinin evindeki birkaç parça eşyasını toplayıp baba evine taşındı Tacettin. Öyle öngörmüştü vicdanı.

Sonradan, "Babamın arzusunu –kim bilir, belki de son arzusunu– yerine getiremedim!" diye dövünmemek için.

# Cicili bicili kurabiyeler

Âdet haline getirmişti Eleni, her sabah erkenden kalkıp hamur yoğuruyor, envai çeşit kurabiyeler hazırlıyordu. Tepsileri bazen Necip, bazen de kendisi götürüyordu fırına. Kıvamında pişmiş kurabiyeleri Nadriye'nin el hüneri reçelleriyle süsleyince, görenlerin hayranlığına mazhar olacak derecede mükemmel ağız tatları çıkıyordu ortaya. Ali'yle Osman da bayılıyordu bu cicili bicili kurabiyelere.

O sabah da kimseler uyanmadan mutfağa girmiş, un kurabiyesi yapmaya hazırlanıyordu. Ahşap hamur teknesine koyduğu tereyağıyla havanda inceltip un haline getirdiği şekeri iyice yedirdi birbirine. Üzerine un ekledi. Belli bir ölçüsü yoktu, göz kararı koyuyordu malzemeleri. İstediği kıvamı tutturuncaya kadar yoğurdu hamuru, pazılara ayırdı. Rulo haline getirdiği pazıları, elleriyle üstlerine bastırarak yassılttı. Verevine keserek şekillendirdiği kurabiyelerin üzerine bıçağın ucuyla çizikler attı.

"Hadi vre Necip" diye seslendi. "Kap şu tepsiyi de fırına yollan bakalım."

Yeni kalkmıştı Necip, gözlerini ovuşturuyordu. Gene de ikiletmedi Eleni'nin isteğini. Tepsiyi aldı, tam kapıdan çıkacaktı ki, "Ben de seninle geliyorum" dedi Omorfia.

Tek bir tepsi için ikisinin birden yollara düşmesi gerekmiyordu. Ama sesini çıkarmadı Eleni. Omorfia'nın bir bildiği vardı elbet...

Omorfia'nın fırına ikinci gelişiydi. Cemal Efendi bu sefer yadırgamadı bu ziyareti. Güler yüzle karşılayıp içeriye buyur etti.

Fazla kalmaya niyeti yoktu Omorfia'nın. Söyleyeceğini söyleyip gidecekti. Cemal Efendi'nin gösterdiği sandalyeye oturacağına ayakta konuşmayı tercih etti.

"Fazlasıyla yük olduk size" diye başladı. "Ev ev üstüne gelmemiz yetmezmiş gibi yediğinize, içtiğinize ortak çıktık."

Kuşağının içindeki kadife keseden çıkardığı külçe altını tezgâhın üzerine koydu.

"Yaptıklarınız karşısında kifayetsiz kalır ama... Masraflarımıza mahsuben..."

Şaşırmıştı Cemal. Tezgâhın üzerinde duran altına dokunmak şöyle dursun, doğru dürüst bakamadı bile. Elini sürse, kor ateşe dönüşüp canına yapışacaktı sanki.

Cemal Efendi'yi ne sanıyordu bu kadın? Evine gelmiş Tanrı misafirinden, ağırlamanın bedeli niyetine para ya da altın almaya tenezzül edebilecek yapıda mıydı bunca yılın Cemal Efendisi? Boşuna mı ağartmıştı bu saçları?

Bu yaşa gelmiş, böyle hakaret görmemişti. Ağzını açıp en hafifinden, "Kadın kısmından para almak bize yakışmaz" diyecekti ki durakladı. Omorfia'ya kadın olduğunu hatırlatmak nafileydi. Tamamıyla haksız da sayılmazdı üstelik. Sorumluluğunu yüklendiği aile fertlerinin temsilcisi olarak, kaldıkları evin sahibinin karşısına geçmiş, kendince minnet borcunu ödemeye çalışıyordu Omorfia.

İlk andaki hiddeti yatışmış, öfkeyle kasılan yüz hatları yumuşamaya meyletmişti Cemal'in.

"Hele bir çay içelim bacım" dedi. "Ama önce şu altını gözümün önünden kaldır lütfen. Benim tezgâhımın üstüne hiç yakışmıyor."

Altını alıp kesesine koydu Omorfia, ama kuşağının içine yerleştireceğine avucunun içinde tutmaya devam etti. Cemal

Efendi'yi bir şekilde ikna etmeye kararlıydı.

Biraz önceki çekişmeli muhabbet hiç yaşanmamış gibi, farklı mevzular açarak dikkatini başka yöne mi çekmeye çalışıyordu Cemal Efendi, anlayamadı önce Omorfia.

"Sizin şu kurabiyeler..." diye başladı Cemal. "Fırından çıktığında tadına bakmadan eve gönderemiyorum. Ekmek almaya gelen müşterilerin de gözleri üzerinde kalıyor."

"Pek beceriklidir bizim Eleni" diye güldü Omorfia.

Biraz önceki gerginlik, hoş bir sohbete bırakmıştı yerini. Bu fırsatı kaçırmadı Cemal. Konuşmak istediği asıl mevzuya adım adım yaklaşmaktaydı.

"Bizim işimiz hamur yoğurmak, ekmek pişirmek, pişen ekmekleri satmak. Arada bir evde hazırlanıp bize getirilen yemekleri, böreği çöreği de fırına attığımız oluyor."

Cemal Efendi'nin lafı nereye getireceğini kestiremiyordu Omorfia. Çayını yudumlarken, sessiz kalıp muhatabını dinlemeyi tercih etti.

"Daha önce de söylemeyi düşünmüştüm ama, kısmet bugüneymiş" diye devam etti Cemal. Ve dilinin altındaki baklayı çıkardı:

"Yaptığınız kurabiyeleri camekâna koyup satışa çıkarmaya ne dersiniz?"

Hiç beklemediği bu teklif karşısında afallamıştı Omorfia, öyle ki çay bardağını elinden düşürecekti neredeyse.

"Nasıl yani?" dedi. "Evde hazırladığımız kurabiyeleri burada pişirip satmayı mı teklif ediyorsunuz?"

"Aynen öyle. Satıştan elde ettiğimiz kârı yarı yarıya paylaşırız. Ne dersiniz?"

Şaşkınlığını yenmesi uzun sürmedi Omorfia'nın. Önüne konulan teklifi ölçtü, tarttı...

"Tamam" dedi. "Eleni'yle beraber kurabiyeleri hazırlarız. Siz de pişirip satışa sunarsınız. Ancak... Kullanılacak malzeme zaten size ait. Biz sadece el emeğimizi koyacağız ortaya. Satıştan pay istemeyiz. Onu da bizim yüreğimizden taşan minnet borcumuza sayarsın Cemal Efendi."

Cemal'in itiraz etmesine fırsat vermeden oturduğu sandalyeden kalktı Omorfia. Altın kesesini kuşağının arasına yerleştirdi. Borçlarının karşılığını emekle ödeyecek olmanın huzuruyla gülümsedi.

"Hoşça kalasın Cemal Efendi" dedi. "Yarın sabah işe başlıyoruz."

İlk gün iki tepsi gönderdiler fırına. Birkaç gün içinde dört tepsiye çıkabilmek büyük başarıydı. Sarı kurabiyeler, paskalya çörekleri, un kurabiyeleri, şekerli, marmelatlı çörekler... Fırına ekmek almaya gelenlere hepsinden tattırıyordu Cemal. Tadına bakan ekmeğin yanında kurabiye almadan çıkmıyordu fırından.

Satışlar iyiydi. Giderayak kârlı bir işe kalkışmıştı Cemal Efendi. Yıllardır kafasında tasarladığı ama bir türlü hayata geçiremediği bir hamleydi bu. Yapamamıştı. Fırının ekmek üretmek dışında yan işlere müsait olmayışı, eleman yetersizliği... Ve tabii mübadele olayı!

Er ya da geç gideceklerdi buralardan. Çok bile kalmışlardı. Kendi durumlarında olan pek çok aile "Gideceksiniz" emriyle evini yurdunu, işini bırakıp Anadolu'ya göçmek zorunda kalmıştı. Eli yüreğindeydi Cemal'in. Her an onları da memleket toprağından koparıp uzaklara savuracak o uğursuz haber gelebilirdi.

# Gidenler ve kalanlar

Çadırdan çıkıp Cemal Efendi'nin evine yerleşeli üç ay olmuştu. Gelenler ve gidecek olanlar birbirleriyle öylesine kaynaşmışlardı ki, kurdukları düzenin bir anda değişebileceğine inanmak istemiyorlardı. Günlük yaşamlarını sürdürürken içinde bulundukları durumu unutmuş gibiydiler.

Bir Cemal vardı kara kara düşünen, bir de Nadriye. Haber gelip de Yunan Hükümeti, "Gidin artık" dediğinde hazırlıksız yakalanmamak için, evdekilere sezdirmeden üst kattaki odaları toplamaya başlamıştı bile Nadriye.

Cemal Efendi o akşam her zamankinden daha erken geldi eve. Omuzları çökmüş, başı önünde. O iri cüsseli adam ufalıvermişti sanki. Sedirin üstüne külçe gibi çöktü.

"Toparlanın" dedi. "Kâğıtlar geldi. Yarın sabah yola çıkıyoruz."

"Bu kadar erken mi?" diye mırıldandı Nadriye.

Sustu. Daha önce gidenler de bir gecede tası tarağı toplayıp yollara düşmemişler miydi?

Her ne kadar beklenen bir durum olsa da, felaket haberi zehirli bir ok gibi yüreklere saplanarak değdiği yeri tarumar etmeye kararlıdır. Önceden yapılan hesaplar, kurulan planlar, öngörülere dayalı tasarılar o an iflas eder. Hengâmenin ortasında ayakta kalmakta direnenler varsa, azgın bir sel suyunun önüne katılmış yaprak misali güçsüz ve çaresiz, üzerlerine giydirilmeye çalışılan kayıtsız şartsız kabullenme gerçeğine teslim olurlar.

Cemal Efendi'nin evinde sofra kurulmadı o akşam. Patricia ile Nergis çocukların karnını doyurup yatırdılar. Ali'nin de, Osman'ın da üzerinde Eleni'nin örüp giydirdiği bir örnek kazakları vardı. O kazaklar bu minik bedenleri farklı şartlarda, farklı iklimlerde ısıtacaktı artık.

Hiç kimse uyumadı o gece. Acılarını sırtlarına alıp eşya toplamaya girişen bu insanların kendi geçtikleri engebeli yollardan, her adımda birbirinden amansız yaralar alarak geçeceklerini düşünmek, geride kalacak olanları da kahrediyordu. Onlar da ikinci kez yaşıyorlardı aynı kâbusu.

Sandıklar, hurçlar, denkler, torbalar, bohçalar... Elbirliğiyle toplandı eşyalar. Gözyaşlarıyla sulandı her bir parça.

Sabaha karşı bitti işleri. Eleni'nin yolluk niyetine pişirdiği peksimetlerin kokusu geliyordu içeriden. Uzundu yol. Perişanlıktı... Tanrı yardımcıları olsundu o meşakkatli yollara düşenlerin. Öyle dua ediyordu Eleni, öyle diliyordu Omorfia... Yüreği bu dileklerle çarpıyordu Patricia'nın.

Cemal Efendi metanetini korumaya çalışırken, aylardır aynı evi paylaştıkları bu insanların kadın başlarına, aynı ağır yükün altında ezilmeden buralara kadar gelebildiklerini düşündükçe, onları takdir etmekten kendini alamıyordu. Nasıl dile getireceğini bilemiyordu ama, Omorfia'ya söylemesi gereken çok önemli bir husus vardı. Ama önce gün içinde yaşadıklarını evdeki herkesle paylaşması gerekiyordu.

"Bu sabah tasfiye beyannamesini doldurup muhtara imzalattım" diye başladı. "Sabah Mübadele Komisyonu'ndan görevliler geldi dükkâna. Ne var ne yok zapta geçirdiler, mühür vurdular. Dört nüshalık tutanağın birini bana verdiler. Buradaki mallarımızın karşılığını gittiğimiz yerde vereceklermiş güya... Hiç ümidim yok açıkçası."

Omorfia'ya döndü.

"Siz orada beyan ettiğiniz malvarlığınızın hepsini alabildiniz mi?"

Cevap vermekte zorlandı Omorfia. Cemal Efendiler gidince kendilerine kalacak bu iki katlı ev, dört bir yanını çeviren bahçesi; sardunyaları, begonvilleri, sarmaşıkları, gölgesinde oturulacak incir ve dut ağaçlarıyla onları barındırmaya yetecek bir mekândı. Ama neredeydi Omorfia'nın dönüm dönüm bağları, bostanları, yediveren gülleriyle sahiplerini kucaklayan cennet gibi bahçeleri? Ev bir yana, ya taverna?

Haklıydı Cemal Efendi. Gidilen yerde umulanın bulunması imkânsız görünüyordu. Verilenle yetinmek zorundaydılar.

Yeniden söze başlamadan önce elinde tuttuğu anahtarı Omorfia'ya uzattı Cemal.

"Fırının anahtarı!" dedi. "Yarından itibaren fırın sizindir. İşe de az çok vâkıf oldunuz. Çalışanları tanıyorsunuz. Bize çay getiren Muhammet var ya... O da ailesiyle beraber yola çıkacak yarın. Ama Hektor'la Panos buradalar. Benim yokluğumu hissettirmeyeceklerdir size."

"Ama..." diyecek oldu Omorfia.

"Aması yok" diye kesti Cemal. "Bu ev de, dükkân da sizin adınıza kayda geçti. Bu sayede kapıya kilit vurup gitmeyeceğim hiç değilse."

Söylediklerinin ötesinde çok önemli bir ayrıntı yatıyordu. Omorfia'ya kurabiye yapıp satmalarını teklif ederken, kesinlikle bu günleri düşünmüştü Cemal Efendi. Bir gecede en az on yaş ihtiyarlamış görünen adamın yüzüne minnetle baktı Omorfia. Uzattığı anahtarı görmezden gelip odadan çıktı, alt kattaki kendi odalarına doğru yürüdü.

Az sonra döndüğünde, fırına götürdüğünden de büyük, içi külçe altınla dolu bir para kesesi vardı elinde.

"Bu da benden size" diyerek uzattı Cemal Efendi'ye.

Cemal Efendi'nin, "Olmaz!" anlamında elini kaldırdığını görünce ekledi:

"Fırını senden satın alıyorum Cemal Efendi! Parasız pulsuz alışveriş olur mu hiç?"

"Ne alışverişi bacım! Kapatıp kilit vursam yabancıların eline kalacak. Gözüm arkada gitmeyeyim hiç değilse."

"Sana olan borcumu ödeyemem Cemal Efendi. Aylardır evine, aşına ortak ettin bizi. Yetmedi, iş sahibi olduk sayende. Bu keseyi almazsan içim rahat etmez."

"Elimi bile sürmem!" diyerek başını öte yana çevirdi Cemal. "Geldiğiniz günden beri misafir muamelesi yapmakla da hata ettik. Kapıdan içeri adım attığınız an sizindi bu ev. Misafir olan bizlerdik."

Sesi kırılmıştı Cemal Efendi'nin. Daha fazla üstüne gitmek olmazdı. Ama fırının bedelini ödemeye de kararlıydı Omorfia. Yerde bağdaş kurmuş oturan, konuşulanlarla zerrece ilgilenmeyen Nadriye'nin yanına çömeldi. Altın kesesini kucağına bıraktı.

"Yolda da, gideceğiniz yerde de ihtiyacınız olacak bacım" dedi. "Hem bu sizin hakkınız. Cemal Efendi'ye bakma sen. Kadın elinden para almayı kabul etmez erkekler. Kadın kadına halledelim meselemizi."

Donuk bakışları hareketlendi Nadriye'nin. Haklıydı galiba Omorfia. Evi ve fırını ona bırakıyorlardı. Karşılığı da işte şu avuç içine sığan kesecikti.

"Sağ olasın" dedi usulca. Keseyi koynuna yerleştirdi. Neyi alıp nereye koyduğunun farkında bile değildi.

* * *

Öküzlerin çektiği arabalar kafile halinde kapıya dayandığında gün ışımamıştı henüz. Kafilenin önündeki asık suratlı iki jandarma sabırsızlıkla eşyaların yüklenmesine nezaret ediyordu.

Cemal Efendi, Nadriye, Omorfia, Eleni irili ufaklı eşyaları arabanın tahta kasasına yerleştirirlerken Patricia'nın yanına sokuldu Nergis. Koynundan çıkardığı dörde katlanmış beyaz bir kâğıt parçasını uzattı.

"Bunu duvardaki sarmaşıkların arasına koyasın" dedi. "Gittiğimizi duyunca... Aleko gelir alır belki."

İçi sızladı Patricia'nın.

Aleko! Belki gelip alacak ha...

"Almayıversin!" diye geçirdi içinden.

Keskin'den ayrılırken fırsat bulup da Tacettin'e iki satır mektup bırakamadığı geldi aklına. Eğer yazsaydı, Tacettin gelir, koyduğu yerde mutlaka bulur alırdı o mektubu. Bundan emindi Patricia.

Böyle düşününce tanımadığı, yüzünü bile görmediği Aleko'ya iyice kızdı. Onun için değil nağmeler yazmaya, üzülmeye bile değmezdi. Ama aylardır can yoldaşı bildiği Nergis'e kıyamadı.

"Merak etme, dediğin yere koyacağım mektubu" diyerek boynuna sarıldı.

Arabaya bineceklerdi artık. Kardeş kardeşten nasıl ayrılır, gerçek dost dostuna nasıl veda ederse öyle kucakladılar birbirlerini.

Cemal Efendi, Nadriye, Nergis, Necip ve annesinin kucağında uyuyan Osman... Omorfia, Patricia, Eleni... Gözyaşlarına karıştı hıçkırıklar. Kalanlar da en az gidenler kadar perişandı.

Arabanın arkasından kovayla su döktü Eleni. Gözyaşları döktüğü suya aktı, gitti...

# Anneler

## Keskin, Mart 1925

Fatiş Hatun'un etekleri zil çalıyordu sevincinden. Oğlu, Tacettin'i yuvasına dönmüştü sonunda.

"Tıpış tıpış gelecek demedim mi sana ben?" diyordu Ümüş Hatun'a. "Geldi işte! Sıra mürüvvetini görmekte. Helal süt emmiş, ailemize yaraşır bir kız bulduk mu o da olacak evelallah."

Kumasının keyfini kaçırmamak için sesini çıkarmıyordu ama, Tacettin'in evlenmesi konusunda fazla ümitli değildi Ümüş Hatun. En azından şimdilik.

Oğlunun halini görmüyor muydu Fatiş Hatun? Dalıp dalıp giden gözlerini, etrafında olup bitenlere kayıtsızlığını, hayata bakışındaki isteksizliği... Eski Tacettin'den eser var mıydı, bu gölge gibi sessizce eve girip çıkan Tacettin'de?

Sevindirik olmuştu Fatiş Hatun, doğruları görecek ruh halinden uzaktı. Her gün Keskin eşrafının itibarlı ailelerine ziyaretler yapıyor ya da onları kendi evine davet ederek izzetle ikramla ağırlıyordu hepsini. Ne hikmetse, son zamanlarda sıkça görüştüğü ailelerin hepsinin, evlenme çağında bir kızı vardı.

Ümüş Hatun'u da götürüyordu bu ziyaretlere. Daha gittikleri evin kapısından çıkarken başlıyordu konuşmaya. Nasıldı evin kızı? Ya filancanın yanında oturan, başı yerden kalkmayan o edepli, terbiyeli kız?

Sabırla dinliyordu Ümüş Hatun. Bir seferinde cesaretini toplayıp soracak oldu.

"Oğluna uygun, evlenebileceği bir kız mı arıyorsun, yoksa

sana kayıtsız şartsız biat edecek bir gelin mi?"

Hayrettir, hiç kızmadı Fatiş Hatun.

"Hem o, hem de o" diye güldü. "İkisini bir arada bulduğumda mesele hallolmuştur."

Tacettin ise iyice içine kapanmıştı. Gerek işte, gerek evde gün boyunca ağzından çıkan kelime sayısı gitgide azalıyordu. Patricia'yla Ali'nin yanı sıra Aris'le Artin'i, onların dostluklarını da delice özlüyordu.

Akşamları düzeni bozmamak için sofranın bir köşesine ilişiyor, iki üç lokma bir şeyler atıştırıp odasına çıkıyordu. Ancak orada çözülüyordu dili. Çekmeceden çıkardığı fotoğrafın karşısında gülüyordu yüzü.

Saatlerce konuşuyordu Patricia'yla. Masallar anlatıyordu Ali'ye. Bakışlarıyla dokunarak okşuyordu ikisini de. Uykuya teslim olurken, göğsünde uyutuyordu onları da.

Kimseler bilmiyordu ama, biricik saadeti buydu Tacettin'in...

Hacı Ali Bey oğlunun hal ve hareketini yakından izliyor, onunla baş başa kalıp sohbet etmenin fırsatını kolluyordu. Bazı sabahlar Tacettin işe gitmeden büyük odada kahve içiyorlar, memleket meselelerinden bahsediyorlardı. Daha doğrusu Hacı Ali Bey konuşuyor, oğlunun ilgisini çekebilecek mevzular açarak onun da fikrini almaya çalışıyordu. Kısa cevaplarla geçiştiriyordu Tacettin. Kafasını toplayıp bir konu üzerinde yoğunlaşamıyordu ki.

O sabah da Tacettin'i tam evden çıkmaya hazırlanırken, kapının önünde yakaladı Hacı Ali Bey.

"Sabah kahvemizi içelim, öyle gidersin" dedi.

Odaya geçtiler. Hacı Ali Bey sehpanın üzerinde duran *Keskin* gazetelerinden birini aldı, Tacettin'in ilgisini çekecek bir haber yakalamaya çalıştı.

"Şuraya bak hele" dedi "Kırşehir'de de gazete çıkarıyorlarmış."

Tacettin'in bakışlarında yakaladığı küçücük merak ışığına

sıkıca tutundu. 3 Mart 1341 (1925) tarihli gazetedeki haberi okumaya başladı:

*Kırşehir'inde şimdilik on beş günde bir çıkarılmak üzre "Kırşehir" namıyla resmî bir gazetenin intişara başladığını idarehanemize vârid olan ikinci numarasından anladık. Komşu memlekette çıkan bir refiki pek samimi hislerle tebrik ve devamı muvaffakiyetini temenni eyleriz.*

"On beş günde bir" diye güldü Hacı Ali Bey. "Bizim gazetemiz ne zamandır haftada iki gün neşrediliyor. Keskin'imizle ne kadar gurur duysak azdır."

İlk defa dile getirmiyordu bunu Hacı Ali Bey. Keskin'le, memleketiyle gurur duymuştu hep ve bu gururu her fırsatta vurgulamayı görev bilmişti. Babasına gıptayla baktı Tacettin. Kendisi için doğduğu, üzerinde yaşadığı mekânın hiçbir önemi kalmamıştı. Zaman ve yer kavramını yitireli ne kadar olduğunu bile kestiremiyordu.

Aynı gazeteden bir başka habere geçti Hacı Ali Bey. İşte bu haber, Tacettin'in üzerinde mutlaka iyi ya da kötü bir tesir yaratacak güçteydi:

*MUHACİRLER GİDİYORLAR*
*Hükümetin malumatı var mı? Keskin'deki muhacirlerin önümüzdeki pazar günü topluca Bursa'ya azimet edeceklerini sûret-i mevsukada haber aldık.*

Haberin tamamını okuyacağına özetlemeyi tercih etti Hacı Ali Bey. Kendi yorumlarını da katarak getirdi gerisini:

"Sahip çıkamadık muhacirlere. İane toplayacak hale gelmiş zavallılar. Muhacirlere verilmek üzere köylüden arpa, buğday toplayıp ambarlara doldurmuşlar. Ama hiçbiri sahibine ulaşmamış. Durum Dahiliye Vekâleti celilesinin nazarı dikkatine arz edilmiş."

Tacettin'in yüzünde beliren korku ifadesini neye yoracağını bilemedi Hacı Ali Bey. Yanlış mı yapmıştı bu haberi okumakla?

Gerçekten de paniğe kapılmış gibiydi Tacettin. Keskin'de bunlar yaşanıyorsa, Yunan illerinde neler oluyordu kim bilir! Patricia... Ali... Ya onlar da buradaki muhacirler gibi bir lokma ekmeğe muhtaç kaldılarsa...

En iyisi konuyu değiştirmekti. Bu kez 9 Mart 1341 (1925) tarihli *Keskin Gazetesi*'nden, İsmet Paşa'nın kurduğu kabineyle ilgili bir ajans haberini okumaya hazırlandı Hacı Ali Bey.

*Meclis'in bugünkü içtima'ında Fethi Bey'in istifasına ve yeni kabineyi teşkile İsmet Paşa'nın memur edildiğine dair Reisicumhur hazretlerinin beyanatını müteakip iki müstenkif ve yirmi üç muhalife karşı yüz elli beş rey ile yeni kabineye itimat beyan edilmiştir. Yeni kabine şu surette teşekkül etmiştir:*

*Başvekil İsmet Paşa hazretleri (Malatya), Dahiliye Vekili Cemil Bey (Tekfurdağı), Hariciye Vekili Tevfik Rüştü Bey (İzmir), Müdafaa-i Milliye Vekili Recep Bey (Kütahya), Adliye Vekili Mahmut Esat Bey (İzmir), Nafia Vekili Süleyman Sırı Bey (İstanbul), Maliye Vekili Hasan Bey (Trabzon), Ticaret Vekili Ali Cenanî Bey (Gaziayıntap), Sıhhiye Vekili Doktor Refik Bey (İstanbul), Bahriye Vekili İhsan Bey (Cebel-i Bereket), Maarif Vekili Hamdullah Suphi Bey (İstanbul), Ziraat Vekili Sabri Bey (Saruhan).*

İsmet Paşa'dan sonraki isimleri dinlemedi bile Tacettin. Yeni hükümet yeni bir umut olabilir miydi? Mübadelenin iki tarafta birden açtığı onulmaz yaraları sarmak için teşebbüste bulunabilirler miydi? Gerçi Mübadele Sözleşmesi'nin altında İsmet Paşa'nın imzası da vardı ve çok zayıf bir ihtimaldi ama, yakın tarihte olmasa bile bir yıl, iki yıl... bu süreyi daha fazla uzatmak istemiyordu Tacettin, mümkün olan en yakın tarihte bir geri dönüş ümidi yaratabilirler miydi?

İmkânsızlıkların farkında olsa da ümit etmekten vazgeçemiyordu insan. Bu gidişin dönüşü olamayacağını çok iyi biliyordu Tacettin. Ama bildiği bir şey daha vardı: İçindeki ümit, Tacettin bu dünyada var olduğu müddetçe, anbean onunla beraber yaşayacaktı...

* * *

Tacettin eve dönmüştü dönmesine ama, tek taraflı da olsa annesiyle arasındaki küslüğü sürdürüyordu. Fatiş Hatun ne yapsa, gözlerini yakalayamıyordu oğlunun. Fazla da umursamıyordu bu durumu. Ana oğul, zaman içinde eski muhabbetlerine döneceklerdi elbet. O günü sabırsızlıkla bekliyordu Fatiş Hatun.

O akşam, yemeğin sonlarına doğru, tam da Tacettin odasına çıkmaya hazırlandığı sırada, "Yarın Tacettin'e kurşun döktüreceğim" dedi. "Üzerimizdeki ağırlığı alsın götürsün. Nazara, kem göze de iyi gelir kurşun döktürmek. Kızları, gelinleri çağırdım. Hepsi nasiplensin okunacak dualardan."

Tacettin'e bakarak ekledi:

"Kendisi de evde olsa, başına dökülecek kurşun daha tesirli olur ama, öyle şeylere yanaşmaz ki benim oğlum."

Cevap vermedi Tacettin. Asıl kurşunu yüreğine yemiş birine, başına dökülecek kurşunun ne faydası olacaktı ki?

Evin içi bayram yeri gibiydi. Konu komşu, kızlar gelinler büyük odaya doluşmuş, Gürcü Bacı'nın gelmesini bekliyorlardı.

Gürcü Bacı, ailesindeki, kendisinden önce dökücülük yapmış büyüklerinden destur (el) almış, kurşun dökme konusunda Keskin'de herkesin tanıdığı yaşlı, biraz aksice, eserekli bir kadındı.

Kapıdan içeriye girer girmez sordu:

"Kimin başına dökülecek kurşun?"

"Oğlumun" dedi Fatiş Hatun. "Ama kendisi yok. Odasında dökeceğiz kurşunu."

Suratı ekşidi Gürcü Bacı'nın.

"Olmaz öyle şey!" dedi. "Çağırın gelsin."

"Etme bacım" dedi Fatiş Hatun. "Bizim oğlan biraz inattır. Kurşunu da onun için döktürüyoruz ya..."

Gönülsüzce razı oldu Gürcü Bacı. Ama salonun kalabalığından ürkmüş gibi, "Hangi odaysa oraya götür beni" dedi. "Üç kişiden fazla kimseyi de istemem yanımda, bilmiş olun."

Fatiş Hatun, Ümüş Hatun ve Şaziye, Gürcü Bacı'yı alıp üst kata, sabahtan beri köşe bucak temizleyip pakladıkları Tacettin'in odasına çıkardılar. Kullanılacak malzemeleri önceden hazır etmişlerdi. Hemen işe koyuldu Gürcü Bacı.

Önce küçük ispirto ocağını yaktı. Bir parça kurşunu madeni kepçenin çukuruna yerleştirdi, ateşin üstüne tutarak eritti.

Tacettin'in kendisi orada olmadığı için yatağının üzerine beyaz bir örtü serildi. Gürcü Bacı yatağa doğru eğilerek, erimiş kurşunun bulunduğu kepçeyi sağ eline, su dolu bir tası da sol eline aldı. Dudakları kıpır kıpır, dualar ederek erimiş haldeki kurşunu suyun içine döktü. Cızırtılı sesler arasında katılaşan, üzerinde küçük girintiler, sivri uçlu çıkıntılar oluşan kurşun parçasını eline alıp dikkatle inceledi.

"Nazar var oğlunda!" dedi Fatiş Hatun'a. "Bak şuraya... Şuradaki yuvarlak deliği görüyor musun? Göz var dedim sana..."

"Gözü olanın gözü çıksın!" diye söylendi Fatiş Hatun. "Hele oku üfle bacım. Kısmeti açılsın oğlumun. Anasına babasına muhabbeti artsın."

"Tövbe tövbe..." diyerek başını iki yana salladı Ümüş Hatun. Esas niyeti buydu demek kumasının.

Biraz önceki işlemi üç kez tekrarladı Gürcü Bacı. Her seferinde sudan çıkardığı sertleşmiş kurşun parçasının üzerinde birbirinden değişik şekiller tespit etti. Balıklar, kuşlar, gözler, iğneler gördü, gördüklerini oradakilere gösterdi, kâh iyi kâh kötü, birbirinden ilginç yorumlar yaptı.

Kurşunun, içine döküldüğü suyun bir kısmını "Şifa olsun" diyerek odanın dört bir yanına serpeledi. Geri kalanı Fatiş Hatun'un eline tutuşturdu.

"Akan temiz bir suya ya da toprağa dökün bu suyu" dedi. "Benden bu kadar. Hadi Allah'a ısmarladık!"

Eli ayağına dolaşıverdi Fatiş Hatun'un. Böyle apar topar gitmek olur muydu hiç?

"Dur hele bacım! Hiçbir şey ikram edemedik sana. Aşağıda misafirler bekliyor. İnelim, biraz soluklan, dinlen, öyle gidersin."

"Kalabalığa giremem ben!" diye kesti Gürcü Bacı. "Yemekle içmekle de aram iyi değildir. Buradan sonra iki yere daha gideceğim zaten."

Fatiş Hatun yüklüce bir para saydı Gürcü Bacı'nın eline, uğurladı. Ferahlamıştı. Salonu dolduran misafirleriyle keyifli bir çay içmeyi hak ettiğini düşünüyordu.

Fatiş Hatun'un gündüzki keyfi akşam yemeğine de yansımıştı. Gürcü Bacı'yı, kurşun dökme safhalarını, dökülen kurşunun üzerinde şekillenen gözlerin nazar anlamına geldiğini, Tacettin'in üstünde ağır bir nazar olduğunu anlattı da anlattı. Yaptığı işten dolayı, Tacettin'den değilse bile kocasından takdir görmeyi bekliyordu. Ne var ki Hacı Ali Bey dini bütün bir adam olsa da bu tür hurafelere pek itibar etmezdi. Hatırı kalmasın diye dinler görünüyordu karısını.

Fatiş Hatun, "Kurşun suyunu odanın her yanına serpti Gürcü Bacı" diyerek son noktayı koyduğunda, oturduğu yerde irkiliverdi Tacettin. Yabancı ellerin odasına uzanmasından, kullandığı eşyalara değmesinden rahatsız olmuştu. Yemeğini öylece bırakıp kalktı. Yukarıya, odasına çıktı.

Görünürde her şey yerli yerindeydi. Olup biteni bilmese, birilerinin buraya girip saçma sapan işler yaptığını tahmin bile edemezdi. Nispeten rahatlamıştı.

Patricia'yla sohbet etme ihtiyacındaydı. Ona ve Ali'ye kavuşmanın sabırsızlığıyla çekmeceyi açtı... Gözlerine inanamadı. Fotoğrafların yerinde yeller esiyordu!

Hışımla çıktı odadan. Merdivenleri ikişer üçer atlayarak aşağıya indi. Öfkesinden tir tir titriyordu. Ateş çıkıyordu gözlerinden. Doğruca Fatiş Hatun'un karşısına geçti.

"Nerede fotoğraflar?" diye haykırdı.

Hacı Ali Bey'le Ümüş Hatun kavrayamamışlardı meseleyi. Fatiş Hatun ise böyle bir tepkiyi bekliyormuş gibi, gayet sakin görünüyordu.

"Ne fotoğrafı?" dedi kayıtsızca.

İyice zıvanadan çıkmıştı Tacettin.

"Ne fotoğrafı olduğunu çok iyi biliyorsun sen!" diye daha da yükseltti sesini. "Söyle bana nerede o fotoğraflar?"

"Hangi fotoğraflar oğlum?" diye araya girdi Hacı Ali Bey.

Ağlamaklıydı Tacettin. Perişandı.

Babasına döndü, "Patricia ve Ali'yle beraber, onlar gitmeden önce bir fotoğraf çektirmiştik" dedi. "İki tane tabettirmiştim. Birini Patricia'ya verecektim. Kısmet olmadı. Bende duruyordu ikisi de. Benim için çok önemliydi baba..."

Yeniden annesine doğru hamle yaptı Tacettin. Delici bakışlarını Fatiş Hatun'un gözlerine dikti.

"Allah rızası için söyle, ne yaptın o fotoğrafları?"

Kaçacak yeri kalmamıştı Fatiş Hatun'un. Önemsiz bir mevzudan söz eder gibi, Tacettin'in gözlerinin içine baka baka, "Yırttım attım!" dedi.

Çılgına dönmüştü Tacettin. Yumruk yaptığı elleriyle kafasına vuruyor, canından can kopmuş gibi çaresizce dövünüyordu.

"Sen o fotoğrafı değil, beni parça parça ettin Fatiş Hatun!" diye haykırarak yığıldı sandalyeye.

"Dur hele evlat" dedi Hacı Ali Bey. Üzgün görünüyordu. "Fatiş Hatun!" dedi sert bir sesle. "Söyle bakalım, hakikaten o fotoğrafları yırtıp attın mı?"

Kısa bir sessizlik oldu. Kararsızlık içindeydi Fatiş Hatun. Ne cevap vereceğini bilemiyor gibiydi.

"Yırtmadım" dedi sonunda.

Diriliverdi birden Tacettin. İçinde yanan umut ışığına sıkıca sarıldı. Fatiş Hatun'u ürkütmekten korkar gibi sesini alçaltarak sordu.

"Ne yaptın peki?"

"Tavan arasındaki sandığın içine attım."

Bunları söyler söylemez de içinde palazlanan öfkeyi kusmaktan kendini alamadı Fatiş Hatun.

"İki tane karton parçası için ananı üzmene değdi mi? O uğursuzların suretine baka baka solup gideceksin oğlum. Vazgeç artık. Onlardan hayır yok sana..."

Duracak, dinleyecek halde değildi Tacettin. Yıldırım hızıyla merdivenlerden ikinci kata, oradan da tavan arasına çıktı. Duvarın dibinde duran ceviz sandık Tacettin için dünyanın en emsalsiz hazinesini saklıyordu içinde. Sabırsızlıkla açtı sandığın kapağını.

Oradaydı! Lüzumsuz, işe yaramaz bir eşya gibi fırlatılıp atılmış, boynu bükük iki fotoğraf... Hasretle bağrına bastı Tacettin. Gözlerinden inen yaşlar Patricia'nın, Ali'nin yüzlerinde yol yol izler bırakmaktaydı.

Yemin etti Tacettin, söz verdi ikisine de, bir daha hiçbir yabancı el değmeyecekti üzerlerine. Kırardı o elleri, yok ederdi o ellerin sahibini.

O kişi kendi öz annesi olsa bile...

* * *

## Selanik, Mart 1925

Büyük acılarla yara almış insanlara, "Zaman her şeyin ilacıdır" lafı küfür gibi gelir. Omorfia da aynı fikirdeydi önceleri. Öyle şeyler yaşamışlardı ki, üzerinden ne kadar zaman geçerse geçsin, acılarının kabuk bağlayabileceğine inanmıyordu. Ama olmuştu işte!

Üstlerine sihirli bir değnek değmiş gibi, her geçen gün iyiye, güzele ve umuda taşıyordu onları. O değneği elinde tutan ve ilk dokunuşu yapan kişinin Cemal Efendi olduğunu inkâr etmek nankörlük olurdu. Cemal Efendi ve ailesinin bıraktığı ev ve fırın sayesinde, kurulu düzenin üzerine kendi düzenlerini kurabilmişlerdi.

Ama ne zorluklarla... Kendi kanlarından olan insanların, aşağılamalarına maruz kalmış, dışlanmışlardı. Anadolu'dan gelmiş, Türkçe konuşan; âdetleri, tavırları hatta tipleri bile kendilerine benzemeyen bu yabancıları yadırgamıştı yerli ahali.

İlk günlerde fırının müşteri sayısındaki bariz azalma kara kara düşündürmüştü Omorfia'yı. Dükkânın el değiştirmesinin yanında, *kadın* eline geçmesinin de payı büyüktü bu azalmada.

Fırına un getiren toptancı Hristo bile alışverişi sonlandırmaya kalkmış, Omorfia'yla uzun uzun konuştuktan sonra çuval başına okkalı bir zam yaparak devam etme kararı almıştı.

Neyse ki kısa sürede yoluna girmişti işler. Omorfia ve Eleni bilfiil kendileri çalışıyorlardı fırında. Ekmeğin yanında Eleni'nin yaptığı kurabiyeler de kapış kapış satılıyordu. Kazançları iyiydi. Toptancıdan aldıkları un miktarını ikiye katlamışlardı neredeyse.

Kötü bir başlangıç yapmışlardı ama, fena adam değildi aslında Hristo. Arada bir dükkâna uğrayıp hatır sormayı ihmal etmiyordu. Kimi zaman un çuvallarını, tek atın çektiği arabasına yükletip kendisi getiriyor, ama çoğunlukla yanında çalışan güçlü kuvvetli delikanlılara bırakıyordu bu işi. Bir sefer de oğlu Ares un getirmişti dükkâna. Babasına tıpatıp benzeyen, ama onun aksine sessiz sakin, saygılı bir delikanlıydı.

Dükkânda çalışan, Cemal Efendi'nin emektarları Hektor ve Panos'tan da gayet memnundu Omorfia. Bir dediğini iki ettirmiyorlar, ne istese anında yerine getiriyorlardı.

Evet, her şey yolunda gidiyordu. Ama Omorfia'nın en büyük sevinci Patricia'daki olumlu gelişmelerdi. Eskiye nazaran çok daha iyi durumdaydı Patricia. Bahçeyle ve ev işleriyle ilgileniyor, Ali'yi her gün gezmeye çıkarıyor, dönüşte dükkâna uğrayarak annesiyle tetesine yeni keşfettiği yerleri anlatıyordu.

Hepsinden önemlisi, Patricia eskisi gibi odalara kapanıp ağlamıyordu artık. İçinde bulunduğu şartlara ayak uydurmak için gayret gösteriyordu. Kızının, çevresine ördüğü kalın kozadan tümüyle çıkacağı günü sabırsızlıkla bekliyordu Omorfia...

* * *

Mart ayı, baharın ilk işaretlerini cömertçe sunmaya hazırlanırken, yüreklerde tomurcuklanan umutlara da ışık olmuştu. Yeni bir mevsime uyanan tabiat, belirsizliğin, acının, korkunun karanlığa gömdüğü duyguları harekete geçirmeye kararlıymışçasına, uzun zamandır hükmünü süren siyahın üzerine güçlü bir fırça darbesiyle dokunmuş, yeşile, ala, pembeye kucak açmaya meyletmişti.

Fırındakiler her zamankinden çok daha fazla yorulmuşlardı o gün. Bir cenaze evine topluca ekmek gönderince, diğer müşterilerin taleplerine yetişebilmek için iki misli çalışmak zorunda kalmışlardı.

İkindi vakti işler biraz durulmuştu.

"Canımız çıktı vre" dedi Omorfia. "Birer çayı hak ettik."

İkiletmedi Hektor, çaydanlığı ateşe sürdü hemen.

Tam çaylarını içmeye hazırlanıyorlardı ki, Hristo Efendi belirdi kapının eşiğinde. Hayır, un falan getirmemişti. Geçerken uğramış gibi, biraz da çekingen bir ifadeyle içeri girdi.

"Hoş gelmişsin Hristo Efendi" diyerek buyur etti Omorfia. Küçük bir tabağa kurabiye doldurdu, çayla beraber sehpanın üzerine koydu.

"Kurabiyelerimiz tazedir Hristo Efendi" dedi.

Kendi çayını da alıp adamın karşısına geçti.

Tabaktakilere dokunmadı Hristo. Çayından bir yudum aldı.

"Sizinle önemli bir şey konuşmak istiyorum Bayan Omorfia" dedi. Bir türlü hedefine oturtamadığı bakışları Eleni'nin üzerindeydi.

Hemen anladı Eleni, söyleyeceği her ne idiyse, Omorfia'yla baş başa görüşmek istiyordu Hristo. Tezgâhın arkasına geçti, fırından yeni çıkan kurabiyeleri küçük tepsilere boşaltmaya koyuldu.

Meraklanmıştı Omorfia. Verdiği unlara yeniden zam yapmak niyetinde miydi yoksa Hristo?

Lafa nereden başlayacağını bilmez bir halde, bardağın dibindeki soğumuş çayı kafasına dikti Hristo.

"Şu benim oğlan..." dedi. "Ares. Geçende un getirmişti fırına."

"Evet?"

"O benim tek oğlum. İki de kız var geride ama, oğlanın hali başka."

Lafın nereye varacağını kestirememenin huzursuzluğu vardı Omorfia'nın üzerinde. Hristo'nun devamını getirmesini bekledi.

"Altı sene önce komşulardan birinin kızıyla evlendirdim Ares'i. Bir kızları oldu. Adı Eftelya. İki yaşına gelmeden anası öldü yavrucağın. Sıtmadan! Bir başına kaldı oğlum. Bizimle beraber yaşıyor ama, kolu kanadı kırık garibimin."

"İyilikler olsun Hristo Efendi. Ne diyeyim bilmem ki..."

"Bayan Omorfia... Diyorum ki..."

Elinin tersiyle alnında boncuklanmış terini sildi Hristo. Son bir gayretle, dilinin ucuna geleni söyleyiverdi.

"Benim oğlanla senin kızını evlendirsek... Ne dersin?"

Kulaklarına inanamadı Omorfia. Ama çabuk toparlandı. Yüzünde meydan okuyan bir ifadeyle, "Nerden biliyorsun sen benim kızımı?" dedi.

"Burada gördüm. Çocuğu gezdiriyordu."

Kısa bir tereddüt anını ardına alıp ekledi:

"Buraya geldiği gün benim oğlan da görmüş. Eğer sizin için münasip olursa..."

"Münasip değildir Hristo Efendi!" diyerek kesti Omorfia. "Benim kızım dul! Kucağında bebesi var. Evlenmeye yakın geleceğini de hiç sanmıyorum."

"Benim oğlan da dul vre... Benimki de çocuklu. Sen kızınla bir konuş hele... Bir bakarsın olur der."

Daha fazla oyalanmadan, "Birkaç gün sonra uğrarım ben" diyerek kalktı, aceleci adımlarla dükkândan çıktı Hristo.

Yolun sonunda gözden kayboluncaya kadar arkasından baktı Omorfia. Bu beklenmedik teklifi nasıl değerlendirmesi gerektiğini bilemiyordu.

Önce Eleni'yle konuştu Omorfia. Baş başa verip Patricia'ya durumu nasıl açabileceklerini tartıştılar.

"Boş yere ağzını yorma" dedi Eleni. "Kızını tanımıyormuş gibi konuşuyorsun. Olmaz diyeceği baştan belli. Daha yeni kendine geliyor kızcağız."

"Ben onu yola getirmesini bilirim" dedi Omorfia.

Zorla değil tatlılıkla halledecekti meseleyi. Kızının son zamanlardaki iyimser halinden aldığı cesaretle, kendi ikna kabiliyetini de hesaba katarak olumlu bir sonuca ulaşacağına inanıyordu.

Her akşam olduğu gibi, yemekten sonra Ali'yi alıp odasına çekilmişti Patricia. Odanın kapısını tıklattı Omorfia. Gelecek cevabı beklemeden, yüzünde yumuşacık bir ifadeyle içeri dalıverdi.

Ali uyumuştu. Torununun başını şefkatle okşadı Omorfia. Bakışlarını Patricia'ya çevirdi.

"Sana vereceğim mühim bir haberim var" dedi.

Uzatmaya gerek yoktu, en iyisi kestirmeden konuya girmekti.

"Fırına un getiren toptancı var ya" diye başladı. "Hristo Efendi. Seni oğluna istiyor!"

Duyduklarını algılayamadı ilk anda Patricia. Söylenenlerin ne anlama geldiğini anlayınca kaşları çatıldı, bakışları bulandı.

"Beni mi?" diye mırıldandı titreyen dudaklarının arasından.

"Seni ya!" dedi Omorfia. "Bugün fırına geldi Hristo Efendi. Sana talip olduğunu söyledi. Başından bir evlilik geçmiş oğlanın. Karısı ölmüş. Küçük bir çocukla öylece kalmış zavallıcık. Anlattı durdu Hristo Efendi... Cevabını bekliyorlar."

Öfkesinin şiddetinden kıpkırmızı kesilmişti Patricia. Ateş saçıyordu gözleri.

"Sen ne dedin peki? Benim kızım asla evlenmez diyemedin mi?"

"Nedenmiş o? Neden evlenmeyecekmişsin? Ömür boyu üç günlük sevdanın yasını tutmaya kararlı olduğunu söyleme bana!"

Bu sözler kırbaç gibi inmişti Patricia'nın yüreğine. Başını dikleştirdi.

"Üç günlük dediğin o sevda, bana ömür boyu yetecek kadar güçlü" dedi. "Dokunma bana, üstüme gelme... Kendi halime bırak beni, senden tek istediğim budur."

Şaşırmıştı Omorfia. Kızından böyle bir tepkiyi ve direnci beklemiyordu açıkçası. Ama hemen toparlanarak hücuma geçti.

"Evleneceksin yavrimu! Ha Ares, ha bir başkası... Er ya da geç mutlaka evlenecek ve yepyeni bir hayat kuracaksın kendine."

"Zorla mı kocaya vereceksin beni? Zorla mı koynuna sokacaksın yabancı adamların?"

Hayreti gitgide artıyordu Omorfia'nın. Bu ne biçim bir konuşmaydı böyle? Annesinin her sözüne itaat eden o uysal kız gitmiş, dişiyle tırnağıyla mücadele vermeye kararlı bir cengâver gelmişti yerine sanki.

"Gerekirse zorlarım!" diye sesini yükseltti Omorfia. "Keskin'den çıkarken söz verdim kendime. Kızıma koca, torunuma baba bulurum diye kafa tuttum senin o hayırsızına..."

Başını duvardan yana çevirdi Patricia.

"Kendi başına verdiğin söz beni ilgilendirmez."

Umduğu yumuşaklığı bulamamanın telaşıyla alttan almaya başladı Omorfia.

"Bak güzel kızım... Gördüğüm kadarıyla efendi bir delikanlıya benziyor Ares. İşi var, kazancı iyi. Çocuğunu da kabul ediyor üstelik..."

"Bütün mesele bu değil mi?" diye haykırdı Patricia. "Çocuğum! Bana koca, çocuğuma baba bulmak zorunda değilsin anne! Senin başına fazla geldiysek çeker gideriz."

İplerin kopma noktasına gelmesi daha da kırbaçlamıştı Omorfia'yı.

"Neyine güveniyorsun?" diye bağırdı. "Başını sokacak bir yerin, karnını doyuracak ekmeğin hesabını yaptın mı ki böyle kafa tutabiliyorsun bana?"

Elinde olsa söylediği son cümleyi geri alırdı. Öfkeye kapılıp olmayacak laflar etmişti. İstemeden de olsa incitmişti kızını.

"Bak yavrimu" dedi, "bu gece sakin kafayla iyice bir düşün. Yarın bildirirsin bana kararını."

Kapıyı çekti, çıktı.

Amma da çetin ceviz çıkmıştı kızı! İlk kez böyle görüyordu onu. Gözleri çakmak çakmak, nasıl cansiperane savunmuştu doğrularını. Kendi delişmen yüzünü, bir an için Patricia'nın çehresinde görür gibi olmuştu. Biraz da hoşuna mı gitmişti bu hali ne?

Ama kararını, ölçüsünü bilmeliydi. Kızı da olsa, böyle efelenmelere gelemezdi Omorfia...

Omorfia, odadan çıkar çıkmaz Patricia'yla yaptığı konuşmayı en ince ayrıntılarına kadar anlattı Eleni'ye.

"Boşuna üzmüşsün kızını" dedi Eleni. "Kendine sordun mu önce? Dur ben sorayım... Patricia'nın, Hristo denen o kaba saba un tüccarının hık demiş burnundan düşmüş oğluyla evlenmesini istiyor musun gerçekten?"

Şöyle bir düşündü Omorfia. Güldü. Gizli bir hınzırlık vardı gülüşünde.

"Mükemmel bir talip olduğunu iddia edemem" dedi. "Efendi çocuk Ares. Patricia isterse evlenmeleri için rıza gösteririm. Ama önemli olan kocanın kim olacağı değil. Ares olmaz, daha sonra karşısına çıkacak bir başkası olur. Patricia'nın aklına evlenme fikrini sokalım, gerisi kolay."

* * *

Omorfia'yla Eleni sabah erkenden işe gitmeye hazırlanıyorlardı. Patricia'nın odasının önünde durakladı Omorfia. Her sabah evden çıkmadan kapıyı aralar, yatağın içinde sarmaş dolaş uyuyan kızıyla torununu uzun uzun seyreder, öyle yola koyulurdu.

Önceki gecenin nahoş izlerini silmek ister gibi usulca araladı kapıyı. Yatağın ortasında boylu boyunca uzanmış uyuyordu Ali.

Ama... Ama Patricia yoktu!

"Patricia!" diye bağırarak diğer odalara baktı. Kapkara, yapışkan bir korkunun pençeleri boğazına dolanmış, var gücüyle sıkıyordu sanki.

"Patricia yok!" diye haykırdı Eleni'ye.

Beraberce evin her köşesini aradılar. Odalar, banyo, tuvalet, yüklük, bahçe... bakmadıkları yer kalmadı.

"Gitmiş!" diyerek sofanın ortasına yığılıverdi Omorfia.

"Dur hele, telaşlanma" dedi Eleni. "Fırına gitmiştir belki."

Söylediğine kendi de inanmıyordu. Hangi gün sabahın köründe fırının yolunu tutmuştu ki Patricia? Hâlâ uyumakta

olan Ali'yi battaniyeye sararak kucağına aldı.
"Yürü" dedi Omorfia'ya. "Duracak zaman değil!"

Fırında da yoktu Patricia. Çalışanların hiçbiri görmemişti. Küçük bir korku kıvılcımıyla başlayan kâbus, paniğe dönüşmekteydi. Ali'yi fırının arkasındaki dar sedire yatırıp sokaklara vurdular kendilerini.

Girdisini çıktısını henüz tam olarak çözemedikleri bir şehirde el yordamıyla, körlemesine arıyorlardı Patricia'yı. Bir daralıp bir genişleyen sokaklar, caddeler, arnavutkaldırımları, taş ya da toprak yollar...

Her bir turun akabinde, belki gelmiştir diye eve ve fırına uğramayı ihmal etmiyor, her seferinde hüsranla sonuçlanan umutları kopkoyu bir kahroluş halinde üzerlerine çöküyordu.

"Jandarmaya haber verelim" dedi Eleni.

"Hele biraz bekleyelim" dedi Omorfia. "Gelir benim kızım. Anasını, çocuğunu boynu bükük bırakmaz."

Hava ayazdı. İnceden inceye yağan yağmur sağanağa dönüşmeye meyletmişti. Erkenden kapattılar fırını. Ali'yi alıp eve döndüler. Patricia'nın er ya da geç eve geleceğini düşünüyorlardı.

Fırındayken gün boyu Hektor'la Panos'un ve diğer çalışanların oyunlarına dalıp oyalanan Ali, "Annem nerede?" diye huysuzlanmaya başlamıştı.

"Gelecek" diyorlardı. "Gelecek..."

Yüreklerinden geçen buydu ama, Patricia'nın ne zaman geleceği meçhuldü. Hatta gelip gelmeyeceği hakkında bile herhangi bir tahmin yürütemiyorlardı.

Eleni bir bardak sütü zorla içirdi Ali'ye. Yatağına yatırdı. İçinde prenslerin prenseslerin, tavşanları kurbağaların kol gezdiği masallar anlattı. Ali'yi huzursuz bir uykunun kollarına bırakıp aşağıya indi.

Bahçedeydi Omorfia. Deli gibiydi. Karanlığın çökmesiyle

beraber el ayak çekilmiş, gecenin bütün ağır yükü Omorfia'nın omuzlarına yüklenmiş gibiydi.

"İçeri gir" dedi Eleni. "Islanacaksın."

"Patricia gelmeden eşikten içeri adımımı atmam!" dedi Omorfia. "O da bu yağmurun altında ıslanmıyor mu? Ah yavrimu, ah! Dilim tutulsaydı da söylemeseydim o sözleri."

Zaman mefhumunu kaybetmiş gibiydiler. Orada perperişan ne kadar oturduklarının farkında bile değildiler.

Bahçe duvarının dışında bir pıtırtı mı olmuştu, Omorfia'ya mı öyle gelmişti bilemiyordu. Parmaklıklı demir kapı gıcırdayarak açıldı. Ve Patricia, sırılsıklam olmuş saçları yüzüne gözüne yapışmış, her yanı çamurlar içinde, yürümeye mecali kalmamış bir halde içeriye adımını attı. Adımını atmasıyla beraber yığılıverdi olduğu yere.

Omorfia'yla Eleni sevinç çığlıkları atarak koştular Patricia'ya. Bir Omorfia kucaklıyordu külçe gibi halsiz bedeni, bir Eleni. Hemen içeri taşıdılar Patricia'yı. Kızının yaprak gibi titreyen bedenine sımsıkı sarıldı Omorfia.

"Öldürmek mi istiyorsun beni yavrimu?" diye hıçkırdı. "Sen olmasan yaşayamam ben."

Biraz kendine gelir gibi olmuştu Patricia. Yüzünde neye yoracaklarını bilemedikleri bir gülümseme vardı.

"Güzel bir gündü" diye mırıldandı. "Uzun zamandır benzerini yaşamadığım kadar güzel... Limana indim. Rıhtıma yanaşan gemileri seyrettim. Denizle konuştum saatlerce. Bizi ayıran denizle! Hesap sordum ondan. 'Ayırdığın gibi kavuşturmayı da becerebilir misin?' diye sordum. Cevap vermedi. Gözlerini kapadı geceyle beraber. Bırakıp geldim..."

Eleni'nin, avucuna hapsettiği eli buz gibiydi Patricia'nın.

"Çok üşümüş bu" dedi Eleni. "Su ısıtayım ben. Banyoya sokarız, bir şeyciği kalmaz."

"Çok yorgunum tete" dedi Patricia. "Sen yıkar mısın beni? Çocukmuşum gibi..."

Çocukluk günlerinin özlemi vardı sesinde.

Hemen kalktı Eleni. Ocağa suyu koydu, banyoyu hazırladı. Patricia'nın üstündeki ıslak, çamurlu giysileri çıkardı, tahta kürsünün üzerine oturtup yıkamaya başladı. Sıcacık suyun altında bile titremesi sürüyordu Patricia'nın.

"Şifa suları olsun yavrumun" diyerek Patricia'yı havluya sardı, kuruladı Eleni. Omorfia da sobanın önünde ısıttığı yün fanilayla pazen geceliği giydirdi kızına. Okşayarak taradığı saçlarını beyaz bir tülbentle bağladı. Elinden tutup odasına, mışıl mışıl uyumakta olan Ali'nin yanına uzattı.

"Bir daha sakın ha böyle bir delilik yapmayasın yavrimu" dedi. "Yokluğunu kaldıramaz bu yürek..."

Mutluluğu çağrıştıran sıcacık bir ifade vardı Patricia'nın yüzünde. Denizle kurduğu çelişkili dostluk ve saatler boyu süren o çekişmeli sohbetleri iyi gelmişti galiba Patricia'ya.

Halsizlikten parmağını kıpırdatacak hali yoktu ama, hiç olmadığı kadar güçlü hissediyordu kendini. Bundan sonrasında hayatının seyrini değiştirmeye kalkışacak kim olursa, karşısına dikilip alt edebilecek kadar güçlü!

O kişi kendi öz annesi olsa bile...

# İkinci bölüm

# Tacettin evlendiği zaman

## Keskin

Cumaydı. Şaziye Hatun'un baba evini ziyaret günü.

Sabah erkenden hazırlıklara başlamıştı Fatiş Hatun. Torunların pek sevdiği üzümlü kurabiyeler fırına sürülmüş, akşam yemeğinde sofraya konulacak envai çeşit yemeğin ön hazırlıkları tamamlanmıştı.

Rıza Bey karısını ve çocuklarını bırakıp çiftlikteki işinin başına dönerken, bir haftalık özlemi geride bırakmanın sevinci yaşanıyordu evde. Akşam evin erkekleri gelmeden önce gündüzün keyfini çıkarmaya hazırlanıyordu kadınlar.

Nar gibi kızartılmış pişiler, mis kokulu kurabiyeler yendi, çaylar içildi. Sohbetler edildi, son bir hafta içinde Keskin'de ne olmuş ne bitmiş konuşuldu, dedikodular yapıldı.

Bir ayağı mutfaktaydı Fatiş Hatun'un. Bir yandan konuşmaların gidişatını yönlendirme iddiasını sürdürerek ağızlardan çıkan tek bir sözü bile kaçırmamaya çalışıyor, arada bir de mutfağa geçip yemek hazırlıklarına nezaret ediyordu.

Önce Hacı Ali Bey geldi eve. Ardından Rıza Bey. En son da Tacettin. Kadro tamamlanmıştı. Sofraya geçebilirlerdi artık.

Masanın başına geçen Hacı Ali Bey sağ yanına Rıza Bey'i, sol yanına Tacettin'i aldı. Ümüş Hatun, Şaziye Hatun, çocuklar; Mefharet, Orhan ve Adnan yanlarına sıralandılar. Fatiş Hatun hem masaya hâkimiyet açısından, hem de mutfağa yakın olup yemeklerin servisine nezaret edebilmek için Hacı Ali Bey'in karşısına, masanın diğer ucuna oturmayı tercih etmişti.

Henüz çorbalar tabaklara taksim edilmemişti ki, masaya serilmiş üzeri Çin iğnesi motiflerle bezeli krem rengi organze örtüyü eliyle okşadı Fatiş Hatun.

"Nesibe'nin hediyesi" dedi. "Kırşehirli Polatların kızı. Allah nazarlardan saklasın pek marifetli. Pek de güzel maşallah, bir gören gözünü alamıyor üzerinden. Allah kısmetini açık etsin, iyileri çıkarsın karşısına."

Son cümleyi söylerken Tacettin'in üzerindeydi gözleri.

Hınzırca bir gülüş kıvrımlandı Tacettin'in dudaklarında. Fatiş Hatun'un evlenme konusunu dolaylı yollardan da olsa bıkıp usanmadan karşısına koymasına alışmıştı, belli ki bu nafile girişimlerinden vazgeçmeyecekti anası. Ama Tacettin de her yeni gelin adayı ortaya atıldığında ve o adaya abartılı övgüler yağdırıldığında söylenenleri duymazdan gelip yapılan hamleyi savuşturmayı çoktan öğrenmişti.

Çorbalar içilmiş, yayvan bakır bir sininin içinde etli pilav konulmuştu sofranın ortasına.

"Ellerine sağlık Fatiş Hatun" dedi Hacı Ali Bey. "Pek güzel görünüyor."

Kocasının iltifatına sevinmişti Fatiş Hatun. Yakın çevresindekilerin hiç de alışık olmadıkları bir tevazuyla, "Ben ne yaptım ki, mutfaktakilerin marifeti" dedi. "Sadece başlarında durdum."

Keyifli geçiyordu yemek. Yüzler gülüyordu. Aile içindeki kırgınlıklar geride bırakılmış gibiydi. Fatiş Hatun oğluyla aynı çatı altında olmanın mutluluğunu yaşıyordu. Şükürler olsundu. Geçmiş, geçmişte kalmıştı. Gönlünde yaşattığı isteklerinin de zaman içinde gerçekleşeceğine inanıyordu Fatiş Hatun.

Tacettin ise annesiyle arasındaki çatışmanın üzerine sünger çekmiş gibiydi. Kan davası güder gibi her fırsatta efelenip evin huzurunu kaçırmanın anlamı yoktu. İçindeki kırgınlık sürüyordu hâlâ, ama en azından babasının hatırı için, duygularını dışa vuracağına kendine saklamayı becerebiliyordu artık.

Ana oğul pusuya yatmış gibi çatışmalarını, çekişmelerini yeri geldiğinde açığa çıkarmaya hazır olsalar da, zevahiri kurtarma adına bir orta yol bulmuşlardı sonunda. Bu korunaklı yolun üzerinde yürümekten şikâyetçi değildi ikisi de.

Tacettin'in tam karşısında Şaziye Hatun'un küçük oğlu Adnan oturuyordu. Ne konuşulanlar umurundaydı, ne de yenilen yemek. Yüzünde hınzır bir ifadeyle şirinlikler yapıyordu dayısına.

"Oyunu bırak" diye uyardı annesi. "Tabağındaki yemeği bitireceksin."

"Tıpkı Tacettin!" diye güldü Fatiş Hatun. "Bir lokma yemek için peşinden koştururdu beni."

"Oğlan dayıya, kız halaya çeker derler" dedi Ümüş Hatun. "Adnan da dayısına çekmiş. Şu kaşa göze bak hele... Nasıl da benziyor Tacettin'e. Huyu da benzer inşallah."

"İnadı benzemesin de!"

Fatiş Hatun'un imasını algılamaktan uzaktı Tacettin. Gözleri Adnan'ın üzerinde, onun her an değişim gösteren kıpır kıpır yüz ifadesine dalıp gitmişti. Doğruydu, tıpatıp kendisine benziyordu Adnan. Ama aynı derecede benzediği biri daha vardı: Ali! Ona baktıkça kendi oğlunu görmüş gibi oluyordu Tacettin.

Bu yüzden miydi ona olan aşırı düşkünlüğü? Her yüzüne baktığında yüreğinde duyduğu o ince sızı bu yüzden miydi?

Öylesine dalmıştı ki Tacettin, sofradaki konuşmaların başka konulara kaydığını fark edemedi.

"Sizin şu Yenice Mahallesi'ndeki eve iyi bir talip çıktı" dedi Rıza. "Eğer münasip görürseniz kiralamak istiyorlar."

"O ev Tacettin'in!" dedi Hacı Ali Bey. "Gelecek tekliflerin muhatabı da odur."

Adının kulağına çalınmasıyla, daldığı âlemden sıyrılmak zorunda kaldı Tacettin. Evini kiralamak isteyen birileri vardı demek. Kafasını toplayıp bir şeyler söylemek isterken... Fatiş Hatun'un tiz bir sesle kendini ortaya atıp kendi lisanıyla meseleye el koyması karşısında susmayı tercih etti.

"Doğrudur, Tacettin'e aittir o ev! Ama kiralık değildir! Evlendiği zaman o eve gelin getirecek Tacettin."

Söylenenlerin hangisine karşı çıkması gerektiğini kestiremedi Tacettin. Evet, Hacı Ali Bey oğullarını evlendirirken hepsine birer ev vermeyi görev bilmişti. Tacettin için düşünülen ev ise, evin küçük oğlunun evlenme konusunda gereğinden fazla nazlanması üzerine, tayinle Keskin'e gelen yüksek mevkide bir devlet memuruna kiraya verilmişti. Fatiş Hatun o zaman da evin kiralanmasına karşı çıkmıştı, ama Hacı Ali Bey'in hatırını kıramayacağı dostları araya girince, lüzum olduğunda boşaltılmak kaydıyla evin anahtarları yeni sahiplerine takdim edilmişti.

Ev boşalalı aşağı yukarı altı ay olmuştu. Kiracılar çıkar çıkmaz bina tümüyle elden geçirilmiş, içi dışı badana, boya yapılarak yeni sahibini bekler hale getirilmişti. Fatiş Hatun'a göre bu sahip, ancak Tacettin olabilirdi!

Evlendiği zaman!

Annesinin ağzından çıkan bu sözlere takılıp kalmıştı Tacettin. Önünde duran bardaktaki suyu kafasına dikti. Rıza Bey'e döndü:

"Kimmiş bizim eve talip olan, enişte?"

"Adı İhsan. Binbaşı. İstanbul'dan buradaki Askerlik Şubesi'ne şube müdürü olarak tayin edilmiş. Şubedeki bir arkadaşım vasıtasıyla kendisiyle tanışma fırsatım oldu. Gördüğüm kadarıyla, tam bir İstanbul beyefendisi olduğunu söyleyebilirim."

"Bize ne bunlardan?" diyerek damadının sözünü kesti Fatiş Hatun. "Bir daha karşılaşırsanız 'Kiraya verilecek evimiz yoktur' dersin, olur biter."

"Dur hele hanım" dedi Hacı Ali Bey. "Kararı verecek olan Tacettin'dir!"

Kararını babasına bildireceğine eniştesine döndü Tacettin. "Nasıl görüşebiliriz kendisiyle?"

Bu sözler Fatiş Hatun'u çılgına döndürmeye yetmişti. Tacettin anasını çiğneyip o İstanbullu adamla görüşmeye teşebbüs edebilecekti demek!

"İhsan Bey şu anda Keskin'de" dedi Rıza. "Ev bakmaya gelmiş. Münasip bir ev bulunca İstanbul'a gidip ailesini getirecekmiş. Hacı Bey'in Hanı'nda kalıyor."

Hacı Ali Bey merak ettiği bir noktayı açıklığa kavuşturmak istiyordu.

"Bizim evin boş olduğunu nereden duymuş?" diye sordu damadına.

"Yanında şubeden bir memurla beraber iki gündür ev arıyorlarmış. Birkaç yere bakmışlar, kafasına yatmamış İhsan Bey'in. Tacettin'in evini dışardan görmüş, beğenmiş. Bana ulaştılar sonra."

Gelişmelerin kontrolünden çıkmak üzere olduğunu gören Fatiş Hatun'un suratı allak bullak olmuştu. Öfkeli bakışları damadıyla oğlu arasında gidip geliyor, sinirden eli ayağı buz kesmiş bir halde, oturduğu yerde huzursuzca kıpırdanıp duruyordu.

Küçükken annesini kızdırmak için özellikle yaptığı yaramazlıkları çağrıştıran bir davranış sergiliyordu Tacettin. Onun çaresiz kıvranışlarını keyifle izliyordu. Evi vereceğinden değildi, "Tacettin evlendiği zaman" sözünün bedelini ödetmek istiyordu Fatiş Hatun'a.

Gözleri annesinin üzerinde, "Gelsinler görüşelim" dedi. "Evlenmeye falan niyetim yok benim!"

Ertesi gün, ikindiye doğru geldiler. İhsan Bey, Rıza Enişte ve İhsan Bey'in şubedeki yardımcısı.

"Sizi işinizden alıkoymamak için özellikle bu saatte gelmeyi tercih ettim" dedi İhsan Bey.

İnce bir düşünceydi ve Tacettin'de bu sözlerin sahibini yakından tanıma isteği uyandırmıştı.

Orta yaşta, yakışıklı sayılabilecek bir fiziğe sahip, davranışları ölçülü, nazik bir beyefendiydi İhsan Bey. Eniştesinin de söylediği gibi, gerçek bir İstanbul beyefendisi tablosu çiziyordu. İlk intiba önemliydi Tacettin için. Ev konusu nasıl sonuçlanırsa sonuçlansın, karşısındaki insan hakkındaki düşünceleri değişmezdi, kanı ısınmıştı bir kere İhsan Bey'e.

Beraberce, tek atın çektiği bir yaylı arabayla Yenice Mahallesi'ndeki eve gittiler. Bekçi karşıladı onları.

"Hoş gelmişsiniz Tacettin Beyim" diyerek önlerine düştü, cebinden çıkardığı anahtarı ahşap oymalarla süslü çift kanatlı giriş kapısının kilidinin içinde iki kez çevirdi. Ardına kadar açtı kapıyı.

Yıllardır semtine uğramadığı bu eve en az İhsan Bey kadar yabancı hissediyordu kendini Tacettin. Alt katı gezdiler önce. Büyük salonu, odaları, mutfağı, kileri, yüklüğü hafızasına nakşetmek istercesine titizlikle inceliyordu İhsan Bey.

Üst kata çıktılar ardından. Yatak odalarının ferahlığı, pencerelerden görünen, evi çepeçevre sarmalayan bakımlı bahçenin çekiciliği memnuniyet olarak yansımıştı İhsan Bey'in yüzüne.

"Eğer münasip görürseniz evinizi kiralamaya talibim."

İşlerin bu kadar çabuk yürüyerek olumlu yönde gelişmesi iki taraf için de şaşırtıcıydı. Pencereden dışarıya, rengârenk çiçeklerin boy verip cennetten bir köşeye çevirdiği bahçeye baktı Tacettin. Patricia ve Ali olmadan bu evde oturup keyfini süremeyeceğine göre...

Ani bir kararla İhsan Bey'e döndü.

"Ev sizin!" dedi. "Ne zaman isterseniz taşınabilirsiniz."

# Üsküdar'dan Keskin'e...

Tacettin'in verdiği karar ev halkı üzerinde farklı etkiler yaratmıştı.

Fatiş Hatun ilk duyduğunda kendini yerden yere atmış, sinir krizleri geçirmişti. Evin kiraya verilmesinden çok, oğlunun kendisini çiğneyip başına buyruk bir karar almasından rahatsızdı. Odasına kapandı, üç gün boyunca dışarı adımını atmayarak yalnız Tacettin'e değil, bütün ev halkına tavır koydu.

Hacı Ali Bey karısı gibi düşünmüyordu. Ona göre oğlu isabetli bir karar vermişti. Evler de insanlar gibiydi. Issız ve kimsesiz kaldıklarında yıpranır, köhneleşir, kişiliklerini yitirirlerdi. Ne zaman evleneceği belli miydi Tacettin'in? Hele bir niyetlensin, Keskin'in en güzel evini alırdı oğluna.

Tacettin'in evi İhsan Bey'e kiralaması en çok Rıza Bey'i memnun etmişti. 1913'te Antep'ten İstanbul'a mimarlık okumaya gitmişti Rıza. Çanakkale Savaşı'nın patlamasıyla silah altına alınmış, tahsilini yarım bırakmak zorunda kalmıştı. Askeriyenin inşaatında çalışmak üzere Yahşihan'a sevk edilmişti. Aynı yerde askerliğini yapan Tacettin'le orada tanışmışlardı. Aralarında epey yaş farkı olmasına rağmen, kısa sürede sıkı bir dostluk kurulmuştu aralarında.

Bir keresinde Tacettin Keskin'e baba evine giderken askerlik arkadaşını da beraberinde götürmüştü. Şaziye Hatun'u görüp beğenen Rıza Bey, onunla evlenmeye karar verince geleceğe dair bütün planlarını değiştirerek Antep'e, baba ocağına dönmekten vazgeçmişti. Askerlikten sonra Yahşihan'la Keskin arasında bir çiftlik satın alarak Keskin'e yerleşmiş ve Şaziye Hatun'la evlenmişti.

Askerlik günlerinde başlayan dostlukları aynı güçlü bağlarla hükmünü sürdürüyordu. Kayınbiraderlerinin içinde en çok Tacettin'i severdi Rıza. Kayınvalidesi Fatiş Hatun'a karşı çıkmaya cesaret edemese de aldığı her kararda içten içe Tacettin'i desteklemekteydi.

Evini İhsan Bey'e kiralamakla en iyisini yapmıştı Tacettin. Askerleri severdi Rıza. Askerlikten ayrılıp sivil hayata geçmiş olsa da, o günlerde kendisine verilen muvaffakiyet madalyasını evinin başköşesinde iftiharla muhafaza ediyordu.

Tanıdığı kadarıyla düzgün bir insandı Binbaşı İhsan Bey. Kira konusunda Tacettin'i üzmeyeceğinden, herhangi bir sorun çıkarmayacağından emindi Rıza.

İhsan Bey ve ailesi bir hafta sonra İstanbul'dan Keskin'e gelerek evlerine yerleştiler. Trenle gelmişlerdi, iki yük katarına zor sığmıştı eşyaları.

Rıza, İhsan Beylere kısa bir "hoş geldiniz" ziyareti yapmayı ihmal etmemiş, ardından da Tacettin'e koşup gördüklerini, duyduklarını bire bir paylaşmıştı kaynıyla.

"Ömrü hayatımda böyle ev görmedim!" diye başladı. "İstanbul'dan mı geliyorlar, Avrupa'dan mı, belli değil. Eşyaları da, kendileri de son derece alafranga."

Merak etmeyi bile gereksiz görmüştü Tacettin. Güle güle otursunlardı. Ama küçük bir kılçık atmaktan da geri durmadı:

"Bizim Keskin'imiz İhsan Bey'e ve ailesine dar gelmez umarım..."

* * *

Aşağı yukarı bir ay geçmişti aradan. Tacettin o sabah maliye dairesindeki odasına çıkan merdivenlerin başında Rıza Bey'le burun buruna gelince şaşkınlığını gizleyemedi. Bu saatte burada ne işi vardı eniştesinin?

"Hayırdır inşallah?" dedi. "Ablam, çocuklar iyiler mi?"

"İyiler, iyiler" diyerek Tacettin'in koluna girdi Rıza. Beraberce yukarıya, Tacettin'in odasına çıktılar.

Makam masasının karşısındaki koltuğa yerleşti Rıza.

"İhsan Beyler bizi yemeğe davet ediyorlar" dedi. "Ailecek bizi ve seni..."

Sabah sabah ikinci şaşkınlığını yaşıyordu Tacettin. Nerden çıkmıştı şimdi bu davet?

"Ne lüzum var enişte?" dedi sıkıntıyla. "Ev sahipleriyle kiracıların, aralarındaki münasebeti muhabbete dökmeleri nerede görülmüş?"

"İstanbul terbiyesi oğlum! Belli ki yapılan iyiliğin karşılığını ödemek istiyor İhsan Bey."

"O karşılığı para olarak ödüyor zaten."

"Öyle deme. Altı üstü bir akşam yemeği. Gider yemeğimizi yer kalkarız. Sana sormadan evet demedim ama, reddetmek ayıp olur, bilmiş ol."

"Başımıza ne geliyorsa bu ayıplardan, günahlardan geliyor zaten" diye söylendi Tacettin. "Ne zamanaymış bu yemek daveti?"

"Bize bağlı. Senin müsait olduğun bir akşam olabilir."

"Benim bütün akşamlarım müsait" diye güldü Tacettin. "Ne zamandır geceleri sokağa çıktığım mı var?"

* * *

Davete gidecekleri günün sabahı giyimine kuşamına daha bir özen gösterdi Tacettin. Yeni diktirdiği pantolon ceket takımının içine beyaz mintanını giydi, köstekli saatini taktı. Gösterdiği ihtimam ve titizlik ev sahibine duyduğu saygının ifadesiydi.

Erken çıktı işten. Fatiş Hatun'un hediyeliklerini aldığı gümüşçüye uğradı. Duvara asılmak üzere, gümüş telkâri işlemeli ustalık ürünü bir nazarlık seçti, sardırdı. Paketi kolunun altına sıkıştırıp Şaziye Ablasının evine doğru yürümeye başladı.

Böyle emrivakilerden hiç hoşlanmazdı, arada eniştesi olmasa bu davete icabet etmeyi asla düşünmezdi. Tanımadığı bilmediği insanların arasına karışmak hevesine yabancıydı. Yalnız değildi neyse ki; ablasının, eniştesinin ve yeğenlerinin varlığı geceyi katlanılır kılacaktı.

Tacettin'in çalmasıyla kapının açılması bir oldu. Şaziye, Rıza Bey ve çocuklar hazırlanmış, onun gelmesini bekliyorlardı. Mefharet'in elinde büyücek bir paket vardı.

"Ev hediyesi" diye açıkladı Şaziye. "Annemin nakışçısına işletmiştim. İhsan Beylere kısmetmiş."

Çıktılar. Şaziyelerin eviyle İhsan Beylerin evi birbirine çok yakındı. Birkaç dakikalık yürüyüş, eve varmalarına yetmişti. Çift kanatlı demir bahçe kapısının önünde dikilip duran bekçi kapıyı açarak yol verdi. Misafirleri bekletmemek için orada durmasının tembihlendiği belliydi.

İki yanında rengârenk çiçeklerin dizili olduğu taş yolu adımlayarak eve yaklaştıklarında, çalmalarına gerek kalmadan açılıverdi kapı. Eşikte beliren İhsan Bey, "Hoş geldiniz efendim" diyerek karşıladı misafirlerini. Bir adım geri çekilerek arkasında duran ufak tefek kadının öne çıkmasını sağladı.

"Eşim Celile!"

"Hayırlı olsun", "Güle güle oturun" dilekleriyle renklenen tanışma merasimini tamamlayıp salona geçtiklerinde, Şaziye ve Tacettin'in gözbebeklerine oturan şaşkınlık ve hayranlık fark edilmeyecek gibi değildi. Belli etmemeye çalışsalar da salonun görkemi karşısında büyülenmiş gibiydiler. Eniştesi anlattığında mübalağa ettiğini düşünmüştü Tacettin. Ama görüyordu ki onun anlattıkları, gördüklerinin karşısında kifayetsiz kalırdı.

Keskin evlerinde görmeye alışık oldukları sedirlerin, köşe ve yer minderlerinin yerini burada beyaz lake üzerine yaldız işlemeli kadife koltuklar, dikdörtgen şeklinde uzun beyaz bir yemek masası, koltuklarla bir örnek sandalyeler almıştı. Şaziye'yle Tacettin'i en çok şaşırtan da salonun karşı köşesine yerleştirilmiş olan kırmızımtırak renkte maun kaplama piyano oldu. Oğlanların umurunda değildi ama, Mefharet bile görkemli salonu hayranlıkla izlemekteydi.

Koltuklara buyur edildiler önce. İstanbul işi olduğu ilk bakışta anlaşılan çikolatalardan ikram etti Celile Hanım. Getirilen hediyeleri açtı, teşekkür etti.

"Ne zahmet etmişsiniz" diyerek Tacettin'in getirdiği gümüş nazarlığı masanın arkasındaki duvarın üzerine tuttu.

"Buraya asarız değil mi İhsan?" diye sordu kocasına.

"Sen nasıl münasip görürsen."

Ufak tefek ama hoş ve zarif bir kadındı Celile Hanım. Davranışları kocası kadar sıcak olmasa da gereken nezaketi ve ilgiyi gösteriyordu misafirlerine. Vücuduna oturan nefti yeşil bir elbise vardı üzerinde. Ayaklarında da terlik yerine aynı renkte zarif iskarpinler... Elbisesinin yakasındaki elmas iğneyle kulağındaki küpeler aynı montürdeydi. Sol elinin yüzükparmağındaki pırlanta alyans, takı bütünlüğünü tamamlıyordu.

Koyulaşmaya yüz tutan sohbetin arasında Mefharet'in merak dolu sesi duyuldu:

"Piyanoyu kim çalıyor?"

İhsan Bey, "Piyanonun sahibinin hazırlanması biraz uzun sürer" diyerek oturduğu koltuktan kalktı, salonun kemerli kapısına doğru yürüdü, içeriye seslendi.

"Behire! Seni bekliyoruz kızım."

Az sonra içeriye giren genç kızı tanıtmak görevini İhsan Bey üstlenmişti.

"Kızım Behire!"

Behire misafirlerle tek tek tokalaşarak masanın kenarına dizilmiş sandalyelerden birini çekip oturdu. İhsan Bey'in tek çocuğu, bir kızı olduğunu önceden biliyorlardı ama, kızının yetişkin çağda olacağını tahmin etmemişlerdi doğrusu.

Tip olarak annesine hiç benzemiyordu Behire. Yüz hatları daha çok babasını andırıyordu. İnce uzun boyu, buğday teni, koyu kumral saçlarıyla oldukça güzel bir kızdı. Çevresindeki insanlara biraz tepeden bakan bir havası mı vardı, yoksa Şaziye'ye mi öyle gelmişti, kestiremedi.

Salona girdiğinden beri ağzından tek söz çıkmamıştı. Genç kızların kalabalık içinde fazla konuşması hoş karşılanmazdı. Aldığı terbiye gereği böyle davrandığını düşündü Şaziye, içten içe takdir etti Behire'yi.

Celile Hanım'ın, "Sofraya buyurun" demesiyle kalktılar.

Celile Hanım, masanın çevresindeki sandalyelerin hangisine kimin oturacağını önceden tasarlamış gibi, misafirlerini sandalyelerine tek tek yerleştirdikten sonra kendisi için ayırdığı yere oturdu.

İlginç gelmişti Tacettin'e; masa düzeni evde Şaziye Ablalarla beraber yedikleri son yemekteki oturuş biçimine ne kadar benziyordu... Bu kez masanın başına Hacı Ali Bey'in yerine İhsan Bey oturmuş, bir yanına Rıza'yı, diğer yanına Tacettin'i almıştı. İhsan Bey'in karşısındaki, masanın diğer ucuna da Fatiş Hatun'un yerine Celile Hanım oturmuştu.

Ama Celile Hanım Fatiş Hatun gibi ikide bir kalkıp mutfağa gitmiyordu. İki yardımcı kadın yemekleri getirip büfenin üzerine koyuyorlar, ancak servise karışmıyorlardı. Ev sahibi olmanın bilinciyle yemek servisini bizzat Celile Hanım yapıyordu.

İstemeye istemeye gelmişti Tacettin ama, gördüğü hüsnükabulden memnundu. Ancak onu rahatsız eden bir şey vardı. Bu salon, bu eşyalar... ve hatta bu insanlar, bu insanların davranışları, şu karşıda duran piyano bile... Eniştesinin de söylediği gibi, fazla alafrangaydı!

Aniden masanın karşı tarafında, tam çaprazında oturan Behire'ye döndü.

"Piyanoyu siz çalıyormuşsunuz" dedi. "Herhangi bir eğitim aldınız mı?"

Açıkçası İhsan Bey'in, kızının isteğini kırmayarak bir heves uğruna bu piyanoyu satın aldığını ve ta İstanbullardan buraya taşımak zorunda kaldığını düşünüyordu.

Cevap vermeye istekli değildi Behire.

"İstanbul'dayken piyano hocam vardı" dedi. "Buraya gelince hocamdan da, aldığım derslerden de mahrum kaldım."

Sesindeki esef fark edilmeyecek gibi değildi. Zaten gülmeyen yüzü iyice asılmıştı. Sorup soracağına pişman olmuştu Tacettin.

Celile Hanım kızının eksik bıraktıklarını tamamlamak ister gibi, "Lise mezunudur Behire" dedi. "Bu yıl bitirdi liseyi. Küçük yaşlardan beri müziğe eğilimi var. Piyanonun yanı sıra keman ve ut da çalar kızımız."

Oturduğu yerde büzüldü kaldı Tacettin. Behire'nin yaşının daha küçük olduğunu düşünmüştü. Lise mezunu olduğunu bilse, muhatap alıp konuşmaya kalkar mıydı hiç?

Ayıp mı etmişti acaba? Ama her şeyleri gibi kendileri de alafranga değil miydi bu insanların? Erkeklerle kadınların aynı masada yemek yiyip sohbet edebildikleri bir ortamda evin kızına sorulan küçücük bir sorunun da hoşgörüyle karşılanması gerekirdi.

İhsan Bey'in yönelttiği soru da bu hoşgörünün ifadesi gibi geldi Tacettin'e:

"Evet, Keskin'e gelmekle Behire'nin piyano derslerine son vermek zorunda kaldık. Burada özel ders veren iyi bir musiki hocası bulabilir miyiz?"

Ortaya söylenmiş laftı ama, biraz önceki çelişkili gelgitlerinin üzerine gelince, kendisineymiş gibi algıladı Tacettin.

"Araştırırız İhsan Bey" deyiverdi.

Gerisini getiremedi. Ne gereksiz bir konuşmaydı yaptığı! Elin kızına müzik hocası bulmak ona mı kalmıştı?

Rıza Tacettin'in sıkıntısını anlamış gibi, Behire'ye dönerek, "Pek marifetliymiş kızımız" dedi. "Keskin'de sıkılmazsınız umarım. Neler yapmayı düşünüyorsunuz burada?"

Tam da bu soruyu bekliyormuş gibi, kırık bir sesle konuşmaya başladı Behire.

"Gözünü İstanbul'un Üsküdar'ında açmış birinin buralara alışması zor" dedi. "Neyse ki ilelebet Keskin'de kalacak değiliz. Tayinle geldiğimiz gibi, tayinle gideriz de."

Umulmadık, oldukça sert bir çıkıştı doğrusu. Şaziye'yle Tacettin'in kınamayı çağrıştıran bakışları aynı noktada birleşti. İstanbul'un havasını fazla solumak bazılarına iyi gelmiyordu demek...

Yemekten sonra, evin kızı sıfatıyla çay servisi görevini Behire üstlenmişti. Yüzünde zoraki bir gülümsemeyle gümüş tepsinin üzerindeki bardakları dağıtırken, bir an önce işini bitirip kaçıvermek istiyormuş hissi yaratıyordu karşısındakilerde.

Çayını alırken kızın yüzüne şöyle bir baktı Tacettin. Silah zoruyla orada tutuyorlardı sanki Behire'yi.

O an annesinin yanında olmasını şiddetle arzuladı Tacettin. Bu kızın ağzının payını ancak o verebilirdi. Ağzının payını vermek bir yana, alimallah parmaklarını saçlarına doladığı gibi...

Aklından geçirdikleri hınzırca bir gülüş olup oturuverdi dudaklarına. Annesinin kural tanımaz, delişmen hallerini özlemişti galiba...

# İki dövüşken kartal

Tacettin'in İhsan Beylerin davetine gittiği akşam Fatiş Hatun öfkesinden hop oturup hop kalkıyordu. En büyük derdi, haklı olduğuna inandığı bir konuda Hacı Ali Bey'in desteğini arkasına alamamaktı. Kocası da kendisi gibi tavrını ortaya koysa, bu kadar sorumsuz davranamazdı Tacettin.

Hacı Ali Bey'in karşısına geçti.

"Evi kiraya verdiği yetmiyormuş gibi, o eve gidip ziyafet sofralarına kuruluyor oğlun" dedi. "Ve bir baba olarak sen, kılını bile kıpırdatmıyorsun."

"İzam ediyorsun Fatiş Hatun" dedi Hacı Ali Bey. "Doğru olanı yapıyor Tacettin. Aslında senin de İhsan Beylere gidip hoş geldiniz ziyareti yapman gerekmez mi?"

İyice zıvanadan çıktı Fatiş Hatun.

"Oğluma gelin getirme hayalleri kurduğum bir evde başkalarının salınıp gezdiğini görmeyi gözüm götürmez benim" dedi. "O evin eşiğinden adımımı bile atmam ben! Diyelim ki Tacettin inadını kırıp evlenmeye kalktı... Ne olacak o zaman? Nasıl boşaltacaksınız evi?"

"Gelinini bu eve getirmeye ne dersin?"

Bir anda yelkenleri suya indiriverdi Fatiş Hatun. Hacı Ali Bey'in latife olsun diye söylediği sözleri ciddiye almıştı. Heyecanlı bir sesle sordu:

"Tacettin kabul eder mi dersin?"

Hacı Ali Bey karısının davranışlarındaki yumuşamanın üstüne gitme kararındaydı. Onu en azından şimdilik oyalayabilecek güçlü bir koz geçmişti eline. İyi kullanmalıydı bu fırsatı.

"Neden olmasın?" diye güldü. "Böylesi seni daha çok memnun etmez mi?"

Yüzünde güller açmıştı Fatiş Hatun'un. Birbiriyle ilişkili ilişkisiz bin bir düşünce fır dönüyordu kafasında. Eve getireceği gelin hazırmış, iş düğün dernek kurmaya kalmış gibi, içinden geçenleri ortaya dökmeye koyuldu.

"Üst kattaki misafir odasını boşaltırız" dedi hevesle. "Ferahtır o oda. Büyüktür de. Orayı hazırlarız Tacettin için... Önce razı olmaz belki. Ben karışmam. Madem bu fikri sen ortaya attın, oğlunu razı etmek de sana düşer."

Hacı Ali Bey uzun uzun süzdü Fatiş Hatun'u. Sıcacık bir şefkat vardı bakışlarında. Karısının çaresizlik içinde en olamayacak dualara amin demeye hazır hali içine dokunmuştu.

"Tasalanma sen" dedi. "Zamanı gelince her şey yoluna girer. Hele oğlumuzun gönlüne göre bir kız bulalım, gerisi kolay."

Gözleri parlamıştı Fatiş Hatun'un. Hep bu anı beklemişti. Kocasının yanında olduğunu bilmeyi... Hacı Ali Bey baştan beri böyle davransaydı, Fatiş Hatun'un da oğluna karşı ters davranışlar içine girmesine gerek kalmayacaktı.

Neyseydi... Zararın neresinden dönülse kârdı. Tacettin her sözüne karşı çıkan, hırçın bir anneye muhatap olmayacaktı artık. Kararlıydı Fatiş Hatun, oğlunu yeniden kazanmak için elinden geleni ardına koymayacaktı.

Bu konuşma ilaç gibi gelmişti Fatiş Hatun'a. Karanlığa gömülmüş en çapraşık meseleleri bile aydınlık yüzleriyle görmeye çalışırken, ruhunun yıkandığını hissediyordu adeta.

Bu iyimser hali, cuma akşamı Şaziye, kocası ve çocuklarıyla yemek yerlerken, çevresindeki herkesi şaşırtacak boyutlara erişti. Şaşkınlıktan payını alanların başında da Tacettin geliyordu...

Diğer yemeklerin yanında bir tabak da keşkek konulmuştu sofraya.

"Uzun işe kalkışmışsın anne" dedi Şaziye. "Keşkek pişirmek sabır ister. Hele onu dövmesi..."

Doğruydu, şu bir tabak keşkeği ortaya koyabilmek için saatlerce uğraşmıştı Fatiş Sultan. Sabah erkenden kalkmış, tencerenin içine koyduğu kemiksiz etin üzerine bir akşam önceden ısladığı buğdayı ilave ederek etle buğday birbirinin içinde eriyinceye kadar kaynatmıştı. Sonra da mutfakta çalışan kim varsa tahta tokmakla keşkeği dövme işine katılmış, kaşıkla çekilince uzayacak kıvamda, sakız gibi bir keşkek ortaya çıkarmışlardı. Üzerine gezdirilen kırmızıbiberli yağla hoş bir görünüm arz ediyordu.

Bu kadar emeğe karşılık, çocuklar yüzüne bile bakmıyordu keşkeğin.

"Biliyorum, sevmezsiniz siz" dedi Şaziye'ye.

Tacettin'in sırtını sıvadı, "Oğlum için yaptım!" dedi. "Küçüklüğünden beri pek sever keşkeği Tacettin'im."

"Ellerine sağlık anacığım" diyerek tabağındaki keşkeği kaşıkladı Tacettin. Annesinin bu özel ve zahmetli ikramını neye yoracağını bilememişti ama, eski günleri çağrıştıran bu küçük şımartılma hoşuna gitmişti doğrusu.

Ana oğul arasında esen ılıman rüzgârların, söyleyeceklerinden sonra hangi yöne döneceğinin merakındaydı Şaziye:

"İhsan Beyler iadeiziyaret amacıyla bize gelmek istiyorlar. Akşam oturması demişler Rıza'ya ama, yemeğe davet ettim ben. İzzetli ikramlı sofralarına oturmuşken kuru bir çay ziyaretine buyur etmek ayıp olurdu."

Sustu, icazet almak ister gibi annesinin yüzüne dikti gözlerini.

"İyi etmişsin" dedi Fatiş Hatun. "Yapılan davetlerin karşılığı aynen verilmeli. Ne zaman geleceklerini haber ver, birkaç kap yemek yaptırıp göndereyim sana."

Kulaklarına inanamadı Şaziye. Ne olmuştu annesine böyle? Yakaladığı ılımlı havayı kaçırmak istemedi.

"Sen de geleceksin tabii ki!" dedi Tacettin'e.

Rıza karısının eksik bıraktığını tamamlamak için araya girmek zorunda kalmıştı.

Bakışlarını Hacı Ali Bey'le Fatiş Hatun'un üzerinde bölüştürerek, "Sizleri de bekleriz" dedi.

Başka zaman olsa cevap mutlaka Fatiş Hatun'dan gelirdi. Ama bu kez karısı susmayı tercih edince Hacı Ali Bey'e düştü söz.

"Sizlere afiyet olsun. Tacettin'in bizi temsil etmesi yeterlidir."

Fatiş Hatun minnet ve hayranlık dolu sıcacık bakışlarıyla kucakladı kocasını. İsteyince nasıl da isabetli konuşabiliyordu Hacı Ali Bey...

Bu meseleyi korktuğuna uğramadan çözmenin verdiği cesaretle bir kez daha Tacettin'e döndü Şaziye.

"Gece de bizde kalırsın artık. Geç vakit yollara düşeceğine..."

Bir an irkilir gibi oldu Fatiş Hatun. Toparlandı hemen.

"İyi olur ya" dedi. "Adnan'ı koynuna alır yatarsın."

Baştan beri konuşulanları sessizce izleyen Ümüş Hatun karşısındaki tozpembe tablonun kış ortasında birdenbire ortaya çıkıveren yalancı bahara benzememesi için dua ediyordu.

* * *

Şaziye, yardımcısı Gülizar Hanım'la beraber sabahtan akşama kadar kendini helak edercesine çalışmış, tüm marifetini yemeklerine katarak mükemmel bir sofra hazırlamıştı. Fatiş Hatun da söz verdiği gibi bir servis tabağı yaprak sarmayla bir tepsi suböreği hazırlatıp bekçinin oğluyla kızına göndermişti.

Şaziye akşam saatlerinde her şeyi hazır etmiş, misafirlerini bekliyordu. Tacettin geldi önce. Hemen ardından İhsan Beyler.

İki taraf da birbirine aşinaydı artık. Resmiyetin soğuk yüzü ısınmaya meyletmişti. Konuşmalar daha samimi, daha sıcaktı. İlk karşılaşmalarında sert çıkışlarıyla göze batan Behire bile daha ılımlıydı bu akşam. Sofrada yanında oturduğu Mefharet'le sohbet ediyor, kendisine yöneltilen sorulara aklı başında cevaplar veriyordu.

Celile Hanım da eli boş gelmemişti. Kenarları iğne oyası işlemeli, köşelerine renkli ipek iplikle nakışlar işlenmiş, on iki kişilik krep çay takımı getirmişti Şaziye'ye.

"Behire'nin el emeği, göz nuru" dedi verirken.

"Behire mi?" dedi hayretle Şaziye.

"Behire ya!" diye güldü Celile Hanım. "Nakış, dikiş, her şey gelir benim kızımın elinden. Boş zamanlarında eli boş kalmaz."

Lafa karışmaktan kendini alamadı Behire.

"Burada boş zamandan bol ne var?"

Serzenişinde haklıydı belki ama her fırsatta Keskin'le ilgili bir yakınmayı dile getirmesi hoş değildi.

Behire'nin yüzüne dikkatle baktı Şaziye. Gözlerine... Sözleri yakıcı olsa da masumdu yüzü. Bakışları duruydu. Bu kez ensesinde toplamıştı saçlarını. İlk karşılaştıklarından daha olgun görünüyordu.

Celile Hanım kızını mazur gösterme ihtiyacındaydı.

"Behire burada çok sıkılıyor" dedi. "Onu oyalayacak esaslı bir meşgaleye ihtiyacı var."

"Müzik hocası bulamadınız galiba" dedi Tacettin.

Celile Hanım'a sorulan sorunun cevabı Behire'den geldi.

"Bulamadık. Bulacağımız da yok. Önceki derslerin üzerinden geçerek tek başıma çalışıyorum."

Yumuşak bir edayla söylenmiş olsa da isyan kokuyordu sözleri. Bu defa kızmadı Tacettin, hatta içinden hak verdi kızcağıza. Doğma büyüme Keskinli olmak, Keskin hakkındaki bazı doğruları inkâr etmesini gerektirmiyordu.

Ama Behire'nin bir sonraki cümlesi Tacettin'in canını sıkmaya yetecek güçteydi:

"Ne yapalım, buradan gideceğimiz güne kadar idare edeceğiz artık."

Bu kadarı fazlaydı! Keskin'i bir an önce kaçıp gidilecek bir yer olarak görmek haksızlıktı. Bu lafları Keskinlilerin yüzüne haykırmaksa en azından saygısızlık olarak ifade edilebilirdi. Yanı sıra burada yaşayanları aşağılamaya da kimsenin hakkı yoktu.

İhsan Bey de kızının hudutlarını aştığını düşünmüş olmalı ki, "Alışmaya çalışsan iyi edersin Behire'ciğim" diyerek araya girdi. "Buradan ne zaman gideceğimiz belli mi? Yeniden tayinimin çıkması uzun zaman alabilir."

Baba kızın birbirlerine bakışlarından, aralarındaki bağın ne kadar güçlü olduğu anlaşılabiliyordu. İhsan Bey'in sözleri üzerine yatışmış, ipek gibi olmuştu Behire.

"Biz de bekleriz babacığım" diye gülümsedi. "Senin hatırına her şeye katlanırım ben."

Katlanmak! Gaf üstüne gaf yapıyordu ama, bu sefer yüzü gülüyordu hiç değilse.

Konuşulanları dikkatle dinleyen, ama ev sahibi sıfatıyla ters bir şey söylememek için susmayı tercih eden Rıza dayanamadı sonunda.

"O kadar da kötü değildir Keskin'imiz" dedi. "Ben de aslen Antepliyim. Şaziye'yle evlenip buraya yerleştim. İyi de etmişim. İki memleketim oldu bu sayede... Doğrudur, ilk zamanlar yadırgar insan, ama zamanla alışılıyor. Tayinle gelen ne memurlar gördük burada. Gelirken ağladılar, giderken ağladılar..."

"Çok haklısınız" dedi İhsan Bey. "Şimdiden Keskin'e ısındım ben. Eşim ve kızım da her geçen gün biraz daha alışacaklardır. Bundan eminim."

Misafirleri yolcu ettikten sonra, gece üzerine biraz sohbet ettiler. Ardından odasına çekildi Rıza. Çocuklar çoktan yatmıştı.

Tacettin'in yatacağı yatağa çarşaf sererken, "Behire hakkında ne düşünüyorsun?" diye sordu Şaziye.

"Ne düşüneceğim?" diye güldü Tacettin. "Tam bir İstanbul kızı! Babası da biraz fazla şımartıyor gördüğüm kadarıyla."

"Sorduğum o değil. Senin söylediklerin, aynanın görünen yüzü. Bana kalırsa tahsiliyle, bilgisi görgüsüyle mükemmel bir kız Behire. Lise mezunu, piyano, keman, ut çalan, elinden nakış dikiş gelebilen kaç kız gördün sen? Keskin'in ona dar gelmesi doğal değil mi? Taşıdığı özellikler mütevazı davranmasını engelliyor haliyle."

Mübalağalı övgülerin gidişatından rahatsız olmuştu Tacettin. "Bana ne bunlardan?" dedi.

"Bak Tacettin... Annem gibi ille de evlen diye yakana yapışacak değilim. Ama bütün hayatını da böyle sürdüremezsin. Bu kız tam sana göre. Hemen olmaz deme. Düşün taşın... Konuşuruz sonra."

Birden aklına gelmiş gibi gülerek ekledi:

"Böyle marifetli, biraz da dik başlı bir İstanbul kızı Fatiş Hatun'un gönlünden geçen gelin hayaline hiç uymuyor ama... Sen istersen, kabul etmemek gibi bir şansı yok anacığımın."

"İki dövüşken kartal gibi!" diye güldü Tacettin. "Hangisi hangisini yener dersin?"

Elindeki yastık kılıfını bırakıp yatağın köşesine oturdu Şaziye.

"Bu iyi işte" dedi. "Doğru yola girdin bile. Onları dövüştürme noktasına gelmen, bu işe kafanın yatacağını gösteriyor."

"Yok be abla! Sırf anneme inat olsun diye onun tasvip etmeyeceği birini gelin diye karşısına çıkaracağımı düşünmüyorsun herhalde. Olacağından değil ya, lafın gelişi işte..."

"Lafın peşinden gerisi de gelir inşallah!"

Başını yastığa koyduğunda ablasıyla konuştuklarını düşündü Tacettin. *Evlenme* sözünün ağır bastığı konuşmanın anlamsızlığını, gereksizliğini, saçmalığını...

Birden bir eksiklik hissetti. Yabancı yerde yatmanın huzursuzluğunu duydu içinde. Patricia ve Ali'yle hasret gideremeyecekti bu gece. Fotoğraflar evde, başucundaki komodinin gözünde kalmıştı...

# Geri gelmesi mümkün olmayan sevgililer

Odacısı kapıyı aralayıp, "Bir misafiriniz var" dediğinde masanın üzerindeki dosyaları tarayarak, günlerdir üzerinde çalıştığı raporu tamamlamaya çalışıyordu Tacettin.

"Kimmiş?" dedi başını kaldırmadan.

Odacının hemen arkasında İhsan Bey'i görünce yerinden fırladı.

"Hoş gelmişsiniz" dedi. "Sizi burada görmek ne büyük şeref."

Masanın önündeki maroken koltuklara geçip oturdular.

"Değerli vaktinizi almak istemem ama sizinle konuşmak istediğim önemli bir mevzu var."

"Dinliyorum sizi" dedi Tacettin. "Ama önce bir şeyler içelim. Kahve ya da çay, hangisini tercih edersiniz?"

"Kahve olabilir" derken çekingen, ürkek bir tavır sergiliyordu İhsan Bey. Tacettin'e çevirdiği bakışlarını toplayıp uzaklara dikiyor, ardından tekrar Tacettin'e çeviriyordu.

Birbirlerini fazla tanımayan insanlara has, mesafeli bir sohbeti paylaşarak içtiler kahvelerini. İhsan Bey, odacının boş fincanları almasını bekliyormuş gibi, kapı kapanır kapanmaz derin bir soluk alarak konuşmaya başladı.

"Sebebi ziyaretim kızım Behire'dir, Tacettin Bey."

Gene musiki hocasıyla ilgili bir taleple karşılaşacağını düşünen Tacettin oturduğu yerde huzursuzca kıpırdandı.

"Yanlış anlamanızı istemem" dedi İhsan Bey. "Keskin'de

vazife ifa etmekten şikâyetçi değilim. Ancak Behire cihetinden bakınca, içinde bulunduğu şartların elverişsiz olduğunu görüyorum."

"Zaman içinde alışabileceğini bizzat siz söylemiştiniz."

"Bu iş o kadar kolay değil Tacettin Bey."

Devamını getirmeden önce durakladı, Tacettin'in yüzünde cesaret bulabileceği bir ifade aradı.

"Evlenme çağına geldi Behire" dedi. "İstanbul'da pek çok talibi vardı, beğenmedi hiçbirini. Hepsinde bir kusur buldu. Buradaysa kusur bulacak bir muhatabın bile karşısına çıkması zor görünüyor."

Sustu, sözlerinin Tacettin'in üzerindeki tesirini ölçtü. Alçak sesle konuşmasına devam etti.

"Dediğim gibi, hem zevcem Celile Hanım, hem de ben Keskin'de yaşamaktan mutluluk duyuyoruz. Ancak buraya gelmekle kızımızın kısmetini kapatmış olduğumuzu düşünüyoruz. Keskin'de kaç sene kalacağımız belli değil. Bu süre zarfında elini kolunu bağlayıp evde mi oturtacağız kızımızı? Celile de, ben de endişe duyuyoruz Behire için. Keşke İstanbul'daki taliplerinden biriyle evlendirip öyle gelseymişiz Keskin'e. Ama kimseleri kendine münasip görmedi ki kızımız."

Konuşmanın gidişatından hoşnut değildi Tacettin. Lafın nereye varacağını kestiremiyor, kendisiyle ilgisi olmayan aile meselelerini dinlemekten rahatsızlık duyuyordu.

"Size bunları neden anlattığımı merak ediyorsunuz değil mi? Zevcemden başka dertleşeceğim, meseleleri paylaşacağım kimsem yok inanın. Tanıdığım kadarıyla her bakımdan mükemmel bir insansınız siz. İyi bir mevkidesiniz, saygıdeğer bir aileye mensupsunuz."

Bu iltifatları kabul etmekle ağır bir yük altına girebileceğini hissetti Tacettin.

"Teveccühünüz efendim" diyerek geçiştirmeye çalıştı. "Aileme layık bir evlat olma gayretindeyim, hepsi bu."

"Mütevazı olmak, hakikatleri görmezden gelmeyi gerektirmez. Keskin'de sizin hasletlerinize sahip ikinci bir kişi göremiyorum ben."

Sustu. Bakışlarını Tacettin'in gözlerinin içine teslim etti.

"Eğer siz de münasip görürseniz..." dedi. "Behire'yle evlenmenizi talep ediyorum!"

Bir anda tonlarca yükün altında kalmış gibi, oturduğu yere çakıldı kaldı Tacettin. Ağzını açıp tek söz edecek gücü bulamıyordu kendinde. İnanamıyordu duyduklarına. Binbaşı İhsan Bey, açık açık kızıyla evlenmesini istemişti Tacettin'den!

Koltuğundan kalktı. Çay söyledi odacıya. Misafirine yeni bir ikramda bulunmak değildi niyeti. Vereceği cevabı toparlamak için zaman kazanmaya çalışıyordu.

Tek kelime etmeden, sessizce içtiler çaylarını.

"Teşekkür ederim İhsan Bey, beni kızınıza layık görmeniz büyük şereftir" diyerek konuşmaya başladı Tacettin. "Behire Hanım'ın her bakımdan mükemmel bir insan olduğundan kuşkum yok. Ancak... evlenmek bana haram! Yaralıyım ben İhsan Bey. Bu derin yara yeni bir hayat kurmama müsaade etmiyor."

"Nasıl bir yara bu? Mahzuru yoksa öğrenebilir miyim?"

İçinde kopan fırtınaları paylaşma ihtiyacıyla yanıp tutuşsa da, ilk kez baş başa kaldığı birine yüreğini açabilir mi insan?

Neden olmasın? Aralarında hiçbir bağ olmayan iki yabancının dertleşmesi, karşısındakine içini dökmesi çok daha kolaydır aslında. Kimse kimseye karışmaz bu geçici beraberlikte, şunu neden yaptın diye hesap sormaz. Suçlama, aşağılama, kınama, sorgulama yoktur aralarında. Biri derdini anlatır, diğeri dinler. Anlatan hafifler, ferahlar; dinleyen karşısındakinin ferahından payını alır.

Kendi kendine bile itiraf edemediklerini İhsan Bey'in önüne açıp açmamakta kararsız kaldı Tacettin. Paylaşma ihtiyacı baskın çıktı sonunda.

"Yıllar önce gayrimüslim bir kızla beraberliğimiz oldu. Patricia'yla..."

Kuru, yavan, içeriğindeki duyguları anlatmakta kifayetsiz bir cümleydi. Kendi söylediğini kendi de beğenmedi. "Gayrimüslim bir kızla beraberlik" demekle Patricia'ya olan aşkını sıradan bir gönül macerasına indirgemiş oluyordu.

Uzaklara dalan gözlerini Patricia'yla buluşturdu, özür diledi ondan. Sevgisini yüreğinde tüm sıcaklığıyla hissedinceye kadar bekledi. Konuşmaya başladığında daha güçlüydü sesi.

"Çok sevdik birbirimizi. Evlenmek istiyordum. Ailem karşı çıktı. Çocuğumuz oldu... Ali! Onun varlığı bile yumuşatamadı ailemi. Nuh dediler, peygamber demediler. Ve sonra mübadele! Patricia'yla Ali'yi burada tutmak için çırpındım. Olmadı, beceremedim.

Gittiler! Arkalarında bir enkaz bırakarak. Dedim ya, yaralıyım ben. Hem de ağır yaralı. Böyle bir adamdan size damat, kızınıza koca olmaz İhsan Bey!"

Hiçbir tepki vermeden dikkatle dinliyordu İhsan Bey. Konuşmak için Tacettin'in sözünü bitirmesini bekledi.

"Mübadele demiştiniz değil mi?"

"Evet. Pek çok insanı topraklarından söküp aldığı gibi, bizi de birbirimizden kopardı mübadele."

Son söylenenleri duymamış gibi, "Yani gidenlerin dönüşü yok!" dedi İhsan Bey.

"Öyle. Ama hep benim yanımdalar onlar."

İşin duygusal yönünü önemsemez görünüyordu İhsan Bey. Ama karşısındakine saygı gereği, amacını aşacak sözler söylememeye gayret ediyordu.

"Peki, nereye kadar böyle gidecek Tacettin Bey?" diyerek yeni bir sayfa açtı konuşmasına. "Geri gelmesi mümkün olmayan sevgilileri beklemek, içli aşk romanlarında, tahayyül gücüyle ortaya konulan sinema filmlerinde olur ancak. Bütün ömrünüzü yaşadığınız o birkaç senenin gölgesinde mi geçireceksiniz?"

"Evet, niyetim bu. O seneler çok değerli benim için. Bana gölge değil, ışık veriyorlar. O ışık olmasa yolumu kaybederim ben. Yaşayamam..."

"Yaşarsınız! Tecrübelerime dayanarak söylüyorum bunu. Yaşarsınız yaşamasına da bir yanınız eksik kalır hep. Askeri okuldan bir arkadaşım vardı. Bekir! Benim gibi İstanbulluydu o da. Okul bitince Şark'a çıktı tayini. Malatya'nın küçük bir nahiyesine. Gitti. Oradaki aşiretin ileri gelenlerinden birinin kızına sevdalanmış. Nehir kenarında kaçamak buluşmalar, alınıp verilen mektuplar... Küçük yer, dedikodu ayyuka çıkmış haliyle. Hoca nikâhıyla evlenmek zorunda kalmışlar. Ailesine söyleyememiş bile! Senesine bir oğulları olmuş.

Üst kademelerde eşi dostu bol olan, nüfuzlu bir ailesi vardı Bekir'in, tayinini İstanbul'a yakın bir kazaya aldırdılar. Oğlu henüz iki yaşındaymış o zamanlar. Karısını ve çocuğunu İstanbul'a götürmesi imkânsız! Ailesi dünyada kabul etmez böyle bir gelini. Onları öylece bırakıp tek başına vazife göreceği yere gitmiş. Ailesini razı edip ikisini de yanına alma ümidiyle... Yaptığı hesaplar tutmamış ne yazık ki. Karısı ve oğlu kasabalının hakaretlerine maruz kalınca dayanamamış kadın. Fırat'ın azgın sularına atmış kendini. Oğluyla beraber..."

"Ya sonra?"

Tacettin'in gösterdiği ilgiden memnun olmuştu İhsan Bey. Kaldığı yerden devam etti anlatmaya.

"Kahroldu bizim Bekir! Deliye döndü üzüntüsünden. Acısı yetmezmiş gibi, bir de vicdan azabı çekiyordu üstelik. İki yıl boyunca mecnunlar gibi gezdi durdu. Sonrasında... evlendi. Ne yapacaktı evlenmeyip de? Gidenlerin arkasından tutulacak matemin süresi çoktan dolmuştu. Hayat devam ediyordu. Etmeliydi!"

"Şu anda ne yapıyor Bekir Bey?"

"Karısı ve çocuklarıyla beraber mesut bir hayat sürüyor. Ha... geride kalanları unutmuş mudur diyecekseniz, hiçbir şey unutulmaz Tacettin Bey. Ama insan hayatı, aldığının yerine yenilerini koyabilecek zenginliğe sahiptir."

"Herkesin hikâyesi farklı" diyerek omuz silkti Tacettin. "Ölüm, kesin bir bitişin ifadesi. Yaşayan birilerine ölmüş muamelesi yapmak, kendini aldatmasıdır insanın. Şükürler olsun ki Patricia'mın ve Ali'min yaşadıklarını biliyorum. Beni ayakta tutan yegâne güç de bu zaten."

"Elinizi uzatıp tutamadığınız hiçbir şey size ait değildir. Kendinizi kandırmayınız."

Çok şaşırtıcıydı, Tacettin'in neler yaşadığını öğrendikten sonra bile, dolaylı yollarla da olsa ısrarını sürdürebiliyordu İhsan Bey.

"Yani siz geçmişte olup bitenleri öğrendikten sonra da kızınızla evlenmem konusunda aynı düşünceleri taşıdığınızı mı söylemek istiyorsunuz?"

Güldü İhsan Bey.

"Her insan kapalı bir kutudur" dedi. "Siz kendi kutunuzu cömertçe açtınız bana. Masum ve acılı bir hikâye çıktı içinden. Hiç tanımadığım bir başka kişi kızıma talip olsa... Onun kutusunda neler var, bilebilir miyiz?"

Yüzüne dağılmış gülüşünü topladı, ciddi bir ifadeyle devam etti konuşmasına.

"Çok gençsiniz Tacettin Bey. Önünüzde upuzun bir yol var. O yolun saadete uzanması sizin elinizde. Emin olunuz ki kızımla evlenesiniz diye söylemiyorum. Behire ya da bir başkası... Birilerinin hayatınıza zenginlik katmasına müsaade etmelisiniz. Yaşarken ölmeye mahkûm etmeyiniz kendinizi."

Etkileyici bir konuşma tarzı vardı İhsan Bey'in. İzdivaç konusundan nerelere gelmişti muhabbet...

"Biliyor musunuz, bu anlattıklarımı daha önce kimseyle paylaşmadım ben" dedi Tacettin. "Aris vardı bir zamanlar. Artin... Her şeyini bilirdik birbirimizin. Gittiler... Tek başıma kaldım. İçime gömüldüm. Sizinle konuşmak iyi geldi."

"Bana itimat ederek sırlarınızı paylaştığınız için teşekkür ederim. Anlattıklarınızın bende kalacağından emin olabilirsiniz. Bu arada, dürüst ve açık sözlü davranışınız sayesinde size olan takdirimin daha da arttığını söyleyebilirim."

"Ben de sizin şahsınızda sağlam bir dost kazandığımı düşünüyorum İhsan Bey. Behire Hanım'a gelince... Tekrar söylüyorum, her bakımdan mükemmel bir kız evladı yetiştirmişsiniz. Doğru insanı bulup en isabetli izdivacı yapmasını temenni ederim."

Gözlerini kısarak, "Doğru insanı bulduk da, doğru olanı ona gösteremiyoruz bir türlü!" diye gülümsedi İhsan Bey.

Bu zarif latifeye latifeyle cevap verdi Tacettin de.

"Diyelim ki kızınıza talip oldum... O beni, bir Keskinliyi koca olarak kabul eder mi?"

Küçük bir kahkaha attı İhsan Bey.

"İşte ona garanti veremem" dedi. "Behire cephesi, sizinkinden katbekat zorlu bir mücadele gerektirir."

# Yeni bir yol çizebilmek

*Ömür boyu süren hasretler vardır*
*Ne yaşarsa yaşasın*
*Bir yanı eksik kalır insanın*

Kendine itiraf edemese de İhsan Bey'le yaptığı konuşma derinden etkilemişti Tacettin'i. Üzerine yapışıp kalan izleri silmek ister gibi, eve gidip odasına çıkar çıkmaz Patricia ve Ali'yle kucaklaştı. Her gece olduğundan daha fazla konuştu onlarla.

"Kim ne derse desin seninleyim ben" dedi Patricia'ya. "Hiçbir güç beni senden ve Ali'mden koparamaz."

İtiraflar geldi ardından.

"Çok üzerime geliyorlar Patricia'm. Hiç ummadığım insanlar karşıma geçip hayat tarzıma müdahale etmeye kalkıyor. Kimin ne haddine! Sizlerden vazgeçebilir miyim ben hiç? Geri gelmesi mümkün olmayan sevgilileri beklemenin saçmalığını haykırıyorlar yüzüme. Geri dönmeyecek olsan da seninle sürdürdüğümüz beraberliğimizin derinliğini idrak etmekten âcizler."

Elinde tuttuğu fotoğrafı yastığın üzerine koydu. Sırtüstü yatağa uzandı, gözlerini tavana dikti. İhsan Bey'in sözleri kulaklarında çınlıyordu.

*"Mübadele demiştiniz değil mi?"*

*"Yani gidenlerin dönüşü yok!"*

*"Nereye kadar böyle gidecek Tacettin Bey?"*

*"Bütün ömrünüzü o birkaç yılın gölgesinde mi geçireceksiniz?"*

*"... Yaşarsınız yaşamasına da bir yanınız eksik kalır hep."*

Doğrulup kalktı yataktan. Beyninde çakan ani bir şimşekle deliye dönmüş gibiydi. Yastığın üzerindeki fotoğrafı eline aldı. Patricia'nın gözlerine baktı hırsla.

"Sana da evlenmen için aynı baskıları yapıyorlar mı?" diye haykırdı. "Sana da aynı şeyleri söyleyerek beynine hükmetmeye çalışıyorlar mı?"

Aklına gelen ürkütücü ihtimali kovalamak ister gibi, "Olmaz öyle şey!" diye söylendi kendi kendine.

Ama... neden olmasındı? Giderken, "Kızıma koca, torunuma baba bulurum ben!" diye meydan okumamış mıydı Omorfia? Kim bilir kimleri çıkarmıştı kızının karşısına... Razı etmek için ne diller dökmüştü.

Belki evlenmişti bile Patricia!

Ya Ali? Unutmuş muydu babasını? Daha da kötüsü, bir başkasına "baba" demek zorunda bırakılmış olabilir miydi?

Acı içinde çaresizce kıvranıyordu Tacettin. Sakinleşmeye çalıştı. Söz dinlemez duygularını dizginleyip mantığına özgürlük tanıdığında daha iyi düşünebiliyordu.

*Yaşananların bitiş noktasına gelindiğinde, ileriyi görüp yeni bir yol çizebilmek!*

Doğru olan buydu belki de.

Ama o yaşananları yok saymak mümkün müydü? Yanlışların üstü çizilirdi. Üstü çizilecek bir yanlış yaptığına inanmadığı gibi, yaşadığı hiçbir şeyden de pişmanlık duymuyordu Tacettin.

Ne var ki hastalıklı bir ruh haliyle günden güne içine kapandığının, dış dünyayla arasına duvarlar ördüğünün de farkındaydı. Fotoğrafların, hatıraların itici gücüyle sürüp gidecek bir ömür nereye kadar taşıyabilecekti Tacettin'i?

Bir evi, bir yuvası olsun istemez miydi? İsterdi elbet. Ama laf evlenmeye gelince çatallaşıyordu işler. Patricia'yı içine alıp yüreğinin kapılarını bir daha açılmamak üzere kapatmıştı Tacettin. Orada hiç kimseye yer yoktu, olmayacaktı da.

İyi de, evlenmek için ille de birilerine sevdalanmak gerekmiyordu ki! Patricia ile karşılaşmamış olsa, annesinin gösterdiği onlarca gelin adayı arasından birisini seçip evlenmeyecek miydi? Çevresindeki evliliklerin hepsi aşk ve sevda üzerine mi kuruluydu?

Tacettin aşkı da, sevdayı da tatmış ve yaşamıştı. Ancak, bir başka kişiye bu duyguları tattıracak gücü ve hevesi kalmamıştı. Bu şartlarda, yüreğinde kimselere zerre kadar yer açamayacağına göre, Behire ya da bir başkasıyla evlenmeye kalkması, o kişiye yapılabilecek en büyük haksızlık değil miydi?

Kendisiyle mücadele etmekten yorgun düşmüştü Tacettin. Bedeninde farklı düşünce ve duygulara sahip iki ayrı kişi vardı sanki. Biri duygularını öne çıkarıp yüreğinin diliyle konuşan, diğeri akıl yoluyla doğruları göstermeye çalışan iki farklı karakter... Kıyasıya hırpalıyorlardı birbirlerini. Hangisinin haklı olduğuna karar veremiyordu Tacettin.

Patricia'yla Ali'ye sığındı gene de. Duygusal yanı ağır basmıştı ve onların sıcaklığına ihtiyacı vardı. Bu sıcaklığı başka hiçbir yerde, hiç kimsede bulamayacağından emindi.

* * *

Gün boyu yağan yağmur iki gündür esen şiddetli rüzgârın kaldırdığı tozu, kiri pası toprağa indirmiş, solunan havaya ferahlık katmıştı.

Ne var ki bu ferahlık, günlerdir çelişkileriyle ve çözümsüzlükleriyle boğuşmaktan yorgun düşen Tacettin'in içini serinletmekten uzaktı. Beyninde kıvrımlanan soru işaretlerini birileriyle paylaşma ihtiyacındaydı. İçinden söküp atamadığı sorunlarına onun gözüyle bakabilecek tek adrese, Şaziye Ablasının evine doğru hızlı adımlarla yürüyordu.

Hiç beklemediği bir anda Tacettin'i karşısında gören Şaziye'nin şaşkınlığı yüzünden okunuyordu.

"Ne o, içeri almayacak mısın beni?" dedi Tacettin.

"O nasıl söz, geç içeri. Rıza da yeni geldi çiftlikten. Tam zamanında geldin, yemeğe oturmak üzereydik biz de."

Yemekten sonra, konuşmaya başlamak için çocukların yatmasını bekledi Tacettin.

Ablası ve eniştesiyle baş başa kalınca, "Geçen gün İhsan Bey geldi" dedi sıradan bir olayı anlatır gibi.

"Hayret" dedi Rıza. "İhsan Bey bu tür ziyaretlere pek kalkışmaz ama..."

"Epey konuştuk" dedi Tacettin.

Esas konuya nasıl gireceğini bilememenin huzursuzluğu çökmüştü üstüne.

"Behire'den bahsetti" deyip sustu.

"Ee?" dedi Şaziye merakla. Bir şeyler sezinler gibi olmuştu ama, Tacettin'i dinlemeliydi önce.

"Keskin'e gelmekle Behire'nin kısmetini kapattıklarını düşünüyor" diye devam etti. "Keşke İstanbul'da evlendirip öyle gelseydik diyor."

"Haksız da değil" dedi Rıza. "İyi yetişmiş İstanbullu bir kızın buralarda koca bulması zor."

"Ama imkânsız değil!" diye güldü Şaziye.

Ablasını duymazdan geldi Tacettin.

"Sonra da iltifatlara boğdu beni."

Şaziye'yle Rıza göz altından birbirlerine bakıp gülüştüler.

"Ah benim acemi kardeşim" dedi Şaziye. "Adam resmen kızımla evlenir misin demeye getirmiş. Anlayamadın mı bunu?"

İhsan Bey'le konuştuklarının tamamını anlatmaya niyetli değildi Tacettin. Bazı hususların ikisinin arasında kalması gerektiğini düşünerek, ayrıntıları kendine saklamayı tercih ediyordu.

"Doğrudan söylemese de ima etti galiba."

"Daha ne olsun?" dedi Şaziye.

Coşkuluydu sesi.

"Sen ne dedin peki?"

"Ne diyeceğim, dinledim sadece."

"Aklını başına topla Tacettin! Bu fırsat bir daha ele geçmez. Adam altın tepsi içinde mücevher sunuyor sana. Elinin tersiyle geri çeviremezsin."

"Dur hele Şaziye, sıkboğaz etme adamı" diyerek araya girdi Rıza. Tacettin'e döndü, "Ablanın ısrarlarına bakma sen" dedi. "Bu kızla evlenmeyi istiyor musun, istemiyor musun, onu söyle."

"Kızla ilgisi yok enişte" diye ağzında geveledi Tacettin. "Evlenmek fikri uzak geliyor bana. Geride bıraktıklarımdan sonra yapamam diye düşünüyorum."

"Neymiş geride bıraktığın? Yıllardır aynı yastığa baş koyduğu karısını toprağa verir vermez, taziye bitince kimi nikâhıma alabilirim diye gözleri velfecri okuyor milletin. Toparlan biraz ve hakikatleri gör artık. Evlenip çoluğa çocuğa karışmak senin de hakkın. Hatıralarla, hayallerle sürdüremezsin ömrünü."

Şaziye de fırsatı kaçırmadı. "Bizim çocuklarımızın başını okşayarak kendini avutmak kâfi geliyor mu sana?" diyerek araya girdi. "Kendi çocuklarını kucaklayıp bağrına basmayı hiç mi istemiyorsun?"

"İstemez olur muyum?" dedi Tacettin.

Kendi de şaşırmıştı verdiği cevaba. Gönlünden geçenin ne olduğunu o an fark etmişti sanki. Başını öne eğdi. Kaçınılmaz sona adım adım yürümekte olduğunun farkındaydı.

Gücünü yitirmiş sesiyle, "Nasıl olacak bu iş?" diye fısıldadı.

Birden canlanıvermişti Şaziye. İçi içine sığmıyordu sevincinden.

"Kararını verdinse gerisi kolay" dedi. "Yarın annemlere haberi ulaştırırım ben."

O gece Patricia'yla konuşurken mahcubiyetinden ne söyleyeceğini bilemiyordu Tacettin.

"Verdiğim kararla seni terk ettiğimi düşünme sakın" dedi. "Sana aidim ben. Bu hakikat asla değişmeyecek. Ama içimde aile kurmayı, evlat sahibi olmayı arzulayan ikinci bir Tacettin var. Evlenecek olan o, başkasına kocalık edecek olan o... Yalvarırım anla beni. Ailem, etrafımdakiler, içinde bulunduğum şartlar... başka çıkar yol bırakmadılar bana."

* * *

Hacı Ali Bey Tacettin'in kararını sevinçle karşıladı. Fatiş Hatun ise temkinliydi. Oğlunun inadını kırıp evlenmeyi kabullenmesinden memnundu ama, kendi gösterdiklerinin değil de İstanbullu bir kızın gelin namzedi olarak karşısına çıkarılmasından pek hazzetmemişti. Üstelik Yenice'deki evin kiraya verilmesinden sonra adını her duyuşta irkilmekten kendini alamadığı Binbaşı İhsan Bey'in kızıydı Behire.

"Hayırlı olsun bakalım" dedi. "Ne lazım geliyorsa yapmak boynumuzun borcu. Görücü gönderelim önce kız evine. Hesna Kalfa pek iyi becerir bu işleri. Gitsin görsün, evin düzenini, kızın hal ve hareketini ölçüp tartsın. Münasip görürsek istemeye gideriz."

"Ne yaptığını sanıyorsun sen anne!" diyerek Fatiş Hatun'un sözünü kesti Şaziye. "Tacettin'in evlenmesini mi istiyorsun, yoksa bu işe mâni olmaya mı çalışıyorsun belli değil. Eğer müspet düşünüyorsan, sayıp döktüğün bu âdetlerden vazgeçmek zorundasın.

Ne yapacak Hesna Kalfa? Bir bahaneyle kız evine ziyarete gidecek. İnceden inceye didikleyecek ortalığı. Gelip sana yetiştirecek... Bu işler çoktan görüldü anacığım! Görücüye ne hacet? Tacettin, Rıza ve ben İhsan Beylerin ziyaretine gitmedik mi? Kızı gördük, beğendik. En önemlisi Tacettin de beğendi ki, köşe bucak kaçtığı evlenmeyi bile kabul etti. E, ne kalıyor geriye? İstemek mi? Onu da yaparız vakti gelince..."

Baştan beri konuşulanları sessizce dinleyen Ümüş Hatun, "Şaziye haklı Fatiş!" diyerek lafa karıştı. "En doğrusu kız evinin müsait olduğu zamanı sorup öğrenmek ve doğrudan doğruya istemeye gitmek. Tacettin'i evlenmeye razı edebilmek için göbeğin çatladı. Şimdi de pişmiş aşa su katmaya kalkıyorsun. Tacettin kararından vazgeçerse ne yaparsın?"

Fatiş Hatun'un aile içinde tek başına sürdürdüğü hükümranlık ağır bir darbe almıştı. Elindeki gücü kaybediyor olmanın dehşetiyle titredi. Geri adım atmak zorunda kalsa da başı dikti. Ama sesinde belirgin bir yumuşama hissediliyordu.

"Biz de birilerini aracı gönderir, kız istemek için gün alırız" dedi. "Öyle değil mi Hacı Ali Bey?"

Karısının teslimiyeti karşısında gülümsemekten kendini alamadı Hacı Ali Bey.

"Münasiptir" dedi. "İhsan Bey'e haber gönderirim ben."

Şaziye duruma el koymakta gecikmedi.

"Lüzum yok babacığım. Tacettin'le konuştuk biz. İhsan Bey'le bizzat kendisi konuşmak istiyor..."

## Baba zoruyla evlenecek kız

Keskin Askerlik Şubesi'nin merdivenlerini çıkarken çok heyecanlıydı Tacettin. Kapının ağzında duran nöbetçi askere İhsan Bey'le görüşmek istediğini söyledi.

"Bekleyin biraz" dedi asker.

Kapının arkasında kayboldu. Biraz sonra döndüğünde hürmetkâr bir ifade vardı yüzünde.

"İhsan Binbaşım sizi bekliyor efendim."

Çalışma odalarının açıldığı geniş sofanın bitimindeki merdivenlerden ikinci kata çıktı Tacettin. Üzerinde "Şube Müdürü" yazılı olan kapıyı tıklattı.

İhsan Bey büyük bir memnuniyetle karşıladı Tacettin'i. Geliş nedenini az çok tahmin etse de, bu gelişi bir iadeiziyaret olarak kabul ettiğini gösteren ince bir misafirperverlikle oturması için yer gösterdi.

Kahvelerini içerken, biraz sonra cereyan edecek konuşmanın önemi cihetinden, tedirgindi ikisi de. Daha fazla uzatmayı gereksiz buldu Tacettin.

"Buraya geliş sebebim..." dedi.

Derin bir soluk alarak devam etti:

"Eğer münasip görürseniz kızınız Behire Hanım'ın desti izdivacına talibim."

Bu ifade tarzını özellikle seçmişti. Öncesinde İhsan Bey onu ziyaret etmemiş, kızıyla evlenme konusunda talepte bulunmamış, Tacettin kendiliğinden bu izdivaca talip olmuş gibi bir hava yaratmak istemişti. Bu nazik davranış İhsan Bey'in de hoşuna gitmiş gibiydi. O da önceki konuşmaya hiçbir gönderme yapmadan cevap vermeyi tercih etti.

"Bir baba için kızının mesut olduğunu görmek en büyük mürüvvettir" dedi. "Ona bu saadeti bahşedeceğinizden şüphem yok."

"Bu talebim ailemin malumatı dahilindedir" dedi Tacettin. "Kabul ettiğiniz takdirde ziyaretinize gelmek isterler."

"Siz de takdir edersiniz ki bu hususu Behire'yle konuşmadan cevap vermem mümkün değil. Bana birkaç gün müsaade ederseniz..."

"Tabii ki. Cevabınızı sabırsızlıkla bekleyeceğim."

* * *

Zorlu bir mücadelenin kendisini beklediğini çok iyi biliyordu İhsan Bey. Önce karısıyla konuştu.

"Tacettin Bey Behire'yle evlenmeyi talep ediyor" dedi. "Kızımız için isabetli bir kısmet olduğunu düşünüyorum. Sen ne dersin Celile?"

"Benim ne söyleyeceğim önemli değil İhsan. Evlenecek olan Behire. Verilecek karar da ona ait olmalı."

Karıkoca kızlarını karşılarına aldılar.

"Benim güzel kızım evlenme çağına gelmiş de haberim yokmuş" diyerek başladı İhsan Bey. "Birileri söylemese farkında bile olmayacaktım. Babaların gözünde hep küçüktür evlatları. Çocuklar büyüse de dizlerinde hoplattıkları günlerin sürüp gittiğini sanır babalar."

Oturduğu yerde büzülüp kalmıştı Behire. Bu sözlerin verilecek önemli bir haberin başlangıcı olduğunu tahmin edebiliyordu.

"Bir talibin var güzel kızım" diye devam etti İhsan Bey. "Seninle evlenmeyi talep ettiğini bugün bizzat kendisi açıkladı bana."

Bir anda kararıvermişti Behire'nin yüzü. İsyan yüklü bir bakış fırlattı babasına.

"Benim burada, Keskin'de evlenebileceğimi nasıl düşünebilirsiniz?" dedi. "Umarım gereken cevabı vermişsinizdir."

"Seninle konuşmadan müspet ya da menfi bir cevap vermem mümkün mü?" diye gülümsedi İhsan Bey. "Talibinin kim olduğunu merak etmiyor musun?"

"Hayır. Kim olursa olsun fark etmez. Evlenip Keskin'e yerleşecek olmak gerçek bir kâbus benim için."

Bu tepkileri az çok bekliyordu İhsan Bey. Ama bu kadar kesin bir karşı koyuş işini zorlaştıracaktı galiba.

"Sen merak etmesen de söyleyeceğim. Bugün ziyaretime gelen kişi Tacettin Bey. Tanıyorsun kendisini. Tahsilli, görgülü; iyi bir mevkie, saygın ve itibarlı bir aileye sahip. Böyle bir talip İstanbul'da karşına çıksa kabul etmez miydin?"

Kısa bir süre düşünür gibi oldu Behire.

"O zaman iş değişirdi" dedi samimiyetle. "Ama ne yazık ki burası Keskin, o da Keskinli bir beyefendi."

Kızının verdiği cevap hoşuna gitmişti İhsan Bey'in. Üstüne gitmeyi denedi.

"Mekânlar önemli değil güzel kızım. Önemli olan beraberce yaşayacağınız hayat. Gelecekte ne olur bilinmez. Belki sen Keskin'e alışır, İstanbul'dan bile çok seversin. Belki de Tacettin sana uyar, buradan kalkıp gider, İstanbul'a yerleşirsiniz. Dediğim gibi, temeliniz sağlam olursa üstüne inşa edilecek binayı gönlünüzce süslemek size kalmış."

Annesinden medet umar gibi Celile Hanım'a baktı Behire.

"Ben de baban gibi düşünüyorum" dedi Celile Hanım. "Ama son karar senin tabii ki."

Meydan okuyan bir tavırla başını dikleştirdi Behire.

"Kararım belli" dedi. "Baba zoruyla evlenecek kız değilim ben!"

Bunları söyler söylemez de yerinden fırladı.

"Müsaadenizle odama çıkmak istiyorum."

*Baba zoruyla evlenecek kız!*

Bu laflar çok ağırına gitmişti İhsan Bey'in. Hayır, Tacettin'le evlenmesi konusunda asla ısrarcı olmayacaktı, kendi haline bırakacaktı kızını. Doğru kararı almasını temenni etmekten başka bir şey gelmiyordu elinden.

İki gün boyunca yemek saatleri dışında odasından dışarı adımını atmadı Behire. Bu arada önüne konulan ve kendisinin şiddetle reddettiği teklifi uzun uzadıya düşünme fırsatı oldu. İlk başta Tacettin'in, karşısında beliren yüzünü tokatlamak geliyordu içinden. Babasıyla arasına giren bu Keskinliden nefret ediyordu.

Öfkesi yatışmasa da katlanılır hale geldiğinde, Tacettin'i getirdi gözünün önüne. Yüzünü, bakışlarını, konuşmasını... Kabul etmeliydi ki çok yakışıklıydı Tacettin. Kibardı, nerede nasıl davranılacağını, kime ne şekilde hitap edileceğini biliyordu.

Tacettin'i alıp İstanbul'a götürdü hayalinde... İtiraf etmeliydi ki, Behire'nin üzerine yapıştırmak istediği bütün kusurlarından arınıyordu bu takdirde. Bütün mesele, onunla evlenmesinin Keskin'e yerleşmek anlamına gelmesiydi. İstanbul'un yüzüne hasret kalmaya dayanamazdı Behire!

Babasının sözleri geldi aklına. *Belki sen Keskin'e alışırsın, belki de buradan kalkıp gider, İstanbul'a yerleşirsiniz...* Kendisinin Keskin'e alışması mümkün görünmüyordu. Ya Tacettin? Keskin'i bırakıp İstanbul'u mesken tutmayı göze alabilir miydi?

Kızdı kendine. Olacak şey değildi. İstanbul'a gitme umuduyla bu izdivaca evet demek, teslimiyeti baştan kabul etmek olurdu ki, böylesi bir davranış Behire'nin karakterine hiç mi hiç uymazdı.

Bir başka yönden baktı içinde bulunduğu duruma. İstanbul'da yaşarken, Tacettin'in niteliklerine sahip kaç kişiyle karşılaşmıştı bugüne kadar? Hiç!

Bundan sonra karşılaşabileceğinin garantisi var mıydı? Maalesef hayır!

Bu hususları biraz daha derinlemesine düşünmesi gerekiyordu galiba...

Hangi coğrafyada yaşarlarsa yaşansınlar, hangi gelenek ve göreneklerden gelirlerse gelsinler, evlenmek ve yuva kurmak her genç kızın hayallerini süsler. Behire'nin de benzer arzuları ve beklentileri vardı elbet. Ama içinde bulunduğu gerçeklerle kurduğu hayalleri bağdaştıramamanın huzursuzluğunu yaşıyordu.

Tacettin'in evlenme teklifini geri çevirirse bir daha böyle bir kısmetle karşılaşamayabilirdi. Daha sonra karşısına çıkacak damat adaylarını Tacettin'le kıyaslayacaktı. Büyük bir ihtimalle bu kıyaslamadan galip çıkan hep Tacettin olacaktı.

Düşüne taşına karar aşamasına gelmişti sonunda. Duyguları ve mantığı el ele vermiş, bu teklife evet demesini söylüyordu. Onların sesine kulak verecekti...

Modern bir aile yapısına sahip olsalar da, önce annelerle konuşulurdu bu meseleler. Öyle yaptı Behire de, önce Celile Hanım'la konuştu.

"Zor bir karardı" dedi. "Ama düşündüm ki sizler, annem ve babam olarak benim için her şeyin en iyisini istersiniz. Madem babam Tacettin'le evlenmemi arzu etti, hayır demeyeceğim ben de."

"Olmaz öyle şey" dedi Celile Hanım. "İçinden gelerek kabul ediyorsan ne âlâ... Ama sırf biz istiyoruz diye böyle bir karar almanı istemem kızım."

"Kimse kimseyi zorla evlendirmiyor anneciğim. Kendi irademle vardım bu sonuca. İtiraf etmeliyim ki çok düşündüm, çok bocaladım. Asla olamaz derken bu noktaya gelebileceğime ihtimal dahi vermiyordum başlangıçta. Ama oldu işte. Kararım budur! Ne derece isabetli olduğunu ise zaman gösterecek..."

# Ağırlık

Odacının uzattığı sarı zarfı, resmi bir evrak olduğu zannıyla alıp masanın üstüne bıraktı Tacettin. Tam koltuğuna oturmuş çalışmaya başlayacaktı ki zarfın sol üst köşesindeki yazıyı gördü. İhsan Bey'den geliyordu zarf!

Telaşla açtı. El yazısıyla yazılmış birkaç satırdan ibaretti içeriği.

*Tacettin Bey,*

*Sizinle görüşmemiz gerekiyor. Askerlik Şubesi'ne gelmenizi rica ediyorum.*

Bu kez kendisi gelmemiş, Tacettin'i makamına çağırmıştı. Doğru olan da buydu zaten. Müspet ya da menfi, kızının kararını açıklamak için Tacettin'in ayağına mı gelecekti İhsan Bey?

Yol boyunca tahmin yürütmeye çalıştı. Teklifini kabul etmiş miydi acaba Behire? Garip bir şekilde, ret cevabı almanın kendisini daha çok memnun edeceğini düşünüyordu. Benden günah gitti, deyip evlenme konusunun üzerine kalın bir sünger çekebilirdi bu sayede.

"Behire evlenme teklifinizi kabul etti Tacettin Bey!"

İdam fermanının altına atılan imza mıydı duydukları, yoksa memnuniyet duyması gereken bir müjde miydi bilemedi

Tacettin. Hiçbir tepki vermeden boş gözlerle bakıyordu İhsan Bey'in yüzüne.

Heyecanına verdi İhsan Bey. Tacettin de hemen toparlandı zaten.

"Aileme bildireyim" dedi. "Ziyaretinize gelmek için sabırsızlanıyorlar. Artık söz kesmek için bir gün tespit edebiliriz sanırım."

"Bu mevzularla genellikte kadınlar alakadar olur ama, bu defa iş bize düştü" diye güldü İhsan Bey. "Celile'yle konuştuk. Gelecek hafta perşembe ya da cuma akşamı ziyaretinizi kabul edebileceğini söyledi. Sizin için de uygunsa..."

Kız istemeye gidecekleri günü Tacettin'in ağzından öğrenmek fazlasıyla rahatsız etmişti Fatiş Hatun'u.

"Eski köye yeni âdet!" diye söylendi ağzının içinde.

Kız istemeye karar verilince önce bir kadın haberci gönderilirdi kız evine. Haberci meramını anlatır, ziyaret için belirli bir gün tespit edilmesini isterdi. Damat namzedinin kayınpederle konuşup gün kararlaştırması görülmüş şey değildi. Ama hoşnutsuzluğunu kendine saklayıp memnuniyetini öne çıkarmayı tercih etti.

"Âdet usul biliyorlar demek ki" dedi. "Kız istemek için perşembe ya da cuma günü gidilir kız evine. Perşembe akşamı gideriz biz de... Hayırlara vesile olur inşallah!"

Asıl sıkıntısı başkaydı Fatiş Hatun'un. Gelin hanımın daha yüzünü görmeden istemeye gitmek kanına dokunuyordu. Şaziye'yle Rıza'nın ve Tacettin'in Behire'yi görmüş olmaları yetmezdi. Kız görme gayesiyle gitmemişlerdi ki oraya. Hem, anası babası yok muydu Tacettin'in?

İçine sinmese de kerhen kabul etmek zorunda kalmıştı. Ama hiç değilse bundan sonrasında sözünü geçirmeye, büyüklerinden ne gördüyse, oğullarına kızlarına ne yaptılarsa aynı âdetleri tatbik etmeye kararlıydı Fatiş Hatun.

Aile meclisini toplayarak başladı işe. Oğlanlara, kızlara, gelinlere haber salındı, yemeğe çağrıldı hepsi. Gerçi olan bitenden haberdarlardı ama, böyle önemli bir meselede onların da fikri alınmalıydı.

Cümbür cemaat gidilmezdi kız evine. Aileyi temsilen kimlerin gideceği tespit edildi. Hacı Ali Bey, Fatiş ve Ümüş Hatunlar, Yahya Bey, Şaziye ve Rıza üzerinde karar kılındı. Tacettin yoktu bu kadroda. Damat namzedinin kız isteme merasiminde hazır bulunması âdetten değildi.

* * *

Perşembe sabahı hummalı bir faaliyet vardı Hacı Ali Beylerin evinde. Fatiş Hatun hazırlıklara nezaret ediyor, kimseleri karıştırmıyordu işine. Bir sini baklava, kahve, çay, lokum ve şerbete konulacak şekeri kız evine gönderdi.

Şaziye'nin, "İstanbullu aile, ikram edecekleri çayın, kahvenin karşı taraftan gelmesini hoş karşılamayabilir" yolundaki uyarmalarını duymazdan geldi. O gece yenilip içilecek her şeyi oğlan evinin tedarik etmesi âdettendi.

Akşam yemeğini müteakip yola koyuldular. Mülkü kendilerine ait olan eve misafir olarak girmeyi kendine yediremiyordu Fatiş Hatun. Ama daha kapıdan adımını atar atmaz bu evin eskisiyle uzaktan yakından ilgisi kalmadığını görünce, yabancı bir yere gelmiş gibi hissetti kendini.

Salonun görkemi, alışılagelmişin dışındaki döşenme biçimi karşısında duyduğu hayranlığı gizlemeye çalışarak Celile Hanım'ın gösterdiği koltuğa yerleşti. Yanındaki koltuğa Ümüş Hatun, diğer yanına da Şaziye oturdu. Hacı Ali Bey, Yahya Bey ve Rıza salonun başköşesindeki üçlü kanepedeki yerlerini almışlardı. İhsan Bey erkek misafirlerin, Celile Hanım da kadınların karşısına oturdu.

Hal hatır soruldu. İlk kez yüz yüze gelen insanların çekingen ve kısır diliyle sohbetler edildi.

Behire'nin salonun kemerli kapısında görünmesiyle bıçak gibi kesiliverdi sesler. Dersine iyi çalışmıştı Behire. Annesinin talimatları doğrultusunda, "Hoş geldiniz" deyip Hacı Ali Bey'den başlayarak bütün misafirlerin elini öptükten sonra kendisi için boş bırakılmış sandalyeye geçip oturdu.

Dünürlerin istenecek kıza gözlerini dikip ısrarla bakmaları, birbirlerine sokulup aralarında fısıldaşmaları ayıp sayılırdı. Fatiş Hatun da kısılmış gözlerinin arasından kaçamak bakışlarla süzüyordu Behire'yi.

Allah için güzel kızdı! Üzerindeki tozpembe saten elbisenin ışığı yüzüne vurmuş, bakışlarına ışık katmıştı. Biraz zayıf mıydı ne? Önemli değildi, hele bir evlensin, çocuk doğursun, kalıbı da değişecekti elbet.

İlk intibaı müspetti Fatiş Hatun'un. Gördüğü kadarıyla halim selim, kendi halinde bir kızdı Behire. İyi bir terbiye aldığı ilk bakışta anlaşılıyordu. Erkek kadın, genç yaşlı ayırt etmeden ellerini öpmesi, ölçülü davranışları, hatta sandalyede oturuş biçimi bile bu terbiyenin ifadesiydi.

Önce Ümüş Hatun'a, ardından Şaziye'ye baktı Fatiş Hatun. İkisinin memnuniyeti de yüzlerinden okunuyordu.

Elinde kahve tepsisiyle kapının ağzında duran yardımcı kadını görünce Behire'ye kaş göz işareti yaptı Celile Hanım. Yerinden fırladı Behire. Kadının elindeki tepsiyi alıp Hacı Ali Bey'den başlayarak kahveleri dağıtmaya koyuldu.

Sessizce içildi kahveler. Hacı Ali Bey oturduğu yerde hafifçe doğruldu.

"Buraya hayırlı bir iş için geldik" dedi. "Allah'ın emri peygamberin kavliyle kızınız Behire'yi oğlumuz Tacettin'e istiyoruz."

Çıt çıkmıyordu salondan. Evlatlarının mürüvvetini görmeyi canı gönülden arzu etseler de kız vermek anaya babaya zor gelirdi. Celile Hanım'la İhsan Bey'in bakışları hüzünle mutluluğun kucaklaştığı bir noktada buluştu. Derin bir iç çekişle Hacı Ali Bey'e döndü İhsan Bey.

"Hayırlı olsun" dedi. "Allah mesut etsin ikisini de."

Şaşırmıştı Fatiş Hatun. Pek çok kız isteme merasiminde bulunmuştu, ama kızın bu kadar çabuk ve kolay verildiğini hiç görmemişti. Kız evinin nazlanması usuldendi.

"Hele bir düşünelim, akrabalara danışalım" diye süre istenir, erkek tarafını bir değil, birkaç defa ayaklarına çağırmak, iftihar vesilesi olarak görülürdü. İstanbul usulü kız vermek böyleydi demek!

Neyse ki tedarikli gelmişti Fatiş Hatun. Yanında getirdiği kadife kesenin içinden çıkardığı iki tane burma bileziği Behire'nin koluna taktı. Öyle zayıftı ki kızcağızın kolu, bilezikler bileğinden düşecekti neredeyse.

Behire önce Fatiş Hatun'un, ardından da diğer misafirlerin elini öptü. Annesiyle babasını sona bırakmıştı. İhsan Bey sımsıkı kucakladı Behire'yi. Celile Hanım gözlerinden inen yaşları usulca sildi, kızına sarıldı. Uzunca bir süre öyle kaldılar.

Söz kesilmiş, şerbet içmeye gelmişti sıra. Üzerine kavrulmuş badem dökülmüş şerbetleri dağıttı Behire. Boşalan bardakları toplayıp tepsisiyle beraber, kapının ağzında bekleyen yardımcı kadına verdi.

"Müsaadenizle..." diyerek salondan çıktı gitti.

Orada bulunması gerekmiyordu artık. Bundan sonraki konuşmalar kız tarafıyla erkek tarafının büyükleri arasında cereyan edecekti.

"Sırası gelmişken *mehr-i müeccel* ve *ağırlık* mevzularını da konuşalım" dedi Hacı Ali Bey.

İslam hukukunda geçen adıyla mehr-i müeccel, *nikâh bedeli* anlamına geliyordu ve kadının boşanması ya da eşinin vefat etmesi halinde mağduriyetini önlemek için verilmesi kararlaştırılan paraydı. *Ağırlık* ise nikâh bedelinin yarısından oluşur ve peşin olarak kız tarafına takdim edilirdi. Güveyin, gelinin hanesine katılması (içgüveysi) halinde alınan ağırlıkla gelin odası tanzim edilir, kız haneden çıkacaksa gideceği evde ona tahsis edilecek odanın tefrişine harcanırdı bu para.

"Yanılmıyorsam, mehr-i müeccel dediğiniz nikâh bedeli oluyor" dedi İhsan Bey.

Yüzünde mütebessim bir ifade vardı.

"Böyle bir parayı kabul edemeyiz."

Hayretle durakladı Hacı Ali Bey. Kız ailesinin hakkıydı nikâh bedeli.

"Ya ağırlık?" diye üsteledi.

Yüzünden ışıklı bir gölge geçti İhsan Bey'in.

"Tacettin Bey'in ağırlığı bizim için yeterlidir!" dedi.

Memnuniyetle gülümsedi Hacı Ali Bey. Oğluna verilen değerin gururu vardı gözlerinde.

"Gelelim Tacettin'le Behire kızımızın oturacakları ev mevzuuna" dedi.

Önceden hazırlıklıymış gibi, "O mesele çoktan halloldu" dedi İhsan Bey. "Tacettin Bey ve Behire evlendikten sonra buraya, bu eve yerleşecekler!"

Sözleri ince buz zerreleri gibi, salonun üstüne çöküverdi. Oturduğu yerde öfkeyle kıpırdandı Fatiş Hatun. Koskoca Hacı Ali Bey'in oğlu, İhsan Efendi'nin evine içgüveysi olarak mı girecekti?

Hacı Ali Bey'in yüz ifadesi de karısından farklı değildi. Demek bu yüzden nikâh bedeliyle ağırlık almayı kabul etmediler, diye düşünüyordu. Ümüş Hatun da kocasının vereceği tepkiyi endişeyle bekliyordu. Suratlar asılmış, sohbetin keyfi kaçmıştı.

Bir anda oluşuveren gerginliği umursamaz görünüyordu İhsan Bey.

"Celile'yle uzun uzun konuşup tartıştık" dedi. "Kararımızı verdik sonunda. Bu evi bırakıp bir başka yere taşınacağız. Gelinini kendi evine getirecek Tacettin Bey."

Sihirli bir değnek değmiş gibi yumuşayıverdi yüzler, öfke dolu bakışlar gülümsemeyle kucaklaştı.

"Bize bu konuda yardımcı olur musunuz Rıza Bey?" diye devam etti İhsan Bey. "Bu kadar mükemmel olmasa da mükemmele yakın bir ev arıyoruz."

"Tabii ki" dedi Rıza. "Elimden geleni yapacağımdan şüpheniz olmasın."

Büyük bir kâbusu atlatmış olmanın ferahlığıyla Celile Hanım'a döndü Fatiş Hatun.

"Eh, artık nişan hazırlıklarına da başlayabiliriz, öyle değil mi?" dedi. "Sizin için de münasipse pazartesi günü çarşıya inelim. Kumaş, takı, elbise... Ne lazım geliyorsa alalım bir an önce. İyi bir terzimiz var burada. Bizim kızların, gelinlerin kıyafetleri hep onun elinden çıktı. Behire'nin nişanlığını, gelinliğini ona diktiririz."

"Sağ olun" dedi Celile Hanım. "Sizin de söylediğiniz gibi nişanlığı burada diktirebiliriz. Ancak, sanırım Behire gelinliğinin İstanbul'da dikilmesini isteyecektir."

İkinci bir soğuk dalgası esti geçti üzerlerinden. Daha bu sözlerin etkisi geçmeden İhsan Bey'in ağzından dökülenler, erkek tarafını şaşkına çevirdi:

"Evin tefrişi için zaten İstanbul'a gidilmeyecek mi? Bu eşyaları Celile, ben ve Behire beraberce seçmiştik. İstanbul'daki, işinin erbabı bir möbleciden... Kızımızın aynı konforu haiz bir mekânda oturmasını istememizi makul karşılarsınız umarım."

Sarsıntıyı ilk atlatan Hacı Ali Bey oldu.

"Merak buyurmayınız İhsan Bey" dedi. "Zamanı gelince hallolur her şey."

Çay faslına geçilmesiyle yatışır gibi oldu ortalık. Celile Hanım, Behire'nin yokluğunu hissettirmemek istercesine canla başla hizmet ediyor, yardımcı kadının salonun kapısına kadar getirdiği ikramlıkları kendi elleriyle sunuyordu misafirlerine. Fatiş Hatun'un önceden gönderdiği baklavalar, Celile Hanım'ın börekleri, kurabiyeleri yenildi, çaylar içildi.

Kaldığı yerden sürdürüldü sohbetler. Ama gelinlik ve tefriş edilecek evin eşyaları için İstanbul'a gidileceği düşüncesi, erkek tarafının kafasında burgu gibi kesici bir soru işareti olarak asılı kaldı...

## Yüzüklerin yaydığı sıcaklık

Pazartesi, perşembe ve cuma, hayırlı işlerin başlangıcı yönünden isabetli günlerdi. Fatiş Hatun, kızları Şaziye ve Zahide, Celile Hanım ve Behire de pazartesi günü çıktılar nişan alışverişine.

Fatiş Hatun'un kumaşçısına gittiler önce. İpekli, saten, kadife... top top kumaş açtırdı Fatiş Hatun. Behire'ye, Celile Hanım'a, kendisine ve kızlarına ikişer üçer parça kumaş kestirdi.

Behire de, Celile Hanım da daha fazla alışveriş yapmaya gönüllü görünmüyorlardı. Bütün heveslerini İstanbul'a saklıyor gibiydiler. Fark etmemiş gibi davrandı Fatiş Hatun. Nişanda giyilecek iskarpinler, iç çamaşırları, gecelikler, terlikler... ikişer üçer sardırdı her birinden.

Kuyumcunun yolunu tuttular ardından. Yüzükler seçildi önce. Diğer ziynet eşyalarına bakmaya pek niyeti yoktu Behire'nin. Terbiyesinden, kibarlığından böyle davrandığını düşündü Fatiş Hatun. Oysa o güne kadar neler görmüş, neler yaşamıştı. Çekişe çekişe takı pazarlığı yapanlar, şunu isterim bunu isterim diye tutturup oğlan anasını canından bezdirenler... Gelininin tokgözlülüğü takdire değerdi.

Behire'nin gözünün takıldığını hissettiği altın üstüne yakut taşlar işlenmiş bir kolye, küpe, bilezik takımını kutusuna koydurup parasını ödedi. Kuyumcunun bugünkü hakkı bu kadardı, düğüne kadar daha çok kapısını çalacaklardı nasılsa. Dükkândan çıktılar.

Sıra terzideydi. Fatiş Hatun sözünü ettiği, öve öve bitiremediği terzisi Afife Hanım'a götürdü onları. Kırmızı kadife kumaşı Afife'nin önüne attı. Çıkardığı altın külçeyi kumaşın üstüne bastı.

"Gelinimin nişanlığıdır!" dedi. "Bütün marifetini göstere-sin."

Ölçüler alındı, dikilecek elbisenin biçimi belirlendi. Fatiş Hatun'un ısrarıyla Celile Hanım için alınan ipekli kumaş da Afife'nin maharetli ellerine teslim edildi. Buradaki işleri de bitmişti. Nişan için gün saymaya başlayabilirlerdi artık...

* * *

Baharın, ılık nefesini yaz mevsiminin sıcağına teslim etmeye hazırlandığı günlerdi. Tabiat yeni bir doğuşa tanıklık eder gibi en göz alıcı giysilerini giyinmiş, derin bir uykudan uyanmanın hazzıyla koynundaki tüm güzellikleri cömertçe sunmanın gururunu yaşıyordu.

İhsan Bey ve Celile Hanım günlerdir kendileri için münasip bir ev arayışı içindeydiler. Dört bir yana haber salınmış, Keskin'de tayinle ya da başka bir nedenle boşaltılmış ya da boşaltılacak olan bütün evler titizlikle taranmıştı. Müjdeli haber Rıza Bey'den geldi sonunda. Yenice Mahallesi'nde, kendileriyle İhsan Beylerin şu an oturdukları evin arasında bir yer boşalmıştı. Önceki kiracı üst mevkide bir devlet memuruydu ve Ankara'ya tayini çıkmıştı.

İki katlıydı ev. Şimdi oturdukları ev kadar büyük olmasa da eşyalarını alacak büyüklükteydi. Behire evlendikten sonra iki kişi kalacaklardı, burası onlar için yeter de artardı bile. Beğenmişlerdi evi. Celile Hanım en çok da bahçenin alabildiğine geniş oluşuna sevinmişti. Açık havayı severdi, imkân olsa günün tamamını bahçede çiçeklerin ve yeşilliklerin arasında geçirebilirdi.

Evi tuttular, tepeden tırnağa elden geçirdiler. Boya, badana işleri tamamlandı. Bir yandan da eşya toplamaya başlamışlardı. Behire'nin evlenme telaşı olmasa daha ağırdan alabilirlerdi belki ama, bir an önce bu işi halledip nişan gününü tespit etmeleri gerekiyordu.

Taşınacakları gün Hacı Ali Bey bahçelerinde çalışan güçlü kuvvetli iki adamını İhsan Beylere gönderdi. Celile Hanım'ın ablası Cahide Hanım da eşya toplamaya ve nişan hazırlıklarına yardım etmek için İstanbul'dan kalkıp gelmiş, onlara can yoldaşı olmuştu.

Fatiş Hatun öğle saatlerinde tencerelere ve sinilere doldurttuğu yemekleri Celile Hanım'a gönderdi. Dünürlük böyle günde belli olurdu. Kendisi bile farkında değildi belki ama, bu yardımseverliği biraz da Tacettin'in evinin boşaltılıyor olmasından kaynaklanıyordu.

Celile Hanım ablasının yardımıyla yeni evine yerleşmeye çalışırken, Fatiş Hatun da boşalan eve koşmuş, eksik gedik ne var, tespit etmeye çalışıyordu. Yeniden boyandı ev, temizlendi, yeni sahipleri için hazır hale getirildi. Yeni sahipleri! Tacettin ve Behire... Çok mutluydu Fatiş Hatun. Gönlüne göre gerçekleşiyordu her şey. Tacettin bu eve getirecekti gelinini...

* * *

Cuma günü akşamüzeri İhsan Beylerin yeni evinin bahçesinde takılacaktı nişan. Bahçeyi tercih etmişlerdi. Yalnız Hacı Ali Bey'in aile efradının bile eve sığdırılmaları mümkün değildi çünkü. Yanı sıra çağrılacak eş dost, akraba ve yakın komşular da vardı üstelik. Kız tarafının İstanbul'daki yakınlarını Cahide Hanım temsil edecekti. Amcalar, teyzeler, halalar, dayılar bir defada düğüne katılmayı münasip görmüşlerdi.

Hacı Ali Bey'in ve Rıza'nın yardımıyla tedarik edilen masa ve sandalyeler bahçeye dizildi. Masaların üstüne beyaz örtüler serildi, üzerleri çiçeklerle süslendi, misafirleri ağırlamaya hazır hale getirildi. Fatiş Hatun kız evi için hazırlanan *dürü* bohçalarıyla beraber, söz kesmede olduğu gibi bu sefer de bir gün önceden kız evine çay, kahve, şeker, fındık fıstık, sini sini baklava ve sarığıburma göndermeyi ihmal etmedi.

Dürü, âdetlere göre gelinin aile fertlerine verilen hediye bohçalarıydı. Bu iş için günlerce uğraşmıştı Fatiş Hatun. Kayınpeder İhsan Bey'in bohçasına elbiselik kumaş, gömlek, havlu, terlik, iç çamaşırı, çorap; kayınvalide Celile Hanım'a ve teyze Cahide Hanım'a ikişer parça elbiselik kumaşla çorap, havlu, terlik ve dantel oda takımı konulmuştu.

Beklediklerinden de yoğun bir kalabalık toplandı kız evinde. Hacı Ali Bey takacaktı yüzükleri. Kırmızı kadife elbisesinin içinde gelincikleri kıskandıracak güzellikteki Behire'ye, her zamankinden de yakışıklı görünen kara yağız oğluna hayranlıkla baktı. Üzerine dantel bir örtü serilmiş tepsiyle sunulan yüzüklerden birini alıp Behire'nin parmağına geçirdi önce. Diğer yüzüğü de Tacettin'in parmağına taktı, hayırlı uğurlu olsun dilekleriyle, "Bu yüzükler saadet getirsin size" diyerek.

Takı merasimine gelmişti sıra. Fatiş Hatun'un başını çektiği uzun bir kuyruk oluşmuştu Behire'nin önünde. Fatiş Hatun kuyumcudan beraberce aldıkları altın üzerine yakut işlemeli kolyeyle bileziği taktı. Kayınvalidesinin elini öptü Behire. Ümüş Hatun'la Hacı Ali Bey'in gelinleri, kızları sözleşmişler gibi, birer burma bilezik taktılar Behire'ye.

Celile Hanım, İhsan Bey'in elinde tuttuğu kadife kutuyu açtı, içinden çıkardığı inci kolyeyi kızının boynuna taktı.

"İnci misali kızımıza inci yaraşır!"

Teyze Cahide Hanım da İstanbul işi bir bilezikle katıldı kafileye. Behire'nin incecik kolları bilekten dirseğe bilezikle dolmuştu.

Takı töreninin ardından, "Ağız tadı" denilerek baklavalar, börekler çörekler, çerezler, çaylar, kahveler ikram edildi misafirlere.

Gözlerinin içi ışıklıydı Behire'nin. Mesut görünüyordu. Her bilezik takanın elini öpmekten şikâyetçi değildi. Âdet denilerek öne sürülen her şarta hoşgörüyle yaklaşarak riayet etmeyi görev biliyordu. Bu uysal davranışların altında, günlerden beri yüzünü görmediği Tacettin'in yakınında olmasının payı büyüktü kuşkusuz. Parmağındaki yüzüğün bedenine yaydığı sıcaklıktan hoşnuttu.

Tacettin'in duyguları ise karmakarışıktı. Behire'nin yüzüne bakamayışı mahcubiyetinden ya da bu ortamda yakışık almayacağını düşündüğünden değildi. Suçlu hissediyordu kendini. Hem Behire'ye, hem de Patricia'ya karşı. Evleneceği insana bedeniyle, ruhuyla bütün varlığını sunamamanın vicdan azabıyla sarsılırken, böyle bir nişan merasimini Patricia için yapamamış olmanın acısını çekiyordu. Parmağındaki yüzüğün bedenine yaydığı soğukluktan, iliklerine kadar üşüyordu Tacettin...

* * *

Hacı Ali Bey ve Fatiş Hatun, nişandan bir hafta sonra dünürlerini yemeğe davet ettiler. Mutfaktakileri sabahtan akşama soluk almamacasına çalıştırarak mükellef bir sofra hazırlatmıştı Fatiş Hatun. Yoğurtlu, dövmeli nohutlu toga çorbası, etli pilav, kalem gibi incecik sarılmış yaprak dolması, suböreği, hoşaf, sütlaç, baklava...

İhsan Beyler de eli boş gelmemişlerdi. Fatiş Hatun'un gönderdiği bohçalar kadar iddialı olmasa da, Hacı Ali Bey için elbiselik kumaş, terlik, seccade; Fatiş ve Ümüş Hatunlara da elbiselik kadife kumaşla terlik ve havlu koymuşlardı bohçalarının içine. Behire'nin teyzesi Cahide Hanım da, "Ağzınız tatlı olsun" diyerek İstanbul işi çikolata paketini büfenin üzerine bırakmıştı.

Ev halkı dışında erkek tarafını temsilen Yahya Bey'le Vesile Hanım, Şaziye'yle Rıza Bey ve Zahide'yle Abdullah Bey katılmıştı aralarına. Birbirlerine aşinaydılar artık. Dostane bir hava içinde geçiyordu yemek.

Kahvelerini içerken, "Hazır bir araya gelmişken düğün tarihini de tespit edelim isterseniz" dedi Hacı Ali Bey.

"Tabii" dedi İhsan Bey. "Ancak asgari bir aylık bir zamana ihtiyacımız olduğunu söylemeliyim. Malumunuz, möbleler ve Behire'nin gelinliği için İstanbul'a gitmemiz gerekiyor."

"Onu da hesaba katarız" diye gülümsedi Hacı Ali Bey. "İstanbul'a ne zaman gitmeyi düşünüyorsunuz?"

"Gelecek hafta. Birkaç gün izin alacağım. Möble hususunu halledince dönerim ben. Ama Celile'yle Behire'nin işi daha uzun sürebilir."

"Yalnız göndermem sizi" dedi Hacı Ali Bey. "Bizlerden birileri de bulunmalı yanınızda."

Sözleri açıktı. İlk bakışta ikram gibi görünse de, erkek tarafının da kurulacak evde söz sahibi olması gerektiğini ima ediyordu Hacı Ali Bey. Yanı sıra, yapılacak masrafları İhsan Bey'in omuzlarına yüklemek istemediğini de ifade etmiş oluyordu.

"Nasıl münasip görürseniz" dedi İhsan Bey.

Hacı Ali Bey oğullarının, kızlarının ve damatlarının üzerinde şöyle bir göz gezdirdi.

"Bizi temsilen Tacettin'le Rıza gelsinler sizinle" dedi.

Söz Hacı Ali Bey'in ağzından çıkınca kimsenin itiraz hakkı kalmıyordu. Karar verilmişti, İstanbul seyahatlerinde dünürlerine Tacettin ve Rıza eşlik edeceklerdi.

Misafirlerin arkasından Tacettin odasına çıkar çıkmaz, açtı ağzını yumdu gözünü Fatiş Hatun.

"Hangi birine yanayım?" dedi. "Keskin'de ev eşyası yok sanki! Herkes nasıl kuruyor evini? İstanbullarda gelinlik diktireceklermiş! Kuş konduracaklar oralarda sanki! Bizim Afife'nin diktiği nişanlığın nesi vardı?

Ya Tacettin'in nişanlısıyla seyahate çıkmasına ne demeli? Arada nikâh olmadan, görülmüş şey mi?"

"Dur hele Fatiş Hatun" dedi Hacı Ali Bey. "İkisi baş başa gitmiyorlar ki seyahate. Yanında anası, babası olacak Behire'nin. Tacettin'i yalnız bırakmamak için Rıza'yı da yanına veriyoruz ya..."

"Sen ne dersen de, münasip görmüyorum ben!"

Baştan beri sesini çıkarmadan konuşulanları dinleyen Ümüş Hatun araya girme gereği hissetti.

"Fatiş!" dedi. "İhsan Bey de, Celile Hanım da görmüş geçirmiş insanlar. Söz kesilirken ne nikâh bedeli talep ettiler, ne de ağırlık parası. Tek istekleri biricik kızlarının yüzünü güldürmek. İstanbul'dan buralara gelmiş biçare. Gönlüne göre bir ev döşemek, düğününde tahayyüllerini süsleyen bir gelinlik giymek hakkı değil mi? Tacettin'i yola getirmek için neler çektiğini unutma Fatiş. Dünürlerinin huyuna suyuna gideceksin ki, onların memnuniyetinde oğlun da huzur bulsun."

"Ümüş doğru söylüyor" dedi Hacı Ali Bey. "Tacettin'i zor razı etmişken, yeniden soğutacaksın evlilikten."

"Merak etme soğumaz" dedi Fatiş Hatun. "İstanbul'a gideceğini duyunca yüzündeki memnuniyet ifadesini görmedin mi?"

Cevap vermedi Hacı Ali Bey. Oğlunun yüzünde yakaladığı kırık dökük ifadeyi karısıyla paylaşmaya niyeti yoktu...

## Evlenmenin arifesinde

İhsan Bey, Celile Hanım, Cahide Hanım, Behire, Tacettin ve Rıza, Yahşihan'dan trene binerek İstanbul yolculuğuna başladılar. Kompartımandaki karşılıklı koltukların bir ucuna Behire, tam çaprazındaki diğer ucuna Tacettin oturmuştu. Diğerleri, nişanlıların araya mesafe koyma çabasını doğal karşıladılar. Yol boyunca mecbur kalmadıkça birbirleriyle konuşmaktan kaçınmalarını da büyüklerin yanında duydukları tedirginlik ve çekingenliklerine verdiler.

Uzun süren yeknesak bir yolculuğun ardından İstanbul'a indiklerinde yolları ayrıldı. İhsan Bey, Celile Hanım ve Behire, Cahide Hanım'ın evinde kalacaklardı. Tacettin'le Rıza ise Sirkeci'deki İpek Palas'a inerek caddeye bakan iki yataklı bir odaya yerleştiler.

Pencereden dışarıya bakan Rıza'nın gözlerinde hayranlık vardı.

"Güzel şehir be İstanbul!" dedi. "Behire buraları bırakıp seninle evlenmeyi kabul ettiğine göre sana çok bağlanmış olmalı."

Koyu bir gölge geçti Tacettin'in gözlerinden.

"Ne kadar bağlı?" diye güldü. "Patricia kadar olabilir mi?"

Bu cevabı beklemiyordu Rıza, şaşırmıştı.

"Sen hâlâ orada mısın Tacettin?" dedi.

"Kendimi oradan hiç kurtaramadım ki!"

"Evlenmenin arifesinde konuşulacak şeyler mi bunlar?"

"Merak etme, susmayı, sessiz kalmayı çoktan öğrendim ben. Konuşmazdım gene de ama, sen sordun ben söyledim, hepsi bu."

Düşünceliydi Rıza. Kaygılarını dile getireceğine, "Geçecek" dedi. "Hele bir evlen, evini kur, bunları düşünecek vaktin olmayacak bile."

Cevap vermedi Tacettin. Battaniyeyi başına çekti. Issız dünyasının kendine sunacağı çorak âleme dalmak için sabırsızlanıyordu...

* * *

Ertesi sabah erkenden buluştular. Cahide Hanım gelmemişti. İhsan Bey, Celile Hanım ve Behire, Tacettin'le Rıza'yı otelden aldılar.

Galata Köprüsü'nün üzerinde yürürlerken, Behire'nin deniz kokusunu derin derin içine çekmesi gözünden kaçmadı Tacettin'in. Belli ki çok özlemişti İstanbul'u. Daha sonrasında, özlemi dayanılmaz hale geldiğinde, içine çektiği bu kokuyu azar azar çıkarıp hasret gidermek üzere bedenine hapsedip orada saklı tutmak ister gibiydi.

Tıpkı Tacettin gibi! Patricia'yla Ali'nin burnunda kalan kokularıyla, onların hayalleriyle, ruhunun derinliklerine hapsettiği hatıralarıyla hasret gidermiyor muydu Tacettin de?

Önce eşya bakacaklardı. Onları kendi mobilyalarını aldıkları, bu konuda İstanbul'un en iddialı mağazasına götürdü İhsan Bey. Alt katı depo, üst katı atölye olarak kullanılan üç katlı binanın orta katı, en müşkülpesent müşterileri bile memnun edebilecek kalitede ve çeşitlilikte mobilyaların sergilendiği bir galeri olarak düzenlenmişti.

Teşhir salonunun karşı köşesinde İhsan Beylerin evindekine benzer beyaz lake bir koltuk takımı sergilenmekteydi. Behire'nin, tercihini bu takımdan yana kullanacağını düşündü Tacettin.

Yanılmıştı. Behire salonun gerisine doğru yürüdü ve klasik bir koltuk takımının önünde durdu. Ceviz oymalı iskelet üstüne oturtulmuş, krem rengi goblen üzerine sim işlemeli döşemelik kumaşla kaplanmış koltuklar, ceviz işleme kollukları ve aynı kavislere sahip ayaklarıyla gayet zarif görünüyorlardı. Ama olgun yaşa hitap ettiğini düşündüren, klasik çizgilere sahip bu takım Behire'nin gençliğiyle çelişiyordu sanki.

"Bu takım nasıl?"

Behire'nin ortaya sorduğu soruyu ilk sahiplenen Celile Hanım oldu.

"Pek güzelmiş. Ama sizin gibi gencecik, yeni evli bir çift için biraz ağır kaçmıyor mu Behire'ciğim?"

Fikrinin annesi tarafından tasvip görmemesi üzerine İhsan Bey'e döndü Behire.

"Sen de mi beğenmedin babacığım?"

"Beğenmez olur muyum?" diye güldü İhsan Bey. "Ama bize değil Tacettin'e sormalısın. Kullanacak olan da, karar verecek olan da sizlersiniz."

Kızının onca kişinin yanında nişanlısıyla rahatlıkla konuşamayacağını düşünmüş olmalı ki, Tacettin'e döndü.

"Siz ne dersiniz Tacettin Bey?" dedi. "Behire'nin beğendiği takım sizce de münasip midir?"

Tacettin üstünkörü şöyle bir baktığı koltukları alıcı gözüyle incelemeye zorladı kendini. Beceremedi. Alınacak, verilecek umurunda değildi. İlgisizliğini örtbas etmek ister gibi, "Ben de çok beğendim" dedi. "Çok zarif bir takım."

Böyle davrandığı için suçlu hissediyordu kendini. Duygusal anlamda veremediklerini dolaylı yoldan sunmanın fırsatını yakalamıştı.

"Behire nasıl istiyorsa öyle olsun!"

Yüzü kızarmıştı Behire'nin, nişanlısının ağzından bunları duymak hoşuna gitmişti. İhsan Bey'le Celile Hanım birbirlerine bakıp gülüştüler. Mağaza sahibinin yüzünde bile belli belirsiz bir gülümseme dolandı.

Bir tek Rıza etkilenmemiş görünüyordu Tacettin'in sözlerinden. Bu sözlerin altında nelerin yattığını bir tek o biliyordu çünkü...

İhsan Bey askerlikten gelme bir alışkanlıkla her konuda kısa sürede sonuca ulaşmayı alışkanlık haline getirmişti, ama Celile Hanım'ın ve özellikle de Behire'nin ince eleyip sık dokuması yüzünden karar vermeleri uzun zaman aldı. Ana kızın eşya seçimi, seçilenler üzerinde uzun uzadıya tartışmaları, hatırları kalmasın diye arada bir erkeklerden fikir almaları ve bildiklerini okumalarıyla geçen saatlerin ardından aşağı yukarı belirlendi tablo: klasik koltuk takımı, ceviz yemek masası ve sandalyeleri, aynalı konsol ve sehpalar. Yatak odası için de pirinç karyola, komodinler, elbise dolabı...

Seçilen eşyalara bir yabancının evine gideceklermiş gibi yadırgayarak bakıyordu Tacettin. Ani bir kararla, "benim" diyebileceği ahşap bir çalışma masası beğendi kendine. Hasır örgülü bir sandalye, alt tarafı kapaklı, üstünde sıra sıra raflarıyla kitaplık olarak kullanabileceği ceviz bir dolap... Kendisi için bir şeyler yapabilmenin biraz da bencillik kokan keyifli huzuru içindeydi.

Beğendikleri takımlar teşhir ürünleriydi. Ismarlama yapılacak eşyaları ancak iki hafta sonra teslim edebileceklerdi.

Mağazanın sahibi, "Endişelenmeyiniz" dedi. "Anadolu'nun pek çok yerine sevkıyat yapıyoruz. Hazır olunca trene yükleriz eşyaları, Yahşihan'dan alırsınız."

Pazarlıklar yapıldı, ödemeye geldi sıra. Tacettin'e kalsa, bütün eşyaların parasını öder çıkardı. İhsan Bey şiddetle karşı çıktı. En azından masrafın bir kısmını karşılamakta ısrarlıydı.

"Yatak odası kız tarafına aittir!" dedi ve Tacettin'in itiraz etmesine şans tanımadan yatak odası takımının parasını mağaza sahibinin masasına bıraktı. Tacettin de geri kalan ödemeyi yapınca mobilya mağazasındaki alışverişi tatlıya bağlamış oldular.

Ertesi günü gelinlik seçimine ayırmışlardı. Tacettin'in ve Rıza'nın bu seçimde hazır bulunmaları gerekmiyordu. Ama Fatiş Hatun sıkı sıkı tembih etmiş, "Hem gelinlik kumaşının hem de terzinin parasını sen ödeyeceksin!" demişti.

Celile Hanım ve Behire gelinlik modellerini titizlikle incelediler. Alışılagelmişin dışında, beyaz bir gelinlik istiyordu Behire. Anadolu şartları düşünülürse biraz alafranga bir seçimdi bu. Osmanlı'da ilk beyaz gelinlik giyen, Sultan II. Abdülhamid'in kızı Prenses Naime Sultan'dı ve Gazi Osman Paşa'nın oğlu Kemalettin Bey'le evlenirken, bembeyaz gelinliğiyle çıkmıştı saray kapısından. Behire de Naime Sultan'a özenmişti galiba...

Uzun kloş etekli, eteklerinin ucu kırmalı, üst bedeni korsajla vücuda oturtulmuş, kısa işlemeli bir pelerinle görünümü zenginleştirilmiş bir model üzerinde karar kıldılar. Seçilen modele uygun sim dokumalı dökümlü bir ipek kumaşla, pelerin için üstü işlemeli saten kumaştan ve oyalı başörtüsü için de beyaz krep kumaştan gerektiği kadarını kestirdiler.

Kumaşların parasını ödedi Tacettin. İhsan Bey'in tüm itirazlarına kararlı bir tavırla karşı koyarak, sarı bir zarfın içine yerleştirdiği terzi parasını kayınpederinin ellerine teslim etti. Bundan sonrası Celile Hanım'la Behire'ye kalıyordu. Tacettin, Rıza ve izin süresi bitmek üzere olan İhsan Bey Keskin'e dönmeye hazırlanıyorlardı.

İstanbul macerasının düşündüğünden kısa sürmesi Tacettin'in işine gelmişti. İki hafta boyunca burada bekleyecek değillerdi ya. İstanbul'u gezip tozmak gibi bir hevesi de yoktu. Tam tersine, buralardan uzaklaşmak için büyük bir arzu duyuyordu içinde.

Garipti, Keskin'den ayrılınca içini kavuran hasret ikiye katlanmıştı sanki. Trene binerken Patricia'yla Ali'yi yanına almıştı oysa. Neredeydiler? Neden konuşmuyorlardı Tacettin'le? Etrafı kalabalık diye mi yanaşmıyorlardı yanına?

Evet evet, en iyisi bir an önce Keskin'e dönmekti. Patricia'yla Ali mutlaka orada bekliyorlardı Tacettin'i...

## Bey evine yaraşır bir düğün

Gün Fatiş Hatun'un günüydü!

Önce Celile Hanım'la Behire dönmüş, iki gün sonra da eşyalar gelmişti İstanbul'dan. Eşyaların yerleştirilmesi ve diğer hazırlıklar epey oyalamış ve yormuştu hepsini, ama her şey tamamdı artık. Düğün için gün sayıyordu Fatiş Hatun. Her fırsatta geleneksel âdetlerden bahis açıyor, atılacak adımların usulüne uygun olması hususunda dünürlerini uyarmayı ihmal etmiyordu. Celile Hanım ve İhsan Bey onun uyarılarını hoşgörüyle dinliyor, sayılıp dökülen âdetlerden hangilerinin kızlarına uygulanacağını merak etmekten kendilerini alamıyorlardı.

Behire'nin çeyizinin serildiği gün, "Eskiden bir hafta sürerdi düğünlerimiz" dedi Fatiş Hatun. "Pazartesi günü düğün odunu getirmek için dağa gidilir, dağdan ilk odunu getirene hediye verilirdi. Salı günü düğün ekmeği pişirilir, çarşamba zengin fakir herkes mutlaka hayvan keser, perşembe düğün yemeği pişirilir, cuma günü de..."

Neyse ki kısa kesti Fatiş Hatun.

"Artık üç gün sürüyor düğünler. Cumadan pazara kadar. Kınası, kız alması, düğün eğlencesi, hepsi içinde."

Bu durumdan hayıflanır gibiydi. Celile Hanım da, İhsan Bey de âdetlerine, geleneklerine sıkı sıkıya bağlı bu kadının söylediklerine itiraz edip hevesini kaçırmak istemiyorlardı. Fatiş Hatun'a ellerinden geldiğince ayak uydurma kararındaydılar. Tek endişeleri Behire'nin aynı sabrı gösteremeyip isyan bayrağını çekme ihtimaliydi.

Düğünden birkaç gün önce Celile Hanım'la İhsan Bey'in yakın akrabaları İstanbul'dan gelmiş, onların gelişiyle düğün telaşı ikiye katlanmıştı. Hem oğlan evi, hem de kız evi hummalı bir faaliyet içinde hazırlıklarını tamamlamaya çalışıyorlardı.

Cuma günü *bayrak yemeği* ile başladı düğün. Cuma namazından çıkanlar yanlarında caminin imamıyla beraber Hacı Ali Bey'in evine geldiler. İmamın duası eşliğinde bayrak kaldırma töreni yapıldı. Bayrak kaldırma, düğünümüz var anlamına geliyordu.

Türk bayrağını uzunca bir sırığa çektiler. İki ufak tahta parçası çapraz olarak birbirlerine ortalarından tutturularak sırığın başına çakıldı. Tahtaların iki ucuna iki elma, diğer iki ucuna iki soğan takıldı. Takılan bu nesneler düğün bayrağını resmi bayraklardan ayıran tek özellikti. Hazır hale getirilen bayrak evin damına dikildi.

Hacı Ali Bey'in evi ana baba günüydü. Dört bir yan davul zurna sesiyle inliyordu. Düğün kâhyalığı görevini üstlenen Yahya Bey'in nezaretinde, bayrak yemeğine davetli misafirler akın akın gelip bahçeye, taşlığa, evin içine kurulmuş sofralara oturup yemeklerini yiyor, "Bayrağınız hayırlı olsun" diyerek evden ayrılıyorlardı. Düğün sofralarının bereketi bolluğun ve cömertliğin nişanesi sayılırdı. Bey evi, şanına yaraşır bir cömertlikle ağırlıyordu misafirlerini.

Dini nikâhın kıyılmasına gelmişti sıra. Salona geçti imam. "Gelin, damat, iki de şahit gelsin" dedi.

Dualar eşliğinde kıyıldı nikâh. İmama yüklüce bir yolluk verdi Hacı Ali Bey. Hayırlı uğurlu olsundu, Tacettin'le Behire Allah huzurunda karıkocaydılar artık...

* * *

Cumartesi günü hem kız evinde, hem de oğlan evinde kına gecesi telaşı vardı. Fatiş ve Ümüş Hatun'la kızları ve gelinleri bu gece için günlerdir hazırlanmaktaydılar.

Oğlan evinde hazırlanan, üzerinde fındık fıstık, şeker, kına ve mumların bulunduğu gümüş kına tepsisi kız evine gönderildi. Hacı Ali Bey de davul zurna ekibi göndermişti İhsan Bey'in evine. Türkülerle, mânilerle karşılandı oğlan tarafı. Celile Hanım ve İstanbul'dan gelip kız tarafını temsil eden diğer kadınlar kapıda bekliyorlardı misafirlerini.

Bordo renkli kadife üzerine sırma işlemeli bindallı giydirmişlerdi Behire'ye. Yüzü kırmızı bir duvakla örtülüydü. Bütün misafirler yerlerini aldıktan sonra, kayınvalide olmanın gururuyla kendi getirdiği ipek kumaşı yolluk niyetine gelininin önüne serdirdi Fatiş Hatun.

Behire yere serilen kumaşın üzerinde yürüyerek Fatiş Hatun'un önüne kadar geldi, elini öptü. Salonun ortasında kendisi için hazırlanmış sandalyeye oturdu.

Kına tepsisini getirdiler. Tepsinin üzerinde birisi erkek, diğeri kız çocuğunu simgeleyen iki mum yanıyordu. Amaç gelinin oğlu ve kızı olmasını sağlamaktı. Fatiş Hatun, Behire'nin avucunun ortasına bir altın koydu. Kınacı kadın, –ki bu kadının *başı bütün,* yani başından ayrılık geçmemiş olması gerekirdi– gümüş bir tasın içinde kardığı kınayı Behire'nin eline yaktı.

Orada bulunan diğer kadınlar da ellerine kına yaktırırken, kına gecelerine has yöresel türküleri ve mânileri söylemeye başladılar.

*Kınayı getir ana*
*Parmağın batır ana*
*Kızın gelin gidiyor*
*Koynunda yatır ana*

*Ana ana güzel ana*
*Kızın misafir kaldı*
*Ne olur bu gece de*
*Yanında yatır ana*

Gelini ağlatmayı amaçlayan mâniler, ağlama yerine gülme hissi yaratıyordu Behire'de. Öncesinde bu tür âdetlerden sıkıntı duyacağını düşünürken, karşılaştığı her yeni âdette enteresan noktalar yakalamaya ve garip bir şekilde içten içe eğlenmeye başlamıştı. İyi ki örtülüydü yüzü. Ağlaması beklenirken gülen bir gelin, böyle bir ortamda hoş karşılanmayabilirdi.

Bir sonraki mânideki gelin gidecek kızın serzenişine kulak kabarttı:

*Kapınızda kul muyudum*
*Pecenizde ot muyudum*
*Bu yıllık da dursayıdım*
*Üstünüze yük müyüdüm*

Sadece gelini değil, kız anasını da ağlatmaya yönelikti sözler. Ama Celile Hanım da ağlamaya niyetli görünmüyor, kendisi için söylenen mânileri mütebessim bir çehreyle dinliyordu:

*Kına yakıldı eline*
*Kuşak bağlandı beline*
*Kızım kınan kutlu olsun*
*Anan ağlasın haline*

Kına merasiminin bitiminde kız evi *damat kınası*'nı aynı tepsiye koyarak, davul zurna ekibiyle beraber oğlan evine gönderdi. Tepsinin içine, damat kınasının yanına damadın akraba ve arkadaşları kınalı ellerini sarsınlar diye bolca ipek mendil konulmuştu.

Kınacıları Tacettin'in sağdıcı olma görevini üstlenen Rıza karşıladı. Davul zurna eşliğinde oğlan evindeki erkeklerin ellerine kınalar yakıldı, ipek mendiller bağlandı ellere. Gülündü, söylendi, eğlenildi. Eğlenceye katılmayan, katılamayan tek kişi Tacettin'di.

Behire kınalı ellerinden, çevresindekilerin onu ağlatma çabalarından, söylenen mânilerden asla rahatsız olmamış, hatta ilginç bulduğu bu geleneksel törenin başrolünde olmaktan memnuniyet duymuştu. Ama Tacettin elindeki kızıl kına lekelerine baktıkça, yüreğindeki kızıl yaraların kanadığını hissediyordu. Ve bu kanı durduracak yerde, yaralarının üzerine tuz basmanın dayanılmaz acısını yaşıyordu...

* * *

Pazar günü oğlan evinden, başını sağdıç kimliğiyle Rıza'nın çektiği bir grup İhsan Bey'in evine gelin almaya gittiler.

Fatiş Hatun âdet olduğu üzre, gelininin atın üstünde gelmesinden yanaydı. Ama Behire, Hacı Ali Bey'in evine yaylı arabayla gidecekti. Günler öncesinden konuşup tartışmışlardı bu konuyu.

"Ata binmem ben!" demişti Behire.

"O nasıl söz, asker kızısın sen!" diye karşı çıkmıştı İhsan Bey.

Celile Hanım hemen araya girmiş, "Şalvarla, bindallıyla göndermiyoruz kızımızı" demişti. "Giyeceği gelinlik ata binmeye uygun değil!"

Beyaz gelinliğinin içinde su damlası kadar saf ve duru görünüyordu Behire, gelinden çok bir masal perisini andırıyordu. Yaylı arabadan inip ayağını evin önündeki mermer zemine bastığında, Fatiş Hatun elindeki çömleği yere çaldı. Kırılan çömleğin parçaları dört bir yana saçıldı. Ardından bereket simgesi olarak buğday, üzüm ve bozuk para serptiler Behire'nin başından aşağı.

Kurbanlar kesildi, davetliler bey evinde ağırlanmanın gururuyla sofralara kuruldular. Davullar zurnalar susmak bilmedi. Keskin halayı oynadı gençler, kaşık havası, karşılama... Tacettin'i de kolundan tutup kaldırdılar. Oğlunun karşısına geçti Hacı Ali Bey. Zarif ayak hareketleriyle Keskin halayının hakkını vererek eşlik etti gençlere.

Yatsıdan sonra dualar edilerek gelinle damat, sağdıcın refakatinde evlerine uğurlandılar...

Pirinç karyolanın köşesine ilişmiş, Tacettin'i bekliyordu Behire. Heyecanlıydı, yerinden çıkacakmış gibi coşkuyla çarpıyordu kalbi. Yüzünü örten duvağın arkasında Tacettin'in silueti belirince soluk alamaz hale gelmişti heyecanından.

Tacettin ise damat olmanın omuzlarına yüklediği sorumluluktan ziyade, içinde çarpışan çelişkili duyguları yatıştırmaya çalışmaktan yorgun düşmüştü. Ağır adımlarla Behire'ye doğru yürüdü. Fatiş Hatun'un yüz görümlüğü olarak takılmak üzere verdiği beşibiryerdeyi Behire'nin boynuna taktı. Duvağını açtı.

Titriyordu Behire. Gözleri yerde, ürkek bir ceylan gibi duruyordu karşısında. Garip bir acıma duygusu sardı içini. Yüreğini evlendiği insana açamamanın ezinci...

Yanına oturdu Behire'nin. Elini tuttu. Bu tutuşta muhabbet değil, şefkat vardı.

Başını kaldırıp Tacettin'e baktı Behire. Korunmaya muhtaç ürkek bir çocuğun mahcubiyeti vardı bakışlarında. Yüzüne düşen perçemleri parmaklarıyla yana itti Tacettin. Eğilip alnından öptü Behire'yi.

"Evine hoş geldin" dedi. "Seni mesut etmek için elimden geleni yapacağım. Bundan kuşkun olmasın."

Kendine bile yabancı gelmişti sesi. Bedenine giren bir başka Tacettin konuşuyordu sanki. Usulca saçlarını okşadı Behire'nin. Yüzünü yüzüne yaklaştırdı. Sımsıkı kapadı gözlerini...

Bir hıçkırık düğümlendi boğazına. Hem ondan, hem de kendisinden kaçmak ister gibi, başını Behire'nin göğsüne yasladı. Onun kulaklarına bir şeyler fısıldayacağına uzaklara gönderdi sesini. Duyuramayacağı kadar uzaklara...

"Affet beni Patricia'm!" diye inledi. "Yalvarırım affet..."

## Gizli mabet

Düğün öncesi ve düğün esnasında karşısına konulan âdetler, yapılan geleneksel törenlere hiç itiraz etmeden, harfiyen uymuştu Behire. Ama düğünün ertesi günü yapılacağı söylenen *duvak açma* törenine sessizce isyan etmekten kendini alamadı. Celile Hanım olmasa, kızını yatıştırmak için onca çabayı göstermese, açıktan açığa dışarı vuracaktı belki de isyanını. Çaresiz, buna da katlanacaklardı.

Duvak töreni, gelinin bekâretinin, temizlik ve saflığının tescili anlamına geliyordu. Pazartesi günü öğlene doğru, *okuyucu* denen, Keskin'in yoksul kesimlerinden seçilmiş bir kadın evleri gezerek komşu ve akrabaları gelin evine çağırdı.

Öğleden sonra davetliler toplanmaya başladılar. Davetlilerle beraber, günün eğlence faslını üstlenen çalgıcılar da geldi. Düğünde olduğu gibi davul zurna değil, incesaz türünden keman, saz ve darbukadan müteşekkil bir gruptu bu.

Duvak açmaya sadece kadınlar ve kızlar katılıyordu. Behire, artık görümcesi olan Şaziye'nin nezaretinde, bir gün önce üzerinden çıkardığı gelinliğini yeniden giydi, duvağı kapalı olarak davetlilerin huzuruna getirildi, orta yere konulmuş sandalyeye oturtuldu.

Anası babası sağ olan bir oğlan ve bir kız çocuğunun eline oklava verdiler. Çocuklar Behire'nin başındaki duvağı üç defa açıp kapattı. Üçüncüsünde açık kaldı duvak. Başına nasip açıklığı dileğiyle arpa, buğday, nohut serptiler. Fatiş Hatun,

Behire'nin duvağını açan çocuklara önceden hazırladığı hediyeleri verdi.

Sazlar çalınırken davetliler kalkıp oynuyor, söylenen şarkılara bir ağızdan eşlik ediyorlardı. Gelinin duvağının açılışı ikinci bir düğün gibi kutlanıyordu. İyi de, bu kaçıncı düğündü? Neyin töreniydi bu böyle?

Behire'nin kafasında hınzırca bir gülüş dolandı. O duvak zaten Tacettin'in eliyle açılmamış mıydı? Yeniden açıp kapatmanın, bir gece önce kocasının önünde üzerinden çıkardığı, saflığın ve dokunulmamışlığın timsali gelinliği yeniden giymesinin ne anlamı vardı?

* * *

Behire, Fatiş Hatun'un kendisini oradan oraya sürüklemekten vazgeçeceğini sanmakla yanılmıştı. Hacı Ali Bey'in uzak yakın tüm akrabaları, eşi dostu, tanıdığı kim varsa yedi gün boyunca hayırlı olsun ziyareti yaparak soluk almasına fırsat tanımadılar. Bunalmıştı Behire. Celile Hanım da en az onun kadar bizar olmuştu ama, belli etmemeye çalışıyordu.

Bu kadarla kalsa iyiydi. Yedinci günün ardından iadeiziyaretler başladı. Fatiş Hatun, hayırlı olsuna gelen, hediye getiren herkese iadeiziyaret yapılmasının şart olduğunu söylüyordu. Aşağı yukarı bir ay sürdü bu tantana. Yavaş yavaş durulur gibi olmuştu ortalık. Kalabalık dağılınca evini, kocasını, evliliğini daha sıcak duygularla kucaklama imkânı bulabildi Behire. İlk zamanlardaki ürkekliğini üstünden atmıştı. Her geçen gün biraz daha bağlanıyordu Tacettin'e. Düğün döneminin curcunası bir yana, Tacettin'le evlenmekten, Keskin gelini olmaktan pişman değildi.

Yeni yeni kuruyorlardı düzenlerini. Her sabah Tacettin'i işe uğurladıktan sonra ev işleriyle ilgileniyordu Behire. Fatiş Hatun emektarlarının kızı Kadriye'yi, yardımcı olsun diye gelininin yanına vermişti. Becerikliydi Kadriye, elini sıcaktan soğuğa vurdurmuyordu Behire'nin. "Gelin ablam!" diyerek pervane oluyordu etrafında.

Eskisi kadar olmasa da piyano çalışmalarını sürdürebiliyordu Behire. Arada bir Fatiş Hatun'la ve annesiyle beraber akraba ziyaretlerine katıldığı oluyordu, ama genellikle evde kalmayı, nakışla dikişle uğraşmayı tercih ediyordu.

Celile Hanım da sık sık yokluyordu kızını. İyi ki yakınındaydı annesi, iyi ki annesiyle babasıyla aynı yerde yaşıyordu Behire. Gurbet acısı çekmiyordu hiç değilse. Arada bir İstanbul düşüyordu aklına... Kendine farklı meşgaleler yaratarak aşıyordu İstanbul özlemini de.

Akşamları Tacettin'in geliş saatlerini iple çekiyordu. Beraberce yemek yiyorlar, sohbet ediyorlardı. Daha çok Behire konuşuyor, gün içinde yaptıklarını anlatıyordu Tacettin'e. O da yüzünden eksik etmediği gülümsemesiyle dikkatle dinliyordu karısını.

Tacettin'le beraber olduğu her an değerliydi Behire için. Görücü usulüyle evlenmiş sayılırlardı, ama gitgide daha çok seviyordu kocasını. Bir de Tacettin, kendisi için çalışma odası olarak döşediği odaya kapanıp saatlerini orada geçirmeseydi... Bir şeyler yazıp çiziyordu galiba. Meraklı görünmek, hesap sorar gibi tavır almak yakışmazdı Behire'ye. Nasıl onun müzik gibi, dikiş nakış gibi özel zevkleri varsa kocasının da meşgul olmaktan zevk duyduğu uğraşları olabilirdi pekâlâ.

Evet, her gece "gizli mabedim" dediği o odaya kapanıp Patricia ve Ali'yle buluşmaktan kendini alamıyordu Tacettin. Gerdek gecesi dışında hiç aksatmamıştı bu buluşmaları. Yanlış yapıyordu belki, vazgeçmeliydi artık. Behire'nin gözlerine her bakışında suçlu hissediyordu kendini. Ama üzerine kâbus gibi çöken, vicdan azabını çağrıştıran bu duygulardan sıyrılması uzun sürmüyordu.

Kendini, kendine karşı savunacak bir yol bulmuştu: Behire'den önce Patricia vardı hayatında, Ali vardı! Yüreğine işlemişlerdi üstelik. Onları oradan söküp atmaya gücü yetmezdi.

"Değişen bir şey yok" diyordu Patricia'ya. "Yüreğim hâlâ sana ait. Hep öyle kalacak, hiçbir şey bu gerçeği değiştiremez!"

İkiye ayrılmıştı ruhu. Duyduğu ezikliğin tesiriyle Behire'ye olabildiğince sıcak davranıyor, her isteğini anında yerine getiriyor, ilk gece söylediği gibi karısını mesut edebilmek için elinden gelen çabayı gösteriyordu.

Bir adım geride duran ikinci kimliği, ancak bu gizli mabette ortaya çıkıyor, Patricia'nın tutkulu aşkı, Ali'nin biricik babası olarak onlarla hasret gideriyordu. Beraber çektirdikleri fotoğraflar, çalışma masasının kilitli çekmecesinde her akşam sabırsızlıkla onun gelişini bekliyordu. Aynı sabırsızlık gün boyu Tacettin'in içini de yakıyor, Patricia ve Ali'ye kavuşmak için dakikaları sayıyordu.

Kavuşma sevincini odasına hapsedip dışarı çıktığında uzun bir süre kendine gelemiyordu Tacettin. Ondaki bu gözle görülür değişikliği Behire'nin nasıl yorumladığını bilemiyordu ama, bu ikili hayatın dışına çıkamayacağından emindi artık. Karısının yanında mazbut ve müşfik bir koca, odasına kapandığında, yüreğindeki iki başlı acımasız hasreti büyüten ve bundan zerrece utanç duymayan iflah olmaz bir âşık...

## Eylül müjdesi

*Hüzünlerin düğünüdür eylül*
*Asildir, gururludur*
*Acılarını kendine saklar*
*Onurludur...*

Önce suskunluk sarar doğanın bedenini. Yeşile çalan gözlerin elaya dönüştüğü mevsimdir *eylül*. Altın kızılıyla sarının bin bir tonuna açılmış kocaman bir kucaktır. Üzümdür, bağbozumudur. Solgun sesiyle bahçelerde gezinen yaprak ve toprak kokusudur. Sevgiliye hasrettir. Hasrete yapılan yolculuktur. Eksik gülümseyişlerdeki masumiyettir. Masumiyet kılığında gelen acıdır. Davetkârdır, hüznün ve umudun içine çeker insanı.

Temkinlidir eylül, olmayacak vaatlerle gönülleri oyalayıp sonrasında mahcup olmak istemez. Sarının griye dönüşmeye meylettiği uçuk benizli ufuk çizgisine küçük sevinç pırıltıları katar bazen, kırık dökük müjdeler verir...

Hoyrattı zaman. Kadın erkek, genç ihtiyar, önüne kattığı hiç kimseye ayrıcalık tanımadan, ardı sıra sürüklenmeye mecbur kılıyordu herkesi. Tacettin'le Behire'nin düğünlerinin üzerinden dört ay geçmişti. Sabırsızlanmaya başlamıştı Fatiş Hatun. Gözünü kulağını dört açmış, Behire'den gelecek *bebek* müjdesini bekliyordu. Gelini kısır çıkmasın diye dualar ediyor, adaklar adıyordu.

Kısırlık uğursuzluk işareti sayılırdı. Kadının evlenir evlenmez hemen hamile kalması, erkek için de bir güç gösterisiydi. Doğuran kadın kendi değerini artırırken kocasına da şeref bahşederdi.

Aklından bile geçirmek istemiyordu Fatiş Hatun ama, eğer

çocukları olmazsa Tacettin'le Behire'nin evliliği nafile bir beraberliğin ötesine geçemezdi. Meyvesiz ağaç neye yaradı?

Hele bir doğursundu gelini, hele oğlunun kucağına bir bebe versindi... Hele o bebe oğlan olsundu! İkisinin önüne de dünyaları sererdi Fatiş Hatun.

Sabırsızlıkla beklenen müjdeyi önce kocasına verdi Behire. Mahcubiyetin pembe gölgesi yüzüne vururken, gizleyemediği ışıltılı bir sevinçle, "Hamileyim ben" dedi Tacettin'e.

Şaşırdı Tacettin, şaşkınlığından ne diyeceğini bilemedi ilk anda. Behire'nin heyecandan buz kesmiş ellerini tuttu, avucuna hapsetti. Şefkatle sarıldı karısına, alnından öptü.

Gözünde kutsal bir mertebeye erişmişti Behire. Çocuğunu taşıyordu, bir evlat verecekti ona.

Sevinmişti kuşkusuz, ama sınırsız bir sevinç değildi duyduğu. Garip bir tutukluk vardı içinde. Coşkusunun önüne şeffaf bir set çekip alabildiğine mutluluk duymasını engelleyen kırılgan bir karşı koyuş... İçindeki asi direnişi kırmayı başardı sonunda.

"Gözümüz aydın" dedi. "Bebeğimiz uğur getirsin bize."

O gece Patricia'yla konuşmadı Tacettin. Konuşamadı... Gözlerini kaçırdı fotoğraftaki gözlerinden. Evlendikleri günden beri karısına yeterli sevgi veremediğinin ezinci bu kez yön değiştirip Patricia'nın üzerinde yoğunlaşmıştı. Veremeyeceği bir hesabı onunla paylaşacak yüzü yoktu. Patricia'nın önünde boynu eğikti. Sözünde duramamıştı, yenilmişti. Sevincini doyasıya yaşayamamakla ödüyordu cezasını.

Patricia'ya söyleyemediği sırrını oğluyla paylaştı.

"Sana bir kardeş geliyor Ali'm!" dedi. "Birbirinizi hiç göremeyecek olsanız da o senin kardeşin..."

* * *

Müjdeli haber hem Hacı Ali Beylerin, hem de İhsan Beylerin evinde bayram havası yaratmıştı. Sevinci en zirvede yaşayansa Fatiş Hatun'du kuşkusuz.

"Biliyordum ben!" diye haykırdı ilk duyduğunda. "Kirpikleri çift çift olmuştu Behire'nin, süzgünleşmişti bakışları."

Duyduğu heyecan ve iftihar hissi, kız anası Celile Hanım'ınkini bile gölgede bırakacak düzeydeydi. Bilezikler taktı gelinine, kumaşlar kestirdi, terziye gönderdi.

"Kadriye yemek yapmasın" dedi. "Kokusu dokunur sana. Canın ne istiyorsa söyle, pişirtip göndereyim."

Doğuma aylar vardı daha. Ama Fatiş Hatun sabırsızdı. Celile Hanım'la beraber çarşıya indiler. Saten yorgan yüzleri, kundaklık patiskalar, zıbınlık mermerşahiler alındı; oğlan anası, kız anası bebek çeyizi hazırlamaya koyuldular.

Behire de boş durmuyordu. Mermerşahiden zıbınlar dikti önce, kenarlarını oyaladı, köşelerini nakışladı. Zevkle, hevesle çalışıyordu. Akşamları işten dönen Tacettin'e o gün yaptıklarını gösteriyor, takdir ve iltifat bekliyordu kocasından.

Tacettin de karısını boş çevirmiyor, beğensin beğenmesin, "Pek güzel olmuş, ellerine sağlık" demeyi ihmal etmiyordu.

Fatiş Hatun ne alsa, ne işlese maviden yana kullanıyordu tercihini. Behire'yi kırmamak için gönlünde yatanın bir erkek torun olduğunu açıktan açığa söylemese de davranışlarıyla ihsas ettiriyordu.

Celile Hanım, Hacı Ali Bey'in ve ailesinin oğlan çocuk beklentisi içinde olduklarını çok iyi bilse de daha ılımlı bir tavır sergiliyordu. Kız çocuğunu çok severdi ama, Behire'nin yerinin geniş olması için erkek doğurmasının daha hayırlı olacağının da farkındaydı.

Behire ise asla cinsiyet ayrımı yapmadan karnında her geçen gün biraz daha büyüyen, kanından canından bir varlığı taşımanın gururunu ve mutluluğunu yaşıyordu.

Bu yeni durum herkesi farklı etkilemişti. Tacettin bile yeni doğacak bebeğin heyecanına kaptırmıştı kendini. Yeni bir hayat, yeni bir umuttu. Bu bebek kederlerle aşınmış yaralı yüreğine merhem olabilir miydi acaba?

Belki...

Ama şurası kesindi ki, oğlu ya da kızı yaralarını tamamıyla iyileştiremese de, o yürekte Ali'nin yanında kendine yer açmayı başaracaktı.

# Aşikâr olan sırlar

Behire'nin hamileliği altıncı ayını doldurmuştu. Gelininin bedenindeki değişikliklere bakarak bebeğin cinsiyetini tahmin etmeye çalışıyordu Fatiş Hatun.

"Torunum kesinlikle oğlan!" diyordu. "Karnına baksanıza, sipsivri. Kız olsa toparlak olurdu. Behire de pek güzelleşti maşallah. Kız doğuracak olsa çirkinleşirdi. Kız, anasının güzelliğini alır, oğlansa güzelliğine güzellik katar."

Hamileliğin belli oluşundan o güne kadar geçen süre içinde, Fatiş Hatun'un cansiperane gayretleriyle, neredeyse tüm hazırlıklar tamamlanmıştı. Biri mavi, diğeri kırmızı iki saten yorgan sırınmış; bezler, kundaklar, zıbınlar dikilip işlenmiş, bohçalar içinde bir kenara yığılmıştı.

Bir değil birkaç bebeğe bol bol yetecek zenginlikte bir çeyizdi hazırladıkları. Beşiğin serilmesini en sona bırakmıştı Fatiş Hatun. Loğusa yatağı da doğumdan sonra serilecekti. Âdet öyleydi.

Doğuma daha üç ay vardı ama gün saymaya başlamışlardı bile. Gelini sıkılmasın, oyalansın diye her gün yeni bir vesile yaratıyordu Fatiş Hatun. Evde davetler düzenliyor, konu komşuyu, onlar olmasa kızlarını gelinlerini toplayarak hoşça vakit geçirilmesini sağlıyordu.

Behire eskiden olsa gönülsüzce katılırdı bu toplantılara. Ama o da hamilelikle beraber daha bir uysallaşmıştı sanki. Çağrılan yere gidiyor, kalabalıkların içine girmekten rahatsız olmuyor, hatta keyif alabiliyordu bu buluşmalardan. Bebek olunca uzunca bir süre eve kapanacaktı nasılsa.

O gün Fatiş Hatun'un eski ahbaplarından birinin çeyiz serme gününe de seve seve gitti Behire. Annesi, Fatiş Hatun, Şaziye ve Vesile Yengesiyle beraber. Hazırlanırken aynadaki tombullaşmış aksine gülerek baktı. Nasıl da şişmanlamıştı! Hantallaştığını, çirkinleştiğini düşünmüyordu ama. Tam tersine, her gün biraz daha büyüyen karnı kendisine güzellik katıyordu. Acaba Tacettin de aynı gözle görebiliyor muydu karısını?

Gittikleri ev yoğun ziyaretçi kalabalığını kaldıramayacak kadar küçüktü. Hizmet eden genç kızlar zor dönüyorlardı ortalıkta. Sergilenen çeyizler incelendi; börekler, kurabiyeler, tatlılar yenildi, çaylar içildi.

Bunalmıştı Behire. Çeyizi serilen kızın ablası Sıdıka yanına yaklaşıp, "Yan oda daha ferah, oraya geçelim isterseniz" deyince havada kaptı teklifi.

Bir bardak soğuk su getirdi Sıdıka. Bir dikişte bitirdi Behire. İçi yanmıştı. Allah razı olsundu bu kızdan. Kalabalığın uğultusundan kurtulmak iyi gelmişti. Minnetle baktı Sıdıka'ya...

O da gözlerini dikmiş, dikkatle Behire'yi inceliyordu. Garip bir gülüş vardı dudaklarında. Anlam veremedi Behire.

"Hayırlı olsun bebeğin" dedi Sıdıka. "Kucağına almak için sabırsızlanıyorsundur."

"Hem de nasıl!" dedi Behire.

"Tacettin Bey de senin kadar sabırsızlanıyor mu?"

Sözlerin altında yatanı kavrayamamıştı Behire. Evet anlamında başını sallamakla yetindi.

"Hiç sanmıyorum" dedi Sıdıka. "İlkler tatlıdır. Daha önce oğlunu kucaklamış bir erkek, ikinci çocukta aynı heyecanı duyamaz."

Kulaklarına çalınan sözleri algılamakta güçlük çekiyordu Behire. Neler söylüyordu bu kız böyle?

Onun şaşkın haline aldırmadan, "Tacettin Bey seneler önce bir Rum kızına tutuldu" diye devam etti Sıdıka. "Evleneceğim diye tutturdu. Zorla vazgeçirdiler. Çocukları oldu sonra... Hem de oğlan! Sonra mübadeleyle çekip gittiler buralardan."

Söylediklerinin yarattığı etkiyi ölçmek ister gibi sustu. İstediğini elde etmenin sarhoşluğuyla hücuma geçti yeniden.

"Tacettin Bey neden seninle evlendi sanıyorsun? Keskin'de herkes biliyordu bu durumu. Sense yabancıydın, dünyadan haberin yoktu. Dişlerine göre buldular seni."

Boğulacak gibiydi Behire. Gözleri yuvalarından fırlamış, güçlükle nefes alıyordu.

Hoyrattı Sıdıka'nın dili, yılan gibi zehir saçıyordu.

"İşte böyle" diye sırıttı. "Bilmen gerekir diye düşündüm."

"Neden anlatıyorsun bunları?" derken son derece bitkindi Behire.

Bu soruyu beklemiyordu Sıdıka. Ama cevabını vermekten çekinmedi.

"Dünür geleceklerdi bana" dedi. "Kabul etmedik. Gönlü başkasına takılı kalmış birine kim varmak ister ki?"

Gönlü başkasına takılı kalmış biri!

Çın çın ötüyordu Behire'nin kulaklarında. Daha fazla dayanamadı, fırlayıp kalktı yerinden. Misafir kalabalığının içine daldı. Fatiş Hatun'la Celile Hanım koyu bir sohbete dalmışlardı.

"Yoruldum" dedi Behire. "Eve gitmek istiyorum."

"Solgun görünüyorsun" dedi Celile Hanım endişeyle.

Fatiş Hatun, kapının girişinde haince sırıtan Sıdıka'ya dikti gözlerini.

"Canını sıkan bir şey mi oldu?" diye sordu Behire'ye.

"Hayır" dedi Behire. "Dedim ya, yorgunum biraz."

Kalktılar hemen. Celile Hanım kızının artık bu tür kalabalıklara girmemesi gerektiğini düşünürken, Fatiş Hatun da bir zamanlar gelini olmasını aklından geçirdiği Sıdıka'yı hınç dolu bakışlarıyla evire çevire dövmekteydi...

Tacettin'le konuşmak için baş başa kalacakları zamanı kolluyordu Behire. Sofraya oturdular. Tek lokma yiyecek hali yoktu Behire'nin, yer gibi görünüp çatalının ucuyla tabağındaki yemekle oynuyordu adeta.

Eve geldiğinden beri karısındaki durgunluğun farkındaydı Tacettin. Üzerine gideceğine suskun kalıp beklemeyi tercih etti.

Kadriye sofrayı toplayıp mutfağı toparladı, odasına çekildi. Ancak ondan sonra dili çözülebildi Behire'nin.

Tacettin'in yüzüne bakmamaya çalışarak, "Neden anlatmadın bana?" dedi kırık bir sesle. "Başkalarından duyacağıma senin anlatman daha az acıtırdı beni."

İrkiliverdi Tacettin. Neydi Behire'nin duyduğu? Anlayıp dinlemeden cevap veremezdi.

"Seni acıtan nedir?" diye sordu.

Üzgün görünüyordu Behire. "Geçmişte yaşadıkların" derken sesi titriyordu.

Tutulup kalmıştı Tacettin. Teferruatlı bir konuşmaya girmeden Behire'nin neyi ne kadar bildiğini sınamak istedi.

"Neler anlattılar sana? Anlatan kim?"

"Sıdıka" dedi Behire. "Karşıma geçti, benden önce bir Rum kızıyla münasebet kurduğunu ve ondan bir çocuğun olduğunu ballandıra ballandıra saydı döktü."

Ne demesi, nasıl davranması gerektiğini kestiremiyordu Tacettin. Kısa bir tereddüt anının ardından kararlılıkla doğruldu. İtiraf etme zamanı gelmişti galiba.

"Evet" dedi. "Sıdıka'nın söyledikleri doğru. Ama geçmişte kaldı hepsi."

"Yaşadıkların için geçici bir macera diyemezsin Tacettin!"

diye bağırdı Behire. "Hem de arada bir çocuk varken..."

"O çocuk da, annesi de çok uzaktalar artık. Bir daha karşılaşmamız, görüşmemiz mümkün değil. Onların denizlerin ötesindeki varlığı seni rahatsız etmemeli."

Tacettin'in söylediklerini duyacak, duyduklarını algılayacak durumda değildi Behire.

İyice yükselttiği sesiyle, "Evlenmek istemişsin onunla" dedi. "Ailen engel olduğu halde vazgeçmemişsin. Keskin gibi dar bir muhitte çocuk yapmışsınız bir de utanmadan!"

Patricia ile olan beraberliğinin bu derece basite indirgenerek aşağılanmasından, hele Ali'nin gayrimeşru bir çocuk yerine konulmasından son derece rahatsızdı Tacettin. Ama sesini çıkaramadı, Behire'nin karşısında kendisini ve ilişkisini savunacak gücü yoktu.

"Patricia benim her şeyimdi. Hem onu hem de çocuğumu sahiplendim ben. Piç gibi ortada bırakmadım Ali'yi. Bırakmayacaktım. Ama olmadı. Gittiler! Elim kolum bağlı kaldı" diyemedi.

Sustu.

Behire konuştu onun yerine.

"Aldattın beni!" diye haykırdı. "Bütün bunları önceden bilseydim evlenmezdim seninle. Ne beni, ne de karnımdaki çocuğu hak ediyorsun. Karşıma çıktığın güne lanet olsun!"

Güçlükle doğruldu yerinden. İyice ağırlaşmış bedenini sürükler gibi ağır adımlarla salondan çıktı. Evlendikleri günden beri Tacettin'le paylaştıkları gelin odasında değil, misafir odasında geçirecekti geceyi.

* * *

Ertesi akşam eve geldiğinde kapıyı Kadriye açtı Tacettin'e. Behire küskünlüğünü sürdürme kararındaydı demek.

Ama küskünlüğün ötesinde bir durum vardı ortada.

"Gelin ablam evde yok" dedi Kadriye. "Babasının evine gitti."

Bakışları karaydı Kadriye'nin, keskindi, suçlayıcıydı. Kapının ağzında durmuş, verdiği haberi duyar duymaz Tacettin'in bir koşu gidip karısını baba evinden çekip getirmesini bekliyor gibiydi.

"Gelin ablan evde yok diye beni içeri almayacak mısın?" diyerek adımını eşikten içeri attı Tacettin.

"O nasıl söz beyim!" diyerek geri çekildi Kadriye. Utancından kıpkırmızı olmuştu. Kendini affettirmek ister gibi, "Yemeğinizi hazırlayayım" dedi.

"Çorba var mı?" diye sordu Tacettin.

"Var" dedi Kadriye. "Mercimek çorbası yapmıştım. Gelin ablam pek sever ya..."

Kırdığı yeni potu nasıl düzelteceğini bilememenin sıkıntısıyla yere dikti gözlerini.

"Yemek hazırlamana gerek yok" dedi Tacettin. "Gelin ablanın çorbasından bir kâse getir, yeter."

O gece Patricia'yla konuşmaya her zamankinden de fazla ihtiyaç duyuyordu Tacettin. Aşkını, sevgisini, hasretini dile getirmek için değil, dertleşmek için.

"Sırrımız sır olmaktan çıktı, aşikâr oldu Patricia'm" diye başladı. "Senin ve Ali'min mevcudiyetinizden haberdarlar artık. Böylesi daha iyi değil mi sence de?"

Evet, garipti ama Tacettin'in omuzlarından büyük bir yük kalkmış gibiydi. Hafiflemiş hissediyordu kendini. Mazisindeki sevaplar ve günahlar ortaya dökülmüş, gizleyecek saklayacak hiçbir şeyi kalmamıştı.

Behire'ye karşı dürüst davrandığını düşünüyordu. İnkâr etmemişti yaşadıklarını, kabullenmişti. Ama bundan sonrasında daha dikkatli olmak, karısının hassasiyetine saygı duyarak onu incitmemek zorundaydı.

Karnında çocuğunu taşıyor olmasa, Behire'nin baba evine gitmesini nasıl karşılardı? Onun eve dönmesini canıgönülden ister, bunun için çaba gösterir miydi? Yoksa fırsat bu fırsat diyerek evliliklerini bitirmeye mi kalkardı?

Kafasında şekillenen sorulara verilecek kesin bir cevabı yoktu. Ama kabul etmeliydi ki alışmıştı Behire'ye. Büyük bir aşkla ve tutkuyla olmasa da kırık dökük kalbiyle, karınca kararınca seviyordu karısını.

Tutkulu, yakıcı aşklar, delice sevdalar ancak bir kez yaşanırdı. Tekrarı mümkün değildi. Ama ömür uzundu ve daha sakin, daha kendi halinde sevgilerle de sürüp gidebiliyordu.

* * *

İhsan Bey ve Celile Hanım, kolu kanadı kırık kızlarını avutmak için ne kadar dil dökseler de Behire'yi yatıştırmaya muvaffak olamıyorlardı.

"Benden önce bir başkası varmış... Üstelik bir de çocukları olmuş... Anlatmadı bana, aldattı beni."

Bu cümleler üzerinde takılıp kalmıştı Behire. Durup durup tekrarlıyor, her seferinde biraz daha öfkeleniyordu. Baktılar ki olmayacak, farklı bir taktik uygulamaya karar verdiler.

"Bak kızım" dedi İhsan Bey. "Her erkeğin mazisinde buna benzer durumlar olmuştur. Mesela ben! Annenle evlenmeden önce nişanlanıp ayrıldığımı biliyor muydun?"

Hayır, bilmiyordu. Hayretle babasının yüzüne baktı.

"Hem de iki yıl nişanlı kalmışlar" diye araya girdi Celile Hanım. "Üstelik sevmişler de birbirlerini."

"Yapma hanım!" diye güldü İhsan Bey. "Akraba kızıydı, beraber büyüdük. Acemice, çocukça bir yakınlaşmaydı, hepsi o."

"Aileleri araya koyup nişanlanacak kadar ciddiymiş ama..."

Konuşmanın gidişatı Behire'yle Tacettin'in arasındaki tartışmadan İhsan Bey'le Celile Hanım'ın eski günlerini sorgulamalarına kaymıştı. Onların istediği de buydu zaten.

"Peki neden ayrıldınız?"

Behire'nin dikkatini kendi üzerine çekmekten memnundu İhsan Bey.

"Anlaşamadık" dedi. "Askerle evlenmeyi göze almak zordur kızım. Tayininin nereye çıkacağı belli olmaz. Bizim nişanlı da ailesinden kopmak istemeyince vazgeçtik evlenmekten. İyi de etmişiz."

"Hiç mi pişman olmadın ayrıldığına? Unuttun mu eski nişanlını?"

Bu sorulara hazırlıklıydı İhsan Bey.

"Yaşanan hiçbir şey unutulmaz kızım" dedi. "Ama hatırlananlar, daha sonra kurulacak hayatların gidişatına sekte vurmaz. Pişman olmaya gelince... Asla, diyebilirim sana. Celile'yle ve senin varlığınla en büyük saadeti yaşadım ben. Sanırım onu da mesut edebilmişimdir."

"Tacettin'in durumu farklı ama" diyerek yeniden başa döndü Behire. "Nişanlından ayrılırken arada bir çocuk olsaydı, onları maziye gömmen mümkün olabilir miydi?"

Düğüm noktası buydu işte! Tacettin'in yeni doğacak çocuğundan önce babalığı tatmış olması çileden çıkarıyordu Behire'yi.

Kızını çok iyi anlıyordu İhsan Bey ve ona hak veriyordu. Tacettin'i koruyup kollaması ise, ikisinin arasında geçen o çok özel konuşmanın hatırınaydı. Damadının geçmişte yaşadığı aşkın büyüklüğünün, hatta yerinin doldurulamazlığının bilincindeydi. Ama yeni kurulan hayatlar aşk kazazedelerine de saadet bahşedebilirdi.

Bu noktadan yola çıkarak son kozunu oynamaya karar verdi İhsan Bey.

"Bir şey soracağım sana" dedi Behire'ye. "Ölmüş birilerinden hesap sormaya kalkar mı insan? Hayır! Tacettin'in geride bıraktıkları da dönmemek üzere çekip gitmişler buralardan. Bir daha karşılaşmaları, bir araya gelmeleri mümkün değil. Ha toprağın altındalar, ha uzaklarda meçhul bir yerde... Öldüklerini farz et...

Makul ol kızım, mantıklı düşünmeye çalış. Kocan seni hoş

tutuyor mu, sevip sayıyor mu, ona bak sen. Bir hiç uğruna evini barkını terk etmeye değer mi?"

Dikkatle dinliyordu Behire. Geldiğinden beri ilk defa sükûnete kavuşmuş gibiydi.

"Yeter kendini helak ettiğin" dedi Celile Hanım da. "Karnındaki çocuğa acı. Senin üzüntünü hissediyordur o gariban da. Daha fazla üzme onu."

Elini karnının üzerinde gezdirdi Behire. Yüreğindeki isyancı sızı varlığını sürdürse de, annesiyle babasının söylediklerinden etkilenmişti galiba...

* * *

Behire baba evine gideli üç gün olmuştu. Eksikliği hissediliyordu. Gidip onu almaya, eve getirmeye teşebbüs etmemişti Tacettin. Harekete geçmek için yeterli cesareti toplayamamıştı henüz.

Dördüncü günün sabahı işe gittiğinde masasının üzerinde sarı bir zarf duruyordu. İhsan Bey'in yazısını tanıdı. Kayınpederi akşam yemeğine davet ediyordu Tacettin'i.

Behire öfkeli ve hırçın tavırlarından sıyrılmış, ancak küskünlüğünü belli eden soğuk tavrını sürdürüyordu. Yemek boyunca kaçamak bakışlarla birbirlerini süzmenin ötesinde tek bir kelime konuşmadan yemeklerini yediler.

İhsan Bey ve Celile Hanım senaryosu önceden yazılmış bir filmin oyuncuları gibi değişik sohbet konuları açarak, kâh Behire'ye, kâh Tacettin'e sorular yönelterek, ikisini ortak cevaplarda buluşturarak havayı ısıtmaya çabalıyorlardı. Başarmışlardı galiba...

Çaylarını içtikten sonra, sıcacık bir bakışla Behire'ye döndü Tacettin.

"Kalkalım mı artık?" dedi.

Başını öne eğdi Behire.

Duyulur duyulmaz bir sesle, "Olur" dedi usulca.

Kapıdan çıkarlarken, İhsan Bey'le Celile Hanım'a minnet dolu bakışlarıyla teşekkür ediyordu Tacettin...

# Kimse kimsenin yerini tutamaz

Aynı rüyayı yeniden görüyordu sanki Tacettin. Behire'nin gecenin bir vakti doğum sancılarıyla sarsılışı, ebenin çağrılması ve odanın kapısındaki sabırsız bekleyiş...

Yaşananlar aynıydı da, kişiler değişmiş, Patricia'nın yerini Behire almıştı bu kez. Bekleyenler de o günkünden daha kalabalıktı. Ebeyle beraber Hacı Ali Beylerin ve İhsan Beylerin evlerine de haber uçurulmuş, Celile Hanım, İhsan Bey, Fatiş Hatun, Şaziye hemen koşup gelmişlerdi.

Soluklar tutulmuş, ebenin vereceği müjdeli habere açılmıştı kulaklar. Saatler sürdü bekleyişleri. Behire'nin bir yükselip bir alçalan feryatları kesiliverdi sonunda. Üstlerine çöken sessizliği katık ettiler umutlarına.

Ve kapı aralığında zorlu bir mücadelenin galibi gibi gururla duran ebenin ağzından aldılar müjdeyi:

"Nur topu gibi bir oğlunuz oldu!"

Celile Hanım'la Tacettin bir adım öne çıktılar. Ama Fatiş Hatun onlardan atik davranarak önceden hazır ettiği kadife altın kesesini cebinden çıkarıp ebenin avucuna koydu, odaya dalıverdi. Göbeği kesilmiş, yıkanıp paklanarak kundağa sarılmış bebeği, muzaffer bir kumandan edasıyla, doğruca Tacettin'in kucağına verdi.

Daha önce oğullarından, kızlarından hiç torunu olmamışçasına, ilk kez babaanne oluyormuş gibi sınırsız bir sevinç yaşamaktaydı. Kimseler bilmezdi onun neler çektiğini... Anaydı o! Hissederdi. Oğlunun o uğursuz Rum yosmasını ve peydahladığı piçi hâlâ içinden atamadığını adı gibi biliyordu. Yaralıydı Tacettin. İşte bu çocuk yaralarını saracak, eski günlerine döndürecekti onu. Bu yüzden torunu oğlan olsun diye adaklar adamıştı. Giden oğlanın yerini ancak bir başka oğlan tutabilirdi.

Kucağındaki bebeğin yüzüne dikkatle baktı Tacettin.

"Ali!" diye fısıldadı içinden.

Tacettin'in biricik Ali'si, babasının çektiği hasreti sonlandırmak için, koyu karanlıkların ortasından ışığıyla beraber kalkıp gelmiş, aydınlık bir yol açmıştı sanki önüne.

Yeni doğan her bebek yeni bir umuttu. Umudu avuçlarında taşırdı bebekler...

Fatiş Hatun kumandayı eline almıştı gene. Sağa sola emirler yağdırarak işlerin usulüne uygun olarak yapılmasına nezaret ediyordu. Celile Hanım da uysal bir kız anası olarak, yöresel âdetlerin uygulanmasını sessizce izlemekle yetiniyordu.

Dualar okunarak loğusa yatağı serildi, bebeğin beşiği hazırlandı. Behire'nin başucuna küçük bir Kuranıkerim, yastığının altına ayna ve mendil konuldu. Başına kırmızı bir eşarp bağlandı. (Kız olsa siyah eşarp bağlanacaktı!)

"Doğum yapan kadın kutsaldır" diyordu Fatiş Hatun. "Allah saklasın, doğum esnasında veya doğumdan mütevellit ölüm vuku bulursa, cennetliktir o kadın!"

Celile Hanım'ın bu sözlerden pek hoşlanmadığını görünce ekledi:

"Gözüm gibi bakacağım gelinime. Hiçbir şeycik olmayacak evelallah."

Doğumun yedinci günü bebek için akika kurbanı kesildi. Sadaka dağıtıldı, kapıya gelen hiçbir fakir geri çevrilmedi.

Hacı Ali Bey bebeğin sağ kulağına ezan, sol kulağına kamet duası okudu. Konulacak ismi üç kez kulağına tekrarladı: "Doğan... Doğan... Doğan..."

Yüreğinde ince bir sızı duydu Tacettin. Ali'nin doğumundan sonra babasına yalvar yakar oluşu düştü aklına. Oğlunun kulağına, adını verdiği babasının, Hacı Ali Bey'in, "Ali" demesini nasıl da istemişti...

Ali'nin yakıcı hasretini olanca şiddetiyle içinde hissetti. Evet, Doğan, bağrındaki ateşe bir nebze de olsa serinlik getirmişti ama, herkesin yeri ayrıydı. Ve kimse kimsenin yerini tutamazdı. Bir değil, yedi tane altın perçemli oğlu olsa, Ali'nin kalbindeki özel yeri baki kalacaktı...

## Bahar müjdesi

Doğan bir yaşını doldurmuş, yaşını doldurduğunun haftasına da ilk adımlarını atarak yürümeye başlamıştı. Güleç yüzlü bir çocuktu, etrafına neşe saçıyordu. Tacettin'in bir türlü aydınlığa kavuşturamadığı karanlık dünyasının biricik güneşiydi. Behire ise kelimenin tam anlamıyla tapıyordu oğluna.

Ve Doğan henüz bir buçuk yaşına gelmeden ikinci müjdeyi verdi Behire: Hamileydi gene!

Sevinemedi bile Tacettin. İkinci bir çocuğu olsun isterdi elbet, ama bu kadar erken olacağını düşünmemişti doğrusu. Karısının hevesini kırmamak için kendine sakladı aklından geçenleri.

"Bu defa kız istiyorum" diyordu Behire. "Fatiş Hatun'un başıma siyah eşarp bağlamasına bile razıyım. Her annenin bir kız evladı olmalı."

Hamileliğinin sekizinci ayında İstanbul'dan gelen bir davet kurulu dengeleri altüst etmeye yetti. Cahide Hanım'ın kızı Feride'nin düğünü için gün alınmıştı. Bu mutlu günde gurbetteki akrabalarını yanlarında görmek istiyorlardı.

En doğrusu, Behire'nin hamileliğini öne sürerek gidemeyeceklerini bildirmeleriydi. İhsan Bey, Celile Hanım ve Tacettin aynı noktada buluşmuşlardı, ama Behire'ye söz geçirmek mümkün değildi.

"Çok ayıp olur" diyordu. "Onlar tam kadro gelmediler mi bizim düğünümüze? Feride'yi bu mühim günde yalnız bırakamam."

Ne yaptılarsa söz geçiremediler. İhsan Bey'le Celile Hanım'ın Tacettin'le bir olarak saatlerce dil dökmeleri, Fatiş Hatun'un hop oturup hop kalkıp, "Zinhar olmaz!" diye haykırışları... nafileydi hepsi. Behire'nin inadı tutmuştu bir kere.

"Ne varmış hamileysem?" diyordu. "Hamileyken seyahate çıkan bir ben miyim? "Bir aksilik olacaksa burada da olur."

Gitmelerine şiddetle karşı çıkan Fatiş Hatun'u da farklı yollarla yatıştırmaya çalışıyordu:

"Yapmayın Fatiş Ana, Allah'ın gücüne gidecek! Onun açtığı yoldan yürümek boynumuzun borcu değil mi? Allah'ın izniyle sağ salim gider döneriz."

Tedbirli çıkmışlardı yola. Kompartımanın karşılıklı koltuklarından birine Behire'yi uzatıp trenin sarsıntısından etkilenmemesi için iki yanını battaniyelerle beslemişlerdi. Annesiyle babasının yoğun ilgisi bir yana, Tacettin'in endişeli gözlerle sürekli kendisini izlemesi hoşuna gidiyordu Behire'nin. Ona gösterilen ilgi, kompartımanın ortasında dolanan Doğan'a bile gösterilmiyordu.

Neyse ki vukuatsız bir yolculuğun ardından, kazasız belasız İstanbul'a ulaşabildiler. Düğün evindekiler de kendi telaşlarının yanında Behire'nin sağ salim gelebilmesi için duacı olmuşlardı.

Keyfi yerindeydi Behire'nin. İstanbul'una kavuşmuştu! Ne zamandır görmediği aile fertleriyle hasret gideriyor, kendisine gösterilen özel ihtimamı son zerresine kadar değerlendirip bol bol naz ederek İstanbul'da olmanın ve şımartılmanın tadını çıkarıyordu.

Tam bir İstanbul düğünüydü. Erkek tarafi, pek büyük olmasa da davetlileri ağırlayacak genişlikte bir düğün salonu tutmuştu. Devlet memuruydu damat ve çok yakışıklıydı. Feride de beyaz organze gelinliğinin içinde dünyalar güzeli bir gelin olmuştu.

Behire ise iyice büyümüş karnını kamufle etmekten uzak, yeşil kadife bol bir tuvalet giymişti ve kendisini hiç olmadığı kadar güzel hissediyordu.

Sazlı sözlü, eğlenceli bir düğündü. Salonun bir yanı erkek tarafına, diğer yanı kız tarafına ayrılmıştı ama, kadınlar ve erkekler bir arada oturuyorlardı. Şarkılar, türküler, oyun havaları... Gelinle damadın halaya kaldırılışı...

Bir ara dayanamayıp Feride'nin karşısına geçti Behire. Hantallaşmış bedeni elverdiğince eşlik etti gelinle damada. Yerine oturduğunda nefes nefeseydi, ama neşe fışkırıyordu gözlerinden.

"İyi ki gelmişiz, öyle değil mi?" dedi "Size kalsa oturup minder çürütürdünüz Keskin'de..."

Annesinin, babasının ve Tacettin'in yola çıktıklarından beri yüzlerini mesken tutmuş endişe ifadesi de yumuşar gibi olmuştu. Ama içlerindeki dönüş kaygısı tüm şiddetiyle hükmünü sürdürüyordu hâlâ. Şu ana kadar her şey yolunda gitmişti. Bir de sağ salim Keskin'e dönebilselerdi... Tek arzuları buydu.

* * *

Behire'nin sesine uyandı Tacettin. İki büklüm olmuş, acıyla inliyordu Behire.

Kısılmış dudaklarının arasından, "Kanamam var" dedi.

Tacettin karısını kucakladığı gibi yatağın üzerine uzattı, odadan dışarı fırladı. İhsan Bey'le Celile Hanım'ın kaldıkları odanın kapısını çaldı.

"Yetişin" dedi. "Behire çok hasta."

Evde kim var kim yok toplanıverdi bir anda. Telaş içindeydi herkes. Olan olmuş, korktukları başlarına gelmişti işte!

Kendini ilk toplayan İhsan Bey oldu.

"Hastaneye götürelim hemen" dedi.

Metanetini muhafaza etmeye çalışsa da gözlerindeki korku ve endişeyi saklayamıyordu.

Behire'nin geceliğinin üzerine bir hırka attılar. Tacettin yüzünün tüm kanı çekilmiş bir halde, Behire'yi kucaklayıp arabaya bindirdi.

Hastaneden içeri nasıl girdiklerini bilemediler. Kapıdaki görevliye dertlerini anlattılar.

"Kanamalı hasta" diye içeriye seslendi görevli.

İki hastabakıcının taşıdığı sedyeye aldılar Behire'yi, nisaiye servisine taşıdılar. Refakatçi olarak bir tek Celile Hanım'ın yanına girmesine müsaade edildi.

Mütehassıs doktor Behire'yi muayene etti.

"Doğum başlamış" dedi.

Yanında duran hemşireye döndü, "Doğumhaneyi hazırlayın hemen" dedi.

Perişan bir halde ayakta dikilen Celile Hanım, "Daha en az bir ay vardı doktor bey" dedi. "Bizim hesabımıza göre olsa olsa sekiz aylık hamile kızımız."

"Hesabınız yanlış!" diye kestirip attı doktor. "Üzerine görmüş olabilir. Tamı tamına dokuz aylık hamile hastamız. Endişelenecek bir durum yok, her şey yolunda. Normal doğum olacak."

Hastane kapısında dakikalar asır gibi gelir bekleyene. Endişeler devleşir, korkular kâbuslaşır, acabalar çöreklenir beyinlere, en kötü ihtimallerle kabarır yürekler. Eller açılır, dualar edilir; içerden gelecek haber, sabırsızlığın gölgesindeki kaderci bir tevekkülle beklenir.

Bekleyişlerinin sonuna gelmişlerdi. Doğumhaneden çıkan hemşirenin verdiği haber sevince boğdu hepsini:

"Bir kızınız oldu. Anne ve bebek gayet iyiler."

Behire'nin keyfine diyecek yoktu. En büyük sevinci bebeğinin kız olmasının yanında, İstanbul'da doğmuş olmasıydı. Hastaneden çıktıkları gün bebeğe konulacak isim üzerinde fikir yürüttüler. Tacettin sessiz kalıp isim seçimini Behire'ye bırakmak yanlısıydı.

"Behice olsun" dedi Celile Hanım. "Hem Behire'ye de uyar..."

Tacettin'in gönlünden geçenleri duymuş gibi, "Kızımın ismi hazır" dedi Behire. Ve gururla telaffuz eti:

"Beyhan! Kızımın ismi Beyhan olacak."

Behire'nin ilk iki harfiyle Doğan'ın son iki harfini almış, araya iki farklı harf katarak bu isme ulaşmıştı. Anlam olarak da isabetli bir karardı. *Bey soyundan gelen* demekti Beyhan. Sır saklamayan, içindekini açıkça söyleyen anlamına da geliyordu.

"Açık sözlü olsun kızım" diyordu Behire. "III. Mustafa'nın kızı, III. Selim'in kız kardeşi Beyhan Sultan gibi bahtı da açık olsun."

Bebeğin doğum tarihi de ilginçti. 1 Mayıs'ta doğmuştu Beyhan. Baharın müjdecisi gibi, bahar sevinci yaşatmıştı çevresindekilere.

Cahide Hanım, daha Behire hastaneden çıkmadan, kızı gibi sevdiği yeğenine mükemmel bir loğusa odası hazırlamış, tarçınlı karanfilli loğusa şerbetleri kaynatmıştı.

"Bebeğin kırkını burada yaparız" diyordu. "Dokuz aylık hamileyken bizim için yollara düşmüş, bir de loğusa haliyle, el kadar bebesiyle yola mı çıkacak yavrum? Dünyada bırakmam!"

Doğru söylüyordu, ne Behire, ne de bebeği dayanabilirdi bu uzun ve meşakkatli yola. Konuşup tartıştılar, kararlarını verdiler: İzinleri biten İhsan Bey'le Tacettin Keskin'e döneceklerdi. Celile Hanım kızıyla ve torunuyla kalarak kırklarının çıkmasını bekleyecekti. Bebeğin kırkı döküldükten sonra Tacettin gelir, karısını, çocuklarını ve Celile Hanım'ı alır, Keskin'e götürürdü.

# Yüzleşme

Issızdı ev. Yapayalnızdı odalar, insansızdı. Dillerine kilit vurmuştu duvarlar, gitgide koyulaşıyordu suskunlukları.

Kendi ayak seslerinin dışında bir ses aradı Tacettin. Bir ses, bir nefes, bir haykırış...

Fısıltıyla çığlık arasındaki derin uçurumda debelenmekten şikâyet etmeye hakkı yoktu. O istemişti böyle olmasını. Keskin'de geçireceği sayılı yalnızlık günlerinde kendisiyle baş başa kalacak, ruhunu esir almış çalkantıların kökenine inerek hangisini geride bırakıp hangisine sahip çıkacağına karar verecekti güya.

Birbiriyle çelişen asi duygularına söz geçirmekte zorlanıyordu. Burnunda hâlâ yeni doğmuş kızının kokusu varken, Ali'ye olan hasretini öne çıkaramıyordu. Ali'nin hayali karşısına dikildiğinde ise hesap verecek gücü bulamıyordu kendinde. Ali'yle Doğan birbirlerine çelme takarken hangisini kayıracağını bilemiyor, Patricia ile Behire'nin inatla üst üste düşen hayali görüntülerini birbirlerinden ayıramıyordu.

Mantığıyla duyguları amansız bir mücadele içindeydi. Patricia'nın ipeksi teni canlanıyordu gözlerinin önünde. O tene bir başka elin değmiş olabileceğini düşündükçe çılgına dönüyor, Ali'nin bir başkasına baba deme ihtimaliyle palazlanan öfkenin pençesinde çaresizce çırpınıyordu.

Behire'nin hesap soran bakışlarıyla yüzleşmek ise işkencelerin en dayanılmazı olarak dikiliyordu karşısına. Doğan'la

Beyhan da annelerinin yanında boyunları bükük, en masum halleriyle gülümsüyorlardı babalarına.

İki çocuk vermişti ona Behire. Sorumlulukları vardı artık. Saplantılarını bir yana bırakıp çocuklarına ve karısına sahip çıkmak zorundaydı. Hayallerle yaşamaya devam etmek, bu yüzden hayattaki diğer güzellikleri görmezden gelmek, ondan sevgi bekleyen karısının ve çocuklarının canını yakmakla eşdeğerdi.

Giriştiği bu iç mücadelesinde, kendisini kısmen temize çıkaracak kaçış yolları da bulabiliyordu. Belki kendini aldatıyordu ama, Patricia'ya duyduğu aşkın artık cismani olmadığını düşünüyordu. Erişilmeze duyulan tutkuydu içindeki.

Ama inkâr edilemez bir gerçek vardı ortada: Patricia'yı ve Ali'yi kaybedince, ruhunda meydana gelen boşlukta asılı kalmıştı Tacettin. Ne kadar debelense, ne kadar gayret sarf etse kurtulamıyordu.

İtiraf edemiyordu ama, kurtulmayı istediği yoktu aslında. Umutsuz aşkının hasretine tutsak olmak, sızılı bir mutluluk hissi yaratıyordu içinde. Acı çekmekten şikâyetçi değildi, o acının sayesinde ayakta durduğunu ve hayata tutunabildiğini hissediyordu.

Mantığı yoktu bu işin! Kabullenmişti artık, ömrü boyunca, son nefesini verinceye kadar bu büyük sırrı taşımaya mahkûmdu.

Hayalle gerçek arasındaki bıçak sırtı çizgide yürümek, kader defterine silinmez harflerle yazılmıştı Tacettin'in...

# Üçüncü bölüm

# Atina'da bir hastane

*İkinci Dünya Savaşı sırasında işgale uğrayan ülkelerden biri de Yunanistan'dı. İşgal, Nisan 1941'de başlayıp Ekim 1944'te Almanya'nın ana topraklarına çekilmesiyle son buldu.*

*Yunanistan'a ilk saldırı Almanya'dan değil, İtalya'dan geldi. 28 Ekim 1940'ta İtalya büyükelçisi Yunan başbakanına resmi bir ültimatom verdi. Yunanistan'ın uyarıyı tanımaması üzerine İtalya, üç saatin içinde, işgal altında bulundurduğu Arnavutluk üzerinden Yunanistan'a yöneldi. Mussolini Yunanistan'ı işgal ederek İtalyan ordusunun da Alman ordusu kadar güçlü olduğunu kanıtlamak istiyordu.*

*İşgal üzerine harekete geçen Yunan ordusu beklenenin aksine, İtalya'nın işgali altında bulunan Arnavutluk'un dörtte birini ele geçirdi. Yunanistan'ın bu başarısı, İkinci Dünya Savaşı'nda çoklu kuvvetlerce işgal edilen topraklarda kazanılmış ilk zaferdi.*

*Bu yenilginin üzerine Almanya, İtalya'nın yardımına koşmak durumunda kaldı ve Bulgaristan üzerinden Yunanistan'a girerek savaşı başlattı. Yunan ordusu Almanya önünde yenilgiye uğradı. Ve 27 Nisan'da başkent Atina düştü. Mayıs ayının ortalarına doğru Yunanistan üç ayrı devletin, Almanya, İtalya ve Bulgaristan'ın işgali altında kalmıştı.*

*Yunan Savaşı uzun süren, zorlu bir mücadeleydi. Yüz binlerce kişinin ölümüne neden olmuştu. Ölenlerin pek çoğu açlık, sefalet ve salgın hastalıktan can vermişti. Ekonomi çök-*

*müş, iç isyanlar başlamıştı. İşgalin ardından siyasi kaosa sürüklenen ülke, bu kez de Yunan iç savaşlarıyla baş etmek zorunda kaldı.*

Ateşten bir top haline dönmüştü Avrupa. İkinci Dünya Savaşı'nın en şiddetli günlerini yaşıyordu. Kan gölüydü her taraf. Yağmur gibi yağdırılan bombalarla yıkılıp yerle bir olan şehirler, ölenler, yaralananlar, yaralılarla dolup taşan hastaneler...

İşgal altındaki Yunanistan'ın tüm ulaşım yolları Alman işgal kuvvetlerinin kontrolündeydi. İngilizler Almanların önünü kesmek için, denizden sıkı bir kuşatma uyguluyorlardı. Bu yüzden yabancı ülkelerden karşılanan yiyecek sevkıyatı durma noktasına gelmişti. Tüm Yunanistan'da hüküm süren kıtlık halkı kırıp geçiriyordu. Açlık ve sefalet yüzünden hayatını kaybedenlerin sayısı savaşta ölenlerle yarışmaktaydı.

Atina'daki hastaneler, yetimhaneler, evler ve sokaklardan her gün onlarca ölü toplanıyordu. Yaralanıp da hastanede tedavi olma imkânı bulanlar kendilerini şanslı addediyorlardı.

Hastanelerin hali de içler acısıydı. Aynı yatakta ikişer, hatta üçer hastanın yattığı oluyordu. Odalar, koridorlar, karyolaların aralarındaki boşluklara kadar asker ve sivil halktan yaralıyla doluydu.

Orta yaşın üzerinde, kolları dirseklerine kadar sargılar içindeki adam yeni yeni kendine geliyordu. Gözünü açıp da bir hastane yatağında olduğunu fark edince ferahladı. Şöyle bir yokladı bedenini. Ayakları sağlamdı. Bombanın hışmı kollarını vurmuştu yalnızca.

Suratında duyduğu sızıyla yanıldığını anladı. Göremiyordu ama, yüzünde de ufak tefek yaralar ve kesikler vardı galiba. Neyse, ucuz kurtulmuştu gene de.

Sağına soluna bakındı. Sağ yanındaki yatakta baygın yatan gence ilişti gözü. Yarası ağır gibiydi delikanlının. Kendinde değildi. Sol bacağı alçılı, elleri, ayakları ve başı sarılıydı. Kan izleri sargı bezlerinin üzerine kadar çıkmıştı.

Yaralı bedenin üzerinde gezinen bakışları genç adamın kül rengine dönüşmüş yüzünde yoğunlaştığında şaşkınlıktan donakaldı. Sargılı elleriyle gözlerini ovuşturmaya çalıştı, beceremedi. Bükemedi kollarını. Gözlerini kırpıştırdı. Bir kez daha dikkatle baktı delikanlının yüzüne.

"Tacettin!" diye fısıldadı istemsizce.

Tacettin gelmiş, yanındaki yatağa uzanmıştı sanki. Hayal mi görüyordu ne? İmkânsızdı, geçirdiği sarsıntının ona yaptığı bir oyun olmalıydı bu. Birkaç kez gözlerini sımsıkı kapatıp açtı. Tekrar baktı delikanlıya.

Hayır, yanılmıyordu, yanında yatan Tacettin'di! Ama Tacettin bu kadar genç değildi ki!

Bu kadar benzerlik olamazdı.

Yoksa... Yoksa...

Duyduğu heyecanın tesiriyle bayılacak gibiydi adam. Kendi yaralarını unutup delikanlının inlemesine verdi kulağını. Bedeniyle, ruhuyla, tüm varlığıyla seneler öncesine gitmiş, seneler öncesinin Tacettin'ini seyre dalmıştı.

Neden sonra kendine geldi delikanlı.

"Su..." diye inledi. "Bir yudum su lütfen."

Kimsecikler yoktu ortalıkta. Güçlükle doğruldu adam, ayaklarını karyoladan aşağı sallayarak yatağın kenarına oturdu. Odanın dibinde yatan, diğerlerine göre daha iyi durumdaki hastaya seslendi:

"Arkadaşım! Şu garibe bir yudum su veresin hele... Kurumuş kalmış zavallıcık."

İçtiği suda can bulmuş gibi gözlerini araladı delikanlı.

"Sağ olasınız" dedi, başını yastığa bıraktı.

"Merhaba evlat" dedi adam. "Kefeni yırttın, geçmiş olsun."

Daha fazla sabredemeden sorularını sıralamaya başladı.

"Anlat bakalım, nerelisin sen?"

Güçsüz sesiyle kesik kesik konuşmaya başladı delikanlı.

"Selanikliyim..."

"Ee, ne işin var burada?"

"Orada gümüş eşya, antika, porselen işi üzerine bir dükkânımız vardı. Savaş çıkınca askere aldılar beni... Hava Kuvvetleri'ne. Kaza geçirdik... Uçağımız düştü, alev aldı. Küçük bir uçaktı. Üç kişiydik... Diğerleri öldü."

"Adın ne senin?"

"Andoni. Ya siz?"

"Aris! Adım Aris..."

Tanışma faslını kısa kesip merak ettiği sorulara geçmek için sabırsızlanıyordu Aris.

"Annen baban sağ mı?"

"Annem sağ, babam ben çok küçükken ölmüş."

"Evli misin sen?"

Yağmur misali yağan sorulardan sıkılmıştı Andoni.

"Bekârım, annemle ve anneannemle beraber yaşıyorum" dedi bezginlikle.

Sıra en can alıcı soruya gelmişti.

"Annenin adı Patricia, anneannenin adı da Omorfia mı?" diye sordu Aris.

"Evet. Ama siz nereden biliyorsunuz? Yoksa tanıyor musunuz onları?"

Duymazdan geldi Aris. Öğreneceğini öğrenmişti. Son bir soru kalmıştı soracağı.

"Babanın adı neydi?"

"Nikolas. Çiftçiymiş babam. Öldüğünde üç yaşındaymışım ben."

Daha fazla dayanamadı Aris.

"Hayır" dedi. "Senin baban bir Türk beyi ve hâlâ yaşıyor."

Neler saçmalıyordu bu adam böyle? Öfke içindeydi Andoni, ateş çıkıyordu gözlerinden.

"Yaralarınızın tesiriyle sayıklıyorsunuz siz!" dedi. "Türk kanı yoktur bizim ailemizde!"

Andoni'nin tepkisini anlayışla karşıladı Aris. Yunan ordusunun, memleketi için cesurca savaşmış bir askeri duruyordu karşısında. Onu bir Türk beyinin oğlu olduğuna inandırmak kolay değildi elbette. Hem de Yunanistan ile Türkiye arasındaki ilişkilerin bir bozulup bir düzelmeye meylettiği bir dönemde.

Türkiye, Alman işgali altındaki Yunanistan'ın kıtlık, açlık ve sefalet günlerinde devreye girmiş, başta Kurtuluş gemisi olmak üzere çok sayıda nakliye gemisini sefere koyarak, Kızılay'ın topladığı bağışlarla binlerce ton yiyecek ve yardım malzemesini Yunanistan'a ulaştırmıştı. Ama devletler arasındaki bu insani yakınlaşmanın halkların nezdinde hedefine ulaşıp ulaşmadığı tartışılırdı.

Türk ve Yunan halkları geçmişte yaşanmış onca mücadelenin ardından, temkinle yaklaşıyorlardı birbirlerine. Hal böyleyken, kalkıp da bir Yunan askerine, "Senin baban bir Türk beyi!" demek cesaret isterdi.

Ama bildiklerini anlatmanın da boynunun borcu olduğunu düşünüyordu Aris. Daha sonrasında yerine kimseleri koyamadığı biricik dostu, arkadaşı, sırdaşı Tacettin'in hatırına çözdü dilini.

Keskin'i, Omorfia'nın tavernasını, Patricia ile Tacettin'in birbirlerine sevdalanmalarını ve bir oğulları olduğunu bir bir anlattı.

"Senin adın Andoni değil, Ali'dir" dedi. "Baban, babası Hacı Ali Bey'in adını koydu sana."

İnanmak istemiyordu Andoni, ama içine bir kurt düşmüştü. Evet, ailesi Türkiye'den andalayı ile gelip Selanik'e yerleşmişlerdi. Kendini bildi bileli, daha çok Türkçe konuşulurdu evlerinde. Bu yüzden o da küçük yaşlarda öğrenmişti Türkçeyi. Ama bu veriler hiç tanımadığı bu adamın öne sürdüğü iddiaları doğrulayacak güçte değildi.

Ancak, küçük parçaları bir araya getirince görmemek için direndiği manzara farklı biçimlere girip, "Neden olmasın?" diye fısıldıyordu kulağına. En iyisi Selanik'e döndüğünde annesini ve anneannesini karşısına alıp şu meseleyi enine boyuna konuşmaktı. Ama öncelikle iyileşip ayağa kalkması gerekiyordu...

# Benim babam kim?

Hastanedeki ikinci ayını doldurmuştu Andoni. Yanında yatan diğer hasta ve yaralılar, bu arada Aris de taburcu olmuş, eskilerden bir o kalmıştı odada.

İlk günlerde bir an önce buradan kurtulmanın hayallerini kurarken, şimdi taburcu edilivereceğinin korkusu sarmıştı içini. Onu buraya bağlayan önemli bir nedeni vardı çünkü: Hemşire Maria!

Ona sadece hemşire demek haksızlık olurdu. Gerçek bir melekti Maria. Lime lime olmuş bedeniyle buraya getirildiği ilk gün, ilk gözünü açışında onun masmavi gözlerindeki tılsımlı ışıkla kucaklaşması sıradan bir tesadüf olamazdı. Tanrı tarafından Andoni'ye gönderilmiş mucizevi bir armağandı Maria. Onun şefkatli dokunuşlarıyla iyileşiyor, her geçen gün biraz daha bağlanıyordu ona.

Hislerinde yanılmış olabilir miydi? Ağır yaralıların ve hastaların kendilerine ihtimam gösteren hemşirelerine âşık olduklarını duymuştu. Ama bu ihtimali aklına bile getirmek istemiyordu. Gelip geçici, yüzeysel bir esinti değildi Andoni'ninki. Maria'nın gözlerinin içine baktığında fırtınalar kopuyordu yüreğinde. O gözlerin içinde eriyip yok olma arzusuyla titriyordu bedeni.

Maria da ona karşı kayıtsız değildi. Diğer hastalara gösterdiği ilgiyle ona gösterdiği yakınlık arasında dağlar kadar fark vardı. Kimseyle uzun uzadıya konuşmazdı Maria. Hastanın ilacını verir, iğnesini, pansumanını yapar, işi bitince çekip giderdi. Ama Andoni'yle uzun uzun sohbet ediyor, yalnız onu dinlemekle kalmayıp kendisiyle ilgili pek çok şeyi onunla paylaşıyordu.

Halinden memnundu Andoni. İlk görüşte cehennemden bir köşe olarak nitelediği hastane cennete dönmüştü gözünde. Öyle ki, sırf Maria'yı tanımak için aynı buhranlı günleri yeniden yaşamaya seve seve razı olabilirdi.

Atina'nın yabancısıydı Andoni. Hastaneye refakatçi kabul edilmiyordu zaten ama, ziyaretçisi de yoktu. Patricia ve Omorfia iki ay boyunca yalnızca bir kez gelebilmişlerdi ziyaretine. Temiz çamaşırlar, çarşaflar ve çarşıdan yeni aldıkları giysileri getirmişlerdi.

Maria ile tanıştırdı onları Andoni.

"Yalnız hemşire değil o" dedi. "Maria benim koruyucu meleğim."

Omorfia ile Patricia mütebessim bir çehreyle birbirlerine baktılar. Patricia oğlu için hayal ettiği gelini gökte ararken yerde bulmuştu galiba.

"Hayırlısı olsun bakalım" derken yüzü gülüyordu.

Aris'ten ve onunla konuştuklarından bahis açmayı gereksiz gördü Andoni. Böyle ayaküstü geçiştirilecek şeyler değildi konuşacakları. Onun da sırası gelecekti elbet...

Birkaç gün sonra bir ziyaretçisi daha oldu Andoni'nin: Aris!

"Nasılsın evlat?" diyerek getirdiği kurabiyeleri başucundaki sehpanın üstüne bıraktı. "İyi görünüyorsun oğlum" dedi. "Taburcu olman yakındır. Ne zaman dönüyorsun Selanik'e?"

Ne demek istediği ortadaydı. Omorfia ve Patricia ile konuşup malum konuyu açıklığa kavuşturması için sabırsızlanıyordu Aris.

"Annem ve anneannem beni görmeye geldiler" dedi. "Ama konuşmadık. Ne diyeceğime, nasıl davranacağıma karar vermeden karşılarına dikilmeyi doğru bulmadım."

Düşünceli görünüyordu Aris.

"İyi etmişsin" dedi. "Ama daha fazla geciktirme. İyi tanırım ikisini de. Doğruları anlatacaklarından, soracağın soruların hepsini cevaplandıracaklarından eminim. Ancak kafana takılan bir şey olursa eğer... vereceğim adrese gidip adını vereceğim kişiyle görüşmeni tavsiye ederim."

Cebinden çıkardığı kâğıda bir şeyler yazıp Andoni'ye uzattı.

*Papa Eftim*
*Panayia Kafatiani Kilisesi*
*Karaköy / İstanbul*

"Papa Eftim, o senelerde Keskin'de yaşamış bir papaz. Mübadeleden sonra cemaatinin çoğu dağılınca ailesiyle beraber İstanbul'a giderek Karaköy'deki Panayia Kafatiani Kilisesi'ne yerleşti. Çalışmalarını oradan sürdürüyor. Keskinlileri yakından tanır. Hacı Ali Bey'i, ailesini, Patricia'yı, Omorfia'yı, beni... Hatta seni de! İstanbul'a yolun düşerse kendisini ziyaret etmelisin."

Gülerek ekledi:

"Bana kalırsa, yolunu özellikle İstanbul'a düşürmelisin."

Aris'in arkasından uzun uzun düşündü Andoni. Hayır, zamanı değildi henüz. Annesiyle ve anneannesiyle bile açık açık konuşmamışken, gerçeklerin kökenine inecek gücü kendinde bulamıyordu.

Aris'in verdiği kâğıdı katladı, çekmecenin içindeki eşyalarının arasına koydu. Bir daha ne zaman açacağını kendisi de bilmiyordu.

* * *

Andoni'nin eve dönüşünün şerefine mükellef bir sofra hazırlamıştı Patricia. Oğlunun en sevdiği yemekleri pişirmiş, masanın başköşesini ona ayırmıştı.

Durgun görünüyordu Andoni. Yol yorgunluğundan, yaşadığı onca eziyetin üzerinde yarattığı ruhsal yıpranmadandır diyerek üstünde durmadılar. Ama ne zaman ki Andoni ateş saçan gözlerini Patricia ile Omorfia'nın gözlerine dikti, hesap soran bir edayla kelimelerin üzerine basa basa konuşmaya başladı... İşin renginin farklılığını kavramakta gecikmediler.

"Keskin'i özlediniz mi siz?" diye başladı Andoni. "Andalayı yüzünden terk etmek zorunda kaldığınız memleket topraklarını?"

"Nereden çıktı şimdi bu?" diyerek oturduğu yerde huzursuzca kıpırdandı Omorfia.

"Anlaşıldı" dedi Andoni. "Şöyle sorayım: Orada ne iş yapıyordun sen anneanne? Selanik'teki gibi fırın işlettiğinizi söylemiştiniz bana. Ama duyduğuma göre işlettiğin yer fırın değil, tavernaymış."

Boş bulunup, "Nereden öğrendin bunu?" deyiverdi Patricia.

Yaptığı gafın farkına varıp sustu hemen. Omorfia, doğrudan kendisine sorulan soruyu sahiplendi.

"Yanlışı yok sana söylediğimizin" dedi. "Ama eksik. Keskin'de bir ekmek fırını vardı babamın. Fırıncının kızıydım yani ben. Evlendikten sonra Dimitri'yle beraber, onun babadan kalma tavernasını işletmeye başladık. O öldükten sonra da ben devraldım işi. Ne var bunda?"

"Bana söylemediğiniz, eksik bıraktığınız başka şeyler de var mı?"

Patricia'yla Omorfia kırık dökük bakışlarını birbirlerinin yüzünde gezdirerek, Andoni'nin bu malumata nereden ulaştığının merakını paylaşıyorlardı.

"Açık konuş Andoni!" dedi Omorfia. "Kimden ne duydun bilemiyorum ama, anneni de beni de boş laflarla üzmeye hakkın yok."

"Ya sizin beni yalanlarla, yanlışlarla aldatmaya hakkınız var mı?"

Patricia'nın suratı kıpkırmızı olmuştu, dudakları titriyordu konuşurken.

"Ne yalanı, ne yanlışı oğlum? Neler söylüyorsun sen?"

Annesine cevap vereceğine kaldığı yerden devam etti Andoni.

"Hastanede yanımdaki yatakta kim yatıyordu biliyor musunuz? Aris! Sanırım iyi tanıyorsunuz onu..."

Patricia'yla Omorfia, ikisi aynı anda irkiliverdiler. Ortak bir ürküntüde buluştu bakışları.

"Enteresan şeyler anlattı bana Aris" diyerek devam etti Andoni. "İnanamadım. Bir de sizin ağzınızdan duymak istedim."

Oturduğu yerde dikeldi. Sorgulayan bakışlarını Patricia'yla Omorfia'nın üzerinde paylaştırdı.

"Benim babam kim?" dedi. "Sizin söylediğiniz gibi, ben henüz üç yaşındayken ölüp giden bir Yunan çiftçi mi, yoksa Keskinli bir Türk beyi mi?"

Kurşun gibi ağır bir suskunluk çöktü üstlerine. Gelinen bu noktada gerçeklerin ortaya dökülmesi kaçınılmazdı.

"Bak oğlum" dedi Omorfia. "Hepimiz çok çile çektik. Babasız bir çocuğu büyütüp bu boya getirmenin kolay olduğunu mu sanıyorsun sen? Hep boynu büküktü annenin. Bense biricik kızımın gözümün önünde acılar içinde kıvranmasını izledikçe kahroldum. Eleni Teten derdiyle göçüp gitti bu dünyadan. Hepimizin gözbebeğiydin sen. Bunları bilmenin seni de kahredeceğini düşünerek içimizde yaşadık çaresizliğimizi. Kıyamadık sana."

"Yani?"

"Evet, duyduklarının doğru. Peki bunu öğrenmenin ne faydası oldu sana?"

"Bırakın da orasına ben karar vereyim. Yıllarca boş laflarla avuttunuz beni. Yazıklar olsun!"

Patricia'ya döndü Andoni.

"Tacettin Bey ve sen..." dedi. "Evli değildiniz, değil mi?"

Tacettin adını oğlunun ağzından duymak bambaşka duygulara taşımıştı Patricia'yı. Gözlerini kapadı, derin bir iç çekişle ağlamaya başladı.

Tacettin'le arasındaki aşkın büyüklüğünü anlatmaya kelimeler yetmezdi, ama hiç değilse aralarındaki ilişkiyi oğlunun gözünde temize çıkarma çabasındaydı.

"Andalayı olmasa evlenecektik!" dedi.

Etkilenmiş görünmüyordu Andoni. Öfkeyle titreyen bedeninden kayıp gitti söylenenler. Ani bir hareketle sofradan kalktı.

"Vicdanınızla baş başa bırakıyorum sizi" dedi.

Doğruca odasına çıktı. Kendisiyle baş başa kalma ihtiyacındaydı...

# Keskinli bir ziyaretçi

Omorfia, Patricia ve Andoni arasındaki çetin tartışmanın üzerinden üç yıl geçmişti. O günden sonra o konuşma hiç yapılmamış gibi, kaldıkları yerden sürdürmüşlerdi hayatlarını.

Ancak Andoni dışarı vurmasa da, öğrendiklerinden çok etkilenmişti. Öyle ki, o güne kadar yaşadıklarını, Tacettin Bey'in oğlu olduğunu öğrendiği anın öncesi ve sonrası olarak ikiye ayırıyor, bu olayı hayatının miladı olarak kabul ediyordu.

Oysa üç yıl içinde köklü değişiklikler olmuştu yaşantılarında. Maria'yla evlenmiş, yeni bir ev kurmuşlardı. Maria Atina'daki işinden ayrılmış, Selanik'teki bir hastanede çalışmaya başlamıştı. Evlendiklerinin senesine bir de oğulları olmuştu üstelik.

Çocuğun adını Teodor koymuşlardı. İlahi hediye anlamına geliyordu Teodor. Tanrı önce Maria'yı çıkarmıştı karşısına, sonra da her ikisine Teodor'u armağan etmişti.

Hayatından memnundu Andoni. Bir de içinden söküp atamadığı şu sıkıntı olmasaydı! Baba olunca babalığın ne demek olduğunu daha iyi anlıyordu insan. Oğlunu her kucağına alışında ince bir sızı kaplıyordu yüreğini.

Kendi babası da benzer sızıları taşımış mıydı içinde? Kahredici ayrılık nasıl bir etki yaratmıştı üzerinde?

Durumu hep kendi bakış açılarıyla değerlendirmişlerdi. Annesi ve anneannesi Aris'in de tahmin ettiği gibi, mecburiyetten de olsa açık kalplilikle anlatmışlardı her şeyi. Ama tam o noktada kopmuştu ipler.

Ya geride kalanlar? Ya Tacettin Bey? O ne yapmıştı gidenlerin arkasından? Hayatının bir sayfasını kayıtsızca kapatıp kaldığı yerden devam etmiş, keyifli ve tasasız bir hayat mı sürmüştü? Patricia'yı unutmuş muydu? Unutmuş muydu yaşadığı onca şeyi, unutmuş muydu Ali'sini?

Bütün bunları delicesine merak ediyordu Andoni. Görünürde gülüyor, konuşuyor, gündelik yaşantısını sürdürüyordu, ama hiç ummadığı bir anda aklına takılıveren soru işaretleri burgu gibi oyuyordu içini.

İstanbul'a gitme, Aris'in tavsiye ettiği papazla görüşme fikri iyiden iyiye yerleşmişti kafasına, ama tatbikata geçiremiyordu bir türlü... Aleks'in teklifi tam üstüne geldi!

Dükkân komşusuydu Aleks. Andoni'nin gümüş işleme atölyesinin yanında manifatura dükkânı vardı. Araları iyiydi. Boş kaldıklarında birbirlerine gidip geliyor, keyifli sohbetleri paylaşıyorlardı.

Mübadele sırasında ailesinin bir kısmı İstanbul'da kalmıştı Aleks'in. Galata'da tornacılık yapan amcasının vefat haberini alınca cenazesinde bulunmak üzere yola çıkmaya hazırlanıyordu.

"Sen de gelsene" dedi Andoni'ye. "Birkaç gün kalır geliriz. Sen de İstanbul havası alırsın biraz."

İlaç gibi gelmişti bu teklif, arkadaşının peşine takılmakta bir an bile tereddüt etmedi Andoni. İstanbul havası almak bir yana, İstanbul'dan neler alabileceğinin merakındaydı...

İstanbul'da gideceği adres baştan belliydi Andoni'nin.

*Panayia Kafatiani Kilisesi!*

Elindeki adresi bulması zor olmadı. Tophane'yle Karaköy arasındaki dar bir sokağın üzerindeydi kilise. Etrafı yüksek duvarlarla çevrili bir avlunun ortasında yer alıyordu. Önce kiliseyi baştan aşağı gezdi Andoni.

Dikdörtgen planlı, üç nefli[13] bir yapıya sahip olan kilisenin üstü çatıyla örtülmüştü. *Naos*'ta, ibadet amacıyla kullanılan ana mekânda, nefleri sınırlayan sütunlar yuvarlak kemerliydi. Koronun arkasında bulunan ve camilerdeki mihrap kısmının karşılığı olan yarım daire şeklindeki apsis bölümünün üstü, kiliselerin geleneksel mimarisine uygun olarak, yarım kubbe ile örtülüydü.

Neflerin üçünde de oyma ve kabartma tekniğiyle yapılmış, üzeri altın varaklı motifler, yapraklar ve çiçeklerle süslenmiş ahşap ikonalar yer alıyordu. Altta, büyük çerçeveler içinde Meryem'in ölüm sahnesi olan Koimesis, Meryem ve Çocuk İsa ve İsa'nın doğumu resmedilmişti.

*Naos*'un iki sütununun arasına oturtulmuş vaaz kürsüsü yine altın varaklarla süslenmişti ve altındaki çerçevelerin içinde İsa'nın ve dört havarisinin tasvirleri vardı. Aynı motiflerle süslenmiş olan despot[14] koltuğuna ayrıca kabartma melek ve hayvan figürleri işlenmişti. Nefleri ayıran sütunların üzerindeki madalyonların içine havariler resmedilmişti.

Önüne serilmiş tabloyu hayranlıkla izlerken birden garip bir duyguya kapıldı Andoni. Hacı Ali Bey'in, bir hacının torunu ve Tacettin Bey'in oğlu kimliğiyle bu yaşa gelmiş olsaydı, şu anda bir kiliseyi değil, bir camiyi geziyor olacaktı belki de. Yüksek kemerli kapıların altından geçerek Osmanlı motifleriyle bezeli halıların üzerinde gezinecek, içeriye girer girmez ruhunu sarıp sarmalayacak mistik gücün kollarına teslim olacaktı. Caminin kubbelerinin, mihrabın, ahşap, tuğla, mermer ya da abanoz minberin, çok köşeli şadırvanın, şadırvanda akan suların sesinin; duvarların, sütunların, kemerlerin üstünü süsleyen, usta hattatların elinden çıkmış yazıların ruhani yansımasını hissedecekti yüreğinde. Çinilerdeki renklerin karanfil, lale, gül motifleriyle ahenk içinde kucaklaşmasına hayran kalacaktı.

13. Nef: Sütunlarla ayrılmış her bir bölüm.

14. Rum Ortodoks kiliselerinde papazdan sonra gelen üst rütbe.

Kimseye seçim hakkı tanımayan, zorba, başına buyruk bir deli rüzgârın önünde savrulan çaresiz bir yaprak gibi hissetti kendini. Fikri sorulsa tercihini hangi yönde kullanırdı bilemiyordu. Önüne bir yol çizilmiş ve o yolda yürümeye mecbur kılınmıştı.

Karmakarışık duygular içindeydi. Öyle ki, buraya geliş amacını geri plana itmiş gibiydi. Toparlanması gerekiyordu. Kilise görevlisine doğru yürüdü.

"Papa Eftim'le görüşmek istiyorum" dedi.

Andoni'yi tepeden tırnağa süzdü görevli. Gereken izin kendisinden çıkıyormuş gibi, "Hangi konuda görüşecektiniz?" diye sordu.

Ayrıntıya girmek niyetinde değildi Andoni.

"Keskinli biri deyin siz. Gerisi ikimizin arasında" dedi.

Avluya açılan odalardan birinin kapısını tıklatan görevlinin içeriye girmesiyle çıkması bir oldu.

"Papa Eftim sizi bekliyor" derken biraz önceki küçümseyici ifadeden eser yoktu yüzünde. *Keskinli* kelimesi kapıların ardına kadar açılmasına yetmişti.

Kilise görevlisinin araladığı kapıdan adımını atarken, imtihana giren talebe ürkekliği vardı Andoni'nin üzerinde. Papa Eftim ise ziyaretçisinin Keskin'den gelen tanıdık biri olduğunu düşünürken, umduğundan genç bir yabancıyla karşılaşmanın şaşkınlığı içindeydi.

Hayal kırıklığını belli etmeden, "Hoş geldin evlat" diyerek elini uzattı.

Andoni uzatılan eli sıktı, gösterilen koltuğa oturdu. Tahmin ettiğinden daha yaşlı bulduğu Papa Eftim'i incelemeye koyuldu. Yerlere kadar uzanan siyah cüppesinin içinde, olduğundan daha ufak tefek görünüyordu Eftim. Bembeyaz kıvırcık sakalı göğsünün ortasına kadar iniyordu. Boynundaki zincirin ucunda, sakalının tam altında kocaman bir haç vardı. İnce tel gözlüğünün altında daha da küçülmüş gözleriyle, dikkatle Andoni'ye bakıyordu.

"Keskin'den mi geliyorsunuz?" diye sordu.

"Hayır" dedi Andoni. "Selanik'ten geldim. Ama Keskin'de doğmuşum ben. Adım Andoni."

"Kimlerdensiniz?"

"Andalayı sırasında Selanik'e gitmiş bizimkiler. Annem Patricia, anneannem Omorfia."

Gözlüğünün altındaki kısık gözlerini olabildiğince açtı Papa Eftim. Heyecanlanmıştı.

"Tacettin Bey'in oğlu musun yoksa sen?" diye sordu merakla.

"Öyleymiş" dedi Andoni. "Çok olmadı öğreneli. Babamın bir Yunan çiftçi olduğu, ben küçükken öldüğü söylendi bana hep."

"Kimden öğrendin gerçeği?"

"Aris'ten. Sizinle görüşmemi de o tavsiye etti."

"Aris!" diye tekrarladı Papa Eftim. "Hatırlıyorum... Aris, Tacettin ve Artin çok iyi arkadaşlardı. Mert delikanlılardı üçü de."

"Unutmamışsınız demek..."

"Keskin'i ve Keskinlileri unutmam mümkün değil. Uzun yıllar geçti aradan ama, yaşananlar dün gibi hatırımda. Sen de bu yüzden geldin yanıma, öyle değil mi? Sana anlatılmayanları benden duymak için."

"Öğreneceğim fazla bir şey kalmadı aslında" dedi Andoni. "Annem, anneannem ve Aris bilmem gereken ne varsa anlattılar. Ancak eksik kalan noktalar var. Şöyle ki; bizden sonra neler yaşadı Tacettin Bey, nasıl bir hayat sürdü? Yokluğumuzun izleri etkiledi mi onu? Yaşananların üzerine sünger çekip beni ve annemi hayatından tümüyle silmeyi tercih etmiş olabilir mi? Bunları bilmek istiyorum."

"Öncelikle bir noktayı düzeltmek istiyorum" dedi Papa Eftim. "Tacettin Bey yerime *babam* diyebilmelisin artık. Şimdi beni iyi dinle... Hamitoğulları sülalesinden gelen, Keskin'in en itibarlı, en saygıdeğer ailelerinden birinin oğlusun sen, bunu aklından çıkarma.

Yaşanan tatsız olaylar için anneni de, babanı da suçlamamalısın. İkisi de ellerinden geleni yapmaya çabaladılar. Olmadı. Mübadele kâbusuyla baş edebilmeleri imkânsızdı. Çevrelerinden yeterli yardımı ve desteği alamayınca da kaderlerine boyun eğmek zorunda kaldılar. Ama inanıyorum ki aralarındaki sevgi hükmünü sürdürdü. Birbirlerini unutmuş olduklarını asla düşünmüyorum."

Kısa bir soluklanmanın ardından devam etti Papa Eftim:

"Yanlış bir inanış vardır. Acı çekmenin analara mahsus olduğu düşünülür nedense. Babalar dertlerini, tasalarını, onulmaz acılarını yüreklerine gömüp dillendiremedikleri için belki... Ben de bir babayım. Bu yüzden de kendimi onun yerine koyabiliyor ve Tacettin Bey'in neler çektiğini çok iyi tahmin edebiliyorum. Evlat hasreti hiçbir şeye benzemez oğlum! Yakar kavurur insanı, ilacı yoktur. Sana tavsiyem bu hasreti sona erdirmendir. Keskin'e git, babanı gör, kucakla onu. Baba dokunuşundaki şefkati hisset. Onun sıcaklığıyla yıka ruhunu... Pişman olmazsın."

Etkilenmişti Andoni. Ne zamandır içinde palazlanan, ama inatla görmezden geldiği, üstünü örtmeye çabaladığı yakıcı arzu, isyankâr bir tavırla atağa kalkmış, artık babasına gitme zamanının geldiğini haykırıyordu. Öyle ki, oradan kalkıp Keskin yollarına düşmek için dayanılmaz bir istek duyuyordu içinde.

"Şu anda Keskin'de mi babam?" diye sordu. "Neler yapıyor? Ne işle meşgul?"

Andoni'nin ağzından *babam* kelimesini duymaktan duyduğu memnuniyetle gülümsedi Papa Eftim.

"Keskin'e gitmeyeli yıllar oldu" dedi. "Ama irtibatımı hiç kesmedim. Bildiğim kadarıyla uzunca bir süre evlenmemiş Tacettin Bey. Sonraları İstanbullu bir subayın kızıyla evlendiğini duyduk. Biri oğlan diğeri kız, iki çocuğu olmuş."

Son cümleler, aniden iniveren birer tokat gibi şaklamıştı Andoni'nin yüzünde. Evlenmişti demek babası! İki de çocuğu olmuştu üstelik. Omuzları çöküverdi Andoni'nin, acıyla burkuldu içi.

Papa Eftim ondaki bu ani değişimi fark etmekte gecikmedi.

"Babanın evlenip yeni bir hayat kurmasını kınama sakın!" dedi. "Kaçınılmaz olarak yaşanır bazı şeyler. Bu durum babanın her şeyi silip sizleri unuttuğu anlamına gelmez. Dışarıdan bakanların gördüğü tablonun gerisinde umulmayacak ayrıntılar gizlidir. Babanın başka bir kadından doğan oğlunu kucağına aldığı anda bile seni düşündüğünden, o çocukta senin kokunu aradığından eminim. Sen de emin olmalısın ki, o çocuğun varlığı senin hasretini daha çok hissettirmiştir babana."

Papa Eftim'in söylediklerinde doğruluk payı olabilirdi. Ama, Andoni'nin içindeki Keskin'e gitme hevesi sönüvermişti bir anda. Bir karısı ve çocukları vardı babasının. Oraya gittiği takdirde nasıl karşılanacağını kestiremiyordu.

Hayır, yapamayacaktı! Bunca yılın ardından, çekilen onca hasretin üzerine, babasının çevresini sarmış hiç tanımadığı insanlarca yabancılanmaya, yadırganmaya, hatta belki de horlanmaya tahammül edemezdi.

Ne yapacaktı peki? Hiç mi görmeyecekti babasını, hiç mi tatmayacaktı baba sıcaklığını? Kendisini babasından, babasını kendinden mahrum mu edecekti ömür boyu?

Elbette ki hayır! Ne zaman olacağını kestiremiyordu ama, içindeki bir ses bir gün mutlaka babasıyla karşı karşıya gelip yılların hasretini dindireceklerini söylüyordu. Ama o gün, bugün değildi. Bu hamleyi yapabilmek için biraz daha cesaret toplamaya ihtiyacı vardı Andoni'nin...

# Vuslat

*Vuslatın hayali vuslattan tatlıdır*

Zorlu bir kış mevsiminin ardından bahara uyanıyordu doğa. Çocuksu bir coşkuyla kıvranıyordu toprak. Çimen kokuyordu dört bir yan, çiçek kokuyordu. Duruydu hava, güne yeni uyanan bebek kadar masumdu. Sardunyalar, lavanta çiçekleri, hanımeliler, açelyalar, güller çıldırmışlardı sevinçlerinden. Yeşilin, alın, pembenin, sarının, morun düğünüydü, bayramıydı. Gamzeler serpilmişti güllerin yanaklarına. Renkleriyle, kokularıyla, umutlarıyla gelmişti bahar...

Tacettin elindeki bahçe makasıyla gülleri buduyordu. Emekliye ayrıldığından beri bahçeyle daha çok ilgilenir olmuştu. Uzun yıllara dayanan kemikleşmiş alışkanlıklardan kopuştu emeklilik, ne olduğunu kavrayamadan anlamsız ve derin bir boşluğa düşüştü. Tutunacak dal ararken o boşlukta asılı kalmaktı. Bahçede, açık havada geçirdiği zaman diri tutuyordu Tacettin'i. Çevresindeki kalabalık tenhalaştıkça çiçeğe toprağa, ota çimene çevirmişti gözlerini.

Son on yıl içinde ne çok şey değişmişti hayatında... Anası gibi sevdiği Ümüş Hatun'un ölümüyle sarsılmıştı ilk. Ardından Hacı Ali Bey'i, ondan altı ay sonra da Fatiş Hatun'u toprağa vermişlerdi.

Sevindirici, yüz güldürücü gelişmeler de olmuştu bu süre içinde. Doğan, İstanbul'da hukuk eğitimi görüyordu. Behire, İhsan Beylerin İstanbul'dan Keskin'e gelirken kiraya verdikleri Üsküdar'daki evi boşaltmış, dayayıp döşemiş, zamanının çoğunu orada geçirmeye başlamıştı. Beyhan da liseyi İstanbul'da okuyordu.

Yalnızdı Tacettin. Behire bazen tek başına, bazen de Doğan'la Beyhan'ın tatillerini fırsat bilerek onlarla beraber Keskin'e gelip kocasının gönlünü alıyordu. Tacettin nadiren gidiyordu İstanbul'a. Gittiğinde de fazla kalamıyor, birkaç gün içinde dönüveriyordu Keskin'e. İstanbul'un büyülü ve mistik havası hiç mi hiç etkilememişti Tacettin'i. Kendini kayıtsız şartsız Keskin'e ait hissediyordu.

Karısını, çocuklarını özlüyordu elbet. Ama kavuşmayla sonuçlanacağı baştan belli ayrılıklar, hasretlerin en acımasızını yaşamış birini ne derece örseleyebilirdi ki?

Hepsi uzaklardaydı. Behire, Doğan ve Beyhan, Patricia'yla Ali'nin yanında yerlerini almışlar ve bir bakıma eşitlenmişlerdi. Ama aralarında büyük bir özleniş farkı vardı.

Yalnızlığından şikâyetçi değildi. Kendisiyle baş başa kalıp geride bıraktığı yılların muhasebesini yapmak, hatıralarıyla dertlenmek ve dertleşmek, sızılı bir mutluluk veriyordu Tacettin'e...

Yorulmuştu. Elinin tersiyle alnında boncuklanmış terleri sildi. Başını gökyüzünün pürüzsüz maviliğine çevirdi, derin soluklarla serin havayı içine çekerken, demir parmaklıklı bahçe kapısının sesiyle irkildi. Kapının gerisinde, elinde küçük bir valizle genç bir adam duruyordu. Gözlerini kısarak dikkatle baktı Tacettin... Bir yerlerden tanıyor gibiydi ama, çıkaramıyordu bir türlü.

"Kimi aramıştınız?" diye sordu.

Duruşu, bakışı, tavırları son derece ürkekti genç adamın.

"Tacettin Bey'le görüşecektim" dedi.

"Tacettin benim!"

Belli belirsiz bir gülümseme dolandı genç adamın yüzünde.

"Adım Andoni" dedi. "Ama Ali desem, belki daha iyi tanırsınız."

Zaman durdu o an, kulaklara çalınan tüm sesler sustu. Karşı konulamaz bir güç, bin bir karmaşık duygu içinde kararsızca, şaşkınca birbirlerine bakmakta olan Tacettin'le Ali'nin gözlerinde toplandı.

"Ali?"

Elindeki bahçe makasını fırlattı Tacettin.

"Ali'm!" diye haykırdı.

Yer gök inledi sesinden.

Yılların katmerleşmiş hasreti dudaklarında feryat, boğazında hıçkırık, gözlerinde sel olmuştu. Nasıl koştuğunu, kollarının tüm gücüyle oğluna nasıl sarıldığını bilemedi. Uzunca bir süre öyle kaldılar.

Neden sonra, "Gel" dedi Tacettin. "Gel, içeriye geçelim."

Sımsıkı tutmuştu Ali'nin elini. Bırakırsa kaçıverecekmiş gibi. İnanamıyordu. Bu mucizevi kavuşmanın rüya olmadığına emin olmak için dönüp dönüp sarılıyordu Ali'ye.

Ali de karşılıksız bırakmıyordu babasını. Bu kavuşmadan en az onun kadar etkilenmişti. "İyi ki gelmişim" diyordu içinden. Ancak onu daha önce yola koyulmaktan alıkoyan kaygılarını bertaraf edememişti. Evin içinde başka kimlerin olduğu merakıyla salonun kapısından ayıramıyordu gözlerini.

Ali'nin tedirgin halini çözmekte gecikmedi Tacettin.

"Yardımcılardan başka kimse yok evde" dedi.

"Karım, oğlum, kızım"la başlayan cümleler kurmamaya özellikle dikkat ediyordu.

"Anlat!" dedi tüm susamışlığıyla. "Patricia'yı anlat bana. Anneni anlat! Nerede? Ne yapıyor, nasıl?"

Soru yağmuru içindeki damlaları tek tek yanıtlamaya koyuldu Ali. Selanik'te annesi ve anneannesiyle beraber yaşadıklarını, Omorfia'nın epey yaşlandığını, baston yardımıyla yürüdüğünü, ama aklının yerinde olduğunu, güçten düşmüş olsa da fırındaki işini sürdürdüğünü, annesinin ise gümüş işlemeciliğini öğrenip antika ve gümüş üzerine bir atölye ve dükkân açtığını, orada beraberce çalıştıklarını, kendisinin evlendiğini, Teodor adında bir oğlu olduğunu tüm ayrıntılarıyla uzun uzun anlattı.

Tacettin zaman zaman araya girerek merak ettiği noktaları soruyor, sabırsızlıkla, doya doya, kana kana dinliyordu oğlunu.

"Bana babamın, ben çok küçükken öldüğü söylendi hep" dedi Ali. "Benim babam yaşıyormuş meğer!"

*Benim babam!*

Bu sözleri duyabilmek saadetlerin en erişilmeziydi. Ömrü boyunca bu kadar büyük bir mutluluk yaşadığını hatırlamıyordu Tacettin.

"Aris olmasa hiç öğrenemeyecektim belki de" dedi Ali.

Aris'le hastanedeki karşılaşmalarını, söylediklerini doğrulamak için ona, İstanbul'a gidip Papa Eftim'le konuşmasını tavsiye ettiğini anlattı.

"Ah Aris, ah!" dedi Tacettin. "Benim canım arkadaşım... Oğlumu bana göndererek bir defa daha ispatladı dostluğunu."

Tacettin dilinin ucuna gelip de bir türlü soramadığı soruyu sona bırakmıştı.

"Patricia..." dedi. Sustu.

"Patricia..." diye yineledi. İyice cılızlaşmış, gücünü yitirmiş sesiyle sordu sonunda:

"Evlendi mi Patricia?"

Sabırsız bir sessizlik çöktü üstlerine.

"Hayır" dedi Ali. "Evlenmedi annem. Gerçekleri öğrendikten sonra anladım ki, ömrü boyunca yüreğinde taşımış seni. Sana ve aşkına sadık kaldı annem."

Gözlerinden süzülen yaşlar bir kez daha sel olup taştı Tacettin'in. Sevinmekle kahrolmak arasında gidip geldi bir an.

İşlediği büyük cürmü itiraf eden bir suçlu gibi, "Ben evlendim" diyerek başını öne eğdi. "Bir oğlum, bir kızım oldu."

"Biliyorum" dedi Ali. "Doğru olanı yapmışsın."

Minnetle baktı oğluna Tacettin. İçinden taşan duyguları paylaşmalıydı onunla.

"Evlendim ama Patricia'yı asla unutmadım ben!" diye haykırdı. "Yüreğim ve ruhum ona aitti. Hep sevdim onu, her geçen saniye azalacağına çığ gibi büyüdü sevgisi. Sizlerden uzakta, ama hep sizinleydim."

Ani bir hareketle doğrulup kalktı.

"Bekle beni" dedi. "Annene götürmeni istediğim bir emanetim var."

Az sonra geri döndüğünde, birbirinin aynı iki büyük fotoğraf tutuyordu elinde.

"Sizin yokluğunuzda bunlar yaşattı beni" diyerek fotoğraflardan daha yıpranmış olanını Ali'ye uzattı. "Şu gördüklerin gözyaşlarımın izidir. Götür ver Patricia'ya. Kendisini görecektir o izlerde. Diğeri bende kalacak. O fotoğrafın da yeni izlerle yol yol olacağını söyle ona."

Fotoğrafı aldı, annesiyle babasının arasında duran küçük çocuğun gülen yüzüne daldı gitti Ali.

"Annem için paha biçilmez bir hediye olacak bu" dedi.

Kalktı, valizini açtı. En üstte duran sarı zarfı çıkarıp Tacettin'e uzattı.

"Bu da senin" dedi.

Zarfı açmasıyla çılgınca bir sevince gark oldu Tacettin.

Elinde tuttuğu, Patricia'nın fotoğrafıydı!

Bakışlarını yakalamaya, göz göze gelmeye çalıştı. Elini fotoğrafın üzerinde gezdirdi, parmaklarıyla okşadı Patricia'nın yüz hatlarını, bakışlarıyla öptü gözlerini, dudaklarını.

"Hiç değişmemiş" dedi. "Hâlâ ilk günkü kadar güzel."

"Doğru" dedi Ali. "Bana güzel diye gösterilen her kadına, 'Bu mu güzel?' diye gülüp geçtim. 'En güzeli benim anam!' dedim onlara."

"Bu fotoğrafı bana Patricia mı gönderdi?"

"Hayır. Ama getirirken izin aldım ondan. Selam söyledi sana..."

* * *

İki gün kaldı Ali. Her dakikası dolu dolu geçen, sevinçle üzüntüyü, hasretle vuslatı aynı anda yaşatan iki gün...

Son kez kucaklaşırken, "İyi şeylere çabuk alışıyor insan" dedi Tacettin. "Alıştım sana. Seni gördükten sonra daha da dayanılmaz olacak hasretin. Gene gel olur mu?"

Cevap vermesini beklemiyordu. Daha doğrusu alacağı cevaptan korkuyordu.

Hiç duraksamadan, "Patricia'ya selamımı götür" dedi. "Onun önünde başım eğik. Affetsin beni. Hem yaptıklarım, hem de yapamadıklarım için. Sevgimi anlat ona, hasretimi, onu asla unutmadığımı... Daima içimde yaşattığımı ve yaşatacağımı."

Ali'nin arkasından bir tas su döktü.

Bir daha gelir miydi Ali? Bilemiyordu. Ama bu yarım vuslat bile hayatının en büyük saadetini yaşatmıştı ona. Hafiflemiş hissediyordu kendini.

Patricia'nın fotoğrafını göğsüne bastırdı. Bir gün onunla da kavuşabileceğinin hayaliyle gözlerini kapadı. Düşünmesi bile muhteşemdi!

Başa, en başa, Patricia'yla Ali'yi bir bilinmeze yolculadığı günlere döndü. Kendisine bir tercih hakkı tanınsaydı ne yapardı?

HASRET mi, ÖLÜM mü deseler kesinlikle ölümü seçerdi. Tereddütsüz... Hiç gözünü kırpmadan!

Ama ona soran olmamıştı ki...

Hasretler, vuslat umudunu koyunlarında taşırdı.

Kim bilir? Belki bir gün...

Olabilir miydi?

Son nefesini verinceye kadar bu umutla yaşayacaktı Tacettin...

# Kaynakça

*Avrupa Kültür Başkenti Mübadele Müzesi*, Editör Sefer Güvenç, Lozan Mübadilleri Vakfı Yayınları.

*Mübadele Öyküleri*, Editör Müfide Pekin, Lozan Mübadilleri Vakfı Yayınları.

*Geçmişten Geleceğe Kırıkkale Tarihi ve Halk Kültürü Sempozyumu Bildirileri*, Kırıkkale Valiliği.

*Cumhuriyet'in İlk Yıllarında "Keskin" Gazetesi*, Hazırlayan Yrd. Doç. Bayram Sakallı, Kırıkkale Valiliği.

*Türk İnkılap Tarihi*, Ali İhsan Gencer-Sabahattin Özel, DER Yayınları.

*Türk Devrim Tarihi 1*, Prof. Dr. Kemal Arı, Zeus Kitabevi.

*Türk Devrim Tarihi 2*, Prof. Dr. Kemal Arı, İleri Kitabevi.

*İki Vatan Yorgunları*, İskender Özsoy, Bağlam Yayıncılık.

*Alanya'dan Neo Ionia'ya*, Murat Levent Koçak, Güniz Basım

*Selanik*, Serhat Öztürk, Can Yayınları.

*Belleklerdeki Güzellik / Girit mâni, atasözü, deyim ve tekerlemeleri*, Editör Müfide Pekin, Yunan Mübadele Vakfı Yayınları.

*Kardeş Nereye? Mübadele belgeseli*, Ömer Asan, Heyamola Yayını.

## Kaynakça

*Avrupa Kültür Başkenti Mübadele Müzesi*, Editör Sefer Güvenç, Lozan Mübadilleri Vakfı Yayınları.

*Mübadele Öyküleri*, Editör Müfide Pekin, Lozan Mübadilleri Vakfı Yayınları.

*Geçmişten Geleceğe Kırıkkale Tarihi ve Halk Kültürü Sempozyumu Bildirileri*, Kırıkkale Valiliği.

*Cumhuriyet'in İlk Yıllarında "Keskin" Gazetesi*, Hazırlayan Yrd. Doç. Bayram Sakallı, Kırıkkale Valiliği.

*Türk İnkılap Tarihi*, Ali İhsan Gencer-Sabahattin Özel, DER Yayınları.

*Türk Devrim Tarihi 1*, Prof. Dr. Kemal Arı, Zeus Kitabevi.

*Türk Devrim Tarihi 2*, Prof. Dr. Kemal Arı, İleri Kitabevi.

*İki Vatan Yorgunları*, İskender Özsoy, Bağlam Yayıncılık.

*Alanya'dan Nea Ionia'ya*, Murat Levent Koçak, Günizi Basım

*Selanik*, Serhat Öztürk, Can Yayınları.

*Belleklerdeki Güzellik* / Girit mâni, atasözü, deyim ve tekerlemeleri, Editör Müfide Pekin, Yunan Mübadele Vakfı Yayınları.

*Kardeş Nereye* / Mübadele belgeseli, Ömer Asan, Heyamola Yapım.

# Teşekkür

Romanımın gerek araştırma, gerekse yazım safhalarında desteklerini ve yardımlarını benden esirgemeyen değerli dostlarıma minnet borçluyum.

2005 yılında tanıştığım Keskin'in ilk tohumlarını beraber attığımız, zorlu yolda adım adım beraber yürüdüğümüz Olcay Köksal'a ve eşi zamanın İzmir Valisi Oğuz Kağan Köksal'a,

Araştırmalarımın Keskin ayağında bana eşlik eden, benim için hazine değerindeki bilgileriyle çalışmalarıma yön veren, Oğuz Kağan Köksal ve Olcay Köksal'ın kuzini Necla Yurtdaş'ına,

Gösterdiği yakınlık için Keskin Kaymakamı Niyazi Üngölge'ye,

Hem orada bulunduğum süre içinde, hem de sonrasında Keskin'in tarihiyle ilgili değerli bilgilerinden ve sunduğu belgelerden yararlandığım Keskin Belediye Başkanı Yrd. Doç. Dr. Bayram Sakallı'ya,

Yoluma ilk ışığı tutan değerli yazar Yılmaz Karakoyunlu'ya,

Verdiği manevi destekle hep yanımda olduğunu hissettiren yazar dostum Aristotelis Çokona'ya,

Araştırmalarım sırasında yaşanlarından, deneyim ve bilgilerinden yararlandığım Lozan Mübadele Vakfı'na,

Selanik'teki mübadele köylerini beraberce gezdiğimiz Lozan Mübadele Vakfı Genel Sekreteri Sefer Güvenç'e,

# Teşekkür

Romanımın gerek araştırma, gerekse yazım safhalarında desteklerini ve yardımlarını benden esirgemeyen değerli dostlarıma minnet borçluyum.

2005 yılında tanışıp *Hasret*'in ilk tohumlarını beraber attığımız, zorlu yolda adım adım beraber yürüdüğümüz Olcay Köksal'a ve eşi, zamanın İzmir Valisi Oğuz Kağan Köksal'a,

Araştırmalarımın Keskin ayağında bana eşlik eden, benim için hazine değerindeki bilgileriyle çalışmalarıma yön veren, Oğuz Kağan Köksal ve Olcay Köksal'ın kuzini Necla Yurtbaşı'na,

Gösterdiği yakın ilgi için Keskin Kaymakamı Niyazi Ulugölge'ye,

Hem orada bulunduğum süre içinde, hem de sonrasında Keskin'in tarihiyle ilgili değerli bilgilerinden ve sunduğu belgelerden yararlandığım Keskin Belediye Başkanı Yrd. Doç. Dr. Bayram Sakallı'ya,

Yoluma ilk ışığı tutan değerli yazar Yılmaz Karakoyunlu'ya,

Verdiği manevi destekle hep yanımda olduğunu hissettiren yazar dostum Aristotelis Çokona'ya,

Araştırmalarım sırasında yayınlarından, doküman ve bilgilerinden yararlandığım Lozan Mübadele Vakfı'na,

Selanik'teki mübadele köylerini beraberce gezdiğimiz Lozan Mübadele Vakfı Genel Sekreteri Sefer Güvenç'e,

Gösterdiği sıcacık ilgi için Selanik Başkonsolosu Tuğrul Biltekin'e,

Başkonsolos Sekreteri Heves Küçük'e,

Selanik Kalamaria'daki Mübadele Tarih Arşivi Dairesi'nde, oraya giren ilk Türk olduğumu söyleyerek, saatler boyu yazılı ve görsel bilgileri cömertçe sunan değerli tarihçi Maria Kazancidu'ya,

Selanik'te bana özveriyle eşlik eden rehberim, Türk Yunan Ticari ve Turizm İlişkileri Danışmanı Sava Bilikçi'ye

Teşekkürlerimle...

Canan Tan